Mia Löw
Das bretonische Haus der Lügen

Zu diesem Buch

Die junge Ärztin Adrienne leidet an den Folgen eines Auslandsein-
satzes und fühlt sich ausgebrannt. Als sie die Einladung zum sech-
zigsten Geburtstag ihrer Adoptivmutter Eva in die Bretagne erhält,
kehrt sie in das Ferienhaus ihrer Jugend zurück, obwohl sie diesen
Ort vor vielen Jahren für immer verlassen wollte. Sie glaubt, ihrer
Adoptivmutter inzwischen verziehen zu haben, doch im Maison
Granit Rose flammen längst vergessen geglaubte Gefühle mit einer
Heftigkeit auf, die sie selbst überrascht. Gemeinsam mit ihrem
Adoptivbruder Jannis, in den sie einst verliebt gewesen war, bringt
sie ein fatales Lügengerüst zum Einsturz und macht eine unglaub-
liche Entdeckung, die nicht nur ihr eigenes Leben von Grund auf
verändert ...

*Mia Löw* hat Jura und Germanistik studiert und als Anwältin und
Regieassistentin am Theater gearbeitet. Heute schreibt sie (unter
anderem unter Pseudonym) erfolgreiche Neuseelandsagas, Fami-
liengeheimnis- und Liebesromane. Sie lebt mit ihrer Familie und
Hund in Hamburg.

Mia Löw

# Das
# bretonische Haus
# der Lügen

Roman

**PIPER**

*Mehr über unsere Autoren und Bücher:*
*www.piper.de*

Wenn Ihnen dieser Roman gefallen hat, schreiben Sie uns unter Nennung des Titels »Das bretonische Haus der Lügen« an *empfehlungen@piper.de,* und wir empfehlen Ihnen gerne vergleichbare Bücher.

Von Mia Löw liegen im Piper Verlag vor:
Das Haus der verlorenen Wünsche
Das Haus des vergessenen Glücks
Das Haus der geheimen Träume
Das Geheimnis der Villa di Rossi
Das bretonische Haus der Lügen

Originalausgabe
ISBN 978-3-492-31311-7
März 2019
© Piper Verlag GmbH, München 2019
Redaktion: Friedel Wahren
Umschlaggestaltung: Johannes Wiebel | punchdesign
Umschlagabbildung: Johannes Wiebel unter Verwendung von shutterstock.com
Satz: Satz für Satz, Wangen im Allgäu
Gesetzt aus der Minion
Druck und Bindung: CPI books GmbH, Leck
Printed in the EU

*Eine Lüge ist wie ein Schneeball:*
*Je länger man ihn wälzt, desto größer wird er.*

Martin Luther

# Prolog

*Riquewihr, Elsass, Juli 1985*

An diesem Hochsommertag lag eine bleierne Hitze über dem Weinort, der wegen seines unversehrt aus dem sechzehnten Jahrhundert erhaltenen Stadtbilds als eines der schönsten französischen Dörfer galt. Im Stadtkern reihten sich die Fachwerkhäuser zu einer malerischen Kulisse aneinander.

Doch von der Schönheit dieser *Perle der elsässischen Weingegend* nahm Caroline wenig wahr. Wie getrieben eilte sie durch die Gassen, um zu ihrem Ziel zu gelangen. Jean hatte ihr einen Stadtplan zukommen lassen, in den er die Adresse eingezeichnet hatte. Und er hatte sie angewiesen, den Wagen unten im Ort zu parken und den Weg bis zu dem etwas außerhalb liegenden Haus zu Fuß zurückzulegen.

Sie trug einen großen Sonnenhut und wirkte in ihrem Modellkleid wie eine elegante Touristin. Niemand hätte sie für eine gesuchte Sympathisantin der Action directe gehalten, einer linksradikalen Untergrundorganisation. Unter ihrer damenhaften Verkleidung lief ihr der Schweiß allerdings den Nacken hinunter. Und das lag nicht nur an der sommerlichen Hitze, sondern an ihrer inneren Anspannung und der Angst, enttarnt zu werden, bevor sie sich freiwillig stellen konnte. Denn nur zu diesem Zweck hatte sie ihr Versteck im Schwarzwald verlassen und war über einen Riesenumweg schließlich im Elsass angekommen, um ihren Geliebten zu treffen. Gemeinsam wollten sie sich den französischen Behörden stellen. Sie war auf dem Weg dorthin über die Bretagne gefahren, um in Evas Ferienhaus noch einmal … sie konnte den Gedanken nicht zu Ende denken, ohne in Tränen auszubrechen.

Da fiel ihr ein, dass sie Eva anrufen sollte, sobald sie in Riquewihr angekommen war. Also steuerte sie auf ein Weinlokal zu, das um die Mittagszeit bis auf den letzten Platz besetzt war.

»Darf ich wohl einmal kurz Ihr Telefon benutzen?«, fragte sie in akzentfreiem Französisch, denn sie hatte zwei Jahre Philosophie und Geschichte an der Sorbonne studiert und später an einer internationalen Schule in Paris Deutsch und Geschichte unterrichtet.

Der Kellner reichte ihr das Telefon, und sie wählte Evas mobile Nummer, die sie auswendig kannte. Die Freundin wirkte seltsam hektisch, als wäre *sie* auf der Flucht. »Wann wirst du denn im Haus sein, Caro?«, wollte sie statt einer Begrüßung wissen.

»In zehn Minuten bin ich dort. Ich melde mich, sobald es vollbracht ist und ich telefonieren darf«, erwiderte Caroline knapp. Sie wollte sich nicht allzu lange in diesem Lokal aufhalten. Ihre Angst, dass man sie fasste, bevor sie freiwillig aussteigen konnte, gewann immer mehr Macht über sie. Wahrscheinlich würde sie erst aufatmen, wenn Jean wie verabredet bei Einbruch der Nacht zu ihr gestoßen war.

Caroline legte ein paar Münzen auf den Tresen und bedankte sich, bevor sie fast fluchtartig das Restaurant verließ. Sie entspannte sich merklich, als sie das Ortszentrum hinter sich gelassen hatte und auf der einsamen Dorfstraße keinem Menschen mehr begegnete. Zum ersten Mal seit ihrer Ankunft im Elsass nahm sie auch ganz bewusst den typischen Geruch von Holzkohle wahr, der zu jeder Jahreszeit über den elsässischen Weindörfern waberte. Ein wehmütiger Gedanke an die Frankreichreisen mit ihren Eltern, die oft auch durch das Elsass geführt hatten, überkam sie. An damals, als die Welt noch in Ordnung gewesen war und sie in ihrem Vater den liebevollen Patriarchen gesehen hatte … Damals, als sie nicht geahnt hatte, dass er seinen Reichtum der sogenannten Arisierung zu verdanken hatte. Und dass nicht seine Familie das erfolgreiche Kaufhaus gegründet hatte, sondern die jüdische Familie Weizmann, die enteignet worden war. Später hatte man dann frech behauptet, der Verkauf sei völlig freiwillig erfolgt. Noch immer stieg eiskalte Wut in ihr auf, wenn sie sich vorstellte, wie sich ihr Großvater das Unternehmen seines ärgsten Konkurrenten unter den Nagel gerissen hatte.

Sofort war der Erinnerungsfetzen an romantische Hotels und großartige Essen im Elsass mit den Eltern und den Geschwistern von dem allmächtigen Schatten der Wahrheit überdeckt. Caroline würde den Augenblick nie vergessen, in dem sie begreifen musste, dass ihr liebster Papa sich als Nutznießer am Elend eines Juden entpuppt hatte. Es war zwar ihr Großvater gewesen, der dank seiner Parteizugehörigkeit diesen Deal eingefädelt hatte, aber der Papa hatte ihn brav mitgetragen. Schon damals war er nämlich die rechte Hand seines Vaters gewesen und war an dem schmutzigen Handel beteiligt gewesen. Mehr noch, auch seine Unterschrift prangte unter dem vertraglichen Machwerk. Zuerst hatte Caroline das alles nicht glauben wollen. Nicht ihr Papa, der so viel Gutes tat, der für seine Mitarbeiter soziale Leistungen erbrachte, von denen andere nur träumten. Nicht ihr Papa, den sie eher für einen verkappten Sozialisten gehalten hatte. Doch der junge blasse Fremde, der ihr aufgefallen war, weil er Tag für Tag vor dem Kaufhaus herumgelungert hatte, hatte ihr schließlich die Augen geöffnet. Herr Weizmann hatte ihr äußerst glaubwürdig versichert, das Kaufhaus Manzinger sei bis zum Jahr 1934 im Besitz seiner Familie gewesen. Auf Carolines Verlangen hatte er ihr zum Beweis die entsprechenden Dokumente gezeigt, woraufhin ihr der Bruch mit ihrer Familie unvermeidbar erschienen war. Mit solchen Leuten wollte sie jedenfalls nichts zu tun haben! Obwohl ihr Vater dem jungen Mann sogar unter der Hand eine Entschädigung gezahlt hatte, die dieser angenommen hatte, weil ihm der Rechtsweg wenig erfolgversprechend erschienen war, war Carolines Achtung und Liebe für ihren Vater in Verachtung umgeschlagen. Sie war auf eigenen Wunsch hin noch in demselben Jahr in ein Internat gegangen und hatte mit der Familie innerlich gebrochen. Auch mit ihrer Mutter, die von allem gewusst hatte.

Caroline war damals gerade erst fünfzehn gewesen, aber ihr Vater hatte sie kampflos ziehen lassen. Es hätte auch wenig Sinn gehabt, die rebellische Tochter gegen ihren Willen im Haus zu halten. Sie wäre dann mit Sicherheit ausgerissen. Unter diesen Voraussetzungen hatte ihr Vater es als die bessere Alternative gesehen, sie in ein Schweizer Internat zu geben. Das verschaffte ihm sogar eine gewisse gesellschaftliche Akzeptanz, war die Eliteschule doch auch in Deutschland wohlbekannt, weil dort die Kinder einiger namhafter Prominenter untergebracht waren, was Caroline allerdings nicht die Bohne interessiert hatte. Zur Schickimicki-Clique, wie Eva und sie diese Mitschülerinnen abfällig bezeichnet hatten, hatte sie Abstand gehalten. Für sie war das Internat die Flucht aus einer Familie, in der die Gier jeden Anstand fraß, wie Caroline ihrem Vater wörtlich vorgeworfen hatte.

Ihre beiden älteren Brüder fanden die Reaktion überspannt, denn schließlich habe der Papa keine Menschen umgebracht, so ihre Argumentation, aber Caroline war hart geblieben. Unter die Brücke aber war sie auch nach ihrem Abitur nicht gezogen, sondern hatte sich das Studium schweren Herzens von ihrem Vater finanzieren lassen. Zwangsläufig, weil sie niemals BAföG bekommen hätte. Dafür hatte sie auf ihr Erbe verzichtet. Von dem Blutgeld, wie sie das nannte, wollte sie keinen Pfennig. Doch daran hatte sich ihre Mutter nicht gehalten, sondern ihr nach dem Herztod ihres Mannes eine stattliche Summe überwiesen, die Caroline lange nicht angerührt hatte. Doch dann, nachdem sie ihren Job an einer internationalen Schule in Paris Hals über Kopf hatte aufgeben müssen, war ihr das Geld sehr zugutegekommen. Natürlich hatte ihre Mutter erwartet, dass sie den Kontakt zur Familie nach dem Tod des Vaters wiederaufnehmen würde, aber Caroline hatte ihr in einem Brief dargelegt, dass sie nicht über ihren Schatten springen könne. Ein einziges Mal nur hatte sie an ihrer Sturheit gezweifelt. Das war am Anfang ihrer Schwangerschaft gewesen, als sie sich die Frage gestellt hatte, wer denn für das Baby sorgen solle, während Jean und sie sich im Untergrund aufhalten mussten. Doch Eva hatte ihr die Idee, das Baby Carolines Mutter anzuvertrauen, rigoros ausgeredet. Stattdessen hatte sie sich bereit erklärt, für das Kind zu sorgen und es wie ein eigenes aufzuziehen, bis sich Caroline wieder selbst um ihr Kind kümmern konnte. Ja, Eva hatte sich sogar eine rechtlich wasserdichte Erklärung von Caroline geben lassen, in der sie für den Fall, dass ihr etwas zustoßen sollte, Eva zur Sorgeberechtigten ihres Kindes erklärte. Immer wenn Caroline an ihre kleine Adrienne dachte, wurde ihr speiübel bei dem Gedanken, sie womöglich erst in einigen Jahren wiederzusehen, sollte man sie wider Erwarten zu einer hohen Haftstrafe verurteilen. Wenn sie Jeans Schwüren Glauben schenkte, durfte das eigentlich nicht geschehen. Er war so sicher, dass man sie, wenn er sich mit ihr zusammen stellte, verschonen werde. Die Franzosen waren scharf auf seinen Kopf, nicht auf ihren. Sie galt lediglich als Geliebte von Jean, eine unwichtige Mitläuferin, die nur an einem einzigen Banküberfall beteiligt gewesen war, bei dem überdies wenig Geld erbeutet und niemandem ein Haar gekrümmt worden war. Letzteres war auch das Pfund, mit dem Jean den Behörden gegenüber wuchern konnte. Kein Überfall, an dem er je beteiligt gewesen war, hatte Dritte in Lebensgefahr gebracht. Bei allem Groll Jeans gegen das korrupte System, wie er es nannte, war er tief in seinem Herzen ein Pazifist geblieben, der den Tod von Menschen nicht ernsthaft in Kauf nehmen würde, nicht einmal im Namen der Revolution. Diese innere Gespaltenheit hatte ihn auch in seiner Gruppe zunehmend isoliert. Aber auch jetzt, da er sich selbst stellen wollte, würde er niemanden verraten. Das wussten auch die Genossen.

Carolines Gedanken schweiften erneut zu Eva ab. Natürlich war Adrienne bei Eva und ihrem Mann Martin wesentlich besser aufgehoben als bei ihrer Mutter, zumal die Kleine mit Jannis einen älteren Bruder und somit eine heile Familie hatte. Wobei Caroline arge Zweifel hegte, ob in der Ehe ihrer Freundin wirklich alles im Lot war. Martin kam schon seit vielen Sommern nicht mehr mit nach Ploumanac'h, und ihre Freundin schien diversen Flirts vor Ort gegenüber sehr aufgeschlossen zu sein. Obwohl Caroline wahrlich kein Moralapostel war, befremdete sie Evas Verhalten schon ein wenig, zumal sie Martin irgendwie mochte.

Caroline hatte Eva mit knapp sechzehn in dem Schweizer Internat kennengelernt. Die beiden hatten einander auf Anhieb gemocht. Und Caroline hatte große Hochachtung vor Evas Familie. Evas Großeltern hatten auf ihrem Gutshof bei Köln während des Zweiten Weltkriegs eine jüdische Familie versteckt. Das hatte Caroline mächtig imponiert und ihr endgültig bewiesen, dass man sehr wohl auch anders handeln konnte als ihr Vater, der seiner Lieblingstochter geschworen hatte, er habe doch nicht anders gekonnt. Doch das Argument war durch das mutige Verhalten eines aufrechten Mannes wie Hartmut von Wörbeln ad absurdum geführt worden. Er hatte seine Eltern mit Rat und Tat unterstützt, obwohl er damals Offizier in Hitlers Wehrmacht gewesen war. Caroline war in die Familie der Freundin jedenfalls wie ein zweites Kind aufgenommen worden. Hartmut von Wörbeln schätzte Carolines kritischen Geist, obwohl er ihre politischen Ansichten keinesfalls teilte. Aber die beiden liebten es, schonungslos miteinander zu diskutieren, was in Carolines Elternhaus nicht möglich gewesen wäre.

Caroline hatte seitdem ihre Ferien stets im Haus der Familie von Wörbeln in der Bretagne und die Weihnachtsfeste auf dem Gut bei Köln verbracht. Caroline war kein einziges Mal in all den Jahren in ihr Elternhaus nach Freiburg zurückgekehrt, auch nicht zur pompösen Beerdigung ihres Großvaters, obwohl der Vater in einem Brief ausdrücklich um ihre Anwesenheit gebeten hatte. Sie hatte auf einer Postkarte mit einer sehr klaren Absage geantwortet. *Ich weiß, man soll den Toten verzeihen, aber wenn ich seine alten Seilschaften auf dem Friedhof sehe, dann muss ich kotzen.* Nur ein einziges Mal war sie nach Freiburg gereist, zur Beerdigung ihres Vaters, aber da hatte sie sich heimlich in die Kirche geschlichen und in der letzten Bank um den Papa getrauert, den sie einst über alles geliebt hatte. Dort hatte sie auch Arthur wiedergesehen, den jüngeren ihrer beiden älteren Brüder. Ihm war sie ewig dankbar, dass er über ihre Anwesenheit in der Kirche geschwiegen hatte, denn die anderen hatten sie mit ihrer lächerlichen Perücke gar nicht erkannt. Vor allem aber hatte er ihr kürzlich das Versteck besorgt, und das, obwohl sie ihm die Wahrheit gestanden hatte. Sie hatte ihn in ihrer Not in seiner Kanzlei angerufen, nachdem sie auch zu ihm nach der Beerdigung des Vaters nie wieder Kontakt aufgenommen hatte. Von Arthur stammte der geniale Vorschlag, sie in der Jagdhütte der Familie im Schwarzwald unterzubringen. Ja, er hatte sie sogar dorthin gefahren. Er war ein feiner Kerl, dem sie auch ohne Zögern Adrienne anvertraut hätte. Aber sie konnte Eva schlecht das Kind wieder wegnehmen. Schließlich hatte sie ihrer Freundin so viel zu verdanken. Allein, dass sie stets großzügig zugelassen hatte, dass Caroline von deren Eltern wie ein eigenes Kind behandelt worden war. Natürlich hatte auch Eva etwas davon gehabt. Sie hatte die Schwester bekommen, die sie sich als Einzelkind immer gewünscht hatte.

Carolines Wahlfamilie waren die von Wörbelns jedenfalls zeitlebens geblieben, wobei Caroline mit den politischen Ansichten von Evas Eltern längst nicht konform ging. Zumindest aber tolerierte sie deren liberale Ansichten.

Auch Eva und sie waren in ihren politischen Einstellungen eher wie Feuer und Wasser. Eva war in Carolines Augen eine unpolitische Ignorantin, die mit ihrem Kreuz für die SPD alle vier Jahre die Reaktion wählte. Caroline hatte sehr zum Kummer der Familie von Wörbeln schon als Jugendliche mit diversen K-Gruppen sympathisiert und war mit den Jahren immer radikaler geworden. Trotzdem war der Kontakt auch während Carolines Studium nicht abgerissen, und sie hatte nach wie vor jeden Sommer im Ferienhaus von Evas Familie in Ploumanac'h verbracht, wenngleich Evas ganzer Lebensstil Caroline immer fremder geworden war. Sie konnte anfangs gar nicht verstehen, dass ihre Freundin den soliden Martin geheiratet hatte, obwohl sie doch einen anderen liebte. Mit Martin hatte sie auch das Gut ihrer Eltern übernommen, nachdem diese eine Finca im warmem Südspanien gekauft und bis zu ihrem Tod dort gelebt hatten. Caroline schätzte Martin zwar wegen seiner Unverstelltheit und Aufrichtigkeit, aber er entsprach so ganz und gar nicht Evas und ihrem gemeinsamen Beuteschema, denn das waren geheimnisvolle und spannende Männer. Mit ihm an ihrer Seite entfernte sich Eva vom aufregenden Leben, das sich die beiden Teenies ausgemalt hatten, wenn sie sich im Internat nachts in ein Bett gekuschelt und sich gegenseitig ihre geheimsten Träume verraten hatten.

Caroline hingegen lebte in einer Wohngemeinschaft in Berlin und hatte einen Assistentenjob an der Uni bei den Soziologen. So zog es sie weniger auf das Gut, in dem Eva und Martin in großbürgerlichem und konventionellem Stil lebten. Die gemeinsamen Sommer mit Eva in der Bretagne aber waren eine Tradition, an der Caroline trotz ihrer unterschiedlichen Entwicklung festhielt.

Dass Caroline ausgerechnet in Evas liberalem Dunstkreis ihre Sympathie für die RAF und die AD entdeckt hatte, war eine Ironie des Schicksals. Die magische Begegnung mit Jean hatte ihr Leben von einem Augenblick zum nächsten von Grund auf verändert. Seine Eltern besaßen ein Ferienhaus in Ploumanac'h ganz in der Nähe von Evas Familie. Schon als sie den attraktiven Franzosen in ihrem ersten Sommer in der Bretagne kennengelernt hatte, war sie schockverliebt gewesen, hatte ihn jedoch nur von ferne angeschwärmt. Aus zwei Gründen war er für sie tabu: Ihm eilte der Ruf eines gefährlichen Schürzenjägers voraus, und Eva war ebenfalls total verschossen in ihn. Dann hatte sie ihn ein paar Sommer lang nicht gesehen, denn er war inzwischen verheiratet, und seine Frau mochte das Haus in der Bretagne nicht. Auf einem von Evas legendären Sommerfesten vor drei Jahren waren sie sich dann wieder begegnet. Es hatte dermaßen gefunkt zwischen ihnen, dass es keinem der Gäste verborgen geblieben war. Auch Eva nicht, die sie intensiv vor dem politisch verwirrten Don Juan gewarnt hatte. Doch allen Warnungen zum Trotz waren sie noch in derselben Nacht ein Paar geworden. »*Er wird dir das Herz brechen und dich mit in Abgrund reißen*«, hatte Eva ihr am nächsten Morgen düster prophezeit. Stattdessen hatte Jean in ihr die Liebe seines Lebens gefunden, wie er immer wieder betonte. Dabei brauchte er gar nichts zu sagen. Caroline spürte es auch ohne Worte. Sie hatte damals gerade eine Trennung von einem Genossen aus ihrer K-Gruppe hinter sich, der der Meinung war, er müsse unbedingt zwei Frauen gleichzeitig lieben. Caroline hielt das allerdings für vorgeschoben und sah den Grund eher in einer blutjungen Neugenossin, die förmlich an Bernds Lippen hing, wenn er über die Revolution parlierte, und ihn ganz für sich wollte. Bernd war überhaupt ihr erster deutscher Freund gewesen. Im Internat hatte sie einen jungen Mann aus Zürich gehabt, im Studium dann diverse französische Kommilitonen, aber sie war sehr flatterhaft gewesen. Eigentlich stellte sie bei Jean zum ersten Mal infrage, ob die freie Liebe wirklich die sexuelle Erfüllung schlechthin war. Bei ihm, so hatte sie Eva gestanden, fühlte sie sich merkwürdig monogam. Und das mit Ende zwanzig. Bis dahin waren auch Kinder für sie kein Thema gewesen. Nur um Jean nahe zu sein, hatte sie Deutschland und ihren Job an der Uni aufgegeben und die Stelle in Paris angetreten. Alles in der Hoffnung, dass er sich von seiner Frau trennte und zu ihr bekannte. Und das, obwohl sie längst wusste, dass er sich der AD angeschlossen hatte. Das hatte sie nur in keiner Weise abgeschreckt. Im Gegenteil, sie hatte diese Gruppe mit fast verklärt romantischem Blick betrachtet. Auf den Augenblick, dass Jean sich zu ihr auch offiziell bekannte, hatte sie lange warten müssen. Als sie ihm unter Tränen gestanden hatte, dass sie schwanger war, weil sie befürchtete, er sehe darin einen bedauerlichen Unglücksfall, war er schier ausgerastet vor Glück. Er hatte ihr feierlich geschworen, dass es fortan nur noch zwei Frauen in seinem Leben gebe – das Kind, das hoffentlich ein Mädchen würde, und sie! Doch da wurde schon nach ihm gefahndet, und Caroline bereute nachträglich zutiefst, dass sie bei einem der Banküberfälle mitgemacht hatte, um ihm zu imponieren, statt ihn davon abzuhalten.

Inzwischen hatte Caroline das Haus erreicht. Das Fachwerkgebäude lag inmitten eines märchenhaften Rosengartens. Fasziniert öffnete sie die quietschende Eisenpforte und vergaß für einen Augenblick, warum sie gekommen war. Doch der ernüchternde Gedanke, dass dieses Paradies kein Liebesnest für besondere Stunden werden sollte, brachte sie in die Realität zurück.

Sie war sehr erleichtert, als sie die Eingangstür mit dem in einem Blumentopf versteckten Schlüssel erreichte, und verschwand schnell im Haus. Nun war sie in Sicherheit. Jedenfalls glaubte sie das, denn wenn alles gut ging, würden Jean und sie am nächsten Tag gemeinsam nach Straßburg fahren, um sich auf der dortigen Polizeipräfektur zu stellen. Jean hoffte, dass Caroline dann als bloße Mitläuferin straffrei ausgehen und es bei der Bemessung seiner Strafe mildernd bewertet würde, dass er sich freiwillig gestellt hatte. Caroline aber hatte wahnsinnige Angst, dass man ihn trotzdem zu einer längeren Haft verurteilen würde, weil er nicht bereit war, den Behörden auch nur einen anderen aus der Gruppe namentlich zu nennen.

Aber wie sah die Alternative aus? Caroline hatte alles in Gedanken durchgespielt, auch eine Flucht ins Ausland, wohin weder der Arm der deutschen noch der französischen Justiz reichte. Es wäre jedenfalls kein Problem, sich neue Papiere zu beschaffen. Caroline besaß schon jetzt einen gefälschten Pass. Wäre es nur um Jean und sie gegangen, hätte sie eine solche Möglichkeit sicher vorgezogen, aber nicht mit Kind. Sie wollte der kleinen Adrienne kein Leben auf der Flucht zumuten.

Über dieses Haus hatte ihr Jean lediglich verraten, dass es einem Genossen gehörte und man es sonst für konspirative Treffen nutzte. Caroline bereitete allein die Vorstellung daran ein ungutes Gefühl. Jedenfalls machte sie sich nur sehr verhalten daran, die Räume zu erkunden. Dabei stellte sie fest, dass ihr das Haus ausnehmend gut gefiel. Es war nicht nur von außen besonders hübsch, sondern auch innen geschmackvoll eingerichtet. Am liebsten hätte sie unter diesem Dach ein paar friedliche Tage mit Jean und dem Baby verbracht, bevor sie den Gang zum Schafott antraten, wie sie ihren Plan insgeheim nannte, aber das war nur so ein flüchtiger Traum.

Caroline sah sich interessiert in der Küche um und war fasziniert von den Wänden mit den alten Delfter Fliesen. Die Sehnsucht nach einem eigenen Zuhause überfiel sie mit aller Macht.
Wie gern hätte sie mit Adrienne und Jean ein ganz normales
Leben geführt, etwas, das sie vor der Begegnung mit ihrer großen Liebe als komplett öde abgetan hätte.

Caroline nahm den Sonnenhut ab und schüttelte ihre lange
blonde Mähne. Im Haus war es angenehm kühl. Sie öffnete
neugierig den Kühlschrank und stellte mit Erstaunen fest,
dass dort einige Flaschen Kronenbourg lagerten. Ein Hinweis,
dass sich im Haus erst kürzlich Leute aufgehalten hatten,
schloss sie daraus. Sie griff sich eine Flasche Bier, öffnete sie
und nahm einen kräftigen Schluck. Sie hatte solchen Durst,
dass sie zügig die ganze Flasche leerte. Mit dem Alkohol im
Blut trat eine gewisse Entspannung ein. In diesem Haus war
sie in Sicherheit, redete sie sich noch einmal gut zu. Mit der
Entspannung kam auch die Müdigkeit. Sie war am frühen
Morgen gegen vier Uhr in der Bretagne gestartet und ohne
Stau durchgekommen. Fast neun Stunden hatte sie ohne große
Pausen hinter dem Steuer gesessen. Auf Evas Rat hin war sie
nicht mit dem eigenen Wagen, sondern einem Mietfahrzeug
gefahren. Diesen hatte sie unter falschem Namen gemietet,
und zwar dem französischen, auf den ihr gefälschter Pass ausgestellt worden war.

Caroline war nur für eine einzige Nacht in Ploumanac'h gewesen. Und schon das war Eva eigentlich nicht recht gewesen.
Doch Caroline hatte darauf bestanden, ihre Tochter noch einmal zu sehen. Sie hatte angedroht, sonst über Köln ins Elsass
zu fahren und auf den Gutshof zu kommen. Diese Drohung
hatte bei Eva Wirkung gezeigt, denn für sie als angesehene
Kuratorin wäre es fatal gewesen, mit der Terroristenszene in
Verbindung gebracht zu werden. Und wenn man Caroline auf
ihrem Gut bei Köln verhaftet hätte ... das hätte Eva den Job

kosten können. Deshalb hatte die Freundin sofort eingelenkt und war mit Adrienne in die Bretagne gereist. Ihren Sohn Jannis hatte sie beim Vater in Köln gelassen.

Ob dieser Abschiedsbesuch für Carolines Psyche wirklich gut gewesen war, wagte sie allerdings im Nachhinein zu bezweifeln. Sie hatte ihre Tochter zuletzt ein paar Tage nach der Geburt gesehen, und so ein Baby entwickelte sich einfach unglaublich schnell. Die kleine Adrienne hatte zwar jede Bewegung ihrer Mutter mit den Augen verfolgt und mit Lauten begleitet, aber als Caroline sie auf den Arm hatte nehmen wollen, hatte sie gefremdelt und die Hände nach Eva ausgestreckt. Das hatte Caroline einen Stich in ihr Mutterherz versetzt, und sie hatte ihren inneren Groll gegen die Freundin gewandt. Natürlich konnte sie Eva gar nicht genug dafür danken, dass sie ihr Kind so liebevoll betreute, aber sie wirkte auf Caroline manchmal schon recht besitzergreifend. So als wäre Adrienne tatsächlich ihre Tochter. Deshalb war es zum Abschluss des Kurzbesuchs zu einem hässlichen Streit gekommen, in dessen Verlauf Eva ihr vorgeworfen hatte, dass sie Jean mit ihrer Ergebenheit ihm gegenüber nur noch tiefer in den Sumpf der Terrorszene getrieben habe. Und dass es unverantwortlich sei, ihn dazu zu überreden, sich den Behörden zu stellen. Sie, Caroline, habe doch nichts zu verlieren außer ein paar Monaten Haft, aber Jean müsse sicherlich lange einsitzen. Ob sie überhaupt einmal an seine Familie gedacht habe?

Über Caroline waren diese Vorhaltungen wie ein Unwetter aus heiterem Himmel hereingebrochen. »Was schlägst du denn vor?«, hatte sie die Freundin fassungslos gefragt, nachdem sie sich vom ersten Schock erholt hatte.

»Bring dich allein in Sicherheit und wart ab, wie sich die Dinge entwickeln! Ich würde einen Anwalt beauftragen, der ein mildes Urteil für dich heraushandelt. Der Kontakt zu Jean ist für deine Zukunft und die von Adrienne nicht förderlich. Ihm nutzt es viel mehr, wenn seine Ehefrau sich für ihn einsetzt. Die Frau ist eine anerkannte Strafverteidigerin.«

»Seine Frau?«, hatte Caroline entgeistert gefragt. »Er hat sich unseretwegen von ihr getrennt. Schon vergessen? Einmal abgesehen davon, dass sie wahrscheinlich nicht gerade begeistert für ihn kämpfen wird, nimmt er das alles nur auf sich, um mit Adrienne und mir eine Familie zu sein.«

»Pah! Jean ist nicht geboren zum treu sorgenden Ehemann. Ehe du dich versiehst, ist er weitergeflattert. Wach doch endlich auf! Hau ab, solange du noch kannst!«

»Ohne Adrienne? Das hättest du wohl gern. Willst du mich loswerden, um dir mein Kind zu nehmen?« Caroline war selbst erschrocken gewesen, in welch scharfem Ton sie die Freundin anging.

»Spinnst du? Ich mache das alles nur deinetwegen! Wenn du solche Hirngespinste verfolgst, solltest du deine Tochter vielleicht morgen gleich mit zur Polizei nehmen. Gibt bestimmt eine hübsche Mutter-Kind-Zelle …«

Caroline war kreidebleich geworden und bereute zutiefst, die Freundin ungerechterweise angegriffen zu haben.

»Verzeihung, Eva, ich bin nervös. Kannst du mir diesen Unsinn verzeihen?«, bat Caroline inständig.

Eva nahm sie in den Arm und drückte sie an sich. »Natürlich bleibt Adrienne bei mir, bis wir eine Garantie haben, dass du nicht im Knast landest. Caro, sei nicht dumm und häng eure Zukunft nicht an einen Hasardeur wie Jean!«

»Aber ich denke, du magst ihn.«

»Sicher, er ist ein Freund der Familie, aber deshalb muss ich doch nicht tatenlos zusehen, wie er dich mit in den Abgrund reißt.«

An dieser Stelle des Disputs war Caroline ganz ruhig geworden, weil sie tief im Innern spürte, dass sie sich auf ihren Geliebten verlassen konnte und dass ihre Entscheidung, sich gemeinsam zu stellen, die einzig richtige war.

»Eva, mach dir keine Sorgen, alles wird gut. Ich fahre wie verabredet morgen nach Riquewihr. Es wird mir schon nichts passieren. Er hat mir alles in die Karte eingezeichnet, und er wird bei Anbruch der Dunkelheit bei mir sein. Eva, wir haben keine andere Chance. Und ihn zu verlassen, das ist keine Option. Wir gehören zusammen«, hatte Caroline mit fester Stimme erklärt.

»Du rufst aber gleich an, sobald du angekommen bist, ja?«, hatte Eva gefordert.

Das hatte Caroline ihrer Freundin hoch und heilig versprochen, und zu ihrer übergroßen Freude hatte sich Adrienne zum Abschied von ihr auf den Arm nehmen lassen. Caroline hatte das pausbäckige Gesicht mit Küssen geradezu bedeckt. Seitdem war ihre Sehnsucht nach dem betörenden Duft der Babyhaut schier unerträglich geworden. Sie bedauerte zutiefst, dass sie nicht wenigstens ein Kleidungsstück von Adrienne mitgenommen hatte, um daran zu schnuppern. Das Einzige, was sie von ihrer Kleinen besaß, war ein Foto der Neugeborenen in ihrem Arm, das Eva kurz nach der Entbindung gemacht hatte. Caroline fand, dass sie trotz ihrer unübersehbaren Erschöpfung das reine Glück ausstrahlte.

Sie wird Jeans dickes dunkles Haar bekommen, dachte Caroline voller Zärtlichkeit, nachdem sie das abgegriffene Foto aus ihrem Portemonnaie geholt und eine Zeit lang wie ein Wunder angestarrt hatte. Ja, ihre Tochter kam ihr immer noch wie ein Zauberwesen vor.

Caroline wollten beinahe die Augen zufallen, so übermüdet war sie. Sie verließ die Küche, um nach einem geeigneten Schlafplatz Ausschau zu halten. Im Wohnzimmer blieb ihr Blick an einem bequem aussehenden Sofa hängen, das ihr für ein Nickerchen geeignet zu sein schien. Das Einzige, was sie störte, war die große Terrassentür, die zu einem Garten hinter dem Haus führte. Dass man sie von draußen beobachten konnte, während sie schlief, missfiel ihr.

Sie stand noch einmal auf und suchte nach Vorhängen, die sie zuziehen konnte, aber die gab es nicht. Ach, wer soll sich auch schon in den Garten schleichen?, dachte sie und setzte sich entschieden auf das Sofa, um noch eine Zigarette zu rauchen, denn dazu war sie an diesem Tag noch nicht gekommen. Aus ihrer Handtasche holte sie eine Schachtel ihrer extraschlanken Zigaretten und zündete sich eine an. Noch während des Rauchens wurde sie so müde, dass sie die Kippe vorzeitig ausdrückte und sich auf dem Sofa ausstreckte. Es dauerte nur wenige Minuten, bis sie in einen tiefen und traumlosen Schlaf gefallen war.

Sie wusste nicht genau, wie lange sie geschlafen hatte, als sie wieder aufwachte und sich rundum erfrischt fühlte. Ein Blick zur Uhr zeigte ihr, dass es immer noch eine halbe Unendlichkeit dauern würde, bis Jean endlich käme. Sie zündete sich eine neue Zigarette an und nahm einen kräftigen Zug.

Als aus dem Garten ein merkwürdiges Geräusch zu ihr drang, zuckte sie erschrocken zusammen. Es hatte sich entfernt wie eine flüsternde Stimme angehört. Sofort war die ganze Panik wieder da. Carolines Herz klopfte bis zum Hals, und sie blieb noch einen Augenblick lang reglos sitzen, bevor sie ganz vorsichtig aufstand, die Zigarette in der Hand.

Ihr Blick richtete sich auf den Garten, aber dort bewegte sich gar nichts. Im Gegenteil, die Rosen strahlten in sämtlichen Farben im Sommerlicht um die Wette. Dort draußen war alles friedlich. Ich sehe schon Gespenster, versuchte Caroline ihre angeschlagenen Nerven zu beruhigen, doch in diesem Augenblick meinte sie, einen Schatten im hinteren Garten verschwinden zu sehen.

Sie wollte den Raum auf schnellstem Weg verlassen und

hatte sich gerade umgedreht, als hinter ihr ein ohrenbetäubendes Klirren ertönte, als würden die Scheiben der Terrassentür in tausend Stücke zerbersten. Erschrocken fuhr sie herum. Sie war wie betäubt, als ihr eine dunkle Gestalt auf Französisch zurief, sie solle die Hände heben, doch stattdessen wollte sie sich erst einmal der Kippe entledigen und streckte die Hand mit der brennenden Zigarette aus. Gleichzeitig hörte sie einen Knall, brach im selben Augenblick lautlos zusammen und fiel zu Boden. Wie ein Film, der auf schnellen Vorlauf gestellt war, zog ihr Leben in bizarren Auszügen an ihrem inneren Auge vorüber: Da ist ihr Vater, der ihr zum guten Zeugnis einen Kassettenrekorder schenkt, der Großvater, der ihr voller Stolz die Zeitschrift mit seinem Porträt als Unternehmer des Jahres zeigt, Noah Weizmann, der ihr die Beweisdokumente überreicht, einige Liebhaber im fliegenden Wechsel und schließlich Jean und immer wieder Jean. Doch dann verschwimmt sein Gesicht, und das von Adrienne taucht wie aus dem Nichts auf. Sie riecht ihren Babyduft.

Caroline hatte ein Lächeln auf den Lippen, als der letzte Rest von Leben in ihrem Körper für immer erlosch.

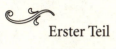

Erster Teil

# EVAS FEST

## 1.

Adrienne war früher oft mit dem Zug in die Bretagne gefahren. Damals, als sie noch keinen Führerschein besessen hatte und ihre Adoptivmutter schon vor dem Ferienbeginn ins Haus gefahren war. Doch das lag viele Jahre zurück. Adrienne versuchte nachzurechnen, wann sie das letzte Mal in Ploumanac'h gewesen war. Wenn sie sich recht erinnerte, war sie bei dem großen Zerwürfnis mit Eva mindestens achtzehn Jahre alt gewesen. Auf jeden Fall hatte sie damals ihr Abi bereits in der Tasche gehabt. Vielleicht war sie auch schon neunzehn oder zwanzig gewesen. Ja, das kam der Wahrheit näher, denn sie erinnerte sich daran, dass sie auch einmal mit dem eigenen Wagen nach Ploumanac'h gefahren war. Und ein eigenes Auto hatte sie erst mit neunzehn bekommen. Natürlich, da fiel es ihr wieder ein, sie hatte damals bereits mit dem Medizinstudium begonnen und in Berlin gelebt. Sie musste also bereits zwanzig Jahre alt gewesen sein.

Das Zerwürfnis mit Eva lag wie hinter dicken Nebelschwaden, die sich immer nur partiell auflösten, um einen Erinnerungsfetzen freizugeben, der sich gleich darauf wieder zu einer undurchdringlichen Wand formierte.

Um sich an jedes Detail zu erinnern, dazu war inzwischen auch viel zu viel in Adriennes Leben geschehen. Ihre augenblickliche Gefühlslage wurde komplett durch das Grauen dominiert, das sie bei ihrem Einsatz für *Ärzte ohne Grenzen* im Jemen erlebt hatte. Es verging keine Nacht, in der sie nicht von den ausgemergelten sterbenden Kindern träumte, für die jede

Hilfe zu spät kam. Und dann die Bomben, die Schwerverletzten, nein, so etwas ging ihr einfach nicht mehr aus dem Sinn. Im Vergleich dazu wurde alles andere im Leben klein und unwichtig. Doch wenn sie nicht eines Tages im OP kollabiert und sofort mit einem Transporter zur Küste und weiter mit einem Schmuggelboot nach Dschibuti gebracht worden wäre, um von dort nach Deutschland ausgeflogen zu werden, dann hätte sie den Vorhof der Hölle nicht freiwillig verlassen.

Man hatte ihr gleich nach ihrer Rückkehr einen Job an der Charité angeboten, aber sie hatte nur wenige Wochen in der Klinik gearbeitet, dann war sie psychisch zusammengebrochen. Gerade erst hatte sie die zwölfwöchige stationäre Therapie hinter sich gebracht.

Eigentlich sollte sich eine ambulante Behandlung anschließen, aber sie wollte sich erst einmal Klarheit verschaffen, wie es in ihrem Leben überhaupt weitergehen sollte. Seit dem Abschluss ihres Studiums hatte sie mit nur kurzen Unterbrechungen in Krisengebieten gearbeitet und war jedes Mal wieder dorthin gegangen, weil sie in dem geordneten Ablauf eines städtischen Krankenhauses ganz schnell von einer unerträglichen Unruhe gepackt wurde. »*Wovor flüchten Sie?*«, hatte ihre Therapeutin sie einmal gefragt, aber Adrienne wusste es selbst nicht. Natürlich hatte Frau Dr. Jäger sie auch nach ihrer Kindheit befragt, und Adrienne hatte ihr gebetsmühlenartig versichert, sie habe nur positive Erinnerungen an ihre Adoptiveltern. Nach ihren leiblichen Eltern hatte Frau Dr. Jäger sie nicht befragt, weil es unüblich war, dass diese dem Kind bekannt waren. Manchmal hatte Adrienne den Impuls verspürt, von sich aus die Geschichte ihrer Herkunft anzusprechen, aber sie hatte ihn jedes Mal unterdrückt. Was sollte das auch bringen? Ich habe diese Menschen doch gar nicht gekannt, sagte sie sich in solchen Augenblicken vehement.

Kürzlich hatte man ihr angeboten, nach ihrer Genesung in

einer Geburtshilfeklinik in Afghanistan anzufangen. Dort waren die *Ärzte ohne Grenzen* nach der Zerstörung eines ihrer Krankenhäuser im Jahr 2015 wieder aktiv geworden. Man hatte ihr versichert, dass die Arbeit in der Klinik zurzeit vergleichsweise ungefährlich sei. Und das Angebot reizte sie mehr als eine sichere Stellung an der Charité. Sie stieß einen tiefen Seufzer aus, wenn sie daran dachte, dass sie bald eine Entscheidung treffen musste.

Und natürlich schlich sich auch immer wieder Ruben in ihre Gedanken. Sie hatte sich inmitten des Chaos überhaupt nicht von ihm verabschieden können. Er hatte nicht einmal mitbekommen, wie man sie abtransportiert hatte. Natürlich hatte sie überlegt, ob sie ihm schreiben sollte, aber die ganze Wahrheit hätte sie ihm sowieso nicht offenbart. Denn was sollte sie ihn mit ihrem kleinen Einzelschicksal belasten, während er bis zum Umfallen Menschenleben zu retten versuchte? Ruben war ein Phänomen. Ein blond gelockter Hüne aus dem niederländischen Harderwijk, der andere noch mit seiner guten Laune ansteckte, wenn ringsum die Welt in Scherben lag. Nein, ein Ruben benötigte sicherlich keine therapeutische Behandlung, nachdem er im Höllenschlund in die Fratze des Todes geblickt hatte. Er war selbst vor den schlimmsten Kriegsverletzungen nicht zurückgeschreckt. Wahrscheinlich hätte er sie sogar noch getröstet, wenn er denn überhaupt dazu gekommen wäre, ihr zu schreiben. Auch wenn sie der Gedanke schmerzte, Ruben nie wieder zu sehen, wollte sie ihm niemals das Gefühl geben, dass sich dort im sicheren Deutschland eine Frau nach ihm sehnte …

Als Adrienne einen Blick aus dem Zugfenster auf die vorbeiziehende Landschaft der Bretagne warf, hatte sie fast ein schlechtes Gewissen. Was für ein Frieden dort draußen herrschte! Kaum vorstellbar, dass in dieser Gegend einst die erbitterte Schlacht um die Bretagne getobt hat, dachte Adrienne. Diesen Part der deutsch-französischen Geschichte hatte ihnen Martin nahegebracht. Es gab kein Museum, in das er Jannis und sie nicht geschleppt hatte, und keine Bucht in der Normandie, wo die Alliierten gelandet waren, die sie nicht gemeinsam besucht hatten. Im Geschichtsunterricht hatte sie stets als Expertin in Sachen Zweiter Weltkrieg gegolten, sofern er Schauplätze in Frankreich betraf.

Adrienne blickte immer noch aus dem Fenster. Wenn sie es richtig erinnerte, passierten sie gerade St. Brieuc, wo der Bummelzug aus Rennes früher gehalten hatte, wie überhaupt in jedem kleinen Ort. Nun fuhr der Hochgeschwindigkeitszug bis Lannion durch, von wo aus sie sich ein Taxi nach Ploumanac'h nehmen wollte.

Je näher sie ihrer alten Ferienheimat kam, desto mehr spürte Adrienne eine gewisse Unruhe in sich aufsteigen. Als sie den Brief mit der Einladung zu Evas Sechzigstem nach Ploumanac'h bekommen hatte, hatte sie das nicht einmal im Ansatz berührt. Sie hatte sich allein von ihrer Sehnsucht nach der rosa Granitküste leiten lassen. Selbst in manch kurzer Nacht im Jemen, in der sie kein Auge zugetan hatte, hatte sie sich an den Strand von Saint Guirec geträumt und war in ihrer Fantasie den Zöllnerpfad bis zum Port de Ploumanac'h gewandert. Und dann war vor ihrem inneren Auge alles zum Leben erwacht. Auf der einen Seite der Panoramablick auf die bizarren Felsformationen und das Schloss *Costaérès,* das wie eine verwunschene Raubritterburg mitten im Meer thronte, hinter dessen Mauern der Roman *Quo Vadis* verfasst worden war und das derzeit einem deutschen Komiker gehörte, auf der anderen Seite der Pinienwald. Selbst die aufregende Duftmischung aus Salz und dem Geruch der Pinien, wenn sie an einem heißen Sommertag in der Sonne förmlich brodelten, war ihr manchmal in die Nase gestiegen. Diese Träume waren jedoch nie von Dauer gewesen. In ihrer primitiven Unterkunft aus Stein, die für die vielen Hilfesuchenden, die unter Planen hausten, wie eine Luxusherberge wirken musste, verging keine Nacht, in der sie nicht daran erinnert wurde, dass um sie herum ein grausamer Krieg herrschte. Ein Krieg, der von der Welt dort draußen völlig vergessen zu sein schien. Ob Menschen schrien, Schüsse hallten oder Kinder weinten, sie musste in jeder Minute damit rechnen, von ihrem Lager aufzuspringen, um für den nächsten Einsatz bereit zu sein.

Nein, als der Brief mit der Einladung in ihrer Berliner Wohngemeinschaft angekommen war, in der sie seit Studienzeiten lebte, da hatte sie die Aussicht auf ein Wiedersehen mit Eva kaum berührt. Was damals geschehen war und sie noch jahrelang gequält hatte, wurde völlig überlagert von ihren jüngsten Erfahrungen. Natürlich konnte sie sich, wenn sie sich ganz intensiv auf die damaligen Ereignisse konzentrierte, auch daran erinnern, mit welchen Worten Eva sie in jenem Sommer aus dem Haus geworfen hatte. *»Du bist nicht besser als deine Mutter!«*, hatte sie gebrüllt, bevor sie ihr mit äußerster Brutalität die Wahrheit an den Kopf geworfen hatte. *»Deine Eltern waren Terroristen! Und sie sind erschossen worden!«* Adrienne war Hals über Kopf nach Berlin geflüchtet und hatte sich über Wochen in einem Schockzustand befunden. Vor allem war ihr der Anlass für Evas Ausraster ein Rätsel geblieben. Gut, Jannis und sie hatten sich geküsst, aber was war schon dabei? Das hatte sie Eva an jenem Tag genauso gesagt: *»Und wenn, was ist verkehrt daran, wenn Jannis und ich uns ineinander verlieben?«* Wie ein Messerstich hatte Evas Antwort Adrienne mitten ins Herz getroffen. *»Alles! Nachdem mein Sohn Mirja gerade erst einen Antrag gemacht hat!«*

Adrienne hatte damals nicht gewusst, wen sie mehr hasste: Jannis für seine Feigheit, ihr zu verheimlichen, dass er Mirja, die er gar nicht liebte, heiraten würde, Eva für ihre überspannte Reaktion und auch für ihre brutale und viel zu späte Offenheit … oder aber ihre Eltern dafür, dass ihnen der Kampf gegen den Staat wichtiger gewesen war als das eigene Kind. Trauer hatte sie jedenfalls bis zum heutigen Tag über den Tod ihrer Eltern nicht empfunden. Sie hatte die beiden niemals kennengelernt, sondern nur eine Mutter gehabt: Eva. Warum also sollte sie ihrer Adoptivmutter bis in alle Ewigkeit nachtragen, dass sie vor über zehn Jahren ein einziges Mal die Nerven verloren hatte? Schließlich hatte Eva daraufhin mehrfach einzulenken versucht und in unzähligen Briefen geschworen, dass sie Adrienne wie eine leibliche Tochter liebe. Es habe sie nur so geschockt, wie Adrienne sich zwischen Mirja und Jannis habe drängen wollen. Und dass doch auch Mirja wie eine Tochter für sie sei. Sogar zu Mirjas und Jannis' Hochzeit hatte Eva Adrienne eingeladen. Aber Adrienne hatte gar nicht reagiert, nicht einmal eine Glückwunschkarte hatte sie dem jungen Paar geschickt. Nein, für sie hatte es damals kein Verzeihen gegeben! Sie war schwer gekränkt aus dem Leben ihrer Adoptiveltern und vor allem auch Jannis' Leben verschwunden.

Aber nun, nach allem, was sie in den langen Jahren der Trennung von ihrer Familie – denn eine andere hatte sie nicht – an Herausforderungen gemeistert hatte, schienen ihr über zehn Jahre eisernes Schweigen Strafe genug zu sein. Und außerdem konnte sie nach ihrer Entlassung aus der Klinik gut ein paar erholsame Tage in der Bretagne gebrauchen.

Adrienne schüttelte die Gedanken an die Vergangenheit energisch ab. Sie wollte keine alten Geschichten aufwärmen. Trotzdem musste sie plötzlich intensiv an Jannis denken. Erst in diesem Augenblick wurde ihr klar, dass sie nicht nur ihn, sondern auch Mirja wiedersehen würde, was ihr nicht besonders behagte. Aber nun war es zu spät. Gleich würde sie den Bahnhof von Lannion erreichen, und dann trennten sie nicht einmal mehr fünfzehn Kilometer von ihrem Ziel. Das bisschen innere Anspannung, das wohl nach so vielen Jahren ziemlich normal war, konnte sie nicht zur Umkehr bewegen, zumal sich Eva wirklich von ganzem Herzen über ihren Besuch zu freuen schien. Dass bei Adrienne allerdings keine echten Emotionen angesichts des Wiedersehens mit Eva aufkamen, hatte weniger mit deren damaligem Verhalten zu tun als vielmehr mit ihrer posttraumatischen Belastungsstörung. Als solche hatte Adriennes Therapeutin ihr Problem jedenfalls professionell diagnostiziert.

Sie war ja froh, dass das *Kind* nun einen Namen hatte, denn ihr selbst war schließlich nicht verborgen geblieben, dass sie sich höchst befremdlich verhielt, aber sie konnte nichts dagegen tun. Ihre Gefühle waren bei ihrer Rückkehr durch die schrecklichen Erlebnisse im Jemen in weiten Teilen wie abgestorben gewesen. Aber weder Adrienne noch ihre Kollegen hatten anfangs begriffen, dass sie professionelle Hilfe benötigte. Dazu hatte es erst eines Vorfalls in der Charité bedurft. Adrienne war nämlich eine Meisterin darin, perfekt zu funktionieren, ganz gleich, wie tief der Schmerz an ihrer Seele fraß. Doch dann war es eines Tages nicht mehr zu verbergen gewesen. An dem Tag nämlich, an dem ihrem Chef, dem sie assistiert hatte, bei einer OP ein Kind unter den Händen weggestorben war. Alle anderen im Saal hatten ihre Gefühle zugelassen. Ihre Kolleginnen hatten hemmungslos geschluchzt, und auch der Chefarzt hatte mit den Tränen kämpfen müssen. Nur sie hatte reagiert wie ein Zombie, nämlich gar nicht. Nach diesem Vorfall hatte ihr Chef sie beiseitegenommen und seiner Befürchtung Ausdruck verliehen, dass sie unter einer posttraumatischen Belastungsstörung leiden könne. Er hatte sie noch an demselben Tag zu Frau Dr. Jäger geschickt. Gleich nach dem Erstgespräch hatte die Therapeutin Adrienne in der Klinik stationär aufgenommen.

Nun befand sie sich auf dem Weg der Besserung, aber sie war längst noch nicht wieder die Alte – die emphatische, mutige und starke Adrienne. Sie hoffte natürlich, dass die Heimkehr an den Ort, an dem sie alle Sommer ihrer Kindheit und Jugend verbracht hatte, ihre Genesung fördern würde.

Eine Ansage, dass in Kürze der Bahnhof von Lannion erreicht werde, riss Adrienne aus ihren Gedanken. Sie holte ihren abgewetzten Rucksack, der schon so viele fremde Länder gesehen hatte, aus dem Gepäcknetz, griff nach ihrer eleganten Handtasche, die gar nicht recht zu ihrem sonstigen eher alternativen Outfit passte, und ging mit ihrem Gepäck zur Tür.

Als sie aus dem Zug stieg, musste sie daran denken, wie schön der alte Bahnhof gewesen war, den sie als Jugendliche noch erlebt hatte. Den hatte man vor vielen Jahren abgerissen und durch diesen Bau aus Glas ersetzt. Der Vorplatz lag wie ausgestorben vor ihr, doch in diesem Augenblick bogen gleich mehrere Taxen um die Ecke, sodass Adrienne gar nicht erst auf einen Wagen warten musste. Obwohl es ein heißer Sommernachmittag war, wehte die für die Bretagne typische leichte Brise, die jede Hitze erträglicher machte. Das war das Schöne an der Bretagne. Der Golfstrom brachte mildes Klima mit sich, und der Wind vom Meer verhinderte, dass es je unangenehm heiß wurde.

Adrienne nannte dem Fahrer in bestem Französisch ihr Ziel, lehnte sich bequem auf dem Sitz zurück und ließ die letzten Kilometer ihrer Reise in die Vergangenheit an sich vorbeirauschen. Soweit sie erkennen konnte, hatte sich bis auf ein paar neu angelegte Kreisverkehre und Konsumtempel am Ortsausgang nicht viel verändert.

Als vor ihr das Ortsschild von Ploumanac'h/ Perros Guirec auftauchte, beschleunigte sich ihr Herzschlag merklich. Was Adrienne früher als lästig empfunden hätte, signalisierte ihr, dass ihre Sensibilität langsam zurückkehrte. Und das empfand sie durchaus als positives Zeichen. Es bestätigte sie in ihrer

Hoffnung, die Reise nach Ploumanac'h könne sie wieder zu einem normal fühlenden Wesen machen.

Und dann erblickte sie das Haus. Sie hatte es größer in Erinnerung. Dabei war es in dieser Straße, in der einige Ferienhäuser lagen, das mit Abstand größte Anwesen. Von seiner Schönheit hatte es jedenfalls nichts eingebüßt. Die rosa schimmernden Granitsteine, aus denen es erbaut war, und das dunkelgraue Schieferdach glänzten in der Sonne und tauchten das Maison Granit Rose, wie das Anwesen seit seinem Bau in den späten Sechzigerjahren von ihrer Familie genannt wurde, in ein magisches Licht. Adrienne zauberte dieser Anblick ein Lächeln auf die Lippen. In diesem Moment verspürte sie ein Gefühl von Nachhausekommen. Das berührte sie so tief im Herzen, dass sie einen Kloß im Hals fühlte, so, als wenn sie gleich weinen müsste. Das hatte sie lange nicht mehr empfunden, selbst in dem Augenblick nicht, als ihr der Arzt die Wahrheit gesagt hatte, warum das Kind, das sie erwartete, nicht lebensfähig war. Keine einzige Träne hatte sie um ihr eigenes Schicksal vergossen. Es missfiel ihr außerordentlich, dass ihr das gerade in den Sinn kam – das, was sie für immer aus ihrer Erinnerung streichen wollte.

Sie gab dem Taxifahrer, der sich ungefragt und anerkennend zu dem wunderschönen Anwesen äußerte, ein sattes Trinkgeld, bevor sie leicht benommen von den unverhofft aufkeimenden Emotionen aus dem Wagen stieg.

Vor dem Haus blieb sie abrupt stehen und atmete ein paarmal tief durch. Ihr erstaunter Blick fiel auf das getöpferte Schild an der Pforte. *Eva, Martin, Adrienne, Jannis* leuchteten ihr die Namen in bunten Farben entgegen. Sie konnte sich daran erinnern, als wäre es gestern gewesen, wie Eva eines Sommers mit dem Riesentonklumpen und einem kleinen Brennofen nach Hause gekommen war. Aber dass sie das Schild niemals entfernt hatte, verwunderte Adrienne ein wenig. Das war so, als sei die Zeit stehen geblieben. Sie sah Jannis und sich als Kinder in Badezeug und mit Strandspielzeug bewaffnet aus dem Haus rennen, um den Tag am Strand zu verbringen, bei Flut zu baden, bei Ebbe durch das Watt zu wandern und Muscheln zu sammeln. Und dann das Klettern über die rosafarbenen Felsen, obwohl Eva ihnen dies ohne die Aufsicht der Erwachsenen strikt verboten hatte … die Pflaster, die sie sich gegenseitig auf die Haut geklebt hatten, um ihre Kratzer vor Eva zu verbergen.

Adrienne richtete den Blick aufs Meer, das linker Hand einladend in der Sonne schimmerte. Es herrschte also Flut, und sie spürte mit jeder Pore ihres Körpers die Lust, sich in das vertraute Wasser zu stürzen und so lange durch das salzige Nass zu waten, bis sie loskraulen konnte.

Dann wandte sie den Blick dem Vorgarten zu. Nirgendwo auf der Welt hatte sie je so üppig blühende Hortensien gesehen wie in der Bretagne. Wie ein blaues Band zog sich die Farbenpracht über die ganze Breite des Vorgartens. Ein Lächeln huschte über ihr Gesicht.

## 2.

Eva stand wie gebannt am Fenster der Prinzessinnenkammer, wie Adriennes einstiges Zimmer immer noch hieß. Sie beobachtete, wie ihre Adoptivtochter aus dem Taxi stieg, auf das Haus zusteuerte und wie angewurzelt stehen blieb, erst das Türschild anstarrte, schließlich in Richtung Meer blickte und dann ihren Blick über den Vorgarten schweifen ließ.

Sie ist schmal und blass, war Evas erster Gedanke, doch dann nahm sie mit gemischten Gefühlen wahr, dass Adrienne ihrer Mutter Caroline mittlerweile wie aus dem Gesicht geschnitten war. Mit Schrecken fiel ihr ein, dass Adrienne jetzt ungefähr in dem Alter war, in dem Caroline gestorben war. Gut, Adrienne musste jetzt sogar schon fast zweiunddreißig Jahre alt sein, während ihre Mutter den dreißigsten Geburtstag nur knapp überlebt hatte. Die Ähnlichkeit war wirklich frappierend. Wenn Eva noch daran dachte, wie pechschwarz Adriennes Haar als Baby gewesen war ... Noch mit einem Jahr hatte die Kleine einen schwarzen Schopf besessen, doch dann war sie fast über Nacht erblondet. Eva hatte damals eifrig nachgelesen, ob das möglich war. Sie hatte herausgefunden, dass sich in den meisten Fällen dunkles Haar nach einer Blondphase wieder gegen die helle Farbe durchsetzte, doch das war bei Adrienne offenbar nicht geschehen. Jedenfalls noch nicht. Ihr Blond war zwar dunkler als das von Caroline, aber weit von Jeans schwarzem Haar entfernt.

Eva löste sich vom Fenster, um nicht entdeckt zu werden. Hastig stellte sie die Fotos auf den Nachttisch, die Adrienne bei ihrem überstürzten Aufbruch damals vergessen und die Eva aus dem Zimmer entfernt hatte, seit der Raum als Gästezimmer benutzt wurde. Und sie hatte Adrienne doch in der Mail geschrieben, dass sie nichts verändert hatte. Dieses Versprechen wollte sie unbedingt einhalten.

Plötzlich musste Eva an den Tag denken, an dem sie Adrienne offenbart hatte, dass sie nicht ihr leibliches Kind war. Jahrelang hatte sie diese Aussprache hinausgeschoben. Sehr zu Martins Missfallen, der die Meinung der meisten Psychologen vertrat, dass es besser sei, Adoptivkinder so früh wie möglich mit der Realität vertraut zu machen. Schweren Herzens hatte er sich all die Jahre zurückgehalten, aber in dem Sommer, als Adrienne vierzehn geworden war, hatte er Eva angedroht, die Sache höchstpersönlich in die Hand zu nehmen, falls sie Adrienne nicht bald reinen Wein einschenkte. Mit dem Argument »*Aber ich kann ihr doch unmöglich sagen, dass man ihre Mutter erschossen hat*« hatte sie versucht, das Unvermeidbare noch länger hinauszuzögern, aber Martin war hart geblieben. Er hatte ihr allerdings überlassen, was sie Adrienne über den Tod ihrer Mutter offenbaren wollte. Als Eva daraufhin vorschlug, sie würde ihr dann erst einmal erzählen, dass ihre Eltern bei einem Verkehrsunfall ums Leben gekommen seien, war er von der Idee alles andere als begeistert gewesen, hatte aber nicht eingegriffen. Nur gefragt, wann Eva endgültig mit der Wahrheit herauszurücken gedenke. Die Notlüge mit dem Unfall hatte es Eva damals erleichtert, Adrienne endlich zu gestehen, dass sie nicht ihre leibliche Mutter war. Sie hatte unter einer Wahnsinnsangst gelitten, Adrienne werde sie nach diesem Outing ablehnen, doch das Gegenteil war der Fall gewesen. Ihr Verhältnis war nur noch enger geworden. Und wahrscheinlich wären sie heute noch ein Herz und eine Seele gewesen, wenn Eva nicht die Nerven durchgegangen wären, als sie Adrienne und Jannis ein paar Jahre darauf beim Knutschen erwischt hatte. Vor Schreck hatte sie damals die Wahrheit wie eine vernichtende Waffe auf ihre Adoptivtochter abgefeuert, statt ihr die grausamen Tatsachen schonend beizubringen. Im Eifer des Gefechts hatte Eva sie auch noch des Hauses verwiesen. Beides hatte sie inständig bereut.

Noch einmal warf sie einen Blick auf die nachdenkliche junge Frau dort unten. Für einen winzigen Augenblick erhellte ein Lächeln Adriennes ernstes Gesicht. Erst in diesem Moment wurde Eva bewusst, dass Adrienne weit mehr von ihrer leiblichen Mutter hatte, als sie sich das je gewünscht hätte. Plötzlich wurde ihr schwindelig, sodass sie sich mit ihrem noch kräftigen rechten Arm an einem Stuhl abstützen musste. Sie hatte gehofft, nie wieder an Carolines Tod denken zu müssen, was ihr in den vergangenen Jahren auch über weite Strecken gelungen war, aber angesichts von Adriennes leibhaftigem Auftauchen war alles wieder präsent. Es war ihr, als hätte sich ein zugeschütteter Kanal geöffnet, aus dem nun unkontrolliert alles hervorquoll. Ihr war so, als würde Caroline vor der Tür stehen.

Eva hoffte inständig, dass Adrienne sie nicht mit Fragen nach dem wahren Grund ihres damaligen Ausrasters löchern würde. Mit der Zeit hatte sie es geschafft, selbst an das Lügengebilde um Adriennes Flucht aus Ploumanac'h, das sie ihrer Familie aufgetischt hatte, zu glauben. Dass sie sich der Wahrheit nicht länger entziehen konnte, spürte sie mit jeder Pore, seit sie Adrienne dort unten beobachtete. Und wenn Adrienne mit der ihr eigenen Rhetorik nachfragen sollte, bestand die Gefahr, dass Eva dem Druck nicht standhielt. Aber sie hatte sich immerhin ein paar Floskeln, um potenzielle Fragen abzuschmettern, im Vorwege zurechtgelegt. Und die mündeten allesamt in einer Aussage: *Es tut mir leid. Ich hatte Sorge, du könntest Mirja und Jannis auseinanderbringen.*

Als es klingelte, ging sie mit zitternden Knien zur Haustür.

Sie hatte die Einladung an Adrienne aus vollem Herzen abgeschickt und war vom Wunsch beseelt gewesen, ihre Adoptivtochter endlich wiederzusehen. In diesem Moment jedoch wurde ihr klar, dass Adriennes Anwesenheit einiges durcheinanderwirbeln würde. Wenn sich die junge Frau nicht von Grund auf verändert hatte, war sie eine redegewandte, klare Person, die den Dingen schon aus Prinzip auf den Grund ging. Damals hatte sie das Haus zwar überstürzt verlassen und gar keine Fragen gestellt, aber das war ihrem Schockzustand geschuldet, vermutete Eva. Inzwischen war viel Zeit zum Nachdenken ins Land gegangen, und wenn Adrienne ihrer Mutter auch in dem Punkt ähneln sollte, den Dingen auf den Grund zu gehen, konnte es für Eva verdammt ungemütlich werden. Sie musste wohl oder übel in die Offensive gehen, was ihr Zerwürfnis anging, statt sich in die Defensive drängen zu lassen, obwohl sie am liebsten einen endgültigen Schlussstrich unter die alte Geschichte gezogen hätte.

Ihr Herz pochte bis zum Hals, als sie die Tür öffnete, doch beim Anblick ihrer geliebten Tochter waren alle schweren Gedanken verflogen. Sie riss Adrienne an die Brust. Tränen rollten ihr über die Wangen, während sie in einem fort murmelte: »Ich habe dich so vermisst.«

Adrienne war diese sehr emotionale und körperliche Begrüßung eher unangenehm. Noch fühlte sie nämlich ihrer Adoptivmutter gegenüber gar nichts. Eva war ihr fremd. Natürlich hoffte sie sehr, dass die alte Verbundenheit zwischen ihnen zurückkehrte, aber im Moment hätte sie sich liebend gern aus der Umklammerung befreit. Doch das ließ sie sich nicht anmerken. Trotzdem war sie erleichtert, als Eva sie endlich losließ und stattdessen von Kopf bis Fuß musterte.

»Oh, Kind, du bist viel zu dürr! Du musst mehr essen!«, rief Eva entsetzt.

Adrienne lächelte schief, vor allem, weil Eva selbst so aussah, als hungere sie. Früher hatte sie eine schlanke, aber durchaus weibliche Figur besessen, nun aber traten ihre Schlüsselbeine deutlich hervor, und ihr einstiges Madonnengesicht war entsetzlich schmal geworden, was sie viel älter, aber immer noch attraktiv aussehen ließ. Adrienne wusste, dass sie selbst zurzeit wesentlich weniger auf die Waage brachte als vor ihrem Aufenthalt im Jemen, und war alles andere als stolz darauf. Für sie war es allerdings eher ein Symptom ihrer Störung, und sie wäre gern wieder normal schlank gewesen wie zuvor.

»Du isst aber auch nicht gerade viel«, entgegnete Adrienne immer noch lächelnd.

Eva machte eine abwehrende Handbewegung. »Ach, bei mir ist es doch ganz egal! Mich guckt doch kein Mensch mehr an. Ich bin eine alte Frau«, sagte Eva halb im Scherz, während sie Adrienne ins Haus zog.

»Glaub ihr kein Wort!«, ertönte eine Stimme in spöttischem Ton, und schon kam Martin freudestrahlend auf Adrienne zu. Auch er nahm sie in den Arm, was ihr nicht das geringste Unbehagen bereitete. Im Gegenteil, sie empfand sogar Wiedersehensfreude. Merkwürdig, dass ihre Gefühle bei Martin ansprangen, während sie sich bei Eva reserviert zurückhielten.

»Lass dich anschauen«, sagte er, nachdem er einen Schritt zurückgetreten war. »Es ist ja kaum zu glauben. Wenn ich es nicht besser wüsste, könnte ich glauben, Caroline stände vor mir«, erklärte er sichtlich ergriffen.

»Du kanntest meine Mutter? Das wusste ich ja gar nicht«, entgegnete Adrienne.

»Aber sicher, sie ist doch bis zu ihrem Tod jedes Jahr in Ploumanac'h gewesen. Hat dir Eva das denn nicht erzählt?« Er warf seiner Frau einen missbilligenden Blick zu.

Idiot!, dachte Eva wütend. Jetzt ist Adrienne gerade ein paar Sekunden da, und Martin tritt schon mitten in einen Fettnapf. Eva erinnerte noch genau, wie aufgebracht Martin gewesen war, nachdem Adrienne damals aus Ploumanac'h geflüchtet war. Dabei hatte Eva ihm den wahren Grund vorsichtshalber verschwiegen, sondern ihm vorgeschwindelt, sie habe Adrienne nur endlich schonend beigebracht, dass ihre Eltern als Terroristen erschossen worden seien. *»Du hast das arme Kind nicht zurückgehalten? Und wie kommst du darauf, ihr vorzulügen, dass ihr Vater auch tot ist?«*, waren noch seine harmlosesten Vorwürfe gewesen. Niemals hätte Eva ihm die Wahrheit sagen können. Dass sie Adrienne aus dem Haus geworfen hatte, und vor allem, warum. Schon diese Version, die sich Eva ausgedacht hatte, um nicht zugeben zu müssen, was sie Adrienne angetan hatte, hatte ihn in Rage versetzt. Wie oft hatte er Eva in den vergangenen Jahren aufgefordert, Adrienne endlich die Wahrheit über ihre Eltern zu schreiben, jedenfalls das, was er für die Wahrheit hielt. Aber musste er Adrienne deshalb gleich zur Begrüßung auf diesen neuralgischen Punkt ansprechen? Sie war es so leid, dass Martin in letzter Zeit zunehmend versuchte, seine Autonomie ihr gegenüber unter Beweis zu stellen. So als müsse er ihr die vielen Jahre heimzahlen, die er in ihrem Schatten schweigend funktioniert hatte. Doch nun war es zu spät, ihn zu verlassen. Außerdem gab es keinen anderen mehr, der voller Sehnsucht auf sie wartete. Außer vielleicht Jules, aber den hatte sie noch nie wirklich gewollt. Er war immer nur zweite oder dritte Wahl gewesen. Überhaupt gab es nur einen Mann in ihrem Leben, auf den sie sich stets hatte verlassen können, und das war Martin! Eva vertrat mittlerweile die Auffassung, dass es für eine Partnerschaft, die ein Leben lang halten sollte, vielleicht sogar von Vorteil war, dass man für den anderen noch nie in leidenschaftlicher Liebe entbrannt war. Wichtig war eher, dass man als perfektes Team funktionierte. Und es war ja nicht so, dass Eva anfangs nicht wenigstens ein bisschen verliebt in Martin gewesen wäre. Nur hatte sich das Ganze eher vertraut und geborgen angefühlt, nicht wild und gefährlich, wonach sie sich eigentlich verzehrte. Aber das hatte ihr nur ein einziger Mann geben können. Nur er allein! Auch nicht die diversen Geliebten, mit denen sie Martin im Lauf der Jahre betrogen hatte. Aber das gehörte ebenfalls der Vergangenheit an, denn welcher Mann nahm sich schon eine Frau in ihrem Alter zur Geliebten?

»Nein, ich weiß gar nichts über meine Eltern«, entgegnete Adrienne nach einigem Zögern auf Martins Frage. Ihr war die Anspannung zwischen den Eheleuten nicht entgangen. »Aber es interessiert mich auch nicht. Da ich sie nicht gekannt habe, ist es mir eigentlich ziemlich schnuppe, ob ich meiner Mutter ähnlich sehe oder nicht.« Schon während sie das aussprach, spürte sie tief im Innern, dass es ihr längst nicht mehr so gleichgültig war wie früher. Im Gegenteil, die Ähnlichkeit mit einer Mutter, die ihr Kind weggegeben hatte, weil sie sich lieber um die Weltrevolution kümmern wollte, berührte sie unangenehm.

»Aber du solltest ihr lieber gleich den Brief geben. Sonst geht der in der ganzen Wiedersehensfreude noch unter«, ermahnte Martin seine Frau, die daraufhin genervt die Augen verdrehte.

»Ja, ja, das vergesse ich schon nicht!«

»Was für einen Brief?«, wollte Adrienne wissen.

»Wir haben von deinem Onkel, einem Anwalt Manzinger, einen Brief bekommen mit der Bitte an uns, ihn dir auszuhändigen oder ihm deine Adresse zu senden.«

»Musst du sie gleich mit den Manzingers überfallen?«, fauchte Eva ihren Mann an. »Lass sie doch erst mal ankommen! Hattest du eine gute Reise?«

Adrienne nickte. »Alles wunderbar. Es ist so schön, mal wieder hier zu sein. Allein diese Luft. Die ist der Hammer. Und den Brief kannst du mir später geben.«

»Genau. Du willst dich sicher erst mal frisch machen. An

deinem Haken im Bad hängt ein frisches Handtuch, und dein Zimmer findest du noch, oder?«

»Na klar. Bin gespannt, ob das Foto von Bella noch da ist …«
Kaum hatte sie den Namen ihres Hundes ausgesprochen, verspürte sie einen Stich. Vier Jahre lang waren Adrienne und ihre Border-Collie-Dame ein Herz und eine Seele gewesen, bis sie eines Tages vor ein Auto gelaufen war. Gott, wie lange habe ich nicht mehr an Bella gedacht!, ging es ihr durch den Kopf, und langsam erfüllte sich ihre Hoffnung, dass die Rückkehr an diesen Ort sie tatsächlich wieder in Kontakt mit ihren Gefühlen brachte.

»Wir essen um neunzehn Uhr auf der Terrasse. Und dreimal darfst du raten, was es gibt«, sagte Eva.

»Ich hoffe auf Moules frites.«

»Was denn sonst? Du wolltest doch in der Bretagne nie was anderes essen.«

Adrienne erinnerte sich lebhaft daran, wie Eva mit Engelszungen in jedem Restaurant an der Côte de Granit Rose auf sie eingeredet hatte, sie solle doch mal einen schönen Fisch probieren … Vergeblich!

Sie winkte ihren Adoptiveltern noch einmal zu, bevor sie mit ihrem Rucksack die knarrende Treppe hinaufstieg. Oben angekommen, hörte sie erregte Stimmen. Offenbar konnten ihre Adoptiveltern nicht warten, bis sie außer Hörweite war, bevor sie sich angifteten. Oder sie glaubten, wenn sie flüsterten, könne sie nichts verstehen. Sie verstand aber jedes Wort, blieb wie angewurzelt stehen und lauschte angestrengt, weil es nämlich um sie ging.

»Musstest du sie gleich auf Caroline und den blöden Brief ansprechen? Sie will nichts über ihre Eltern und ihre Familie wissen. Hat sie doch selbst gesagt«, zischte Eva.

»Das ist doch Unsinn, dass es sie nicht interessiert. Wir können ihr schließlich nicht verschweigen, dass uns dieser Brief aus Köln nachgeschickt wurde. Wenn das womöglich irgendetwas Offizielles ist, dann existieren Fristen. Sie sollte ihn schnellstens bekommen.«

»Ja, ja, ich will den Brief ja nicht unterschlagen, aber dass du gleich sagen musstest, sie sehe ihrer Mutter ähnlich. Das war nun wirklich nicht nötig.«

»Aber wenn's doch die Wahrheit ist! Und es ist unsere verdammte Aufgabe, ihr endlich etwas über ihre Eltern zu erzählen. Sonst bleiben sie in ihrer Fantasie holzschnittartige Monster. Mensch, Eva, Caroline war deine beste Freundin, und Jean, der war dir auch …«

»Halt einfach den Mund! Ich bin froh, dass meine Tochter den Weg hierher zurückgefunden hat, und das lasse ich mir nicht kaputt machen mit Plädoyers auf meine tote beste Freundin«, fauchte Eva.

»Okay, ich werde nicht noch einmal damit anfangen! Sollte Adrienne jedoch auf mich zukommen, dann bleibe ich ihr die Antwort nicht schuldig und verschweige ihr auch nicht, dass ihr Vater noch …«

»Hör auf!«, unterbrach ihn Eva mit überschnappender Stimme. »Oder willst du vielleicht, dass sie das mitbekommt?«, fügte sie leise, für Adrienne aber durchaus noch verstehbar, hinzu.

Adrienne war so irritiert über den Inhalt der Auseinandersetzung, dass sie die herannahenden Schritte überhörte.

»Na? Lauschst du immer noch an fremden Türen?« Das war unverkennbar Mirjas Stimme. Adrienne fuhr erschrocken herum.

»Dir auch einen schönen guten Tag«, erwiderte Adrienne kalt, um zu überspielen, wie peinlich es ihr war, ausgerechnet von Mirja beim Lauschen erwischt zu werden. Das war ihr beim letzten Mal passiert, als sie einen Streit zwischen Jannis und Eva durch eine verschlossene Tür mit angehört hatte.

»Bist du jetzt unter die Zeromodels gegangen?«, hakte Mirja bissig nach und musterte Adrienne abschätzig von Kopf bis Fuß. Es kostete Adrienne einige Überwindung, nicht mit denselben miesen Waffen zurückzuschießen. Mirja hatte nämlich enorm zugelegt in den vergangenen Jahren. Doch Adrienne stand überhaupt nicht der Sinn danach, ihren Zickenkrieg nach so langer Zeit unvermindert fortzusetzen.

Sie versuchte ein Lächeln aufzusetzen und reichte Mirja versöhnlich die Hand. »Neustart?«, fragte sie.

»Meinetwegen, aber nur Jannis und meiner Familie zuliebe. Eva ist ja immer noch ganz närrisch nach dir. Obwohl du einfach abgehauen bist. Dankbarkeit für alles, was sie für dich getan hat, sieht anders aus.« Mirjas Ton war so spitz wie eh und je, und es fiel Adrienne schwer, nicht auf diese Provokation einzugehen. Ihre Hand zog sie rasch zurück, bevor Mirja danach greifen konnte.

In diesem Augenblick kam ein etwa fünfjähriger Bursche angerannt, in der Hand ein Smartphone. Er sah genauso aus wie Jannis in dem Alter. »Nimm du das! Leonie will noch mal die blöde Eiskönigin sehen. Ich will das aber nicht.« Und schon kam ein brüllendes Mädchen hinzu, das Adrienne auf drei Jahre schätzte. »Gib's wieder her!«

Adrienne nutzte das Kinderchaos, um sich in ihr Zimmer zu verziehen. Sie hörte Mirja verzweifelt stöhnen: »So, ihr beiden, ihr geht jetzt mal nach draußen in den Garten. Ihr habt den ganzen Tag drinnen gehockt.«

»Ich will aber Elsa sehen!«, protestierte die kleine Nervensäge.

Adrienne war froh, als sie die Tür hinter sich schließen konnte. Nun kam nur noch schallgedämpftes Genöle bei ihr an. Sie sah sich neugierig in dem Zimmer um. Tatsächlich, es stand alles noch an seinem Platz. Selbst die Fotos auf ihrem Nachttisch. Allen voran das ihrer Hündin Bella. Sogar ihre damalige Lieblingsbettwäsche aus Satin, die auf der einen Seite schwarz und auf der anderen blutrot war, hatte Eva aufgezogen. Wie sollte sie auch ahnen, dass Adrienne es inzwischen vorzog, in blütenweißem Bettzeug zu schlafen? Trotzdem spürte sie beim Anblick des frisch bezogenen Betts eine bleierne Müdigkeit, denn sie hatte in der vergangenen Nacht, die sie in einem Hotel in Paris verbracht hatte, kaum ein Auge zugetan. Diese Schlaflosigkeit hatte sie auch ihrer Belastungsstörung zu verdanken, weil sich der Körper immer noch in ständiger Alarmbereitschaft befand.

Ein Blick auf die Uhr zeigte ihr, dass sie sich noch einen Augenblick hinlegen konnte, denn Essen gab es erst in einer Dreiviertelstunde. Sie musste zugeben, auf die Muscheln mit den Pommes frites freute sie sich wirklich. Eva konnte sie besser zubereiten als jedes noch so gute Bistro vor Ort.

Sie streckte sich genüsslich auf dem Bett aus und blickte zur Decke. Das Bett stand unter der Dachschräge, und dieser Platz war für sie immer besonders kuschelig gewesen. Ihre Gedanken schweiften zu der Begegnung mit Mirja zurück. Wie gut, dass sie das hinter sich gebracht hatte, denn es hätte noch schlimmer kommen können. Mirja war damals schon so schrecklich eifersüchtig auf Adrienne gewesen. Nun hatte sie doch auf der ganzen Linie gesiegt, aber ob sie das wirklich glücklich machte, das wagte Adrienne zu bezweifeln. Mirja hatte auf sie eben eher den Eindruck einer gestressten Hausfrau gemacht. Und überhaupt, wer ließ so kleine Kinder schon auf einem Handy allein Filme sehen?, fragte sie sich, gestand sich aber gleichzeitig ein, dass sie in Sachen Kindererziehung keine Expertin war. Und damit musste sie sich in ihrem Leben wohl auch in Zukunft nicht mehr beschäftigen, denn zu einer Familiengründung gehörte auch ein Vater, der Verantwortung übernahm … Hastig unterbrach sie ihre Gedanken, weil sie sofort eine diffuse Unruhe in sich aufsteigen spürte.

Sie versuchte, sich stattdessen noch einmal an den genauen Wortlaut sowie die Zwischentöne des Streitgesprächs zwischen ihren Adoptiveltern zu entsinnen. Offenbar war es Eva am liebsten, sie würde keine neugierigen Fragen ihre leiblichen Eltern betreffend stellen, während Martin damit rechnete, dass sie eines Tages doch an Einzelheiten interessiert sein könne. Bis zum heutigen Tag hätte Adrienne Eva die Hand darauf gegeben, dass sie von ihr keine neugierigen Fragen zu befürchten hatte, weil sie nicht das geringste Interesse verspürte, mehr über ihre biologischen Erzeuger zu erfahren. Für sie existierten sie bislang als bloße Schimären, als Trugbilder, die sie nicht erfassen konnte. Aber jetzt irritierte sie, warum Eva Martin gegenüber so aggressiv geworden war. Hatte sie womöglich etwas zu verbergen? Und dass ihre Mutter Caroline Evas beste Freundin gewesen war, das hatte sie bei der Gelegenheit auch zum ersten Mal gehört. Damals, als Eva ihr den Bären mit dem Autounfall aufgebunden hatte, hatte sie behauptet, Caroline sei eine Schulkameradin von ihr gewesen, und das hatte verdammt distanziert geklungen. Jedenfalls nicht nach bester Freundin! Aber genau das wäre doch eine wichtige Information für Adrienne gewesen. Vielleicht hätte Eva ihr noch mehr über Caroline erzählen können. Vielleicht auch etwas über ihre Beweggründe, warum sie ihr Baby gleich nach der Geburt in Evas Obhut gegeben hatte. Vielleicht war es alles gar nicht so schwarz-weiß, wie es sich bislang in Adriennes Kopf abgespielt hatte.

Adrienne konnte sich nicht helfen. Dieser Streit ihrer Adoptiveltern löste in ihr ein gewisses Interesse an ihren leiblichen Eltern aus. Und auch die Tatsache, dass für sie ein Brief der Familie Manzinger angekommen war, ließ sie nicht ganz kalt. Immerhin erfuhr sie auf diese Weise, dass ihre Mutter einen Bruder hatte, was Caroline in Adriennes Vorstellung wieder ein Stück menschlicher machte. Natürlich war sie neugierig, was ihr dieser Onkel so Wichtiges mitzuteilen hatte. Und bei allem drängte sich Adrienne zunehmend die Frage auf, warum Eva ihr gegenüber stets so getan hatte, als verbände sie rein gar nichts mit dieser Frau. Und was war das da mit ihrem Vater? Was hatte Martin eben über ihren Vater sagen wollen? Adrienne konnte sich nicht helfen. Sie spürte ein tiefes Unbehagen darüber, wie Eva ihr gegenüber mit dem sensiblen Thema Adoption und leibliche Herkunftsfamilie umgegangen war ... Adrienne unterbrach ihre eigenen Gedanken und stellte erschrocken fest: So ganz verziehen hatte sie Eva doch noch nicht. Woher kamen bloß plötzlich diese längst vergessen geglaubten Gefühle? Lauerten sie etwa in den Wänden der Prinzessinnenkammer? Sie befürchtete, dass sie ihrer Adoptivmutter ein paar neugierige Fragen nicht würde ersparen können.

## 3.

Adrienne hatte ihr blau-weiß gestreiftes Lieblingskleid angezogen, das sie in jenem Sommer kurz vor dem Zerwürfnis mit Eva in einer der zahlreichen Boutiquen in Perros Guirec erstanden hatte. Das Kleid war aus Baumwolle und unverwüstlich. Sie hatte es sogar in den Jemen mitgenommen, allerdings nie getragen. Dort war sie über Monate kaum aus ihren bequemen Cargohosen rausgekommen. Sie hatte all die Jahre nur aus dem Rucksack gelebt, weshalb sie sich auch hier noch nicht dazu hatte durchringen können, ihre Kleidung in den Schrank zu hängen. Dieses Kleid hatte sie der Familie jedenfalls damals gar nicht mehr vorgeführt. Sonst hätte sie es jetzt auch nicht angezogen. Sie wollte keinesfalls den Eindruck erwecken, alles sei noch beim Alten und es habe diesen Bruch nie gegeben. Nun, die anderen waren auch nicht mehr wie früher, wobei der Streit zwischen ihren Adoptiveltern sie auch an alte Zeiten erinnert hatte. Allerdings hatte sich Martin früher nicht annähernd so bissig gegen Evas autoritäre Art gewehrt. Adrienne hatte es mehr als einmal erlebt, dass Martin dann stumm den Tisch verlassen hatte und den Zöllnerpfad hin und zurück gejoggt war, statt sich mit seiner Frau auseinanderzusetzen. Und Jannis hatte sich sicherlich auch verändert, war er doch Vater von zwei kleinen Quälgeistern und Ehemann einer Frau, über die er damals wortwörtlich gesagt hatte: »*Ich liebe sie nicht genug, aber wie soll ich ihr das nach fünf Jahren Beziehung schonend beibringen, zumal ihre Mutter Claudia Evas Busenfreundin ist?*« Adrienne erinnerte sich nur zu gut, wie die beiden

Mütter, als Mirja und Jannis noch Kinder gewesen waren, kichernd am Strand verkündet hatten, was für ein entzückendes Paar die beiden spielenden Nackedeis seien und dass sie später bestimmt einmal heiraten würden. Adrienne war damals noch keine fünf Jahre alt gewesen, aber sie hatte intuitiv gespürt, dass Claudia sie ablehnte. Allein die abschätzigen Blicke in ihre Richtung, wenn sie sich unbeobachtet fühlte ... Heute war Adrienne sicher, dass Claudia über ihre Herkunft Bescheid gewusst und wahrscheinlich befürchtet hatte, sie würde ihre Schaufel gleich als Waffe einsetzen. Aber diese Antipathie hatte stets auf Gegenseitigkeit beruht. Als Kind hatte Adrienne Tante Claudia genauso wenig gemocht wie Mirja, die sich immer so mädchenhaft angestellt hatte, weder Wasserschlachten mochte noch sich prügeln wollte. Wie oft hatten Adrienne und Jannis als Kinder ihre Zwistigkeiten handgreiflich ausgetragen, und Adrienne hatte sich eigentlich immer gut gegen ihren älteren Bruder behauptet. Im Nachhinein beschlich sie oft der Verdacht, dass er nie mit voller Kraft gegen sie gekämpft hatte. Ach, Jannis, was wohl aus dir geworden ist?, dachte Adrienne. Und sofort kamen Erinnerungen an jenen Tag hoch, an dem alles anders geworden war zwischen ihnen, die sie aber vehement verscheuchte.

Als sie die Küche durchquerte, hörte sie auf der Terrasse bereits Stimmengewirr. Die beiden Kinder waren schon wieder in einen heftigen Streit verwickelt, den die Erwachsenen mit den üblichen Floskeln zu schlichten versuchten. Alle redeten durcheinander, etwas, das Adrienne in Stress versetzte. Sie brauchte immer noch viel Ruhe, um sich zu stabilisieren. Außerdem spürte sie eine gewisse innere Anspannung bei der Vorstellung, was sie dort draußen erwartete.

Sie atmete einmal tief durch, bevor sie sich auf die Terrasse traute. Sosehr sie sich auch nach dem Erwachen ihrer Gefühle aus dem Tiefschlaf gesehnt hatte, war es ihr doch etwas unheimlich, wie diese nun plötzlich das Kommando übernahmen.

Als Erster bemerkte Jannis Adrienne, wie sie vorsichtig und leise nach draußen trat. Ihre Blicke trafen sich, und sie spürte einen kleinen Stich im Herzen. Jannis hatte sich verändert, aber nur zu seinem Vorteil. Mit seinem gepflegten dunklen Bart sah er natürlich älter aus, was er ja in der Tat auch war, und das stand ihm außerordentlich gut. Was für ein attraktiver Bursche!, ging es Adrienne durch den Kopf. Jannis starrte sie an wie einen Geist, doch dann sprang er auf, umrundete den Tisch und riss sie förmlich in seine Arme. »Schwesterchen, du bist ja noch schöner geworden!«, rief er aus. Aus den Augenwinkeln beobachtete Adrienne, wie Mirjas und Evas Gesichtszüge gleichermaßen versteinerten. Adrienne wunderte sich allerdings auch über Jannis' Unbefangenheit, mit der er seine Wiedersehensfreude zum Ausdruck brachte. Ob er wohl vergessen hatte, dass ihre Knutscherei unten im Flur der Grund dafür war, dass sie über zehn Jahre nichts voneinander gehört hatten?

»Komm, Adrienne, setz dich! Du musst doch Hunger haben«, bemerkte Eva in beinahe strengem Ton. Adrienne löste sich aus der Umarmung, aber nicht, ohne Jannis schwesterlich durch den Lockenkopf zu wuscheln. »Du bist ja ein richtiger Kerl geworden«, lachte sie. Jannis machte es ihr wirklich leicht, locker mit ihm umzugehen, und sie wollte ihm zeigen, wie dankbar sie dafür war. Doch dann setzte sie sich hastig auf den Platz neben Eva, den diese für sie vorgesehen hatte.

»Schau, extra für dich!« Ihre Adoptivmutter deutete auf den riesigen Topf mit Muscheln in Weinsoße und die Schüssel voller Pommes. »Aber erst stoßen wir auf deine Rückkehr in den Schoß der Familie an«, fügte sie hinzu und erhob ihr Glas Muscadet, das Traditionsgetränk im Ferienhaus.

Die Kinder hatten gerade einen Moment Ruhe gegeben

und waren damit beschäftigt, die fremde Tante anzustarren, doch nun fragte die Kleine mit fordernder Stimme: »Wer bist du?«

»Das ist eure Tante Adrienne«, nahm ihr Jannis die Antwort vorweg.

»Na ja, also das kann man so nicht sagen. Eigentlich gehört Adrienne gar nicht …« Weiter kam Mirja mit ihrer Bemerkung nicht, weil Jannis sie in scharfem Ton zurechtwies. »Adrienne ist meine Schwester und damit eure Tante!«

Mirja verdrehte die Augen, traute sich aber nicht, den Kindern gegenüber zu thematisieren, dass die Tante nur adoptiert war.

»Ist Oma Eva dann auch deine Mutter?«, fragte die Miniaturausgabe von Jannis mit typisch kindlicher Neugier.

»Genau, und ich bin ihr Papa«, bestätigte Martin entschieden.

»Und wie heißt ihr beiden?«, fragte Adrienne die Kinder, obwohl sie den Namen des Mädchens bereits kannte.

»Das ist Leonie, und ich bin Bruno«, erklärte ihr der Kleine. Auf den zweiten Blick fand Adrienne die beiden Kinder nicht mehr ganz so nervig wie vorhin oben im Flur.

»Wenn ihr wollt, könnt ihr Pommes mit ins Gartenhaus nehmen und sie dort essen«, bot Eva ihren Enkelkindern an, ein Vorschlag, der auf große Begeisterung stieß. Sie nahmen eine kleine Schüssel mit Pommes und verschwanden in Richtung einer Spiellandschaft hinten im Garten, die es damals noch nicht gegeben hatte.

»Na, und wie ist es bei dir mit Kindern und Mann?«, erkundigte sich Mirja lauernd, kaum dass sich ihr Nachwuchs vom Tisch entfernt hatte.

Adrienne erstarrte innerlich. Einmal abgesehen davon, dass die Frage taktlos war, konnte Mirja sich doch denken, dass sie, wenn sie eine Familie gehabt hätte, diese nach Frankreich mitgebracht hätte. Außerdem war das Salz auf ihre noch nicht verheilte innere Wunde, den Verlust ihres eigenen Babys.

»Ich habe meine drei Kinder zu Hause bei meinem Mann gelassen«, entgegnete sie schließlich, ohne die Miene zu verziehen.

»Du bist verheiratet?«, fragte Eva, während Martin sich ein Grinsen nicht verkneifen konnte.

»Ich freue mich, dass du deinen trockenen Humor nicht verloren hast«, bemerkte er und zwinkerte ihr verschwörerisch zu.

»Und du, Mirja, was machst du beruflich?«, schoss Adrienne die Gegenfrage wie einen Pfeil ab.

Mirja sah jetzt aus, als hätte sie auf eine Zitrone gebissen. »Ich bin Mutter«, erklärte sie schließlich mit Nachdruck.

Adrienne ließ es dabei bewenden, weil sie keine Lust hatte, dort anzuknüpfen, wo sie vor über zehn Jahren aufgehört hatte. Schon damals hatte sie sich ständig gegen Mirjas Sticheleien wehren müssen. Damals hatte Mirja jedenfalls gerade ihr Architekturstudium begonnen und von der großen Karriere geträumt. Adrienne verschaffte es keine Genugtuung, dass sich Mirjas Träume offenbar zerschlagen hatten. Sie wollte nur in Ruhe gelassen werden und ihr das Lästermaul stopfen.

»Also hast du keine Familie?«, beharrte Mirja.

Da mischte sich Jannis ärgerlich ein. »Hör mal auf damit! Du tust ja gerade so, als sei es eine besondere Leistung, Kinder in die Welt zu setzen.«

Mirja funkelte ihren Mann bitterböse an. »Ich muss schon sehr bitten. Du wolltest doch unbedingt Kinder.«

»Aber Mirja, das hat Jannis doch gar nicht so gemeint!«, versuchte Eva zu schlichten, konnte aber nichts ausrichten.

Mirja reagierte wie angestochen. »Doch, er wollte mir durch die Blume sagen, dass ich unserem Gast nicht solche Fragen stellen soll.«

»Und recht hat er! Hätte Adrienne einen Stall voller Kinder, hätte sie die wohl mitgebracht. Also, Thema durch!«, bemerkte Martin energisch.

Adrienne war ihrem Adoptivvater dankbar, dass er dem dummen Geplapper seiner Schwiegertochter ein Ende bereitete. Und tatsächlich presste Mirja die Lippen fest aufeinander und würde so bald nicht mit ihrer Inquisition fortfahren, wie Adrienne hoffte. Offenbar aber hatten seine klaren Worte Eva gegen ihn aufgebracht.

»Ich glaube nicht, dass du entscheiden kannst, was bei Tisch geredet wird. Mirja wird ja wohl noch fragen dürfen, ob jemand Kinder hat«, giftete sie ihren Mann an.

In Martins Kopf schien es fieberhaft zu arbeiten. Adrienne hoffte inständig, dass er nicht aufsprang und joggen ging wie früher, aber zu ihrer großen Erleichterung blieb er sitzen und widersprach seiner Frau in überraschend scharfem Ton.

»Ich möchte die Themen gar nicht bestimmen, aber ich denke, es gibt einen Unterschied zwischen sachlichen Diskussionen und persönlichen Provokationen. Und Letztere haben an meinem Tisch nichts zu suchen.«

»*Dein* Tisch. Wenn überhaupt, dann ist das *unser* Tisch«, zischte Eva.

»Dad hat recht. Wir sollten uns wie Erwachsene unterhalten«, pflichtete Jannis seinem Vater bei und wandte sich an Adrienne. »Mich würde viel mehr interessieren, ob du eine eigene Praxis hast oder in einem Krankenhaus arbeitest. Und welche Fachrichtung du eingeschlagen hast. Gyn oder Innere?«

Adrienne wollte gerade antworten, als Eva der Löffel, mit dem sie sich Pommes nehmen wollte, aus der Hand fiel und so unglücklich ihr Glas traf, dass es zersplitterte. Alle Blicke waren jetzt auf sie gerichtet.

»Der fettige Löffel ist mir aus der Hand geglitten. Entschuldigt!« Eilig machte sie sich daran, die Splitter zusammenzusammeln, doch da sprang Martin von seinem Stuhl auf. »Lass mich das machen!«, bot er ihr besorgt an und flüsterte ihr etwas so zu, dass eigentlich nur sie es hören sollte. Adrienne aber kam nicht umhin, die Worte zu verstehen. »Du solltest endlich zu einem Neurologen gehen!«

In diesem Augenblick trafen sich Adriennes und Jannis' Blicke. »Ich platze vor Neugier, mehr über deinen beruflichen Werdegang zu erfahren. Gyn oder Innere?«, wiederholte er.

»O ja, das ist ja wirklich eine weltbewegende Frage! Gyn oder Innere?«, ätzte Mirja, aber weder Adrienne noch Jannis reagierten auf diese Zwischenbemerkung. Und Martin und Eva waren immer noch damit beschäftigt, die Scherben von der Tischdecke mit dem provenzalischen Design zu entfernen. Es rührte Adrienne, wie liebevoll Martin Eva dabei half. Trotz seines geschärften Widerspruchsgeistes scheint er ihr immer noch gefühlsmäßig völlig ergeben zu sein, dachte Adrienne und schenkte Jannis ein Lächeln.

»Also, ich habe beide Fachärzte gemacht. Konnte mich nicht entscheiden, aber in den Krisengebieten, in denen ich für die *Ärzte ohne Grenzen* arbeite, wird sowieso alles gebraucht.«

Jannis stieß einen bewundernden Pfiff aus. »Das ist ja spannend! Aber es passt zu dir. Du bist einfach stark und mutig.«

Schön wäre es, dachte Adrienne betrübt, ließ sich jedoch nichts anmerken. Und sie erinnerte sich daran, dass sie damals kurzzeitig geplant hatten, gemeinsam in die Entwicklungshilfe zu gehen. Sie als Ärztin und er als Ingenieur.

»In welchen Ländern warst du denn schon?«

Adrienne musste kurz nachdenken, um möglichst keinen Ort zu vergessen.

»In Afghanistan, im Sudan, auf Haiti, in Kenia und zuletzt im Jemen«, erwiderte sie. Obwohl die Arbeit sie an ihre körperlichen und seelischen Grenzen gebracht hatte, verspürte sie einen gewissen Stolz, die Orte ihres Wirkens aufzuzählen.

Nicht, dass sie besonders eitel war, aber der Gedanke, Menschen in extremer Not zu helfen, gab ihrem Leben einen Sinn und einen gewissen Halt.

Jannis' Bewunderung war in leichtes Entsetzen umgeschlagen.

»Aber im Jemen herrscht doch das absolute Grauen! Ich meine, mal abgesehen von dem schrecklichen Krieg. Ist dort nicht auch eine Choleraepidemie ausgebrochen?«

»Und im Süden des Landes auch Diphtherie, dann eine Hungerkatastrophe von unvorstellbarem Ausmaß, immer noch Luftangriffe über Luftangriffe. Das Gesundheitssystem ist völlig zusammengebrochen. Wir werden seit einem Jahr nicht mehr bezahlt ...«

»Na ja, nun bist du ja wieder in Sicherheit«, mischte sich Mirja in bissigem Ton ein, aber auch diese Bemerkung wurde von allen gleichermaßen überhört.

»Du musst mir das noch einmal im Einzelnen berichten«, bat Martin. »Ich habe inzwischen meine Praxis aufgegeben, und wir leben fast vier Monate im Jahr im Ferienhaus. Das Faulenzen ist nichts für mich, und da habe ich mich bei eurem Verein mal umgeguckt.«

»Aber bitte nicht in den Jemen! Das ist nichts mehr für dich in deinem ...« Adrienne konnte sich gerade noch bremsen, Martin mit seinem Alter zu konfrontieren, aber wenn sie richtig rechnete, war ihr Adoptivvater schon fast siebzig.

Ein Lächeln erhellte seine Miene. »Ja, das wurde mir durch die Blume bereits mitgeteilt. Offiziell gibt es keine Altersbegrenzung, aber man riet mir, in etwas friedlichere Gebiete zu gehen. Da gibt es zum Beispiel eine Klinik in Kabul, in der Geburtshelfer gesucht werden, und das kann ich ja vorweisen.«

»Weißt du, dass ich auch ein Angebot habe, nach meiner Auszeit an dieser Klinik anzufangen?«, stieß Adrienne aufgeregt hervor.

»Das wäre doch was. Ich arbeite mit meiner Tochter zusammen«, entgegnete Martin begeistert, doch da fuhr Eva energisch dazwischen: »Was redest du da, Martin? Davon weiß ich ja nichts. Das kommt doch gar nicht infrage. Dazu bist du wirklich zu alt!«

Eva hatte vor Zorn zu ihrem neuen Glas gegriffen und trank es fast in einem Zug aus. Adrienne nahm wahr, dass die Muskeln ihres Unterarms heftig zuckten. War sie so nervös oder wirklich ernsthaft krank, wie Martins Aufforderung nahelegte? Auf jeden Fall war Eva schier außer sich vor Wut auf ihren Mann, was auch an den roten Flecken in ihrem Ausschnitt erkennbar war.

Martin aber ließ sich nicht aus der Ruhe bringen. »Nun reg dich bitte nicht auf, Schatz! Das hätte ich schon noch mit dir besprochen. Aber ich bin weiß Gott nicht der Typ, der den Lebensabend damit verbringt, auf dem Gut Rosen zu züchten oder in Ploumanac'h Muscheln zu sammeln. Ich möchte noch etwas Sinnvolles mit meinem Leben anfangen.«

So klar hatte Adrienne ihren Adoptivvater noch niemals zuvor seine Bedürfnisse äußern hören.

»Liegt es nicht vielmehr an deiner umtriebigen Praxiskollegin, die dir diesen Floh ins Ohr gesetzt hat und dich gern begleiten würde?«, fauchte Eva.

Auch das hatte Adrienne früher nie bei Eva erlebt – dass sie auch nur den Hauch von Eifersucht hegte. Sie war sich Martins Liebe stets sicher gewesen, fast zu sicher für Adriennes Geschmack. Aber Martin hatte auch nie Anstalten gemacht, mit fremden Frauen zu flirten, während Eva keine Gelegenheit ausgelassen hatte, ihren Charme dem anderen Geschlecht gegenüber spielen zu lassen. Oftmals war Martin aus beruflichen Gründen in Köln geblieben, wenn sie die ganzen Sommerferien in Ploumanac'h verbracht hatten. Und Adrienne hatte manches Mal den Verdacht gehegt, dass gewisse attraktive französische Freunde der Familie mit Eva nicht nur schwimmen gingen. Eva hatte zwar nie einen Mann mit nach Hause genommen, aber Adrienne hatte ihre Adoptivmutter von ihrem Fenster aus sogar einmal vor dem Haus in inniger Umarmung mit einem dieser Verehrer beobachtet. Aber dass sie Martin wegen einer Kollegin so anblaffte, empfand Adrienne als äußerst befremdlich. Offenbar hatten sich die Kräfteverhältnisse in diesem Haus etwas verschoben. Früher war jedenfalls Martin ganz eindeutig der Schwächere von beiden gewesen, der seine Frau abgöttisch liebte und über ihre Eskapaden hinwegsah. Das schien sich inzwischen geändert zu haben. Martin wirkte überaus selbstsicher und war im Alter sogar attraktiver geworden. Früher hatte Adrienne ihren Adoptivvater stets etwas farblos gefunden, aber das eisgraue Haar, das sich in den vergangenen Jahren über sein undefinierbares Blond gelegt hatte, verlieh ihm eine interessante Aura.

Bevor das Ganze zu einem Streit ausarten konnte, kam Leonie unter großem Geheul angerannt. »Bruno hat gesagt, Elsa ist doof!«

Zu Adriennes großer Überraschung beugte sich nicht Mirja über ihre völlig aufgelöste Tochter, um sie zu beruhigen, sondern Jannis. »Pass auf, Mäuschen! Lass ihm doch seine Meinung! Ich mag Anna auch lieber, bis Elsa endlich begreift, dass Liebe der Schlüssel ist, um ihre Zauberkräfte zu kontrollieren ...« Er warf Adrienne einen verschmitzten Blick zu. Sie erwiderte ihn, weil es sie rührte, wie liebevoll sich Jannis um das Problem seiner Tochter kümmerte.

Leonies Tränen versiegten sofort.

»Anna ist auch lieb, aber ich finde Elsa gar nicht doof. Das kannst du ihm von mir bestellen«, fügte er fachkundig hinzu.

Zufällig wusste Adrienne, wovon er sprach, denn sie hatte sich den Disney-Film von der Eiskönigin im Zoopalast angesehen, weil sie gehört hatte, dass bei der Geschichte der ungleichen

Schwestern angeblich auch bei Erwachsenen kein Auge trocken blieb. Doch sie hatte keine Träne vergossen, sondern sich gefühlt wie Elsa, die Prinzessin mit dem kalten Herzen.

Leonie gab ihrem Papa ein Küsschen und flitzte zurück zu ihrem Bruder.

»Du bist ein richtig süßer Vater geworden«, seufzte Adrienne aus vollem Herzen.

»Tja, sorry, der Vater *meiner* Kinder«, bemerkte Mirja spitz.

Bei diesen Worten stand Jannis entschlossen auf und blickte Adrienne herausfordernd an. »Hast du Lust, mit mir zum Port de Ploumanac'h in unsere Bar am Hafen zu wandern? Die existiert nämlich noch im alten, unrenovierten Charme.«

»Aber ihr könnt doch jetzt nicht einfach unseren gemeinsamen Abend sprengen!«, rief Eva tadelnd.

»Doch, Eva, das können wir sehr wohl«, entgegnete Jannis in scharfem Ton. »Ich finde es nämlich ätzend, dass sich Adrienne die ganze Zeit anmachen lassen muss. Vielleicht redest du mal ein ernstes Wort mit meiner Frau, nachdem ihr doch sonst auch immer ein Herz und eine Seele seid. Auf mich hört sie nicht, aber vielleicht könntest du ihr erklären, dass Adrienne nicht nach Ploumanac'h zurückgekommen ist, um ihr den Mann zu klauen. Das hier ist auch ihr Zuhause, und zwar mehr als das von Mirja!«

»Martin, jetzt sag du doch mal was!«, forderte Eva ihren Mann auf, Jannis zu widersprechen, aber Martin zuckte nur mit den Schultern. »Ich kann es verstehen. Die Stimmung bei Tisch ist … sagen wir mal … latent aggressiv. Und es gibt sicherlich jede Menge Gesprächsstoff, der nicht für unser aller Ohren bestimmt ist. Ich möchte mit Adrienne jedenfalls auch noch mal unter vier Augen sprechen, bevor sie wieder in den Krieg zieht. Wie lange bleibst du eigentlich?«

»Wenn es euch recht ist, fahre ich erst Anfang übernächster Woche zurück, also bin ich noch weit über eine Woche hier.

Vielleicht ist es wirklich besser, wir reden ein anderes Mal, Jannis«, versuchte Adrienne sich diplomatisch aus der Affäre zu ziehen. Natürlich wäre sie jetzt am liebsten mit ihm allein in ihre Bar gegangen, aber dann hätte sie wohl für den Rest der Zeit eine Feindin.

»Tu dir bloß keinen Zwang an, Adrienne! Dann lässt du ihn vielleicht danach in Ruhe«, giftete Mirja in diesem Moment. Das verkehrte Adriennes Vorsatz, sich lieber wegzuducken, als Jannis' Frau zu provozieren, ins Gegenteil. Offenbar verstand diese Frau nur klare Ansagen, und die konnte sie jetzt haben! Adrienne freute sich klammheimlich, dass sie plötzlich auch wieder so etwas wie Wut spüren konnte.

Also stand sie provokativ auf. »Ich hole mir noch eine Jacke. Wer weiß, wann wir zurückkommen«, säuselte sie und nahm aus den Augenwinkeln wahr, wie Evas Muskeln nun auch im Gesicht unkontrolliert zu zucken begannen, aber davon wollte sie sich jetzt nicht von ihrem Ausflug abhalten lassen. Sie war nicht gewillt, sich wie eine zurückgekehrte verlorene Tochter zu fühlen, der die Familie großzügig ein altes Verbrechen verziehen hatte. Nein, es gab keinen Anlass, den Kontakt zu Jannis zu meiden. Im Gegenteil, mit ihm wäre eine klärende Aussprache wohl am ehesten möglich. Sie wunderte sich selbst ein wenig darüber, dass sie tatsächlich ein Interesse spürte, die alte Sache mit ihm aufzuarbeiten, war das doch alles vor wenigen Tagen noch Lichtjahre entfernt gewesen.

»Au revoir allerseits, wir sehen uns morgen zum Frühstück. Soll ich die schönen Croissants besorgen?« Adrienne winkte in die Runde.

»Nein, schlaf du dich schön aus. Ich kümmere mich morgen drum«, erwiderte Eva, die sich zu einem Lächeln durchgerungen hatte. Nur Mirja hatte einen Killerblick aufgesetzt.

Sie ist die Einzige, die sich nicht verändert hat, ging es Adrienne durch den Kopf. Bis auf ihr Äußeres. Vielleicht würde sie auf dem Spaziergang gleich mehr darüber erfahren, warum Jannis diese Frau, die er angeblich nicht liebte, doch noch geheiratet hatte.

»Viel Spaß!«, wünschte ihnen Martin munter. Er konnte nicht verhehlen, dass er großes Verständnis für den Alleingang der beiden hatte. Was er wohl von dem Vorfall damals wusste und was nicht?, fragte sich Adrienne. In jedem ihrer Entschuldigungsschreiben hatte Eva jedenfalls auch von Martin gegrüßt, aber von sich aus bei ihr gemeldet hatte er sich nie.

Egal, dachte sie, während sie die Treppen nach oben eilte, ihre Strickjacke aus dem Rucksack zog und sie sich locker um die Schultern drapierte. Obwohl im bretonischen Ferienhaus nicht gerade die große Harmonie zwischen den Bewohnern herrschte, fühlte sich Adrienne merkwürdig lebendig, seit sie dieses Haus betreten hatte. Zum ersten Mal seit ihrer Rückkehr aus dem Jemen waren ihre Gedanken nicht dominiert von dem Sterben und Leiden, das sie im Schlund der Hölle erlebt hatte.

## 4.

Vor der Haustür wartete Jannis schon ungeduldig auf Adrienne. »Komm, bloß weg! Nicht dass Leonie das spitzkriegt. Sonst will sie unbedingt mitkommen, und ich halte nichts von Kindern in einer Bar.«

»Aber von Kinderhandys, auf denen sie ohne Aufsicht Filme sehen darf«, rutschte es Adrienne heraus. »Sorry, aber das geht mich gar nichts an. Ich habe mich nur gewundert.«

Jannis stieß einen tiefen Seufzer aus, während er sie unterhakte und mit sich fortzog. Erst als sie ein paar Schritte gegangen waren, ließ er sie wieder los. »Ich bin völlig dagegen, dass meine nicht einmal vierjährige Tochter auf ihrem Handy selbstständig die Eiskönigin angucken darf, aber ich kann es Mirja nicht verdenken, dass sie auch mal ihre Ruhe haben möchte, und uns hat man früher in solchen Situationen vor die Glotze gesetzt …«

Adrienne hob abwehrend die Hände. »Um Gottes willen, ich wollte nichts Negatives über Mirjas Erziehungsstil sagen …«

Jannis grinste. »Komm, gib es doch zu, Schwesterherz! Du bist sicher ein bisschen schadenfroh zu erleben, was für ein Nervenbündel Mirja geworden ist.«

»Das hast jetzt du gesagt!«

Er zuckte die Schultern. »Na ja, soll ich das etwa beschönigen? Seit sie vormittags wieder beim Architekten arbeitet, ist sie einfach mit den Nerven zu Fuß.«

»Willst du lieber, dass sie zu Hause bleibt?«

»Um Himmels willen, nein, aber ich kann nicht verstehen, dass sie in allem so perfekt sein will. Ich bin bestimmt nicht der Mann, der das von ihr erwartet. Aber langsam geht bei ihr jegliche Lebensfreude flöten. Keine Ahnung, wann wir das letzte Mal Spaß hatten, geschweige denn, zusammen gelacht haben.«

»Lachen? Mirja? Das geht doch gar nicht, oder habe ich da etwas verpasst?«

Jannis gab ihr einen liebevollen Stoß in die Rippen. »Sei nicht gemein! Früher war sie doch anders, oder?«

»Die Wahrheit?«, fragte Adrienne. Jannis nickte.

»Ich kann keinen großen Unterschied erkennen, wenn ich ehrlich bin.«

»Ja gut, dass sie gegen dich stichelt, ist in der Tat nicht neu«, seufzte Jannis, doch das hatte Adrienne gar nicht mehr gehört. Sie waren nämlich an der Promenade angekommen, und da gab es für sie kein Halten mehr. In Windeseile befreite sie sich von ihren Turnschuhen, nahm sie in die Hand und rannte über den Sand zum Meer hinunter. Beglückt blieb sie eine Weile im kalten Wasser stehen und sah sich neugierig um. Hier war die Zeit stehen geblieben. Alles war noch genau wie früher. Das große Restaurant an der Promenade, das Schloss auf seiner Felseninsel und auch das Oratorium mit der Figur des heiligen St. Guirec. Sie dachte daran, wie sie dem armen Heiligen als Fünfzehnjährige eine Nadel in die Nase gerammt hatte, denn es ging die Sage, dass diejenige, deren Nadel dort stecken blieb, noch in demselben Jahr heiraten würde. Das war der Grund, warum man um 1904 das völlig durchlöcherte Holzbild des Heiligen durch eine Granitstatue ersetzt hatte, doch auch die sah im Gesicht mittlerweile mehr als lädiert aus. Jedenfalls war Adriennes Nadel gleich wieder herausgefallen, aber sie war klug genug gewesen, diesen Vorfall nicht dafür verantwortlich zu machen, dass Tanguy, der Sohn eines Fischers aus Port de Ploumanac'h, sie im folgenden Sommer keines Blickes mehr gewürdigt, sondern nur noch Augen für eine bleiche englische Touristin gehabt hatte.

Adrienne spürte Jannis' Hand auf ihrer Schulter. »Na, Heimatgefühle?«

»Ich habe diesen Ort sehr vermisst«, erwiderte sie verträumt.

Dann zog sie ihre Schuhe wieder an, denn um auf den Zöllnerpfad zu gelangen, mussten sie erst einmal über eine der bizarren rosa Felsenformationen klettern, der die Côte de Granit Rose ihren Namen verdankte.

Die ersten Meter war sie so gefangen von dem Blick, der auch im Mondlicht faszinierend war, dass sie ergriffen schwieg. Erst als sie das Schloss passiert hatten, fand sie ihre Sprache wieder.

»Warum hast du mir damals nicht die Wahrheit gesagt?«, stellte sie ihm nun jene Frage, die ihr am meisten auf den Nägeln brannte.

Jannis blieb abrupt stehen. »Welche Wahrheit? Wir hatten Pläne, und plötzlich warst du spurlos aus meinem Leben verschwunden. Meiner Mutter hast du gesagt, ich solle mich auf keinen Fall je wieder bei dir melden, weil du mit unserer Familie nichts mehr zu tun haben wolltest«, entgegnete er empört.

»Moment mal, jetzt bringst du aber was durcheinander! Ja, wir haben Pläne geschmiedet. Deshalb war ich ja so geschockt, dass ihr Eva offenbar wenige Tage zuvor anvertraut hattet, ihr würdet zeitnah heiraten.«

Jannis tippte sich gegen die Stirn. »Das ist doch kompletter Unsinn! Ich wollte mit Mirja reden, das weißt du doch. Aber nur, um ihr schonend beizubringen, dass ich zu dir nach Berlin ziehe.«

»Du hast Eva gar nichts von einer bevorstehenden Heirat

erzählt? Und auch nicht, dass du Mirja gerade erst einen Antrag gemacht hattest?«

»Um Himmels willen, nein! Das ist Unsinn! Und das hat sie dir wirklich so gesagt? Das hast du im Eifer des Gefechts nicht missverstanden?«

Adrienne schüttelte energisch den Kopf. Ihr wurde ganz schwindelig bei dem Gedanken, dass Eva damals offenbar mit allen Tricks gearbeitet hatte, um eine Beziehung zwischen Jannis und ihr zu verhindern.

»Das kann doch wohl nicht wahr sein! Woher hat sie überhaupt von uns gewusst? Wir haben das doch erst selber kaum gemerkt, dass zwischen uns mehr war, oder? Ich glaube, wir hatten uns bis dahin nur einmal geküsst, oder?«,

»Genau, und das hat sie gesehen. Weißt du noch, sie kam die Treppe herunter, wir sind auseinandergestoben und haben so getan, als sei nichts gewesen.«

Jannis nickte zustimmend.

»Aber Eva hatte gleich so einen Killerblick, als hätte sie uns bei einem Schwerverbrechen ertappt. Und dann bist du mit Martin zum Großeinkauf nach Lannion gefahren, und kaum wart ihr aus der Tür, da hat sie mich angebrüllt, ich würde mich zwischen Mirja und dich drängen. Und ich würde es schändlich ausnutzen, dass Mirja früher zurück nach Hause habe fahren müssen.«

»O ja, den Tag werde ich nie vergessen! Als wir aus Lannion zurückgekehrt sind, warst du verschwunden und hast meiner Mutter ausrichten lassen, dass ich mich nie wieder bei dir melden solle. Ich dachte damals, ich überlebe das nicht«, seufzte er.

»Und wie hat sie dir erklärt, dass ich fort war?«

»Sie hat mir mit betroffener Miene anvertraut, sie hätte dich ganz schonend über deine Eltern und deren Tod aufgeklärt, und daraufhin seist du ausgerastet, hättest behauptet, du würdest uns alle hassen. Das klang heftig, aber auch glaubwürdig.«

»Sie hat mich rausgeschmissen, wenn du es genau wissen willst. Aber du hast dich ja offenbar schnell wieder mit Mirja getröstet, denn schließlich habt ihr dann doch noch geheiratet.«

Jannis packte Adrienne bei den Schultern und blickte sie fest an. »Jahre später! Du hast mir damals das Herz gebrochen, und Mirja war einfach da für mich, und dann ist sie irgendwann schwanger geworden, und ich habe sie geheiratet.« Es war ihm anzusehen, wie unglücklich er über diese Entscheidung war.

»Jannis, ich kann nichts dafür. Wenn deine Mutter mir sagt, sie lasse nicht zu, dass ich eure Hochzeit gefährde, und ich solle abhauen, da hatte ich keine Wahl. Ich bin nicht einmal entfernt auf den Gedanken gekommen, dass sie mir Unsinn erzählt hat. In all den Jahren nicht.«

Jannis zog Adrienne fest an seine Brust. »Natürlich kannst du nichts dafür. Ich meine, ich habe Mirja geheiratet, obwohl ich sie nie wirklich geliebt habe. Das ist mein Film, aber warum hat meine Mutter unsere Liebe derart brutal zerstören wollen?«

Adrienne befreite sich energisch aus der Umarmung. »Sie hat es mir wörtlich an den Kopf geworfen: Sie möchte nicht, dass ihr Sohn sich mit der Tochter von Terroristen einlässt. Ich bin aus allen Wolken gefallen, denn ich ahnte doch bis zu jenem Tag nicht, was meine Eltern getan hatten.«

»Das hat sie dir im Streit so gesagt?«

»Ja, bis dahin dachte ich doch, dass meine Eltern bei einem Verkehrsunfall ums Leben gekommen sind«, stöhnte sie.

»O Gott, das ist grausam! Ich meine, ich habe das doch auch erst erfahren, als Mirja es mir unter dem Siegel der Verschwiegenheit anvertraut hat ...«

»Mirja? Was genau?«

»Na ja, dass deine Mutter in einem geheimen Waffenlager der Action directe von der Polizei erschossen wurde«, erwiderte er zögernd.

»Siehst du, da weißt du schon mehr als ich. Ich habe das Haus nämlich danach fluchtartig verlassen und nicht vorgehabt, jemals wieder an diesen Ort zurückzukehren. Ich war wie im Schock und habe keine Fragen gestellt. In meinem Kopf haben immer nur ihre Worte gehämmert. *Tochter von Terroristen.* Und ich habe mich ja selbst wie ein Alien gefühlt. Meine Eltern von der Polizei erschossen? Ich habe überlegt, wie viele Menschen sie wohl auf dem Gewissen haben, und dafür habe ich mich schuldig gefühlt. So verdammt schuldig, dass ich erst viel später begriffen habe, was Eva mir damit angetan hat, indem sie ihr Wissen über meine Eltern als Waffe gegen mich eingesetzt hat. Ich weiß nicht, wie ich heil nach Berlin gekommen bin, denn ich bin die tausendfünfhundert Kilometer in einem durchgefahren, bis auf die Tankstopps, und habe mindestens bis zur deutschen Grenze durchgeheult.« Adrienne blickte in Jannis' entsetztes Gesicht.

»Und warum bist du jetzt hier? Ich meine, warum bist du Evas Einladung nach so vielen Jahren gefolgt?«

»Das ist eine lange Geschichte. Dazu brauche ich einen Drink. Lass uns in der Bar darüber reden!« Adrienne spürte, wie sie innerlich vor Aufregung vibrierte. Sie hätte es nicht für möglich gehalten, dass die Erinnerung an die Vergangenheit sie noch einmal derart erschüttern würde.

Sie setzten ihren Weg schweigend fort, denn Adrienne fehlten gerade die Worte, weil sie partout nicht fassen konnte, wie dreist Eva damals gelogen hatte.

Sie waren gerade am Hafen angekommen, als es plötzlich völlig zusammenhanglos aus Jannis hervorbrach: »Ich werde mich scheiden lassen.«

»Eine andere Frau?«, fragte Adrienne verblüfft.

Jannis wand sich. »Es gibt da jemanden in München, aber durch deinen Besuch ist plötzlich alles anders …« Er blieb erneut stehen und strich ihr zärtlich über die Wangen. Erst in diesem Augenblick wurde ihr klar, dass sie Jannis von Herzen zugetan, aber weit davon entfernt war, noch verliebt in ihn zu sein. Wenn sie überhaupt an einen Mann dachte, dann an Ruben …

»Jannis, wir können das Rad der Geschichte nicht zurückdrehen. Das mit uns beiden war eine … wie soll ich sagen … eine Sommerliebe, und wie du schon sagtest, es war doch nur ein Kuss.«

»Es war wahnsinnig romantisch. Ich dachte, ich hätte meine Seelenpartnerin gefunden. Wir haben uns perfekt verstanden.«

Adrienne schloss die Augen und versuchte sich an damals zu erinnern. Sofort tauchten Bilder vor ihrem inneren Auge auf. Wie sie nachts zusammen weit ins offene Meer hinausschwimmen, wie sie einander abtrocknen und sich ihre Ängste und Träume anvertrauen. Noch nie zuvor hat Adrienne einem anderen Menschen so viel über sich verraten.

»Ich erinnere mich«, flüsterte sie ergriffen.

»Und du meinst nicht, wir können dort anknüpfen, wo man uns auseinandergerissen hat?«, fragte er zaghaft.

»Ach, Jannis, es ist so viel geschehen! Du hast eine Familie, und ich, ich habe viel erlebt.«

»Ich möchte mehr über dein Leben wissen, aber nach dem Schrecken über Evas Intrige brauche ich jetzt erst mal einen Whisky.« Hand in Hand schlenderten sie hinunter zum Hafen. Die Bar war bis auf den letzten Platz besetzt, aber man konnte sich mit seinem Getränk an den nahen Strand hocken. Jannis fragte sie nach ihrem Wunsch und verschwand in dem Gedränge.

Adrienne blieb stehen und ließ ihren Blick über den Hafen schweifen. Friedlich dümpelten die Boote im Wasser. Es waren Segler und Motorboote, aber überwiegend für Freizeitkapitäne. Früher hatten hier in der Mehrzahl Fischerboote gelegen, hatte Martin ihr einmal erzählt, als er mit ihr allein zum Hafen gewandert war. Damals war sie höchstens sechs Jahre alt gewesen, aber sie hatte solche Ausflüge mit ihrem Vater allein sehr geliebt. Martin hatte stets zu jedem Ort mindestens eine spannende Geschichte aus dem Hut gezaubert. Besonders fasziniert hatte sie dann als Jugendliche sein Wissen über das Wirken der Résistance an der Côte de Granit Rose. Wie in der ganzen Bretagne war der Widerstand gegen die deutsche Besetzung sehr heftig gewesen, weil die Deutschen wegen der diversen Militärfestungen in den Hafenorten wie Lorient und Saint-Nazaire hier besonders präsent und verhasst gewesen waren.

Eine sanfte Brise streifte Adriennes nackte Arme. Sie fröstelte und zog sich die Jacke an.

Ihre Gedanken schweiften zu Eva und erneut zu der Frage, was sie wohl dazu bewogen haben konnte, sie damals so zu belügen und ihr dann auch noch ihre Herkunft vorzuwerfen. Hatte sie wirklich Sorge gehabt, dass ihr Sohn sich mit einem Terroristenkind einließ? Für so dumm konnte und wollte sie ihre Adoptivmutter nicht halten. Vor allem nicht bei dem engen Verhältnis, das sie zu ihr gehabt hatte. Bis auf ein paar harmlose Streitereien in der Pubertät waren sie stets ein Herz und eine Seele gewesen. Sie hatte manchmal den Eindruck gehabt, dass Martin sich von ihnen beiden ein wenig ausgeschlossen fühlte. Dabei hatte sie ihn von Herzen gern, aber Eva war immer schon sehr besitzergreifend gewesen. Was also hatte Eva an jenem Tag bewogen, derart auszurasten? Ob sie sich loyal gegenüber Mirjas Mutter hatte verhalten wollen, die geradezu darauf brannte, dass ihre beiden Kinder ein Paar würden? Das schien für Adrienne immer noch die wahrscheinlichste Erklärung zu sein. Dass sie sich nicht den schönen Zukunftsplan kaputt machen lassen wollte, gemeinsam mit Claudia einst Enkelkinder zu haben. Aber warum hatte sie ihr bloß so schrecklich wehgetan? Eva hatte sie doch wirklich von Herzen geliebt. Jedenfalls hatte Adrienne das nie anders empfunden. Und sie hatte auch niemals das Gefühl gehabt, sie müsse hinter Evas leiblichem Sohn Jannis zurückstecken.

Plötzlich fielen Adrienne Jannis' Worte von eben wieder ein. Dass ihre Mutter in einem geheimen Waffenlager der AD erschossen worden war. Auch das hörte sie heute zum ersten Mal. Das war schon sehr befremdlich. In diesem Moment kamen ihr Gesprächsfetzen aus der letzten Therapiestunde in den Sinn. Erst am Ende dieser Sitzung hatte Adrienne der Therapeutin anvertraut, was damals in Ploumanac'h geschehen war. Frau Dr. Jäger war eine Meisterin des Pokerface, aber bei diesem Geständnis hatte Adrienne ihr die Betroffenheit angesehen.

»Warum haben Sie Ihrer Adoptivmutter nach dem Zerwürfnis keine Fragen über Ihre Eltern gestellt? Sie hatte doch offenbar zumindest brieflich wieder Kontakt zu Ihnen gesucht, oder?«

»Das hat mich nicht interessiert. Weder Evas Entschuldigungen noch was genau mit meinen Eltern geschehen war«, hatte Adrienne abgewiegelt.

»Und das lassen Sie einfach so stehen? Wollen Sie nicht wissen, was Ihre Eltern getan haben und wie sie gestorben sind?«

Adrienne hatte wie ein trotziges Kind stumm den Kopf geschüttelt. Was sie ihrer Therapeutin nicht verraten hatte, war die Tatsache, dass sie in Gesellschaftskunde einmal ein Referat zum Thema *RAF und AD* gehalten hatte, für das sie sich freiwillig gemeldet hatte. Das war lange, bevor sie erfahren hatte,

71

dass ihre Eltern der französischen Organisation angehört hatten. Und sie hatte Frau Dr. Jäger auch nicht anvertraut, dass Eva, als sie von diesem Referat erfahren hatte, ziemlich ablehnend darauf reagiert hatte. Theoretisch wusste Adrienne also über die Action directe bestens Bescheid, aber tiefer wollte sie partout nicht in das Thema einsteigen.

Adrienne hatte Frau Dr. Jäger gegenüber behauptet, ihr sei das egal, was ihre Eltern im Einzelnen dort verbrochen hätten, sie finde das so oder so abstoßend.

»Ist das der Grund, warum Sie in diese Krisengebiete gehen?«, hatte die Therapeutin daraufhin gefragt. »Fühlen Sie sich schuldig für das, was Ihre Eltern getan haben? Wollen Sie deren Unrecht wiedergutmachen oder einfach nur vor der Wahrheit flüchten? Oder wovor laufen Sie sonst weg?«

Adrienne war froh gewesen, dass die Stunde damit zu Ende gegangen war. Die Ankündigung der Therapeutin, das solle man dann dringend in einer anschließenden ambulanten Therapie intensiver beleuchten, war für sie eher eine abschreckende Drohung gewesen. Deshalb hatte sie auch bislang noch keinerlei Anstalten gemacht, sich um entsprechende Termine zu kümmern. Wenn das nämlich bedeutete, dass man sie nötigte, sich mit den Menschen zu befassen, die sie einfach weggegeben hatten, konnte sie darauf gut und gern verzichten.

Und jetzt, kaum dass sie in Ploumanac'h war und damit konfrontiert wurde, dass Eva es offenbar verabsäumt hatte, ihr die Menschen näherzubringen, die ihre Eltern gewesen waren, stellte sich das alles in einem anderen Licht dar. Nun konnte sie eine gewisse Neugier nicht länger verdrängen. Was wusste Jannis über ihre Eltern, was sie nicht wusste?

Als Jannis mit den Getränken zurückkam und sie mit ihren Gläsern zum Strand gingen, um sich in den kühlen, festen Sand zu setzen, kämpfte sie mit sich, ob sie ihre Neugier befriedigen oder das Thema lieber gar nicht erst aufbringen sollte. Doch da hörte sie sich bereits fragen: »Was genau hat man dir über das Schicksal meiner Eltern erzählt?«

Jannis legte die Stirn in grüblerische Falten. »Das ist schon so lange her, dass Mirja mich darauf angesprochen hat.«

»Woher wusste Mirja das denn eigentlich?«

»Von ihrer Mutter. Claudia, meine und deine Mutter waren doch gemeinsam im Internat. Und offenbar war Claudia immer schon wahnsinnig eifersüchtig auf deine Mutter, weil Eva und sie schier unzertrennlich zu sein schienen.«

Adrienne musste grinsen. »So wiederholt sich Geschichte.« Doch dann wurde sie gleich wieder ernst.

»Seltsam, dass mir Eva verschwiegen hat, wie eng ihr Verhältnis zu meiner Mutter war. Aber gut, wir hatten damals ja nur einen kurzen Schlagabtausch. Ich bin quasi im Schock aus dem Haus gerannt. Ich glaube, sie hat noch so was gesagt wie: *»Adrienne, bitte fahr nicht in diesem Zustand Auto!«* Aber das war mir egal. Sie hätte sich vor mich in den Staub werfen können, ich habe sie nur noch gehasst.«

»Wäre ich doch bloß nicht mit nach Lannion gefahren! Ich hatte schon so ein komisches Gefühl, als sie sagte, dass ihr beiden nicht mitkommt, weil die Wäsche gemacht werden müsse. Dabei wollten wir doch eigentlich alle gemeinsam fahren und durch Lannion bummeln. Es hat nämlich geregnet an dem Tag …«

»Daran erinnere ich mich nicht mehr, aber jetzt, wo du es sagst … Sie hat ihre Meinung erst geändert, als sie in den Flur kam und wir auseinandergestoben sind, aber da war es wohl schon zu spät. Ich werde nie den Blick vergessen, den sie mir in dem Moment zugeworfen hat. Aber sag mal, weißt du noch etwas über meine Eltern?«

»Nein, nur dass deine Mutter sich in diesem Waffenlager aufgehalten hat und die Polizei sie erschießen musste …«

»*Musste?* Wer sagt das?«

»Das behauptet Mirja, aber sie plappert wahrscheinlich nur nach, was ihre Mutter ihr eingeflüstert hat. Aber nun erzähl mal von dir! Ich habe viel über den Jemen gelesen und darüber, was für ein unvorstellbares Elend dort herrscht.«

Jannis zog sie sanft an sich und legte ihr einen Arm um die Schultern. Adrienne konnte den Augenblick genießen und hatte sich lange nicht mehr so geborgen gefühlt. Aber es war eine andere Geborgenheit als in Rubens Armen, während ganz in der Nähe das Artilleriefeuer tobte …

Zögernd erzählte sie dann, was für eine Hölle der Jemen zurzeit war. Sie ließ kein Detail aus wie den schwer verletzten Zivilisten, der ihr auf dem Tisch gestorben war, bevor sie überhaupt etwas hätte unternehmen können. Auch nicht die bettelnden Kinder in den Straßen, den Dreck, den Gestank und die vielen Cholerakranken. Das hatte sie noch keinem zuvor geschildert außer Frau Dr. Jäger. Sie scheute sich auch nicht, von ihrer Rückkehr zu berichten, von ihrem Versuch, ein normales Arbeitsleben zu führen, und wie die posttraumatische Belastungsstörung einen Zombie aus ihr gemacht hatte. Sie verschwieg ihm auch nicht, dass die Therapie sie halbwegs vor dem Schicksal bewahrt hatte, als emotional abgestumpfter Mensch zu enden, der zwar keinen Schmerz, aber auch keine Freude mehr empfand. Allerdings erwähnte sie weder Ruben noch die Tatsache, dass sie sein Kind kurz nach ihrer Rückkehr verloren hatte.

Jannis drückte sie nur noch fester an sich. »Was bist du bloß für eine mutige und tapfere Frau! Aber ich glaube, du solltest jetzt ein ruhigeres Leben anpeilen.«

Adrienne lachte gequält. »Ich könnte auf eine Entbindungsstation nach Kabul gehen. Dort, so hat man mir versichert, sind zurzeit keine Bombenangriffe auf Krankenhäuser zu befürchten.«

»Ich meinte eigentlich ein Krankenhaus, auf das gar nicht geschossen wird.«

»Ich weiß nicht. Eigentlich sollte sich noch eine ambulante Therapie anschließen, aber ich befürchte, da geht es um solche Fragen, ob ich als Baby vom Pisspott gefallen bin. Und ich finde mein Einzelschicksal vergleichsweise unwichtig, wenn ich daran denke, wo überall in der Welt echte Hilfe benötigt wird.«

Jannis zog seinen Arm weg, rückte ein Stück ab und musterte sie skeptisch. »Aber dein Schicksal wirft weitaus wichtigere Probleme auf als die Nachttopffrage. Es sollte dich doch interessieren, endlich mehr über deine Eltern zu erfahren als die sparsamen Infos, die ich dir geben kann. Wenn du willst, helfe ich dir dabei. Ich könnte mir meine Mutter zur Brust nehmen, mit der ich wegen damals sowieso noch ein Hühnchen zu rupfen habe. Und zur Not frage ich Claudia. Schließlich ist sie auch mit deiner Mutter in eine Klasse gegangen.«

Adrienne hob abwehrend die Hände. »Stopp, stopp! Ich weiß gar nicht, ob ich das überhaupt alles will. Ich glaube, ich möchte meine Eltern weder in der Therapie bearbeiten noch Detektiv spielen. Eigentlich möchte ich nur ein paar persönliche Dinge erfahren. Wie war meine Mutter damals in der Schule? Angepasst oder krawallig? Gut in Mathe oder besser in Deutsch? Verstehst du, so ganz normale Sachen eben.«

»Dann fragen wir Eva.«

»Du hast recht, sie ist der einzige Mensch, der mir da weiterhelfen kann, aber das erledige ich selbst …«

Jannis hob abwehrend die Hände. »Okay, okay, ich mische mich nicht ein! Aber dass sie mich damals belogen hat, das kläre ich persönlich mit ihr. Das ist eine solche Gemeinheit. Dabei hat sie gewusst, dass ich wie ein Hund gelitten habe, nachdem du einfach verschwunden warst. Und wer weiß, was sie dir alles über deine Eltern verheimlicht!«

»Tja, aber das ändert alles nichts daran, dass die mich als

Säugling deiner Mutter aufs Auge gedrückt haben, weil ihnen die Weltrevolution wichtiger war. Nenn mir einen einzigen Grund, warum ich mich ernsthaft für solche Menschen interessieren sollte! Sie haben sich ja auch nicht um mich geschert.«

»Ich kann deinen Zorn verstehen, aber weißt du denn, was wirklich passiert ist? Du kennst doch meine Mutter, die alles so hindreht, dass sie gut dabei wegkommt.«

Adrienne, die das Whiskyglas hastig geleert hatte und sich leicht beschwipst fühlte, zielte mit dem Zeigefinger auf Jannis. »Egal, peng, peng, weg waren sie!«

»Kindskopf!«, lachte er. »Du bist immer noch schwarz-weiß. Zwischentöne kommen bei dir nicht vor, wie?«

»Wie, Zwischentöne? Meinst du, meine Eltern haben mich nur ein bisschen an Eva abgeschoben? Das ist übrigens einer der Gründe, warum ich gekommen bin. Ich habe Eva viel zu verdanken, sie war eine tolle Mutter …«

Jannis aber schien mit den Gedanken ganz weit weg zu sein.

»Komisch, Mirja hat damals übrigens nur von deiner Mutter gesprochen«, sinnierte er. »Dein Vater kam gar nicht vor. Du hast doch hoffentlich nichts dagegen, dass ich meiner Mutter zu dem Thema mal ein paar Fragen stelle, oder?«

»Gar nichts!« Adriennes Hoffnung, wieder mit ihren Gefühlen in Kontakt zu kommen, hatte sich erfüllt. Es war ihr fast schon zu viel. Jedenfalls war der Jemen seit ihrer Rückkehr noch nie so fern gewesen wie an diesem Tag. Natürlich war das auch kein Wunder, wenn sie sich vorstellte, was sie seit ihrer Rückkehr in die Bretagne alles hatte erfahren müssen. Und sie war gerade erst wenige Stunden wieder hier!

Jannis aber hatte sich regelrecht in Rage geredet. Er ballte die Fäuste und schien es gar nicht erwarten zu können, sich seine Mutter vorzuknöpfen. »Ich frage sie auf jeden Fall, warum sie dir diesen Hochzeitsmist vorgelogen hat. Ich meine, ihr beiden, ihr habt euch doch immer gut verstanden. Als Junge war ich sogar manchmal eifersüchtig, weil ich dachte, Eva hätte dich viel lieber als mich. Später, nachdem sie uns dann verraten hat, dass du adoptiert bist, war ich über den Punkt hinaus. Im Gegenteil, seit ich wusste, dass du nicht meine leibliche Schwester bist, fand ich dich immer süßer.« Er lachte.

»Wie? Schon mit fünfzehn?«

»Ich war achtzehn, vergiss nicht, dass ich drei Jahre älter bin als du. Da darf man so eine kleine Bella schon süß finden«, ergänzte er beinahe entschuldigend.

»Du bist ein Schatz. Wenn ich dich nicht hätte!«, seufzte Adrienne aus vollem Herzen. So war es früher oft gewesen, wenn sie Probleme in der Schule oder Liebeskummer wegen des Fischerjungen hatte. Ein Gespräch mit ihrem älteren Bruder hatte wie ein Pflaster gewirkt.

Mit einem Mal erinnerte sie sich an jene Situation, als sie in Jannis mehr als einen Bruder gesehen hatte. Sie waren wieder einmal gemeinsam ziemlich weit hinausgeschwommen. Plötzlich hatte Jannis einen Schmerzensschrei ausgestoßen und signalisiert, dass er einen Krampf im Bein hatte. Adrienne hatte nicht lange gezögert und ihn, so wie sie es bei ihrer DRLG-Ausbildung zur Rettungsschwimmerin gelernt hatte, in der richtigen Haltung an Land geschleppt. Sie erinnerte sich noch wie heute an ihre Angst, die Kräfte würden sie verlassen und Jannis könnte ertrinken. Doch sie hatte ihn sicher bis zum rettenden Strand gebracht. »*Danke, das werde ich dir nie vergessen*«, hatte er gemurmelt, als sie keuchend nebeneinander im Sand gelegen hatten. Da wusste sie, dass er ihr mehr bedeutete. Am liebsten hätte sie ihn sofort geküsst, aber sie hatte sich nicht getraut und ihm stattdessen zärtlich durch die dunklen Locken gestrichen. Das war der Anfang ihrer Sommerliebe gewesen, die zwei wunderbare Wochen gedauert hatte … bis Eva ihr ein jähes Ende bereitet hatte.

Ein Lächeln huschte über Adriennes Gesicht bei dem Gedanken, dass sie damals glaubten, alle Zeit der Welt zu haben, um ihre Liebe auszuleben.

»Was bringt dich zum Lächeln?«, erkundigte sich Jannis erstaunt.

»Ich muss daran denken, dass Mirja ausgerechnet an dem Tag, als ich dich aus dem Wasser gezogen hatte, nach Köln zurückmusste.«

Die Erinnerung zauberte auch auf Jannis' Gesicht ein Lächeln. »Und ob ich das noch weiß! Ich stand völlig neben mir, so, als hätte mich der Blitz getroffen. Den ganzen Weg vom Strand zum Haus habe ich gedacht: Wie sage ich es ihr nur, dass ich sie liebe?«

»Ich glaube, du hast es mir schon an dem Abend gestanden, aber dich nicht getraut, mich zu küssen, also nicht richtig, sondern nur auf die Wange«, ergänzte Adrienne.

»War ja nicht so einfach, vom Bruder-Modus in den Verliebten-Modus zu wechseln. Du hast damals immerzu gestammelt: ›Ich bin völlig durcheinander. Lass uns nichts überstürzen!‹ Und dabei hast du so süß ausgesehen, dass ich dich am liebsten auf der Stelle in meine Höhle geschleppt hätte.«

»Davon habe ich geträumt, als ich allein in meinem Bett gelegen habe …« Adrienne konnte sich plötzlich wieder an alle Einzelheiten jener Sommerliebe erinnern. Verstohlene Blicke, lange Spaziergänge, die Hände ineinander verschlungen, und immer wieder zarte Küsse bis …

»Wir haben uns zum ersten Mal gar nicht im Flur geküsst, sondern hier am Strand. Das im Flur, das war schon eher eine heftige Knutscherei«, sagte Adrienne versonnen, während er sie fester in den Arm nahm und sich seine Lippen ihrem Mund näherten, was Adrienne erschreckte. »Jannis, ich möchte das nicht. Es ist zu viel geschehen …«

Bei diesen Worten zuckte er erschrocken zurück. »Du hast

wahrscheinlich recht, aber es hat mich emotional einfach umgehauen, dich wiederzusehen. Du berührst mein Herz immer
noch.«

Adrienne nahm seine Hand und drückte sie fest. »Du bist
auch immer noch in meinem Herzen, aber als Bruder«, gestand sie ihm.

»Okay, okay, wie heißt der Kerl?«

»Welcher Kerl?«

»Na, der, in den du verliebt bist!«

»Ich bin nicht verliebt«, widersprach sie entschieden, denn
Ruben sollte ihr Geheimnis bleiben.

»Und was ist das?« Jannis deutete auf ihren Ausschnitt.

»Was soll da sein?«

»Die kleinen roten Flecken verraten mir, dass du lügst. Die
hast du schon als Kind bekommen.«

Adrienne gab ihm einen liebevollen Stoß in die Rippen.
»Dass du das noch weißt …«

»Ich weiß noch viel mehr – dass du Pickel bekommst, wenn
du Schmalz isst, keine Wolle auf der nackten Haut magst und
Höhenangst hast. Und jetzt will ich einen Namen!«

»Ruben.«

»Was ist das denn für ein komischer Name?«

»Ein niederländischer Name.«

»Und weiter! Woher kennst du ihn? Wie sieht er aus? Ist das
ernst mit euch?«

Es hatte sich nichts geändert. Jannis hatte es schon immer
geschafft, ihr Geheimnisse zu entlocken, die sie eigentlich mit
keinem Menschen hatte teilen wollen. Er wusste damals als
Einziger von ihrem Liebeskummer wegen Tanguy, vom Schule-
schwänzen, vom heimlichen Rauchen …

»Da gibt es nicht viel zu erzählen. Ich habe ihn auf Haiti
kennengelernt, als wir nach dem Hurrikan dort gearbeitet
haben. Er war in meinem Team, und wenn alle am Ende ihrer

Kraft waren, hat Ruben uns aufgeheitert. Da war aber nichts zwischen uns. Wir haben Tag und Nacht geschuftet, aber irgendwann habe ich gemerkt, dass er mich ganz besonders liebevoll anstrahlt. Und dann haben wir uns öfter in den Pausen unterhalten …«

»Und dann?«, wollte Jannis ungeduldig wissen.

»Nichts dann. Der Einsatz war zu Ende, aber dann trafen wir uns im Jemen wieder …«

»… und da seid ihr ein Liebespaar geworden …«

»Jannis, daran ist bei so einem Job gar nicht zu denken. Wir sind uns schon sehr nahe gewesen, aber du hängst dein Herz nicht an einen Kollegen, der so wie du mit seiner Arbeit verheiratet ist.«

»Du weichst aus. Warum gibst du nicht zu, dass du in ihn verliebt bist?«

Adrienne stieß einen tiefen Seufzer aus. »Du bist noch genau so ein Inquisitor wie früher. Willst alles immer ganz genau wissen. Fakt ist, ich werde ihn nicht wiedersehen, Ich glaube kaum, dass sich Ruben auf eine Stelle in der Geburtshilfe nach Kabul bewerben wird.«

»Und habt ihr Kontakt?«

»Nein, du schreibst nicht mal eben eine WhatsApp, wenn die Welt um dich herum zusammenbricht …«

»Aber ihr habt Nummern ausgetauscht, oder?«

Adrienne nickte. »Trinken wir noch einen, oder gehen wir zurück? Eigentlich müsste ich von der Reise müde sein, aber ich fühle mich völlig aufgekratzt.«

»Einen noch. Wollen wir mal schauen, ob wir drinnen einen Platz ergattern?« Er sprang leichtfüßig auf und zog sie hoch.

Sie fanden einen kleinen freien Tisch in der Nähe der Tür. Jannis blieb bei Whisky, aber Adrienne wechselte zu Muscadet, weil sie eigentlich nie Hochprozentiges zu sich nahm und vom Alkohol entwöhnt war. Aber an diesem Abend blieb es nicht bei dem einen Drink. Sie bestellten eifrig nach, während Jannis nun auf ihren ausdrücklichen Wunsch hin aus seinem Leben berichtete. Adrienne erfuhr, dass er sein technisches Studium schließlich abgebrochen, sich doch noch für seine künstlerische Seite entschieden und Kunstgeschichte wie seine Mutter studiert hatte. Auch er arbeitete, wie einst seine Mutter, als Kurator für eine große Kunstgalerie in München. Und je später der Abend wurde, desto mehr sprach er auch über seine größte Sorge. Er hatte furchtbare Angst, dass Mirja ihm für den Fall, dass er die Trennung in die Tat umsetzte, die Kinder entziehen würde. Etwas Derartiges hatte sie ihm bereits angedroht, sollte er sie sitzen lassen. Auch dass sie dann das alleinige Sorgerecht beantragen und mit den Kindern zurück nach Köln gehen würde.

Jannis bekam bei diesem Thema feuchte Augen und wurde überaus sentimental, was natürlich auch dem Alkohol geschuldet war. Adrienne fragte ihn ganz direkt, ob er aus Angst, die Kinder zu verlieren, wohl doch bei Mirja bleiben würde, aber das wies Jannis weit von sich. Im Gegenteil, er hatte bereits eine Anwältin eingeschaltet, die aber erst aus der Deckung kommen wollte, wenn er in seinem Leben die Bedingungen geschaffen hatte, dass die Kinder auch bei ihm leben konnten. Dann nämlich würde das Gericht Mirja nicht das alleinige Sorgerecht zusprechen können. Die größte Sorge bereitete Jannis die Suche nach einer zuverlässigen Kraft, die Haushalt und Kinder betreute, während er arbeitete. Mit diesem Pfund nämlich würde Mirja wuchern, denn wenn sie nach Köln zurückging, wäre da ihre Familie. Jannis tat Adrienne von Herzen leid, und sie sprach ihm nach Kräften Mut zu.

Es dämmerte bereits, als die beiden Arm in Arm über den Zöllnerpfad nach Ploumanac'h zurückstolperten. Zwischendurch blieben sie immer wieder stehen und konnten sich gar nicht sattsehen an den Farben, die am Himmel über dem Meer

81

wie gemalt aussahen. Als sie den Felsen zum Strand von Ploumanac'h überquert hatten, stellte Adrienne fest, dass gerade
Flut war, und sie bekam große Lust, schwimmen zu gehen. Sie
hatte den Gedanken noch nicht zu Ende geführt, als Jannis
vorschlug, noch eine Runde um die Wette zu kraulen. Ohne
eine Antwort abzuwarten, zog er sich ganz unbefangen und
blitzschnell aus und rannte splitternackt und juchzend ins
Wasser. Adrienne zögerte noch einen Moment lang, doch dann
entledigte sie sich ihrer Strickjacke, der Schuhe und des Kleids
und folgte Jannis in Dessous.

Es kostete sie eine gewisse Überwindung, sich mit dem
Körper ins kalte Wasser fallen zu lassen, aber dann war ihr alter Kampfgeist geweckt, denn Jannis hatte bereits einige Meter
Vorsprung. Obwohl sie lange nicht mehr geschwommen war,
hatte sie nach wenigen Zügen ihre alte Form zurück und gab
alles, bis sie Jannis überholt hatte. Er versuchte seinerseits,
noch einmal an ihr vorbeizuziehen. Vergeblich. Doch dann
merkte Adrienne deutlich, wie untrainiert sie war und dass sie
nach dem vielen Alkohol fröstelte. Zurück am Strand, zitterte
sie am ganzen Körper, fühlte sich inzwischen aber komplett
nüchtern. Hastig zog sie ihren nassen Slip und den BH aus und
schlüpfte in ihr Kleid und die Strickjacke.

»Du hast ja gar nichts verlernt«, bemerkte Jannis anerkennend, als er kurz nach ihr den Strand erreichte und hastig seine
Kleidung anzog.

»Und jetzt ein Wettlauf nach Hause!«, rief sie ihm zu. »Sonst
erfrieren wir!« Und schon rannte sie los. Beim Laufen allerdings hatte sie keine Chance, gegen Jannis zu gewinnen. Schon
auf halber Strecke hatte er sie überholt, und Adrienne musste
sich anstrengen, damit der Abstand zwischen ihnen nicht allzu
groß wurde. Schwer atmend erreichte sie schließlich das Maison Granit Rose. Jannis lehnte bereits triumphierend an der
Haustür.

»Stunden später«, keuchte er.

Adrienne hielt den Finger vor den Mund zum Zeichen, dass er nicht so laut reden sollte. Die Vorstellung, das ganze Haus zu wecken, war ihr äußerst unangenehm. Besonders auf ein Treffen mit Mirja nach durchzechter Nacht legte sie keinen gesteigerten Wert.

Jannis verstand die Botschaft und schloss ganz leise die Haustür auf. Doch im Flur verzog er die Miene zu einer Grimasse und wollte offenbar Mirjas verbissenen Gesichtsausdruck karikieren. Adrienne brach in lautes Gelächter aus. So ganz nüchtern war sie wohl doch nicht, wie sie sich eingestehen musste. Nun konnte sich auch Jannis nicht mehr beherrschen und fiel in das Gelächter ein. Das kannten sie von früher, diese albernen Ausbrüche, die immer dann begannen, wenn Jannis seine Mitmenschen imitierte. Als sie Schritte auf der Treppe hörte, verstummte Adrienne auf der Stelle. Sicher würde Eva gleich wie ein Racheengel auf dem Treppenabsatz erscheinen – so wie früher. Sie war fast erleichtert, dass es Mirja war, die im weißen Nachthemd wie ein Gespenst die Treppen herunterschlich.

»Guten Morgen! Schon auf?«, fragte Jannis frech.

Mirja wurde puterrot im Gesicht und schoss auf ihn zu. »Sag mal, hast du sie nicht mehr alle? Was hast du mir versprochen? Du wirst einen Bogen um sie machen. Nur deshalb bin ich mitgekommen, obwohl sie auch da ist«, zischte sie.

»Moment!«, erwiderte er mit erstaunlich klarer Stimme. »Seitdem du weißt, dass Adrienne zu Mutters Geburtstag kommt, nervst du mich mit Unterstellungen, ich würde sie wohl am liebsten gleich flachlegen, um deine Worte zu wiederholen. Ich habe dir geschworen, dass das nicht passiert. Zu dem Versprechen stehe ich, aber dass ich einen Bogen um meine Schwester mache, davon war nicht die Rede.«

»Schwester! Dass ich nicht lache. Sie ist nicht mit dir verwandt. Das weißt du ganz genau. Glaubst du, ich merke nicht, wie du sie mit deinen Blicken ausziehst?«

Angewidert musterte Mirja Adrienne und deutete auf das Kleid, durch das ihr nackter Köper hindurchschimmerte, weil sie es über die nasse Haut gezogen hatte.

## 5.

»Ruhe jetzt!«, zischte eine Stimme aus dem Dunkel. Es war Martin, der völlig verschlafen aus dem Wohnzimmer trat, wo er offensichtlich auf der Couch genächtigt hatte. »Was schreit ihr denn hier rum? Wollt ihr, dass Eva aufwacht? Und wie seht ihr beiden überhaupt aus? Wie begossene Pudel!«

»Da kannst du dich bei unserem Liebespaar beschweren. Die sind eben erst vom Nacktbaden zurückgekommen!«, keifte Mirja laut weiter.

»Ich will nichts mehr hören, verstanden? Geht ins Bett und diskutiert meinetwegen morgen weiter!«, knurrte er.

Mirja zog verächtlich die Augenbrauen hoch. »Du warst ja schon immer auf ihrer Seite«, fauchte sie, bevor sie sich umdrehte und nach oben stapfte.

»Das war wirklich nicht geschickt von euch, gleich den ersten gemeinsamen Abend durchzufeiern«, stöhnte Martin.

»Wir hatten uns einfach so viel zu erzählen«, versuchte sich Jannis zu rechtfertigen.

»Egal, jetzt ab in die Betten und Ruhe! Eva sollte das lieber nicht mitbekommen«, schimpfte Martin.

»Das wird schwierig, denn Mirja wird es ihr spätestens morgen früh brühwarm erzählen«, entgegnete Jannis, doch dann erhellte sich seine Miene. »Dann könnte ich ihr gleich noch heute Nacht verraten, dass ich mich von ihr scheiden lasse, oder?«

»Um Gottes willen, nicht heute Nacht!«, widersprach ihm Adrienne entsetzt.

»Da gebe ich dir recht«, pflichtete Martin ihr bei. »Nicht heute Nacht! Dass du überhaupt mit dem Gedanken spielst, erstaunt mich nicht. Ihr macht alles andere als einen glücklichen Eindruck, das musste ja eines Tages so kommen …« Letzteres sagte er mehr zu sich selbst. »Und die Kinder?«

»Ich werde um sie kämpfen. Brauche nur noch eine gute Nanny und muss das Gericht überzeugen, dass ich für die Mäuse sorgen kann. Mirja will ja zurück nach Köln und kann auf ihre Familie zurückgreifen. Da bräuchte ich in München ein überzeugendes Gegenmodell.«

Ein Lächeln umspielte Martins Mund. »Da kannst du mithalten. Den Job übernehme ich, bevor ich mich zu Tode langweile. Zwar würde ich auch lieber bei *Ärzte ohne Grenzen* mitarbeiten, aber den Vollzeitopa kann ich mir zur Not vorerst auch vorstellen. Also, wenn es ernst wird, ich komme! Dann verzichte ich eben darauf, wieder in meine Praxis einzusteigen.« Martin merkte erst an Jannis' und Adriennes fassungslosen Mienen, was er da gesagt hatte.

»Martin? Heißt das, du bist auch auf dem Absprung?«, fragte Jannis besorgt.

Sein Vater machte eine abwehrende Handbewegung. »Ach nein, das war … also das ist … also, das ist kein Thema, das ich mit meinen angetrunkenen Kindern besprechen sollte. Vergesst es! Und jetzt ab ins Bett, sonst wird der Papa böse.«

Adrienne fand ihn in diesem Augenblick so entzückend mit seinem ungekämmten silbergrauen Wuschelkopf und in seinem gestreiften Schlafanzug, dass sie ihm spontan einen Kuss auf die Wange gab. »Bin ich froh, dich wiederzuhaben!«, flüsterte sie. Martin nahm sie in die Arme und drückte sie fest. »Und ich erst. Aber du solltest dich unbedingt mit Eva aussprechen. Es hat wenig Sinn, wenn ihr so tut, als wäre das hier alles nicht passiert. Nicht nachdem Mirja euch erwischt hat.«

»Richtig«, pflichtete Jannis seinem Vater bei. »Wusstest du eigentlich, dass Eva Adrienne damals vorgelogen hat, dass Mirja und ich heiraten wollten? Außerdem hat sie ihr an den Kopf geworfen, dass ihre Eltern erschossen worden sind und sie nicht möchte, dass ich mich mit dem Kind von Terroristen einlasse.«

Martin war bei Jannis' Worten ganz blass geworden. »Nein, ich dachte, sie hat Adrienne ganz ruhig die Wahrheit gesagt, woraufhin sie dann kopflos das Haus verlassen und geschrien hat, dass sie uns alle hasst und nichts mehr mit uns zu tun haben will.«

»Dann hat sie uns beiden wenigstens denselben Müll erzählt«, stöhnte Jannis.

Martin schien die Lüge seiner Frau so zu schockieren, dass er zu kollabieren drohte. Er wurde jedenfalls kalkweiß und musste sich am Treppengeländer festhalten.

Adrienne ging auf ihn zu und hakte ihn fürsorglich unter. »Ich glaube, wir reden besser morgen beziehungsweise heute tagsüber weiter. Jetzt solltest du dich lieber hinlegen.« Widerstandslos ließ sich Martin in das Wohnzimmer bringen und tat, was sie verlangte. Adrienne deckte ihn noch liebevoll zu und gab ihm einen Kuss auf die Wange.

»Danke«, murmelte er. »Kannst du verstehen, dass ich eine Aufgabe brauche? Ich habe nur auf Evas Druck hin meine Praxis aufgegeben, und nun fühle ich mich an ihrer Seite wie ein nutzloses Anhängsel.«

»Aber sie braucht dich doch. Das war schon immer so. Du warst stets ihr Fels in der Brandung ...«

»... den sie aber mehr oder minder wie einen Putzlappen behandelt hat.« Er rang sich bei diesen Worten zu einem Grinsen durch.

»Schlaf schön! Morgen machen wir beide mal einen gemütlichen Spaziergang und erzählen uns alles, ja?«, schlug sie ihm vor.

»Adrienne, läuft da was zwischen Jannis und dir?«

»Nein, ich meine … doch, wir lieben uns, aber wie gute Geschwister«, versicherte sie ihm, bevor sie das Zimmer verließ.

»Ich kann es nicht fassen«, stöhnte Jannis, nachdem Adrienne sich neben ihn auf die untere Treppenstufe gesetzt hatte. »Warum hat sie uns alle belogen? Sie musste doch damit rechnen, dass wir ihr auf die Schliche kommen, sobald wir uns wiedersehen.«

»Tja, wahrscheinlich hat sie nicht vorhergesehen, dass wir überhaupt auf die alte Geschichte zu sprechen kommen. Du kennst sie doch. Sie redet ungern über die Vergangenheit«, sinnierte Adrienne.

Der Grund, warum Eva sich so sicher fühlte, lag Adriennes Meinung nach in einer Fehleinschätzung ihrer Adoptivmutter. Eva glaubte, sie hätte *ihre Männer* im Griff. Sie kalkulierte aber offenbar nicht ein, dass Jannis trotz der Rundumüberwachung durch Mirja intensive Gespräche mit seiner Schwester führte. Und Eva rechnete wohl nicht damit, dass Martin jemals Dritten gegenüber einräumen könnte, dass seine Frau ihn belogen hatte.

Adrienne ließ Jannis an ihrem Gedankengang teilhaben, und ihm schien das einzuleuchten. »Du hast recht. Vater hat bisher noch nie zugegeben, von Mutter beschwindelt worden zu sein. Mich hat das als Jugendlicher manchmal rasend gemacht, wenn sie ihm mit treuer Miene bei ihrer Rückkehr um Mitternacht weismachen wollte, sie sei mit einer Freundin unterwegs gewesen. Dabei hatte sie doch mindestens einen Lover pro Sommer.«

Adrienne schwieg betroffen. Natürlich hatte sie als junges Mädchen auch in diese Richtung fantasiert und Martin stets für seine Diskretion bewundert, weil sie sicher gewesen war, dass er genau wusste, was wirklich gespielt wurde.

»Komisch, dass wir beide darüber nie gesprochen haben. Sonst haben wir doch über alles geredet«, warf Jannis nachdenklich ein.

»Na ja, *ich* habe dir alles erzählt«, widersprach Adrienne ihm halb im Scherz. »*Du* hattest immer deine Geheimnisse. Ich denke, wir sollten das lieber verdrängen. Mir war das furchtbar unangenehm. Einmal war ich mit ihr in Rennes, und da ist uns auf der Straße ein Mann begegnet, den ich noch nie zuvor gesehen hatte. Die beiden haben sich nicht mal gegrüßt, aber dann hat Eva gesagt, sie würde sich mal Zigaretten holen. Sie wusste, dass ich solche Läden nicht betreten habe, weil ich gehasst habe, wenn sie geraucht hat. Und als sie dann so lange in dem Laden blieb, habe ich einen Blick hineingeworfen. Da stand sie mit dem Kerl da, und die Luft hat bis auf die Straße gebrannt.«

»Deshalb verstehe ich nicht, warum sie so ausgerastet ist, als sie vermutet hat, dass wir beide es wild miteinander treiben. Und dass sie dir mit der erlogenen Hochzeitskeule kam. Dabei war ihr der Trauschein doch völlig schnuppe.«

Adrienne konnte ein Gähnen nicht unterdrücken. »Jetzt überkommt mich die Müdigkeit aber mit aller Macht. Wir sollten den Rest vertagen, bis wir wieder nüchtern und ausgeschlafen sind.«

»Soll ich dich noch sicher bis zum Zimmer bringen?«, fragte Jannis mit einem schelmenhaften Grinsen.

»Du bist unmöglich«, lachte sie, und sie stiegen gemeinsam die Treppe hinauf. Oben angekommen, nahm Jannis Adrienne in die Arme. »Jetzt verlieren wir uns aber nie mehr aus den Augen. Versprochen?«

»Nie wieder!« Adrienne hob die Hand zum Schwur, bevor sie zu ihrem Zimmer eilte.

Sie schaffte es gerade noch, Jacke und Kleid auszuziehen und sich nackt unter die Decke zu kuscheln. Das war schon früher der größte Luxus gewesen, dass sie nicht unter den landesüblichen Laken schlafen musste, sondern ihr schönes deutsches Federbett nach Frankreich importiert hatte.

## 6.

Adrienne erwachte von einem vorwitzigen Sonnenstrahl, der sie an der Nase kitzelte. Sie überlegte, ob sie sich auf die andere Seite drehen sollte, denn sie war noch rechtschaffen müde. Doch dann hörte sie erregte Stimmen von draußen durch das geöffnete Fenster schallen. Sie stand auf und sah nach unten in den Garten. Dort saßen Mirja und Eva am Terrassentisch und debattierten heiß. Einzelne Wortfetzen drangen zu ihr herauf, aber das aus Mirjas Mund wiederholt gezischte »*Diese Schlange!*« war deutlich zu verstehen. Erneut spürte Adrienne, wie eine gewisse Wut auf Mirja in ihr hochkochte. Hatte diese Person wirklich nichts anderes zu tun, als ständig über sie zu lästern? Natürlich konnte sie verstehen, dass Mirja eifersüchtig war, nachdem Jannis so gar keine Anstalten unternahm, seine Zuneigung zu ihr zu verbergen. Im Gegenteil, ihr gemeinsamer nächtlicher Ausflug musste für Mirja eine einzige Provokation sein. Das hatte Adrienne natürlich nicht beabsichtigt. Es tat ihr sogar ein wenig leid, obwohl sie die verwöhnte, permanent schlechte Laune verbreitende Person, deren erster Name »Vorwurf« hieß und der zweite »Du bist schuld«, auch nach so vielen Jahren immer noch nicht leiden konnte.

Trotz ihrer Wut beschloss Adrienne, das Ganze lieber zu deeskalieren und Mirja höchstpersönlich zu versichern, dass sie ihr nicht den Mann ausspannen wollte. Sonst würde man sie womöglich auch noch für Jannis' Trennungsabsichten verantwortlich machen.

Rasch holte Adrienne ein zerknülltes T-Shirt und einen

bodenlangen Sommerrock aus ihrem Rucksack. Schuhe zog sie nicht an, denn in Ploumanac'h lief sie am liebsten barfuß herum.

Im Haus war alles still. Sie wunderte sich, dass die Kinder keinen Lärm machten, aber als sie den Fuß der Treppe erreichte, hörte sie lautes Indianergeheul. Eilig durchquerte sie das Wohnzimmer, um auf die Terrasse zu gelangen, und schmunzelte beim Anblick der triumphierenden Kinder. Offenbar hatten die beiden ihren Opa an den Marterpfahl gestellt, zu dem sie die Zimmerpalme umfunktioniert hatten. Martin zwinkerte Adrienne zu, aber die Kinder nahmen sie in ihrer Begeisterung gar nicht wahr.

Hätte ich mein Kind nicht verloren, dann sähe man bereits meinen Bauch, ging es Adrienne plötzlich durch den Kopf. Mitten in Gedanken an das arme Geschöpf, das genetisch so geschädigt gewesen war, dass es niemals auch nur annähernd lebensfähig gewesen wäre, unterbrach sie sich hastig, und ihre Miene versteinerte. Nein, daran wollte sie nicht denken, und doch sah sie vor ihrem inneren Auge den Gynäkologen um Fassung ringen, während er die Untersuchungsergebnisse studierte. Freie Trisomie 16 lautete das Todesurteil für ihr Kind. Ihr war gar nichts anderes übrig geblieben, als einem Abbruch zuzustimmen, doch in der Nacht vor dem Termin hatte das Wesen seinen Kampf um einen Platz auf dieser Welt aufgegeben, bevor man es holen konnte. Adrienne erschrak, als sie spürte, wie ihre Augen feucht wurden. Bislang hatte sie noch keine einzige Träne um diesen Verlust geweint. Nicht einmal im Krankenhaus, nicht einmal, als der Arzt ihr die Wahrheit gesagt hatte, und auch nicht, als sie schließlich ohne ihr Kind im Bauch in ihre Wohnung zurückgekehrt war.

Hastig wischte sie sich mit dem Ärmel ihres T-Shirts über das Gesicht. Langsam wurde ihr die unkontrollierte Rückkehr ihrer Gefühle lästig. Sie straffte die Schultern und betrat die

Terrasse. Die beiden Frauen waren noch immer eifrig am Debattieren.

»Ganz ehrlich, Eva, ich habe es dir gleich gesagt. Was für eine Scheißidee, Adrienne einzuladen! Ich wusste doch, sie bringt wieder alles durcheinander«, hörte sie Mirja keifen.

Eva, die mit dem Rücken zu Adrienne saß, stöhnte laut. »Ich konnte doch nicht ahnen, dass die beiden gleich am ersten Abend zusammen nackt baden gehen. Das missfällt mir natürlich auch. Hätte wirklich nicht sein müssen.«

»Ja, aber das nützt mir herzlich wenig. Die Schlange ist doch immer noch scharf auf Jannis und will ihn mir aus …« Mirja stockte, weil sie in diesem Moment Adrienne erblickte, die stumm in einigem Abstand zum Tisch stehen geblieben war.

»Wie lange lauschst du schon?«, fauchte Mirja sie an.

»Dir auch einen guten Morgen«, gab Adrienne ungerührt zurück.

Eva fuhr herum und versuchte zu lächeln. »Guten Morgen, hast du gut geschlafen?«

»Zu wenig«, entgegnete Adrienne und setzte sich neben Eva. Auf dem Tisch standen noch Frühstücksreste, und sie griff sich erst einmal ein Croissant, in das sie herzhaft hineinbiss.

»Hast du denn gut geschlafen?«, fragte sie Eva.

»Ja, ich habe eine Tablette genommen.«

Jetzt erst entdeckte Adrienne den Verband um Evas linken Arm. »Was hast du denn da gemacht?«

»Ach nichts! Ich habe mich gestoßen, und die kleine Wunde soll sich nicht entzünden.«

»Okay, dann sag mir bitte, wie ich dir bei den Vorbereitungen für dein Fest helfen kann«, bot Adrienne ihrer Adoptivmutter an.

»Nun lenk bloß nicht ab! Du weißt genau, dass wir über

deine Dreistigkeit gesprochen haben, mit der du dich an meinen Mann ranschmeißt.«

»Sag mal, Mirja, hörst du dir manchmal selber zu? Du warst ja immer schon eine Keiftante, aber so schlimm habe ich das nicht in Erinnerung«, entgegnete Adrienne mit süffisantem Lächeln.

»Ach ja? Ich gehe jedenfalls nicht mit einem fremden Mann saufen und dann nackt baden!«

»Erstens ist Jannis mein Bruder, und zweitens war ich nicht nackt«, flötete Adrienne.

Mirja stieß einen verächtlichen Zischlaut aus. »Jannis ist so wenig dein Bruder wie meiner. Ich habe dich gesehen, meine Liebe. Man hat durch das Kleid nicht nur die Nippel erkennen können …«

»Das ist der Nachteil, wenn man Baumwolle über die nasse Haut zieht«, entgegnete Adrienne ungerührt und goss sich in aller Seelenruhe Kaffee ein.

Mit einem Seitenblick stellte sie fest, dass Eva sie ziemlich verstört musterte. »Ich finde es auch nicht gut, dass ihr beide euch gestern verkrümelt und euer eigenes Ding durchgezogen habt«, stieß Eva unwirsch hervor.

»Wir hatten uns eben viel zu erzählen. Da ist die Zeit wie im Flug vergangen. Und dass wir zum Abschluss schwimmen gegangen sind, war wirklich nicht unsere beste Idee, weil sich Alkohol und kaltes Wasser nicht so gut vertragen.«

»Schau doch nur, wie sie mich provoziert!«, giftete Mirja an Eva gewandt. »Sie lässt alles an sich abtropfen.«

Adrienne hätte gern noch länger die böse Hexe gespielt, aber sie hatte ja eigentlich beschlossen, zu deeskalieren, statt Salz in offene Wunden zu streuen.

»Jetzt hör mir mal ganz gut zu, Mirja!«, sagte sie in strengem Ton. Mirja klappte der Mund auf, doch sie sagte nichts und schloss ihn wieder.

»Ich bin nicht hergekommen, um dir den Mann wegzunehmen. Dein Mann ist mein Bruder, und genauso und nicht anders ist unser Verhältnis. Ich will nichts von Jannis, denn ich habe einen Mann, der in Berlin auf mich wartet.« Adrienne hatte gar nicht vorgehabt, einen solchen Unsinn zu erzählen, aber die Ausrede bot sich einfach an.

»Das freut mich aber von Herzen!«, stieß Eva voller Entzücken aus. »Warum ist er nicht mitgekommen? Wie heißt er? Und ist es ernst mit euch?«

In diesem Augenblick trottete ein völlig verkaterter Jannis auf den Tisch zu.

»Morgen allerseits!« Er zwinkerte Adrienne verschwörerisch zu.

Mirja würdigte ihn keines Blickes, sondern war voll und ganz auf Adriennes Outing konzentriert. »Adrienne erzählt uns gerade von dem Mann an ihrer Seite«, verkündete sie statt einer Begrüßung.

»Ach, der! Der Kerl, groß wie ein Baum und stark wie Tarzan, von dem du die ganze Nacht geschwärmt hast?«, lachte er.

Mirja sah skeptisch zwischen Adrienne und Jannis hin und her. Sie war sich offenbar nicht sicher, ob die beiden nicht doch eine Show abzogen. »Nun erzähl schon! Was macht er beruflich? Wie alt ist er?«, wollte Mirja neugierig wissen.

»Er ist ein Kollege von mir. Zufrieden?«, entgegnete Adrienne.

»Magst du nicht über ihn reden, oder gibt es nichts zu berichten, weil der Kerl gar nicht existiert?«, giftete Mirja.

»Sie hat mir die ganze Nacht mit diesem Jens oder Jan in den Ohren gelegen. Können wir jetzt mal das Thema wechseln?«, bemerkte Jannis genervt. Adrienne war beeindruckt, wie schnell er die Situation erfasst hatte und wie glaubwürdig er mitspielte. Nun warf Jannis seiner Frau einen abschätzigen Blick zu. »Am besten, du inspizierst ihn persönlich, wenn wir wieder in Deutschland sind. Vorher gibst du ja doch keine Ruhe.«

»Ach ja? Du findest es also normal, wenn du mit einer Frau nachts nackt baden gehst?«

Jannis deutete auf Adrienne. »Sie war nicht nackt. Ich habe sie natürlich nicht angeguckt, aber ich glaube, sie hat ihre Dessous anbehalten.« Sein Ton war sehr spöttisch.

»Kinder, bitte, hört auf damit! Ich finde, wir haben uns jetzt lange genug mit eurem nächtlichen Ausflug beschäftigt. Allerdings war es nicht nett von euch, allein abzuhauen«, erklärte Eva in tadelndem Ton.

»Du weißt aber schon, dass wir nicht grundlos aufgebrochen sind, oder?«, fragte Jannis in schneidendem Ton.

Eva wusste genau, worauf er anspielte, und zog es vor zu schweigen.

Auch Mirja schien zu ahnen, was er damit sagen wollte, und ging sofort wieder zum Angriff über. »Jetzt bin ich wieder an allem schuld. Das ist mal wieder typisch für dich! Du hast sie mit deinen Blicken verschlungen, und da soll ich seelenruhig zusehen? Ihr beide habt doch mein Misstrauen geschürt, weil ihr damals ohne Rücksicht auf eure Eltern und mich heftig miteinander geflirtet habt und wahrscheinlich im Bett gelandet wärt, wenn Eva sie nicht rausgeschmissen hätte«, zischte sie.

»Geflirtet haben wir erst, nachdem du nach Köln zurückgefahren warst, weil es unter deinem eifersüchtigen Blick keinen Spaß gemacht hätte«, erwiderte Jannis derart scharf, dass Adrienne ihm unter dem Tisch gegen das Schienbein trat. Sie konnte Mirja wirklich nicht leiden, aber dieser Spruch war ihr gegenüber nicht gerade fair.

Prompt sprang Mirja vom Tisch auf und rannte schluchzend in die Küche.

»Was sollte das? Warum musst du sie so quälen?«, fuhr Eva

ihren Sohn an. »Bitte geh ihr hinterher und entschuldige dich gefälligst!«

»Ich denke nicht daran. Ich ertrage ihre ständigen Vorhaltungen und Unterstellungen keinen Tag länger. Ich weiß, das war nicht nett, aber ich wollte auch nicht nett sein.«

»Nein, das war wirklich nicht nett«, murmelte Adrienne, obwohl sie Jannis' Reaktion nachvollziehen konnte.

Jannis überhörte Adriennes Bemerkung und funkelte seine Mutter wütend an. »Nett war es auch nicht, dass du Adrienne damals vorgelogen hast, ich wolle Mirja heiraten. Und dann hast du Adrienne auch noch ihre Herkunft vorgeworfen, zumal sie zu dem Zeitpunkt völlig ahnungslos war. Dad und mir hast du dann vorgelogen, Adrienne habe das Haus verlassen, nachdem du ihr schonend die Wahrheit über ihre Eltern beigebracht hättest. Das war so fies von dir!«

Eva war so geschockt über Jannis' Vorwürfe, dass ihre Gesichtsmuskeln zuckten. Jedenfalls sah Adriennes darin einen Zusammenhang, doch dann wanderte ihr Blick zu dem Verband um Evas Arm, und ihr fiel ein, was Martin Eva gestern zugeflüstert hatte – dass sie unbedingt einen Neurologen aufsuchen solle. Offenbar hatten die Zuckungen einen ganz anderen Grund. Adrienne überlegte fieberhaft, bei welchen Erkrankungen Muskelzuckungen symptomatisch waren, und ihr fielen auf Anhieb die Polyneuropathie, Parkinson oder die Amyotrophe Lateralsklerose ein, kurz ALS. An keine dieser Krankheiten wollte Adrienne auch nur einen Gedanken verschwenden, insbesondere nicht auf die letzte, weil sie besonders grausam war. Jedenfalls tat ihr Eva fast ein wenig leid, und auch Jannis schien gemerkt zu haben, dass es nicht der richtige Zeitpunkt gewesen war, seiner Mutter ihre Lügen von vor über zehn Jahren entgegenzuschleudern.

»Maman, ist dir nicht gut? Brauchst du ein Glas Wasser?«, erkundigte er sich besorgt, doch in diesem Augenblick hörten die Zuckungen so plötzlich wieder auf, wie sie begonnen hatten.

»Ich mache mal einen Vorschlag«, seufzte Adrienne. »Wir sollten die Vergangenheit endgültig ruhen lassen.«

»Mit Verdrängen ist aber keinem geholfen«, insistierte Jannis. »Ich möchte doch nur den Grund erfahren. Warum hast du verhindert, dass Adrienne und ich uns näherkommen? Wahrscheinlich wären wir jetzt ein glückliches Ehepaar.«

»Ich weiß nicht mehr genau, warum ich auch vor der Unwahrheit nicht zurückgeschreckt bin. Ihr wart doch meine Kinder, und ich konnte … nein, ich wollte … ach, ich konnte den Gedanken nicht ertragen, dass ihr, also meine beiden Kinder, nun plötzlich ein Liebespaar werden könntet«, stammelte Eva.

»Oder wolltest du partout nicht, dass dein Sohn sich mit dem Kind zweier Terroristen einlässt?«, warf Adrienne vorsichtig ein. »So hast du es mir damals jedenfalls verkauft.«

»Nein, was kannst du für deine Eltern? Ich liebe dich wie meine eigene Tochter. Ganz bestimmt nicht. Das wäre kein Grund gewesen.« Evas Stimme klang gequält. »Es geht über meine Kraft, mich mit der Vergangenheit zu beschäftigen. Aber es war ein kapitaler Fehler, dich zu belügen, Adrienne, und auch dich und deinen Vater!« Sie warf ihrem Sohn einen flehenden Blick zu. »Das Schlimmste daran ist, ich habe dich förmlich in diese Ehe gedrängt, Jannis. Und glaubst du, ich sehe nicht, wie unglücklich ihr beide seid?«

»Ich wollte es dir eigentlich schonender beibringen, aber ich werde mich von Mirja scheiden lassen. Die Hochzeit war mein Fehler. Ich hätte sie ja nicht heiraten müssen. Nicht jeder heiratet die Frau, die er schwängert.«

»Das habe ich befürchtet. Schon seit Monaten«, seufzte Eva. »Tu das nicht! Geht in eine Therapie, aber Scheidung … Denk an die Kinder!«

»Ich kann nicht mehr länger gegen mein Gefühl in dieser Ehe ausharren. Mirja raubt mir die Luft zum Atmen. Ich will nicht länger mit ihr unter einem Dach leben. Ich muss sie verlassen!«

»Schön, dass ich das auch mal erfahre!«, ertönte nun Mirjas Stimme in eiskaltem Ton. Keiner hatte sie kommen hören. Alle drei fuhren erschrocken herum.

»Ich hätte es dir doch noch gesagt! Nach Mutters Geburtstag. Ich wollte nur den richtigen Zeitpunkt abwarten.«

»Das ist dir perfekt gelungen. Alle wissen Bescheid außer mir. Weißt du, was du bist? Ein Arschloch! So, ich packe jetzt und nehme die Kinder mit nach Köln, für immer.«

Eva, die bei Mirjas Worten leichenblass geworden war, rang nach Worten. »Bitte, Mirja, bleib! Deine Eltern kommen doch auch zu meinem Geburtstag. Ich freue mich so auf das Fest, und du gehörst mit zur Familie. Jannis meint es nicht so.«

»Ja, bitte, Mirja, bleib!«, bat Jannis Mirja nun. »Ich … ich denke, wir müssen uns aussprechen. In diesem Zustand kannst du ohnehin nicht fahren. Ich habe nur meinem Gefühl Ausdruck verliehen und bin einfach nicht mehr glücklich mit dir.«

»Tut mir leid. Das mit gestern Abend war blöd von uns. Wenn ihr wollt, könnt ihr jetzt ungestört reden. Ich kümmere mich derweil um die Kinder …«, bot Adrienne Mirja an.

»Martin ist doch auch noch da. Dich brauche ich nämlich!«, mischte sich Eva hektisch ein. »Ich wollte gleich zum Markt nach Lannion, ein paar Zutaten für das Büfett am Samstag besorgen. Die Cateringfirma kümmert sich zwar um alles, aber bei den Meeresfrüchten bin ich eigen. Die kaufe ich nur beim Händler meines Vertrauens. Und ich benötige dringend jemanden zum Tragen. Ich habe mir doch den Arm verstaucht und kann nicht so richtig heben.«

Adrienne horchte irritiert auf. Hatte Eva nicht vorhin noch erzählt, sie habe sich gestoßen und eine Wunde am Arm? Sie ließ sich ihre Verunsicherung nicht anmerken und versprach Eva, sie zum Markt zu begleiten.

Mirja, die sich noch immer nicht dazu geäußert hatte, ob sie fahren oder bleiben würde, nickte nun stumm.

»Gut, Jannis, dann sag du bitte Martin Bescheid, dass wir beide jetzt einen Spaziergang ohne Kinder machen!«, murmelte sie. »Ich warte draußen vor der Tür.« Mit diesen Worten drehte sie sich auf dem Absatz um und verschwand.

»Vielleicht könnt ihr durch eine Aussprache wirklich noch etwas retten«, seufzte Eva. »Ihr beiden gehört doch zusammen!«

In Jannis' Gesicht spiegelte sich die eindeutige Absage an die Hoffnung seiner Mutter wider, aber er schwieg und stand ebenfalls auf. Im Vorbeigehen strich er Adrienne flüchtig über den Rücken. Die kleine Berührung drückte seine ganze Verzweiflung aus.

## 7.

Auf der Fahrt nach Lannion sprachen Eva und Adrienne kein Wort. Für einen lockeren Plausch fehlte Adrienne die Lust, während ihr ein paar ernste Fragen auf der Seele brannten. Was sie im Moment am meisten beschäftigte, war gar nicht die ungeklärte Vergangenheit, sondern die Frage nach Evas Gesundheitszustand. Früher hätte sie keine Skrupel gehabt, mit der Tür ins Haus zu fallen, aber so vertraut waren sie einander einfach nicht mehr. Die Gespräche, die sie dann führten, als sie über den Markt gingen, drehten sich alle um das Büfett. Adrienne schlug vor, ihren beliebten Krabbensalat beizusteuern, aber Eva winkte ab. Die Arbeit sollte das Catering-Team machen. Sie wollte auf keinen Fall, dass Adrienne am Samstag in der Küche werkelte. Vollbepackt mit kulinarischen Köstlichkeiten, kehrten sie schließlich zurück und hatten tatsächlich nur über Essen und Trinken gesprochen.

Während sie nach ihrer Rückkehr die Lebensmittel in der Küche verstauten, schlug Eva Adrienne einen Spaziergang vor. Sie sei ihr wohl noch einige Erklärungen schuldig. Adrienne war einverstanden, und so schlugen sie wenig später den Weg zum Zöllnerpfad ein. Am Strand herrschte ein buntes Treiben, und sie erkannten von ferne Martin mit den Kindern unter einem Sonnenschirm, die Eva und Adrienne aber ihrerseits nicht bemerkten. Es war angenehm, in der Hitze, die an diesem Tag herrschte, den Pfad entlangzuschlendern, weil die Pinien ihnen Schatten gewährten und vom Meer eine erfrischende Brise herüberwehte.

»Ich weiß gar nicht, wo ich anfangen soll. Ich denke, ich sollte dir mehr über deine Eltern erzählen. Es war gemein von mir, dass ich dich damals nicht schonend mit der Wahrheit vertraut gemacht habe, sondern dir deine Herkunft quasi zum Vorwurf gemacht habe. Ich kann dich nur noch einmal in aller Form um Verzeihung bitten und dir versichern, dass mir mein Verhalten sehr leidgetan hat.«

Adrienne war es gar nicht so recht, dass es nun offenbar doch wieder um die alte Geschichte gehen sollte. Viel lieber hätte sie Eva ganz direkt gefragt, an welcher Krankheit sie denn litt.

»Du hast dich doch schon so oft entschuldigt. Denk an die vielen Briefe!«, bemerkte Adrienne kühl. »Mir wäre es am liebsten, wenn wir unseren Streit von damals endgültig begraben könnten. Bitte, beantworte mir nur eine Frage: Warum hast du mir nicht gesagt, dass meine Mutter deine beste Freundin gewesen ist?«

An den nervös zuckenden Lidern konnte Adrienne erkennen, dass sie mit dieser Frage ins Schwarze getroffen und Eva in große Verlegenheit gebracht hatte.

»Ich … ich habe mir eingebildet, es genügt, dass ich dir eine gute Mutter bin, und ich wollte dir den Kummer ersparen, den dir das Wissen um deine Eltern gemacht hätte. Es ist unverzeihlich, dass ich es dir im Zorn offenbart habe. Ich war überfordert. Verstehst du?«

Adrienne nickte genervt. »Eva, ich glaube, das Thema hatten wir bereits abgeschlossen. Mich interessiert die Frage, warum du mir nicht wenigstens einmal geschrieben hast, dass meine Mutter deine beste Freundin war. Damit hättest du sie entdämonisiert, und sie wäre für mich nicht mehr nur das Monster gewesen, das sein Kind weggegeben hat …«

»Gut, das hat sie ja nun einmal getan! Ich bin deine Mutter seit deinem vierten Lebenstag.« Das klang aus Evas Mund fast wie ein Vorwurf an Adrienne, verbunden mit der stummen Aufforderung, sie nicht länger zu quälen. »Aber gut, wie du willst. Dann erzähle ich dir jetzt von deiner Mutter.«

»Fang einfach an! Ich sage schon, wenn es mir zu viel wird«, entgegnete Adrienne ungeduldig.

»Also, ich beginne mit deiner Mutter. Caroline kam in meine Klasse auf dem Internat, als wir fünfzehn waren. Sie hatte ihr Elternhaus in Freiburg verlassen, nachdem sie erfahren musste, dass das Kaufhaus ihrer Familie einem Juden gehört hatte, dem man es im Zuge der sogenannten Arisierung für ein Butterbrot und ein Ei abgepresst hatte. Sie wollte mit der Familie Manzinger nichts mehr zu tun haben und hat mit allen gebrochen – den Großeltern, Eltern und Geschwistern.«

Adrienne hörte Eva, die diese Flut an Informationen völlig emotionslos herunterratterte, fassungslos zu. »Heißt das, ich habe irgendwo noch Onkel und Tanten? Und Großeltern? Aber wieso haben meine Eltern mich denn nicht dort abgegeben?«

»Deine Mutter wollte nicht, dass du dort aufwächst. Sie hat eine Sorgerechtsverfügung zu meinen Gunsten aufgesetzt, sollte ihr etwas zustoßen. Was dann ja leider auch passierte.« Eva verzog auch bei diesen Worten keine Miene.

»Wie lange sollte ich eigentlich bei euch bleiben?«

Eva zuckte mit den Schultern. »Keine Ahnung. Deine Eltern lebten im Untergrund. Wahrscheinlich, bis sie ihre Strafen abgesessen hätten. Deine Mutter hat sich darüber keine großen Gedanken gemacht. Es war ja auch nicht klar, wie viele Jahre sie bekommen hätte. Und nach ihrem Tod haben wir dich dann adoptiert. Das entsprach ganz Carolines Willen.«

»Wie viele Geschwister hat sie denn?«

»Zwei Brüder. Ihre Mutter hat sogar versucht, das Sorgerecht für dich einzuklagen, ohne Erfolg. Wir hatten nur über Anwälte miteinander zu tun. Apropos Anwalt. Hier ist der Brief deines Onkels.« Eva holte einen Umschlag aus ihrer Tasche und reichte ihn Adrienne, die ihn, ohne ihn eines Blickes zu würdigen, in ihrer Handtasche verschwinden ließ.

»Und woher wussten die von meiner Existenz?«, fragte sie Eva.

»Das Gericht hat sie informiert. Jedenfalls hat Caroline sowohl die Ferien als auch Weihnachten und Ostern ohne Ausnahme bei meiner Familie verbracht. Ihr Vater hat sie auch nicht gezwungen, nach Freiburg zurückzukommen. Dazu hätte er ja das Recht gehabt, denn sie war noch minderjährig. Aber er hat sogar meinen Eltern die Erlaubnis erteilt, dass sie für Caro Unterschriften für die Schule leisten und ihren Aufenthaltsort bestimmen durften. Vielleicht hat er ihnen sogar das Sorgerecht übertragen. Sonst hätte sie gar nicht jeden Sommer mit ins Ferienhaus kommen dürfen. Was die beiden Männer da genau vereinbart hatten … keine Ahnung, ich weiß nur, dass mein Vater sich absichern wollte. Jedenfalls wurde sie von meinen Eltern stets wie ein eigenes Kind behandelt.«

»So eng war euer Verhältnis? Aber warum hast du mir nie davon erzählt?«

»Ich wollte dir das Herz nicht schwer machen. Zugegeben, das war ein großer Fehler. Ich habe dir viel zu spät erzählt, dass du adoptiert bist.«

»Und warum hast du dir überhaupt diesen Mist mit dem Unfall ausgedacht?«

»Ich hatte Sorge, die Wahrheit würdest du nicht verkraften.«

»Aber wie passt das damit zusammen, dass du mir die Wahrheit dann recht brutal ins Gesicht geschleudert hast?«

»Da hatte ich einen echten Blackout und einfach Panik, dass du Claudias und meine Pläne durchkreuzt. Wir hatten uns doch so sehr gemeinsame Enkelkinder gewünscht.«

Adrienne konnte sich nicht helfen, etwas in ihr sträubte sich mit aller Kraft dagegen, Eva diese Geschichte abzunehmen. Ihre Adoptivmutter war doch nie eine derart unbeherrschte

Person gewesen. Bei ihr war immer alles durchdacht und wohl-überlegt. Adrienne aber beschloss, ihre Zweifel für sich zu behalten. Schließlich war das nur so ein Bauchgefühl …

»Ja gut, dann wüsste ich gern noch, wieso meine Eltern dann erschossen wurden und wo genau das geschehen ist.«

Eva wand sich. »Das war im Elsass. Der Ort heißt Rique-wihr. Mehr weiß ich auch nicht!«

»Aber warum dort? Jannis hat mir erzählt, da sei ein Waf-fenlager der AD gewesen.«

»Was weiß denn Jannis darüber?«, fragte Eva unwirsch.

»Von Mirja, und die hat es von ihrer Mutter.«

»Claudia ist eine blöde Tratschtante. Wieso redet sie mit ihrer Tochter darüber?«

Woher sollte sie das wissen, wobei ihr sogar ein potenzieller Grund einfallen würde. Claudia hatte womöglich vor lauter Eifersucht keine Gelegenheit ausgelassen, über Caroline her-zuziehen. Eva schien gerade jeden Strohhalm zu ergreifen, um sich vor präzisen Auskünften zu drücken, doch Adrienne ließ sich nicht vom Thema abbringen.

»Das ist doch bestimmt nicht alles, was du weißt. Wie und warum wurden meine Eltern erschossen? Wollte man verhin-dern, dass sie einen Anschlag verübten? Haben sie das Feuer eröffnet … oder … oder?«

Eva stieß einen tiefen Seufzer aus. »Ach, ich sollte dich über eines einfach nicht länger im Unklaren lassen: Nur Caroline wurde von der Kugel eines Polizisten tödlich getroffen.«

Adrienne starrte ihre Adoptivmutter fassungslos an. »Und mein Vater?«

Statt ihr zu antworten, legte Eva einen Arm um Adriennes Schulter. »Es fällt mir so schwer, dir die Wahrheit zu sagen, weil sie schrecklich wehtut …«

Unwirsch befreite Adrienne sich aus der körperlichen Um-klammerung, weil sie es in diesem Augenblick kaum ertrug, von Eva angefasst zu werden. Ihre Adoptivmutter kam ihr vor wie ein Aal, der einem ständig aus der Hand glitschte.

»Eva, bitte! Sag mir einfach, was geschehen ist!«

»Deine Mutter hatte sich vor der Polizei in einem Waffenlager der Action directe, das war damals eine Organisation ...«

»Eva, ich weiß, was das für eine Organisation war. Wenn du dich recht erinnerst, habe ich für die Schule mal ein Referat zu dem Thema gehalten, was dir übrigens außerordentlich missfallen hat. Nur dass ich damals nicht geahnt habe, warum. Ich weiß noch, dass ich dafür die höchste Punktzahl bekommen habe. Aber nicht mal darüber konntest du dich freuen. Bitte, sag mir endlich die Wahrheit! Was ist damals passiert?«

Adrienne war sich ihres schroffen Tons sehr wohl bewusst, aber in ihrem Kopf drehte sich alles, und sie spürte, wie heftiger Zorn in ihr aufstieg. Zorn, weil sie wirklich nicht mehr wusste, was sie glauben sollte und was nicht. Ihr wurde mit einem Mal bewusst, wie oft Eva sie in dieser Sache schon belogen hatte.

»Deine Mutter hielt sich jedenfalls in diesem Haus im Elsass auf, in dem ihre Genossen Waffen gehortet hatten, und dann kam die Polizei. Jemand hatte ihnen Carolines Versteck verraten. Es ist anzunehmen, dass es dein Vater war.«

Was redete Eva denn da? Das würde ja bedeuteten ... Adrienne wurde übel.

»Und lebt er noch?«

»Ich weiß es nicht. Ich habe nie wieder etwas von ihm gehört, geschweige denn ihn gesehen. Und bevor du fragst, warum ich ihn dir gegenüber habe sterben lassen – ich wollte dir die schreckliche Wahrheit ersparen. Denn eins kannst du mir wirklich glauben: Ich liebe dich wie eine Tochter.«

Eva war stehen geblieben und machte Anstalten, Adrienne in den Arm zu nehmen, aber sie trat entschieden einen Schritt zur Seite. Das hätte sie in diesem Augenblick nicht ertragen.

Dass Eva sie liebte, daran hatte Adrienne noch nie gezweifelt, selbst in all den Jahren nicht, in denen sie nicht hätte schwören können, dass sie einander je wiedersehen würden. Aber dass ihr Eva vorenthalten hatte, dass ihr Vater noch lebte, das fand sie ungeheuerlich. Sie verspürte alles andere als das Bedürfnis, von ihr umarmt zu werden. Im Gegenteil, ihre Adoptivmutter wurde ihr mit jedem Wort ein Stück fremder. Wonach sie verlangte, waren Antworten auf ihre Fragen! Sie würde keine Ruhe geben, bevor sie mit Eva nicht endlich Klartext reden konnte.

»Das heißt, du kanntest meinen Vater auch?«

»Ja, ja, ja, und zwar lange vor Caroline. Jeans Eltern hatten hier im Ort auch ein Ferienhaus. Wir waren damals so eine Clique. Caroline hat ihn über mich kennengelernt, aber da war er bereits verheiratet. Irgendwann viel später haben die beiden dann ihre fatale Affäre begonnen.«

»Ach, mein Vater war verheiratet? Da habe ich ja vielleicht sogar noch eine Horde Stiefgeschwister.« In Adriennes Ohren begann es in diesem Moment verdächtig zu rauschen. Sie hatte schon einmal auf Haiti einen leichten Hörsturz gehabt und kannte die Warnsignale.

»Du glaubst nicht, wie leid mir das tut«, beteuerte Eva abermals. Durch die vielen Wiederholungen wird es auch nicht besser, dachte Adrienne wütend. Das Einzige, was sie interessierte, waren knallharte Fakten! Und, tja, vielleicht ein kleines bisschen Mitgefühl vonseiten Evas mit ihrer früher besten Freundin Caroline.

»Fällt dir vielleicht jemand ein, der wissen könnte, ob mein Vater noch lebt? Vor allem jemand, der weiß, ob er meine Mutter wirklich ans Messer geliefert hat?«, hakte Adrienne kühl nach, nachdem das Rauschen so plötzlich wieder aufhörte, wie es angefangen hatte. »Vielleicht sollte ich mir einen Anwalt nehmen und die alten Akten besorgen lassen.«

»Adrienne, mach dich nicht unglücklich!«, stieß Eva erschrocken hervor.

»Also, gibt es jemanden, der mehr weiß? Zum Beispiel, ob er noch lebt? Dann könnte ich ihn ja selbst fragen.«

»Es gibt kaum einen Zweifel, dass er es gewesen ist. Und nein, ich weiß nicht, wer dir weiterhelfen könnte. Seine Schwester Camille, mit der zusammen er das Haus der Eltern geerbt hatte, hat es nach ihrer Rückkehr aus Quebec, wo sie mit ihrem Mann gelebt hat, verkauft oder vermietet. Ich habe den Kontakt zu ihr verloren. Ich glaube, sie konnte es hier einfach nicht mehr aushalten, weil wir alle gemutmaßt haben, dass Jean der Verräter gewesen sein muss, der Caroline auf dem Gewissen hatte.«

Sie hatten jetzt den Hafen erreicht, und Adrienne hatte das Bedürfnis, ein großes Glas Wein zu trinken. Mit einem kalten Muscadet ertrug sie Evas Enthüllungen vielleicht besser. Im Übrigen glaubte sie ihr kein Wort und empfand ihrer Adoptivmutter gegenüber eine gehörige Portion Misstrauen. Trotz der vielen Worte wurde sie das dumpfe Gefühl nicht los, dass ihr immer noch etwas Wesentliches vorenthalten wurde.

Sie kämpfte mit sich, ob sie Eva nicht einfach mit ihrem Verdacht konfrontieren sollte, aber gerade als sie sich wenig später zuprosten wollten, glitt Eva das Weinglas aus der Hand und zerbrach an der Schale mit Nüssen, die der Kellner zum Wein serviert hatte.

»Warst du schon bei einem Neurologen?«, fragte Adrienne nun ganz direkt.

»Nein, das habe ich immer noch nicht geschafft«, erwiderte diese ausweichend. »Aber das mache ich, sobald wir wieder in Köln sind. Dort habe ich einen Arzt meines Vertrauens.«

*Warum glaube ich ihr das nicht?*, fragte sich Adrienne angespannt.

»Ich denke, es ist harmlos. Ich tippe auf Magnesiummangel«, fügte Eva mit Nachdruck hinzu.

»Das könnte die Ursache für die Zuckungen sein, aber nicht dafür, dass dir Gläser aus der Hand fallen. Das kann von einem Bandscheibenvorfall herrühren oder …« Sie stockte.

»Ich weiß, ich weiß, das könnte auch Parkinson oder ALS sein«, bemerkte Eva gereizt.

Adrienne versuchte, das zu überhören, und fragte stattdessen: »Und was sagt Martin dazu?«

»Dasselbe wie du. Ich soll mich dringend von einem Neurologen durchchecken lassen.«

»Und wann werdet ihr in Köln zurück sein?«

»Ich wollte dieses Mal eigentlich bis Anfang Oktober bleiben, aber Martin will früher zurück.«

»Und warum suchst du dir keinen Neurologen in Rennes?«

»Ach, ich weiß nicht. Nachher fehlen mir Vokabeln, und ich verstehe nicht alles.«

»Du sprichst perfekt Französisch. Ich würde es mir überlegen. Wenn du magst, komme ich mit, denn ich wollte ja eh gern noch die nächste Woche bleiben.«

»So schnell bekomme ich bestimmt keinen Termin«, widersprach Eva hektisch.

Keine Frage, ihre Adoptivmutter drückte sich vor der dringend erforderlichen Abklärung ihrer verdächtigen Symptome, schloss Adrienne aus diesem Verhalten und gab ihren Plan, mehr über Evas Gesundheitszustand zu erfahren, resigniert auf. Das hatte keinen Sinn. Eva mauerte ganz offensichtlich. Adrienne hatte nur noch das Bedürfnis, auf schnellstem Weg nach Saint Guirec zurückzukehren und ein bisschen allein zu sein. Sie wollte Ordnung in ihre Gedanken bringen. Natürlich ließ ihr die Geschichte keine Ruhe, dass angeblich ihr Vater der Polizei verraten hatte, wo sich ihre Mutter versteckt hatte. Und überhaupt, war Eva wohl auch eine von ihnen gewesen?

»Warst du früher eigentlich auch bei der Action directe?«, fragte sie ohne Umschweife.

Eva starrte Adrienne entgeistert an. »Wie kommst du denn darauf? Ich hatte nie radikale Ansichten und habe mir keine Illusionen gemacht, die Welt mit Gewalt verändern zu können. Im Gegensatz zu mir hat deine Mutter keine K-Gruppe ausgelassen, aber dass sie in den Terror abgeglitten ist, entsprang meiner Ansicht nach weniger einer politischen Motivation als vielmehr dem Wunsch, Jean zu imponieren. Ich war damals entsetzt, dass sie, um einen Kerl zu erobern, bei einem dieser Banküberfälle mitgemacht hat.«

»Sie war nur bei einem Überfall dabei?«, hakte Adrienne mit einer Mischung aus Erleichterung und Verwunderung nach. In ihrer Fantasie war ihre Mutter bisher eine kaltblütige Mörderin gewesen.

»Was heißt *nur*? Das ist auch kein Kavaliersdelikt«, entgegnete Eva mit leisem Vorwurf.

»Natürlich nicht, aber ich habe geglaubt, sie hätte mehr auf dem Kerbholz. Ich meine … hallo, die Polizei hat sie erschossen! Und mein Vater … wie viele Menschen hat er umgebracht?«

»Also, soviel ich weiß, war er an einigen Banküberfällen beteiligt. Aber wie gesagt, als Jean in diese Szene abgerutscht ist, hatten wir beide kaum noch Kontakt. Ich hatte partout kein Verständnis für seine Ansichten, zumal er selbst mit dem goldenen Löffel im Mund geboren war und ich nicht nachvollziehen konnte, was er mit seiner Radikalität eigentlich bezweckte, außer Angst und Schrecken zu verbreiten. In der Hinsicht war er ein ziemlicher Idiot.«

»Ich glaube, ich möchte jetzt gern zurück nach Hause gehen und ein bisschen allein sein. Es waren einfach zu viele Informationen, die da auf mich eingeprasselt sind. Mir schwirrt regelrecht der Kopf!«, stieß Adrienne angestrengt hervor, denn mehr konnte sie partout nicht verkraften. Nicht, dass sie in irgendeiner Weise mit der AD sympathisierte, aber irgendwie störte es sie, wie abfällig Eva über ihren Vater sprach. Beizeiten würde sie sicherlich noch einmal bei Eva nachfragen, was das heißen sollte, dass Jean mit dem goldenen Löffel im Mund geboren war, aber im Moment konnte sie keine weiteren Informationen mehr verarbeiten. Vor allem, weil das Rauschen im Ohr sich erneut bemerkbar machte.

»Gut, wenn du nichts dagegen hast, bleibe ich noch ein wenig und trinke in Ruhe ein zweites Glas Wein.«

»Kein Problem, ich finde allein zurück.« Adrienne stand hastig auf und umarmte Eva flüchtig. »Danke, dass du mir das alles erzählt hast! Auch wenn es hart ist, aber besser, ich kenne die ganze Wahrheit …« Sie legte eine Pause ein und musterte Eva eindringlich. »Das war doch jetzt die ganze Wahrheit, oder?«

»Ja, sicher, was denkst du denn? Warum sollte ich dir halbe Wahrheiten erzählen? Es hätte doch wenig Sinn …« Weiter kam Eva nicht, weil sie plötzlich ein Gespenst zu sehen schien. Adrienne folgte ihrem Blick und bemerkte eine aparte Frau, die schätzungsweise in Evas Alter war. Sie hatte einen dunklen Pagenkopf, rot geschminkte Lippen und feine Gesichtszüge. Die Frau war stehen geblieben und blickte ähnlich erstaunt in ihre Richtung.

»Ich glaube, ich komme doch mit nach Hause«, murmelte Eva hektisch und sprang auf. »Du kannst schon mal vorgehen. Wir treffen uns an der Ecke. Ich zahle nur noch rasch.« Und schon war sie verschwunden.

## 8.

Evas überstürzter Abgang irritierte Adrienne so sehr, dass sie sich wieder hinsetzte, vor allem, weil die fremde Frau immer noch reglos dastand und zu ihrem Tisch herüberstarrte. Offenbar dachte sie darüber nach, ob sie weitergehen oder näher kommen sollte. Schließlich steuerte sie beherzt auf Adrienne zu. Sie rang sich zu einem Lächeln durch und fragte höflich, ob sie sich für einen Augenblick setzen dürfe. Adrienne nickte verwundert, weil die fremde Frau sie immer noch ausgesprochen interessiert musterte.

»Und wer sind Sie, wenn ich fragen darf?«, erkundigte sich Adrienne.

Die Fremde entschuldigte sich vielmals, dass sie sich nicht vorgestellt hatte. »Mein Name ist Camille Dubois, meine Familie hatte ein Ferienhaus in Evas Nachbarschaft. Und wer sind Sie?« Sie sprach ein Pariser Französisch, das Adrienne besonders gut verstehen konnte.

»Ich bin Evas Tochter Adrienne.«

»Ach ja, davon habe ich gehört. Sie sind in dem Sommer geboren, in dem ich in Kanada gelebt habe. Adrienne, was für ein schöner Name! Tja, Eva und ich waren früher unzertrennliche Sommerfreundinnen. Zusammen mit meinem Bruder Jean, und später war dann auch Evas Busenfreundin Caroline immer mit dabei.«

Adriennes Herzschlag beschleunigte sich merklich, als sie begriff, dass diese Frau ganz offensichtlich die Schwester ihres Vaters war. »Und jetzt machen Sie hier Urlaub?«, erkundigte sie sich und versuchte, ihre Frage möglichst unverfänglich klingen zu lassen. Hatte Eva nicht behauptet, die Frau habe das Ferienhaus längst aufgegeben? Camille schenkte Adrienne ein sympathisches Lächeln.

»Nein, ich will unser Ferienhaus verkaufen, aber da ist noch so viel zu tun, bevor ich es an den Makler übergeben kann. Ich hatte das Anwesen an eine Familie mit vier Kindern und zwei Hunden dauervermietet«, lachte Camille. »Und das über einen Zeitraum von dreißig Jahren. Es muss derzeit total renoviert werden, und ich habe ein Auge darauf. Sonst wird das nichts.«

»Eva wird sich freuen, Sie wiederzusehen«, versicherte Adrienne ihr. »Sie müsste gleich vom Bezahlen zurückkommen.«

»Tja, ich war mir nicht ganz sicher, ob sie das wirklich war. Wir werden ja alle nicht jünger, aber jetzt habe ich gleich eine Verabredung. Sagen Sie Eva doch bitte, dass ich in den nächsten Tagen mal vorbeikomme! Vielleicht am Sonntag.«

»Das passt sehr gut. Da feiert sie nämlich ihren runden Geburtstag und freut sich bestimmt, wenn überraschend alte Freunde kommen.«

Camille tippte sich gegen die Stirn. »Natürlich, sie hat immer im Sommer Geburtstag! Das mache ich ganz bestimmt. Dann grüßen Sie sie herzlich von mir! Wahrscheinlich hat sie mich nicht erkannt. Bis Sonntag. Ich freue mich. Und übrigens sprechen Sie ein fantastisches Französisch. Mindestens genauso perfekt wie Eva.«

Adrienne sah Camille noch hinterher, als diese bereits die Straßenseite gewechselt hatte und in Richtung Strand davoneilte. Was für eine elegante und sympathische Person!, dachte Adrienne, als sie Evas Stimme hinter sich zischen hörte: »Was wollte die denn von dir?«

Adrienne drehte sich verwundert um. Eva sah ziemlich mitgenommen aus. »Du weißt, wer das war?«

»Sicher, sie hat sich kein bisschen verändert.«

»Und warum bist du dann vor ihr geflüchtet?«, wollte Adrienne alarmiert wissen.

»Unsinn, ich bin doch nicht vor ihr geflüchtet! Aber was soll man mit Nachbarn reden, die man über dreißig Jahre nicht gesehen hat?«

»Na ja, wenn ich richtig kombiniere, ist sie meine Tante. Die hättest du mir ruhig vorstellen dürfen.«

»Wie kommst du denn darauf? Hat sie etwa behauptet, deine Tante zu sein?« Evas Stimme war vor Erregung ganz schrill geworden.

»Nein, hat sie nicht, aber wenn ihr Bruder Jean heißt und sie in deiner Nähe ein Ferienhaus besitzt, dann wird sie das wohl sein. Und überhaupt, ihr seid nicht nur Nachbarn, sondern auch enge Freundinnen gewesen.«

Eva machte eine abwehrende Handbewegung. »Gott, das ist doch schon Jahrzehnte her! Wir wüssten doch gar nicht mehr, worüber wir reden sollten.«

»Ach, das wird sich schon ergeben am Sonntag!«, bemerkte Adrienne in süffisantem Ton. Nun hatte sie nämlich keinen Zweifel mehr, dass Eva ihr längst nicht die ganze Wahrheit gesagt hatte. Daran, dass sie unbedingt ein Zusammentreffen mit Camille hatte verhindern wollen, gab es wohl keinen Zweifel.

»Die kommt doch wohl nicht etwa zu meinem Geburtstag? Sie hat doch gar keine Einladung«, fragte Eva empört.

»Doch, ich habe sie eingeladen. Ahnt sie überhaupt, dass ich die Tochter ihres Bruders bin?«

Eva schnappte nach Luft. »Nein, verdammt! Ich will nicht, dass ihr beide euch trefft! Ich … nein, das möchte ich nicht!«, fauchte sie.

»Gut, dann musst du sie wieder ausladen. Sie sitzt dort hinten in der Strandbar, glaube ich.« Adrienne deutete in die Ferne.

»Das mache ich auf keinen Fall! Das wäre doch peinlich. Sie kann kommen, aber ich verbiete dir, ihr auf meinem Fest zu erzählen, was du weißt. Ich möchte nicht, dass deine Herkunft zum Partygespräch wird.«

Obwohl Adrienne über Evas Befehlston bestürzt war, lenkte sie ein. »Okay, ich werde den Mund halten und so tun, als wüsste ich nicht, dass sie meine Tante ist.«

»Das will ich auch stark hoffen. Es ist nämlich mein Fest!«

»Verdammt, glaubst du, ich merke nicht, dass du mir etwas verheimlichst?« Bei diesen Worten sprang Adrienne wütend auf und machte Anstalten zu gehen, doch Eva hielt sie am Arm fest.

»Unsinn! Camille und ich waren mal in denselben Mann verliebt und sind nicht in Freundschaft auseinandergegangen«, zischte Eva.

»Aber das war nicht Martin, oder?«

Eva warf Adrienne einen flehenden Blick zu. »Nein, das war vor meiner Hochzeit mit Martin!«

»Und wer hat das Rennen gemacht? Sie oder du?«

»Das weiß ich doch jetzt nicht mehr! Warum löcherst du mich so?«

»Weil ich den Eindruck habe, dass du sehr erschrocken bist, dass seine Schwester aufgetaucht ist. Warum soll ich sie nicht auf meinen Vater ansprechen?«

»Setz dich!«, zischte Eva. »Ich muss dir etwas sagen.«

Adrienne zögerte. »Ich brauche jetzt wirklich ein bisschen Zeit für mich allein.«

»Ich … ich … also, es wäre schön, wenn du einfach Rücksicht nehmen könntest, denn ich … ich …« Eva suchte nach den richtigen Worten.

Ihre Adoptivmutter war so durcheinander, dass Adrienne ihrer Aufforderung widerwillig nachkam und sich wieder setzte.

»Was ist los? Worauf soll ich Rücksicht nehmen?«, fragte sie unwirsch.

»Ich war bereits beim Neurologen. Schon vor drei Monaten in Düsseldorf, damit Martin die Diagnose nicht womöglich noch von einem Kollegen erfährt, bevor ich es ihm sagen kann.«

»Wie bitte? Und das sagst du erst jetzt? Was hast du denn?«

»Es ist ALS, und was das heißt, muss ich dir wohl nicht erklären«, entgegnete Eva so hastig, als könne sie der Diagnose damit die Schärfe nehmen.

»Scheiße!«, stieß Adrienne geschockt hervor.

»Genau, und keiner kann bisher Prognosen abgeben, wie lange ich noch habe. Statistisch liegt die Lebenserwartung zwischen drei und fünf Jahren, aber vielleicht habe ich auch Glück, und ich erleide keine Atemlähmung. Womöglich passiert das aber auch schon früher. Verstehst du jetzt, warum ich meinen Geburtstag ohne große Aufregung feiern möchte und keine Gespenster der Vergangenheit sehen möchte?« Evas Stimme klang so monoton, als hielte sie einen medizinischen Vortrag.

Adrienne nickte betroffen. »Und wann willst du es deiner Familie sagen?«

»Nach dem Fest! Ich kann vorher keine weitere Aufregung vertragen. Es reicht mir, dass Jannis sich scheiden lassen will. Ich wünsche mir doch nur noch einmal ein schönes Fest.«

»Deshalb war es dir auch so wichtig, dass ich komme, oder?«

»Ja, ich möchte diesen Geburtstag mit all jenen Menschen feiern, die mir lieb und teuer sind.«

»Gut, dann lade ich Camille wieder aus. Mir wird schon was einfallen.«

»Nein, auf keinen Fall! Wenn du mir versprichst, dass du ihr erst nach meinem Tod offenbarst, dass du … nicht mein Kind bist …«

»Sie ahnt also nicht, dass ich adoptiert bin?«, fragte Adrienne entgeistert.

»Nein, sie lebte damals doch in Quebec. Da wir die anderen Nachbarn nur einmal im Jahr gesehen haben, denken natürlich alle, dass du Martins und mein Kind bist. Und wir haben niemals einen Grund gesehen, das hier in Frankreich an die große Glocke zu hängen, vor allem, weil das tragische Ende deiner Mutter bekannt war. Und ich wollte nicht, dass man dich spüren lässt, die Tochter einer Terroristin zu sein und vor allem nicht die des Verräters, wie Jean hier genannt wird.«

»Gut, du kannst dich auf mich verlassen. Ich verrate Camille kein Sterbenswörtchen«, versprach Adrienne, nahm Evas Hand und drückte sie kräftig. »Es tut mir so leid.« Das kam von Herzen. Allerdings setzte ihr die neuerliche Lüge, die Eva in Ploumanac'h verbreitet hatte, ordentlich zu. Warum gibt sie mich als ihre leibliche Tochter aus?, fragte Adrienne sich fieberhaft. Doch nichts war in diesem Augenblick so dramatisch wie die Tatsache, dass Eva schwer krank war.

»Lass uns nach dem Fest darüber sprechen! Ich möchte die Diagnose gern so lange aus meinem Gedächtnis streichen«, bat Eva.

»Und ich soll Camille wirklich nicht absagen?«

»Nein, das würde nur ihr Misstrauen schüren. Natürlich gab es nie einen Mann, um den wir gekämpft hätten. Ich hatte nur Panik, dass du ihr die Wahrheit sagen könntest. Mir fiel auf die Schnelle kein anderer Grund ein, warum wir uns gram sein könnten. Und da musste ich dir wohl oder übel sagen, was mit mir los ist und dass es mich umbrächte, wenn in Ploumanac'h bekannt würde, dass du nicht meine Tochter bist.«

Diese verdammten Lügen, und vor allem was für eine Ungeheuerlichkeit, dass Eva diese Lügen so spontan über die Lippen kommen!, dachte Adrienne betroffen. Aber unter den gegebenen Umständen konnte sie besser damit leben als vorher, da sie noch nicht die Gewissheit hatte, dass Eva an der tückischen ALS erkrankt war.

»Wollen wir lieber doch zusammen zurückgehen? Oder möchtest du, dass ich dir noch ein wenig Gesellschaft leiste?«, fragte Adrienne einfühlsam.

Eva schüttelte den Kopf. »Das ist lieb von dir, aber ich glaube, ich wäre jetzt gern ein wenig allein. Und vielleicht kommt Camille ja noch einmal zufällig vorbei. Dann lade ich sie persönlich zu meinem Fest ein. Sie hat vorhin bestimmt gedacht, ich hätte sie nicht erkannt.«

»Ja, genau, sie glaubte, sie habe sich so verändert.«

»Nein, sie ist immer noch sehr hübsch. Das liegt in der Familie. Jean war auch ein gut aussehender Kerl.« Eva holte ein Zigarettenetui aus ihrer Handtasche.

Adrienne wollte gerade heftig protestieren, aber sollte sie einer todkranken Frau Vorträge über die Gefahren des Rauchens halten? Stattdessen stand sie auf und nahm Eva in die Arme. Jetzt meinte sie auch den Grund zu kennen, warum ihre Adoptivmutter so abgemagert war.

»Ich bin froh, dass ich Bescheid weiß«, flüsterte Adrienne. »Denn ich habe gespürt, dass du ein Geheimnis vor mir verbirgst, und ich konnte es überhaupt nicht einordnen. Nun weiß ich, dass du alles von dir fernhalten möchtest, was dich zusätzlich schwächt. Glaub mir, ich werde dich unterstützen, sofern es in meiner Macht steht.«

»Danke, mein Schatz. Ach, ich wünsche mir nur ein unvergessliches Fest«, seufzte Eva. »Und nun geh schon! Sonst muss ich noch weinen.«

»Ach, Maman, du darfst jederzeit in meinen Armen weinen!« Wie lange hatte sie Eva nicht mehr *Maman* genannt! Eva und Martin gehörten zu dieser Generation Eltern, die am liebsten beim Vornamen gerufen werden wollten, aber mit acht, neun Jahren hatte Adrienne ihre Phase gehabt, in der sie ihre Mutter auch so nennen wollte. Schließlich hatten sie sich auf die französische Variante geeinigt.

»Ich bin glücklich, dass du in meiner Nähe bist, und würde so gern deinen Freund noch kennenlernen. Wenn ich wüsste, dass du einen zuverlässigen Mann an deiner Seite hast, dann könnte ich leichteren Herzens gehen.«

Adrienne zuckte erschrocken zusammen. Eva spielte auf Ruben an, den Adrienne als ihren Partner verkauft hatte, um sich Mirjas Eifersucht vom Leib zu halten. Aber das konnte sie in dieser Lage unmöglich zugeben, wenngleich sie ein schlechtes Gewissen hatte, weil auch sie sich billiger Lügen bediente.

»Er ist sehr beschäftigt, aber vielleicht schaffen wir das noch vor Oktober …«

»Aber bitte, tut mir die Liebe und wartet nicht zu lange!«

»Maman, nun gib doch die Hoffnung nicht auf! Denk an Stephen Hawking! Bei ihm wurde die Krankheit 1962 diagnostiziert, und er hat die Diagnose über fünfzig Jahre lang überlebt«, beschwor Adrienne ihre Adoptivmutter.

»Ich weiß und möchte dir das Herz auch gar nicht schwer machen, aber bitte, versprich mir, dass du mich bald mit deinem Freund besuchen kommst. Bitte!«

Adrienne kämpfte mit sich. Am liebsten hätte sie Eva auf der Stelle reinen Wein eingeschenkt, doch das brachte sie in diesem Moment einfach nicht übers Herz.

»Ich will es versuchen«, versprach sie hastig.

In diesem Moment sah Adrienne, wie sich Camille ihnen erneut näherte. »Ich lasse euch allein. Ich warte nur, bis sie an unseren Tisch gekommen ist. Sonst glaubt sie noch, ich bin vor ihr auf der Flucht«, raunte Adrienne Eva zu.

»Ach, ma chère, ich habe vorhin nicht rechtzeitig geschaltet, weil ich dich hier nicht erwartet habe! Dabei hast du dich doch gar nicht verändert«, flötete Eva. Die beiden Frauen begrüßten sich überschwänglich mit Küsschen links und rechts auf die Wangen.

»Ich muss leider los, aber ich denke, wir sehen uns dann am Sonntag«, sagte Adrienne zum Abschied und wunderte sich über die Verwandlung ihrer Adoptivmutter, die gar nicht mehr krank wirkte, sondern wie das blühende Leben aussah. Eva war schon immer ein Phänomen gewesen, was ihre Außenwirkung anging. Wie oft war sie in den eigenen vier Wänden ungeschminkt und mit Jogginghose herumgelaufen und hatte abends bei der Eröffnung einer ihrer Ausstellungen wie eine Göttin gewirkt, der die Männer reihenweise zu Füßen gelegen hatten, jedenfalls in jüngeren Jahren.

Während des Rückwegs nach Ploumanac'h fielen Adrienne diverse beeindruckende Szenen ein, die sie mit Eva erlebt hatte. Allein die Feste auf dem Gut und im Ferienhaus waren stets prachtvolle gesellschaftliche Ereignisse mit einer strahlenden Gastgeberin gewesen. Irgendwann hatte Martin Adrienne auf einem Fest zugeflüstert: »*Die schönste Frau, der edelste Champagner und die prominentesten Gäste. Da fällt es doch gar nicht auf, wenn sich der unscheinbare Gatte der Gastgeberin in die Kneipe verzieht, oder?*«

Adrienne hatte das damals für einen Scherz gehalten, aber so, wie sie Martin jetzt erlebte, war das wohl schon damals sein voller Ernst gewesen.

## 9.

Adrienne verkroch sich sofort nach ihrer Rückkehr in ihrem Zimmer. Weder Martin noch die Kinder, Mirja oder Jannis waren zu Hause. Sie konnte also unbeobachtet in ihrer Höhle verschwinden.

Eigentlich hatte sie sich vorgenommen, ein bisschen Schlaf nachzuholen, aber daran war nicht zu denken. Um sich von ihren quälenden Gedanken abzulenken, holte sie den Umschlag ihrer Familie mütterlicherseits aus der Handtasche hervor. Darin befand sich ein offizielles Schreiben der Kanzlei Manzinger an Eva und Martin mit der Bitte, ihnen die aktuelle Adresse ihrer Adoptivtochter mitzuteilen. Außerdem ein an Adrienne adressierter handgeschriebener Umschlag. Sie zögerte, ihn zu öffnen, aber dann riss sie den Umschlag auf und holte das Schreiben hervor. Der Schrift nach zu urteilen, war es von einem Mann geschrieben. Kantig, aber leserlich. Merkwürdig, wer schrieb heute noch mit der Hand?, fragte sie sich, bevor sie sich in den Inhalt vertiefte.

*Liebe Adrienne,*
*ich bin Arthur Manzinger, der Bruder Deiner Mutter. Vor einigen Wochen ist Deine Großmutter, Ernestine Manzinger, mit fast fünfundneunzig Jahren gestorben und hat ein Testament hinterlassen, in dem auch Du berücksichtigt bist. Deshalb habe ich Deine Adoptiveltern angeschrieben und um Deine Adresse gebeten. Wenn Du diesen Brief also bekommst, melde Dich bitte schnellstens bei mir in der*

*Kanzlei, damit wir einen Termin zur Testamentseröffnung finden, an dem Du auch anwesend sein kannst. Abweichend zu anderen Bundesländern, in denen das Testament vom Nachlassgericht eröffnet wird, wird das Testament in Baden-Württemberg von einem Notar verlesen. Es ist mir ganz wichtig, dass Du in Freiburg anwesend bist. Die Gründe möchte ich Dir gern persönlich mitteilen. Ich darf Dich also bitten, mich in der Kanzlei anzurufen, sobald Du mein Schreiben erhalten hast.*

*Dein Onkel Arthur,*
*der darauf brennt, Dich endlich kennenzulernen*

Wenn sie den Inhalt des Schreibens richtig verstand, hatte ihr die Großmutter etwas vererbt, und sie sollte nach Freiburg kommen, um sich zusammen mit den anderen Erben das Testament verlesen zu lassen. Allein bei dem Gedanken erschauerte sie, weil sie gar kein Bedürfnis hatte, ihre Verwandtschaft kennenzulernen. Ihr Bedarf an Vergangenheitsbewältigung war mit dem heutigen Tag vorerst mehr als gedeckt. Es reichte ihr, dass die Manzingers sich ein jüdisches Kaufhaus unter den Nagel gerissen hatten. In diesem Punkt konnte sie ihre Mutter gut verstehen. Das war ein triftiger Grund, mit der Familie zu brechen, aber was hatte sie selbst mit den Manzingers zu tun? Wollte sie etwas von der Familie erben? Wenn nicht, sollte sie das Schreiben lieber entsorgen … Sie stieß einen tiefen Seufzer aus. Zumindest wollte sie sich, bevor sie überhaupt eine Entscheidung traf, weitere Informationen über die Manzingers verschaffen.

Entschlossen gab sie in ihren Rechner den Namen *Manzinger* ein und war fast erschrocken, als tatsächlich diverse Einträge aufploppten. Allen voran die Webseite des Kaufhauses ihrer Familie. Es war, wie sie erfuhr, gar nicht mehr im Besitz der Manzingers, sondern gehörte zu einem Konzern, aber offenbar war ein Manzinger der Geschäftsführer. Befremdet musterte sie das Foto des geschniegelten Anzugträgers mitsamt seiner makellosen Biografie. Clemens Manzinger war Diplom-Kaufmann und hatte unter anderem in den USA studiert. Erfolgreicher junger Mann, dachte sie, und aller Wahrscheinlichkeit ein Cousin von mir.

Ein weiterer Eintrag zeigte die Website ihres Onkels, des Anwalts, dem unzählige Artikel über seine Person und sein Schaffen folgten. Sie überflog ein paar davon und bekam nach und nach ein Bild von diesem Mann, der eigentlich recht sympathisch war, zumindest wenn man den Meinungen der Journalisten Glauben schenkte. Als Fachanwalt unterstützte Arthur Manzinger die Nachkommen von Opfern der sogenannten Arisierung dabei, dass ihnen zumindest materielle Gerechtigkeit widerfuhr. Er schien das Unrecht seiner Familie auf seine Weise wiedergutmachen zu wollen.

Und schon hatte Adrienne die Nummer der Kanzlei in Freiburg gewählt. So, als ob ihre Finger die Zahlen automatisch eintippen würden, denn sie hatte weder einen Plan, noch wusste sie, ob sie überhaupt mit ihrem Onkel reden oder nur seine Stimme hören und gleich wieder auflegen sollte.

»Kanzlei Manzinger, was kann ich für Sie tun?«, fragte eine höfliche Frauenstimme.

»Ich würde gern den Anwalt Manzinger sprechen«, sagte sie, ohne zu überlegen, ob sie das auch wirklich wollte.

»In welcher Angelegenheit?«

»Privat.«

»Wie ist Ihr Name?«

»Das werde ich ihm gleich persönlich sagen. Es wäre freundlich, wenn Sie mich einfach mit ihm verbinden.«

»Gut, ich versuche es«, sagte die Dame leicht pikiert.

»Manzinger«, meldete sich da bereits eine wohlklingende, raue Männerstimme, die ihr spontan sympathisch war.

»Guten Tag, ich … ich habe eine Frage, also … wie soll ich sagen … eigentlich wollten Sie etwas von mir. Es geht um Ihre Schwester, nein … also …«, stammelte sie.

»Wer sind Sie?«, fragte er nicht gerade freundlich. »Ich spreche nicht mit Journalisten.«

»Ich bin die Tochter von Caroline Manzinger«, entgegnete sie kühl.

Es herrschte Schweigen in der Leitung. Nur das aufgeregte Atmen ihres Gesprächspartners verriet ihr, dass er noch nicht vor Schreck aufgelegt hatte.

»Wie heißen Sie?«, erkundigte er sich schließlich, und seine Stimme klang gar nicht mehr abweisend. Im Gegenteil, sie hörte ein leichtes Beben heraus.

»Ich bin Adrienne Mertens und habe heute erst erfahren, dass ich mit der Familie Manzinger verwandt bin. Sie haben mir über meine Adoptiveltern einen Brief geschickt und mich gebeten, nach Freiburg zu kommen.«

Wieder war nur dieses schwere Atmen zu hören. »O mein Gott, Sie haben die gleiche Stimme wie Caro!«, schnaufte Arthur Manzinger.

»Und warum muss ich nach Freiburg kommen? Können wir das nicht auch schriftlich erledigen?«

»Ja, schon, aber ich glaube, es wäre besser, wenn Sie dabei wären. Mein Bruder, der Carl, der wird Ärger machen, dass eine Fremde … aber du bist … ich meine … Sie sind ihre Tochter …« Plötzlich stockte er, und Adrienne befürchtete, dass der Mann in Tränen ausgebrochen war.

»Ich verstehe, dass Sie es persönlich für besser halten, wenn ich nach Freiburg komme, aber ich weiß wirklich nicht, warum Sie jetzt so emotional reagieren«, bemerkte Adrienne schroff.

»Ich habe meine Schwester geliebt«, erklärte er einigermaßen gefasst.

»Meine Mutter ist seit über dreißig Jahren tot und hat mich eiskalt ihrer Freundin überlassen, um ihrem Terrorgeliebten zu gefallen. Tut mir leid, aber da kommen bei mir keine sentimentalen Emotionen hoch«, erwiderte sie aufgebracht.

»Das verstehen Sie nicht. Nein, vielleicht können Sie das auch nicht. Ich habe damals wahnsinnig darunter gelitten, wie sie sich von unserer Familie distanziert hat. Ich war siebzehn, doch mit den Jahren wurde mir klar, dass Caroline recht hatte. Dann habe ich Jura studiert und das Unrecht der Großeltern wiedergutzumachen versucht.«

»Also haben nicht alle in der Familie meine Mutter für eine Spinnerin gehalten«, konterte Adrienne.

»Ich würde Sie gern vor der Testamentseröffnung kennenlernen, um mit Ihnen persönlich über alles zu reden. Ist das möglich?«

»Ich glaube, mir wird das gerade alles zu viel. Ich habe doch eben erst von Ihrer Existenz erfahren, und nun soll ich auf Familie machen? Ich … ich … ich melde mich noch einmal, wenn ich das ein bisschen verarbeitet habe«, stieß sie hervor und wollte das Gespräch beenden.

»Entschuldige, Adrienne, dass ich dich gleich so mit meinen Gefühlen überfalle. Ich habe überhaupt nicht darüber nachgedacht, wie es für dich sein muss, wenn sich plötzlich ein Fremder bei dir meldet. Aber bitte komm nach Freiburg! Wann würde dir ein Termin passen? O Gott, ich darf dich doch duzen, oder?«

»Tun Sie das. Ich bin gerade in der Bretagne und wollte spätestens am Montag übernächster Woche nach Berlin zurückkehren.«

»Ja, aber dann könnten wir doch an dem Dienstag vielleicht gleich einen Termin machen, oder?«

125

»Okay!«

»Gut, dann bespreche ich das mit meinem Bruder und dem Notar. Kann ich dir die Bestätigung schicken?«

»Lieber eine Nachricht auf meinem Handy«, entgegnete sie erschöpft und nannte ihm die Nummer.

»Ich freue mich, dich endlich kennenzulernen«, sagte er zum Abschluss, und Adrienne spürte, wie ernst er es meinte, während sie noch nicht annähernd entschieden hatte, ob sie da wirklich erscheinen würde.

»Ja, dann auf Wiedersehen.«

Bislang war sie auch ohne die Familie Manzinger ausgekommen, auch ohne deren Erbe, weil sie ihr Geld selbst verdient hatte. Wenn sie, wie zuletzt im Jemen, über einen längeren Zeitraum nicht mehr bezahlt werden konnte, hatte sie auf das Vermögen zurückgegriffen, das ihre Mutter ihr hinterlassen hatte. An das Konto war sie in all den Jahren nur in Notfällen gegangen. In diesem Moment fiel ihr ein, wie merkwürdig Eva ihr das Geld an ihrem neunzehnten Geburtstag hatte zukommen lassen. Sie hatte es ohne Erklärung einfach auf ihr Konto überwiesen. Adrienne war damals beinahe in Ohnmacht gefallen, als der Bankberater ihres Studentenkontos bei der Berliner Sparkasse eines Tages bei ihr angerufen und sie in die Filiale gebeten hatte. Adrienne hatte die schlimmsten Befürchtungen gehegt, weil sie ihr Konto gerade mächtig überzogen hatte. Stattdessen hatte man ihr bei Schnittchen und Sekt Angebote zur Geldanlage gemacht. Als Adrienne begriffen hatte, dass es sich um keine Verwechslung gehandelt hatte, hatte sie sofort bei Eva angerufen, die ihr lapidar erklärt hatte, das sei Vermögen, das ihre Eltern ihr hinterlassen hätten und das bis zu ihrem neunzehnten Geburtstag von Martin und ihr verwaltet worden sei.

Auf einmal wirbelten die Gedanken wie wild in ihrem Kopf durcheinander: eine sympathische Tante väterlicherseits, die aber nichts von ihrer Existenz ahnte, ein Onkel, der weinte, sie sehen wollte und ihre Mutter geliebt hatte, ihre Eltern, die menschliche Konturen bekamen, ein potenzielles Erbe und Eva, die vielleicht bald sterben würde. Und dann ihr Baby und immer wieder ihr Baby ...

Adrienne stieß einen herzzerreißenden Schrei aus und begriff erst, als es energisch an ihrer Zimmertür klopfte, dass sie es gewesen war, die ihn ausgestoßen hatte.

## 10.

»Um Gottes willen! Was ist geschehen?«, fragte Martin panisch, nachdem er die Tür aufgerissen und in ihr Zimmer geeilt war. Als Adrienne ihn nur stumm anstarrte, nahm er sie in den Arm.

»Ich bin doch jetzt bei dir«, raunte er und drückte sie fest an sich. Seine Umarmung hatte etwas Tröstendes. Ganz anders als die von Eva vorhin auf dem Zöllnerpfad. Alte Erinnerungen wurden wach. Damals, als sie mit dem Fahrrad verunglückt und blutend in seine Praxis gerannt war. Da hatte er auch nicht viel geredet und sie einfach in den Arm genommen, obwohl er gerade einen Patienten gehabt hatte. Der alte Mann aber hatte nur gesagt: »*Herr Doktor, ich gehe solange noch mal ins Wartezimmer. Ich glaube, Ihre Tochter braucht Sie jetzt nötiger.*« Und dann hatte Martin ihre Wunde im Gesicht genäht und sie sogar noch ins Bett gebracht, obwohl das Wartezimmer voller Patienten gewesen war. Aber er war nur für sie da gewesen. Auch als sie zum ersten Mal zu viel Alkohol getrunken und er sie nachts im Flur aufgelesen hatte. Als sie nicht ins Bett gefunden hatte und ihr speiübel gewesen war. Er hatte ihr keine Vorhaltungen gemacht, sondern sie liebevoll ins Bad gebracht und ihr den Kopf gehalten, als sie sich übergeben musste. Adrienne konnte sich nicht erinnern, wann sie das letzte Mal wirklich geweint hatte, aber in diesem Augenblick brachen alle Dämme, und sie schluchzte sich förmlich die Seele aus dem Leib. Wie durch eine Nebelwand nahm sie wahr, dass Jannis erschrocken ins Zimmer kam, aber Martin bat ihn, sie allein zu lassen. Widerspruchslos zog sich ihr Bruder zurück.

Dann führte Martin sie zum Bett, zog ihr die Turnschuhe aus, und nachdem sie sich hingelegt hatte, deckte er sie zärtlich zu und setzte sich auf die Bettkante. Aus verquollenen Augen sah sie ihn an. »Danke«, hauchte sie und schlang ihm die Arme um den Hals, so wie sie es früher getan hatte, wenn er sie in seiner ruhigen und besonnenen Art ohne große Worte getröstet hatte.

»Es ist alles zu viel«, raunte sie.

»Wenn du nicht willst, musst du mir nichts erklären. Ich bleibe einfach hier sitzen, bis du eingeschlafen bist.«

»Das hast du auch gemacht, als mir von dem vielen Pernod so schlecht war. Damals, nachdem Tanguy mich nicht mehr mit dem Hintern angeguckt hat, obwohl er mir im Jahr zuvor die große Sommerliebe geschworen hatte.« Sie rang sich zu einem Lächeln durch.

»Daran erinnere ich mich noch gut. Aber ich glaube, ich habe damals noch was gesagt, nämlich dass der blöde Kerl keine Augen im Kopf hat, ein so hübsches Mädchen wie dich zu verschmähen.«

»Ach, Dad!«, murmelte Adrienne, während sie sich erschöpft in die Kissen zurückfallen ließ.

»So hast du mich das letzte Mal mit acht Jahren genannt. Da hast du Eva und mir verkündet, du wolltest auch eine Mama und einen Papa wie die anderen Kinder in deiner Klasse und würdest uns nicht länger Eva und Martin nennen.«

»Und Eva wollte unbedingt Maman genannt werden, und da hast du mehr im Spaß gesagt, dann seist du der Dad. Daraufhin haben Jannis und ich dich Dad genannt.«

»Genau, aber das hat bei dir nur ein paar Monate angehalten. Danach waren wieder unsere Vornamen gefragt. Jannis nennt mich heute noch Dad«, sinnierte Martin.

»Eva hat mir heute auf einem Spaziergang erzählt, dass meine Mutter mit ihrer Familie, den Manzingers, gebrochen hat. Und vorhin habe ich einfach Carolines Bruder in Freiburg angerufen …«

»Ach, du hast den Brief inzwischen gelesen?«

Adrienne nickte. »Ja, meine Großmutter ist gestorben und hat mich offenbar in ihrem Testament bedacht. Und nun soll ich zur Testamentseröffnung nach Freiburg kommen.«

»Das hätte ich der alten Dame gar nicht zugetraut«, bemerkte Martin anerkennend. »Sie war uns gegenüber äußerst feindselig, als wir dich adoptiert haben, aber dein anderer Onkel, der war noch viel schlimmer. Der wollte verhindern, dass du bei Terroristen aufwächst.«

»Und damit hat er euch gemeint?«

»Hat er, aber sein Pöbeln hat ihm nichts genützt. Wir waren im Recht. Ach, vielleicht war es ja auch verkehrt, dass wir dich einfach behalten haben. Schließlich waren die Manzingers deine Familie.«

»Eva sagt, meine Mutter habe das so verfügt.«

Martin nickte. »Sonst hätten wir das doch gar nicht gemacht. Caroline und Eva waren sogar bei einem Notar. Rechtlich hatte das Bestand, aber na ja, man kann das Rad der Geschichte nicht zurückdrehen. Und ich hätte ja auch im Leben nicht auf dich verzichten wollen.«

»Ich bin doch auch eure Tochter, und deshalb weiß ich auch nicht, ob ich überhaupt zu dieser Testamentseröffnung fahren soll«, meinte Adrienne unschlüssig.

»Ich glaube, das wäre sogar sehr gut für dich, wenn du deine Familie kennenlernst. Wir haben dich zwar wie eine eigene Tochter aufgezogen, aber jetzt, da du vielleicht mal selbst Kinder haben willst, ist es sicherlich hilfreich, wenn du deine Wurzeln kennst …«

Adrienne aber schüttelte nur abwehrend den Kopf. Je mehr

Martin sie dazu überreden wollte, die Manzingers kennenzulernen, desto weniger Lust hatte sie, diese Menschen zu treffen.

»Warum hast *du* dich eigentlich nie von dir aus bei mir gemeldet?«, fragte sie Martin nach einer Weile. »Ich meine, so
wie ich dich einschätze, hast du Evas Verhalten mir gegenüber
doch bestimmt nicht gutgeheißen.«

»Also, wenn ich geahnt hätte, dass sie dich rausgeworfen
hat, weil sie Angst um unseren Sohn und seine Beziehung
zu Mirja hatte, ich hätte dich ganz bestimmt kontaktiert. Eva
hat mir aber eingeredet, du wolltest nichts mehr von uns wissen. Trotzdem habe ich immer wieder mit dem Gedanken
gespielt, dich in Berlin aufzusuchen, aber stets war so viel zu
tun. Die Praxis und dann dieses gesellschaftliche Parkett, auf
dem Eva meine Begleitung eingefordert hat. Der Mann an ihrer Seite …«

»Du klingst leicht verbittert. Früher dachte ich immer, du
liebst diesen Rummel. Bis du mir mal gestanden hast, dass du
viel lieber in die Kneipe möchtest.«

»Ich weiß genau, wie ich dir das auf einem Galaempfang für
deine Mutter zugeraunt habe.«

»Ach, Dad, ich konnte dich so gut verstehen! Was meinst
du, wie ich mir manchmal vorkam? Wie ein Ausstellungsstück,
das nur dazu diente, Eva zu schmücken. Aber die Zeiten sind
vorbei, dass du Eva ständig auf Vernissagen begleiten musst,
oder?«

»Gut, es ist nicht mehr ganz so oft, aber Eva liebt es immer
noch, die Gastgeberin zu spielen. Wenn wir in Köln sind, gibt
es eigentlich kein Wochenende ohne Gäste. Und es sind dann
nicht mal Freunde, die zu uns kommen, sondern eher Bekannte. Ihre Bekannten! Immer neue wichtige Menschen aus
dem Kulturbetrieb. Ich habe das Gefühl, auf diesen Events
meine Zeit zu vergeuden. Es wird zwar über Kultur parliert,
aber in einer verkopften Art, die mich anödet. Ich habe das

übrigens ganz ernst gemeint mit den *Ärzten ohne Grenzen*. Ich muss noch etwas Sinnvolles in meinem Leben tun, und ich muss weg, unbedingt weg!«

»Aber du kannst Eva doch nicht verlassen!«, stieß Adrienne entgeistert hervor. »Sie braucht dich.«

Martin machte eine abwehrende Handbewegung. »Nein, mich braucht sie nicht wirklich. Wir reden doch schon seit Jahren nicht mehr ernsthaft miteinander. Es geht nur um Oberflächlichkeiten, die mich langweilen. Das ist so entsetzlich hohl! Ich bin kein Mensch, der sich in permanenter Selbstbespiegelung suhlt, aber es wäre schön, wenn wir uns wenigstens annähernd darüber austauschen könnten, wie wir uns in dieser Beziehung fühlen …«

»Dann sag es ihr doch!«, riet Adrienne ihm energisch. Sie konnte ihn verstehen, aber nun hatte er alles so lange mitgemacht, dass er sie unmöglich verlassen konnte. Zumal ihr ein derart grausames Schicksal drohte.

»Zu spät. Ich habe meine Entscheidung getroffen. Es ist schon ein merkwürdiger Zufall, dass du für *Ärzte ohne Grenzen* arbeitest. Und dass du vielleicht nach Kabul gehst. Das hätte mich tatsächlich gereizt, aber dafür bin ich wohl tatsächlich zu alt. Ich werde mich darauf beschränken, wieder in meiner Praxis zu arbeiten oder das Kindermädchen für meine Enkel in München zu spielen, damit Mirja Jannis die beiden nicht nehmen kann. Hauptsache, ich habe eine sinnvolle Zukunft.«

»Und was sagt Eva dazu?«, stieß Adrienne seufzend aus.

»Deine Mutter werde ich bei dieser Entscheidung nicht zurate ziehen, weil ich meinen Lebensabend ohne sie verbringen werde.«

Adrienne fuhr erschrocken auf. »Du willst dich doch nicht etwa von ihr trennen!«

»Du starrst mich an, als wolle ich ein Verbrechen begehen.

Um Eva musst du dir keine Sorgen machen. Ich weiß zwar nicht, ob sie zurzeit einen Lover hat, aber eigentlich gab es immer einen Mann neben mir ...«

»Du hast davon gewusst?«

»Du offenbar auch, mein Schatz, oder?«

»Nein, eigentlich nicht, aber manchmal habe ich es vermutet.«

»Ich auch. Gesprochen hat sie nie mit mir darüber, sondern immer versucht, es vor mir zu verbergen. Aber lass uns nicht von der Vergangenheit reden! Ich plane endlich *meine* Zukunft. Und ich werde gleich nach dem Fest nach Köln fahren und mein neues Reich einrichten.« Martins Augen glänzten, als er von seinen Plänen sprach.

»Du hast schon eine eigene Wohnung?«

»Das nicht. Ich werde erst mal bei Beate wohnen«, gab er zögernd zu.

»Beate? Wer ist das?«

»Meine Praxispartnerin, die mich auch gebeten hat, wenigstens kurzfristig halbtags zurückzukommen, weil einige meiner Patienten mich wohl brauchen. Außerdem schafft sie es nicht allein. Sie benötigt dringend einen Partner.«

»Eva braucht dich auch!«, stieß Adrienne empört hervor. Sie kämpfte mit sich. Natürlich wollte sie Eva nicht in den Rücken fallen und Martin die schlechte Nachricht überbringen. Aber durfte sie zusehen, wie er sich aus dem Staub machte, ohne von ihrer Krankheit zu erfahren? Sie traute Eva nämlich nicht ganz. Wahrscheinlich würde sie erst zugeben, dass sie schwer krank war, wenn es sich gar nicht mehr verbergen ließ. Eva hasste Krankheiten. Das war schon früher so gewesen. Sie hatte noch mit einer schweren Erkältung auf dem gesellschaftlichen Parkett geglänzt, nachdem sie die Symptome ihrer Unpässlichkeit von der Stylistin ihres Vertrauens hatte kaschieren lassen. Für den Beruf ihres Mannes hatte sie nie viel übrig gehabt und nicht verstanden, dass er seine kostbare Zeit kranken Menschen opferte. Sie hatte ihn sogar immer wieder gedrängt, lieber eine Klinik zu leiten, als sich tagtäglich dem menschlichen Verfall zu stellen. Adrienne hatte das immer auf das Schicksal von Evas Eltern geschoben, die kurz nacheinander an schweren Krankheiten gestorben waren, kaum dass sie sich im Alter nach Spanien zurückgezogen hatten. Adrienne konnte sich an die beiden gar nicht mehr erinnern, aber sie hatte immerhin als kleines Mädchen gespürt, wie niedergeschlagen Eva nach dem Tod ihrer Eltern gewesen war. Und wie ungehalten sie selbst auf die Kinderkrankheiten reagiert hatte, die Jannis und Adrienne ans Bett gefesselt hatten. Sie war nie eine Mutter gewesen, die ihren kranken Kindern das Händchen gehalten hatte. Nein, das hatten Martin und das Kindermädchen für sie erledigt. Ähnlich war auch Evas Verhältnis zum Älterwerden. Für jede Falte hatte sie ein Mittelchen parat, und für hartnäckige Makel gab es dann Botoxinjektionen und den Schönheitschirurgen ihres Vertrauens.

»Sie braucht dich wirklich«, wiederholte Adrienne.

Martin strich ihr liebevoll über die Wangen. »Nein, Eva wird mich niemals brauchen. Das habe ich mal gehofft. Dass ich irgendwann einmal mehr als ein Anhängsel für sie sein könnte. Aber es hat sich nichts geändert. Und Beate braucht mich wirklich in der Praxis.«

»Nur in der Praxis?« Adrienne war erschrocken über ihren süffisanten Ton, denn sie hatte kein Recht, Martin Vorhaltungen zu machen, selbst wenn diese Beate seine Geliebte war. Dazu hatte er zu viele Verletzungen erlitten.

»Vielleicht solltest du Evas Termin beim Neurologen abwarten«, wandte Adrienne mit belegter Stimme ein.

»Ach, Adrienne! Sie geht doch nicht freiwillig zum Arzt, außer zu dem Botox-Professor, und ich bin es leid, der vernünftige Martin zu sein, der alles für sie regelt. Ich möchte wirklich helfen und mich nicht mehr mit den Luxusproblemen einer verwöhnten Diva beschäftigen.«

»Was glaubst du denn, warum ihr plötzlich Bestecke aus der Hand gleiten?«

»Also, Frau Kollegin, ich schließe Parkinson und Schlaganfall aus, denn dazu bedürfte es noch anderer Symptome. Vielleicht ist ein Nerv eingeklemmt. Oder sie trinkt einfach zu viel. Was weiß ich?«

»Und wenn es kein Nerv ist? Und woher kommt das Muskelzucken?«

»Ich kann sie nicht zum Besuch beim Neurologen zwingen. Und glaub mir, wenn sie wirklich etwas Schlimmes hätte, dann sähe sie nicht aus wie das blühende Leben.«

»Ich finde nicht, dass sie blühend aussieht. Sie ist schrecklich dünn …«

»Das kommt von den blöden Diäten, mit denen sie sich ständig kasteit. Und dass sie immer häufiger ihre Mahlzeiten durch eine Flasche Wein ersetzt. Glaub mir, ich würde es merken, wenn es etwas Ernstes wäre.«

»Ja, aber wenn du selbst sagst, dass sie zu viel trinkt, dann kannst du sie doch nicht einfach verlassen. Wer soll ihr sonst Grenzen setzen?«

»Ach, meine Kleine, ich bin nicht ihr Aufpasser! Ich wollte ihr immer ein Partner auf Augenhöhe sein, aber das hat leider nicht funktioniert«, erklärte er bedauernd.

»Liebst du sie nicht mehr?«

»Auch wenn es dich vielleicht verwundert – ich liebe sie immer noch über alles, aber ich ertrage dieses Leben nicht mehr. Ich werde mich schon daran gewöhnen, in Zukunft ohne sie alt zu werden …«

»Das solltest du allerdings beizeiten tun. Eva hat nämlich ALS!«, stieß Adrienne völlig unüberlegt hervor.

Unter seiner Bretagnebräune wurde Martin leichenblass.

135

»Wie kommst du denn darauf? Woher willst du das wissen?«

Adrienne aber bereute zutiefst, die Hiobsbotschaft nun doch ausgeplaudert hatte.

»O Scheiße! Sie wollte es dir nach dem Fest selbst sagen. Ich habe es heute in Saint Guirec erfahren. Sie war wohl schon vor Wochen bei einem Neurologen in Düsseldorf.«

Martin stieß einen tiefen Seufzer aus. »Dann ist sie mit voller Absicht nicht zu meinem Freund Kurt gegangen.« Er schlug die Hände vors Gesicht.

Adrienne wusste nicht so recht, wie sie ihn trösten sollte. Er machte sich wahrscheinlich ebenso wenig vor wie sie selbst. Natürlich gab es Erkrankte, die mit der Diagnose noch Jahrzehnte lebten, aber das waren die Ausnahmen. Das Teuflische an ALS war die Gefahr, dass das Atemzentrum gelähmt wurde, und dann gab es keine Hoffnung mehr. Und wenn Eva Pech hatte, dann musste sie schon vorher auf ihr geliebtes gesellschaftliches Parkett verzichten, weil sich die fortschreitenden Symptome dieser Krankheit nicht kosmetisch entfernen ließen.

Als Martin die Hände vom Gesicht nahm, schien er um Jahre gealtert. Seine Haut war grau. Tiefe Falten durchzogen sein Gesicht. »Das ändert alles. Ich lasse sie damit nicht allein«, stöhnte er.

Adrienne schlang ihm noch einmal die Arme um den Hals und spürte, wie ihr erneut die Tränen kamen. Wie zwei Ertrinkende klammerten sie sich aneinander und weinten gemeinsam. Adrienne spürte, wie ihre Wangen feucht wurden, und das nicht nur von den eigenen Tränen.

Nach einer gefühlten Ewigkeit lösten sie sich aus der Umarmung. »So kannst du unmöglich heute Abend mit uns zum Muschelessen gehen. Du solltest dir das Gesicht kalt abwaschen. Sonst machst du Eva nur das Herz schwer, denn sie ahnt sicher, warum du rote Augen hast«, sagte Martin leise.

»Martin, ich möchte heute Abend nirgendwohin gehen. Sag der Familie, ich hätte mich beim nächtlichen Bad im Meer verkühlt!«, bat sie ihn. »Du hast mir Bettruhe verordnet, damit ich zum Fest wieder fit bin. Aber dir sieht man auch an, dass du geweint hast.«

»Gut, dann bringe ich mich in Form, bevor Eva zurückkommt. Und ich werde ihr schonend beibringen, dass sie den Tisch für heute Abend abbestellen kann. Ich weiß auch nicht, ob Mirja und Jannis so große Lust haben, den Abend mit uns zu verbringen. Sie hatten eine intensive Aussprache, und ich glaube, das hat ihnen gutgetan. Mirja war jedenfalls nach ihrer Rückkehr wie ausgewechselt. Ich habe sie selten so erleichtert lächeln sehen.«

»Gut, dann sag doch allen Bescheid, dass ich lieber keinen Besuch möchte, damit ich mich in Ruhe für das Fest erholen kann.« Adrienne kuschelte sich tief in ihr Federbett.

»Ja, ich werde dir die Familie vom Hals halten und meine Rolle als unwissender Ehemann so gut wie möglich spielen. Wird mir nicht schwerfallen. Habe ja ausreichend Übung darin. Der Gedanke, sie womöglich für immer zu verlieren, zieht mir allerdings den Boden unter den Füßen weg. Was für eine Ironie des Schicksals! Nun bin ich endlich innerlich zur Trennung bereit, da kann ich es doch nicht tun, weil sie mich verlassen wird, und zwar nicht für einen ihrer Liebhaber. Es ist zum Verzweifeln.«

»In der Tat, es ist entsetzlich! Wenn ich geahnt hätte, dass sie mich eingeladen hat, weil sie nicht sterben will, ohne sich mit mir zu versöhnen. Ich kann nur hoffen, dass sie dir nach dem Fest auch wirklich von ihrer Diagnose berichtet. Und auch Jannis muss doch wissen, was los ist.«

»Ich befürchte, sie wird es weder Jannis noch mir sagen. Nicht heute und nicht morgen, selbst wenn die Symptome eindeutiger werden. Die wird sie vor Jannis und mir zu kaschieren versuchen. Du kennst doch ihre Haltung Krankheiten gegenüber.«

Martin rang sich zu einem schiefen Lächeln durch und erhob sich schwerfällig von der Bettkante. »Dann schlaf doch noch ein bisschen! Eure Nacht war wirklich sehr kurz«, murmelte er.

»Ich will es versuchen«, gab Adrienne zurück und drehte sich auf die Seite, kaum dass Martin das Zimmer verlassen hatte.

Sie war gerade kurz vorm Einschlafen, als sie hörte, dass eine Nachricht auf ihrem Telefon eingegangen war. Sie setzte sich auf und blinzelte auf ihr Display. Als sie den Absender erkannte, war sie wie elektrisiert. Allein sein Profilfoto zu sehen, löste ein inneres Erdbeben in ihr aus. Mit klopfendem Herzen starrte sie auf den Namen. Sie war so aufgeregt, dass sie das Telefon hastig auf den Nachttisch zurücklegte. Erst ein paar Sekunden später griff sie erneut danach. Das Spiel ging eine ganze Weile hin und her, bevor sie sich endlich traute, den Text zu lesen.

## 11.

Rubens Nachricht an Adrienne war in fehlerfreiem Deutsch verfasst. Woher er das konnte, wusste sie nicht. Im Jemen hatten sie Englisch miteinander gesprochen wie mit allen anderen Kollegen. Nur einmal, als er sie nach einem besonders harten Tag mit in sein Zelt hatte nehmen wollen, hatte er ihr zärtlich »*Mein Herz, besuchst du mich gleich?*« ins Ohr geflüstert. Sie hatte ihn noch fragen wollen, wieso er sie auf Deutsch ansprach, doch in dem Moment hatte draußen im Camp jemand um sein Leben geschrien.

Adrienne begriff selbst beim zehnten Lesen immer noch nicht, dass er ihr auf diesem Weg ganz private Grüße schickte, was keine andere Deutung zuließ, als dass er auch noch an sie dachte.

> Liebe Adrienne, ich habe dich hier sehr vermisst. Habe mir große Sorgen gemacht, als ich erfuhr, dass du dich vielleicht angesteckt hast. Ich habe dir schon längst schreiben wollen, aber in Sanaa bin ich nicht dazu gekommen. Jetzt hat man mich ausgetauscht, und ich gehe, wenn ich mich von einer schweren Grippe erholt habe, wohl weiter in den Sudan. Lebenszeichen von Ruben. Gibst du mir auch eins?

In dem Augenblick kam eine weitere Nachricht von ihm. Bei der Lektüre der zweiten Mitteilung beschleunigte sich ihr Herzschlag noch mehr.

Ich bin kurz zu Hause in Harderwijk und würde dich gern in den Niederlanden treffen oder auch in Köln oder Berlin, wenn du nicht schon wieder in der Ferne bist. Ruben

Er hatte die Nachricht mit einem Herz-Emoji abgeschlossen. Adrienne konnte ihr Glück kaum fassen, doch es währte nur kurz. So gern sie ihn wiedergesehen hätte, war sie der festen Überzeugung, dass sie sich unmöglich mit ihm treffen konnte. So aufgewühlt, wie sie seit ihrer Ankunft in der Bretagne war, würde sie es bestimmt nicht schaffen, ihm zu verschweigen, dass sie ihr gemeinsames Kind verloren hatte. Das sollte er um keinen Preis der Welt erfahren. So wunderschön diese private Nachricht von ihm auch war, es änderte ja nichts daran, dass sie niemals mehr sein konnten als Freunde und Kollegen, die in ein paar entsetzlichen Nächten Trost beim anderen gesucht hatten. Niemals würde sie ihre Gefühle für ihn in einer halbwegs heilen Welt so verbergen können, wie ihr das im Jemen gelungen war. Sie hatten sich nachts ein paarmal kurz und heftig in seinem Zelt geliebt, aber ohne je einen Laut von sich zu geben, weil sie nicht wollten, dass das gesamte Camp mithörte. Danach war sie schnell wieder in das Schlafzelt zu den anderen Frauen geeilt. Nicht weil sie prinzipiell moralische Bedenken gehabt hätte, mit einem Kollegen zu schlafen, sondern weil das kleine bisschen Glück nicht an diesen gottverlassenen Ort passte. Es wäre ihr wie Hohn dem Elend den Patienten gegenüber vorgekommen, strahlend aus dem Bett des Liebsten direkt an den OP-Tisch zu hüpfen. Nach dem Sex hatten sie einander jedes Mal verzweifelt umarmt, als wäre es das letzte Mal, dass sie sich lieben durften.

Adrienne suchte nach einer Antwort, die ihre Freude ausdrückte, gleichzeitig aber bedauernd klarmachte, dass sie sich nicht sehen konnten. Sie brauchte unendlich lange, bis sie mit ihrem Text einigermaßen zufrieden war. Vor dem Abschicken las sie ihn noch einmal durch. Glücklich war sie damit nicht.

> Lieber Ruben, so schön, von dir zu hören, und vor allem, dass es dir gut geht und du in Sicherheit bist. Der Cholera-Verdacht hat sich nicht bestätigt. Ein schöner Gedanke, dich wiederzusehen, und zwar in einem halbwegs normalen Umfeld, jedenfalls dort, wo keine Granaten neben uns einschlagen und wir die Menschen sterben sehen … Aber das klappt leider nicht. Ich bin zurzeit in Frankreich, um genauer zu sagen, in der Bretagne bei meinen Adoptiveltern, wo es einiges Familiäres zu klären gibt, und werde hier noch eine Weile bleiben, bis ich mich entscheide, wohin ich demnächst gehen werde. Vielleicht nach Kabul in eine Geburtsklinik. Habe versucht, in einem *normalen* Krankenhaus in Berlin zu arbeiten, aber das habe ich irgendwie verlernt.
> Dir alles Liebe und pass auf dich auf. Kuss Adrienne

Nachdem sie ihre Antwort gesendet hatte, ließ sie sich stöhnend zurück in die Kissen fallen und bedauerte bereits zutiefst, jegliches Wiedersehen rigoros ausgeschlossen zu haben. Vielleicht war sie gar nicht so schwach, wie sie von sich selbst glaubte. Aus purer Angst, Ruben womöglich ihr Herz auszuschütten, auf eine Liebesnacht zu verzichten, kam ihr plötzlich ziemlich überzogen vor. Allein die Vorstellung, mit ihm in einem weichen Bett zu liegen, erschien ihr nun mehr als verlockend … Das Geräusch einer neuen Nachricht ließ sie aus ihren Träumereien aufschrecken und verscheuchte den Gedanken an weiße, frisch gewaschene und gut duftende Bettwäsche, die nur darauf wartete, in wilder Lust zerwühlt zu werden und den Geruch von heißer Leidenschaft anzunehmen. Mit pochendem Herzen setzte sie sich auf. Natürlich hoffte sie, eine weitere Nachricht von Ruben zu erhalten, doch diese kam von Jannis. Er schrieb ihr, seine Geliebte habe angedroht, in Ploumanac'h aufzutauchen und reinen Tisch zu machen, nachdem er ihr ehrlicherweise geschrieben habe, dass er den Tag mit seiner Familie verbracht und ihre Anrufe nicht habe annehmen können. Jannis fand es schade, dass das gemeinsame Abendessen abgesagt worden sei. Dafür würde er gern später noch mal kurz bei ihr vorbeischauen. Auch wenn Martin streng verkündet habe, dass sie keinen Besuch wünsche. Er werde ihre Zeit auch nur fünf Minuten in Anspruch nehmen.

Adrienne stöhnte laut auf und überlegte, ob sie überhaupt antworten sollte. Andernfalls lief sie aber Gefahr, dass er gleich bei ihr auftauchte. Und ihr fehlte gerade die Kraft, anderen Leuten Beziehungsratschläge zu geben. Deshalb schrieb sie kurz und bündig:

Geliebte, die androhen, uneingeladen bei der Ehefrau vor der Tür zu stehen, sind mit Vorsicht zu genießen. Kein guter Zug, wenn du mich fragst. Ich bin froh, dass ich im Bett liege. Das nächtliche Bad war wohl doch keine gute Idee. Bis morgen in alter Frische.

Die Antwort folgte prompt.

Komme nur ganz kurz vorbei. Bringe einen Muscadet gegen Erkältung mit.

Adrienne konnte Jannis nicht böse sein, obwohl er ihren Wunsch nach dem Alleinsein so gar nicht respektierte. Adrienne musste also noch deutlicher werden.

Ich muss mich wirklich gesund schlafen. Ohne Besuch. Sonst bin ich womöglich zum Fest angeschlagen. Und das kann ich Eva nicht antun! Wir sehen uns morgen.

Adrienne legte das Telefon auf den Nachttisch und wollte wirklich versuchen zu schlafen, als sie erneut eine Nachricht erreichte. Eine Antwort von Jannis, vermutete sie und griff leicht gereizt zu ihrem Smartphone. Nach einem launigen Chat mit Jannis stand ihr heute Abend nicht der Sinn.

Als sie den Absender der Nachricht sah, fuhr sie hoch und saß senkrecht im Bett. Die Nachricht war nicht von Jannis, sondern von Ruben. Sie atmete einmal tief durch, bevor sie sie öffnete.

Bretagne? Wow, das klingt gut. Ich habe ja die ganze Welt gesehen, aber glaubst du, ich war schon mal in der Bretagne? Einmal die Côte de Granit Rose sehen und sterben. Meinst du, wir könnten uns einfach ein paar Tage an einem dieser Orte treffen, in denen es nach Salz riecht und man Miesmuscheln in Weinsoße schon zum Frühstück bekommt?

Ein Lächeln umspielte Adriennes Mund. Wie kam er auf die Côte de Granit Rose? Sie hatte ihm doch gar keine Einzelheiten über die Lage des Ferienhauses offenbart. Weder in ihrer Nachricht noch im Jemen. Die Stimme der Vernunft riet ihr, ihm gar nicht erst zu antworten, doch eine andere Stimme hatte den unbedingten Wunsch, den Chat mit ihm fortzusetzen.

Wie kommst du denn darauf, dass ich an der Côte de Granit Rose bin?

Bist du das? Echt? Woher soll ich das wissen? Ich wollte mich nur dort mit dir treffen. Habe sogar schon ein Hotel gefunden. Und stell dir vor, die haben am nächsten Wochenende noch ein Zimmer frei. Soll ich buchen?

Adrienne spürte, wie ihr ganz heiß wurde. Ein Ruben, der so ungeniert mit ihr flirtete, war ihr fremd, aber auf höchst erregende Weise. Offenbar wollte er sie unbedingt treffen, und die Tatsache, dass er sie in ein Hotel zu locken versuchte, sprach Bände. O Gott, wie lange habe ich nicht mehr mit einem Mann geflirtet!, dachte Adrienne und erwiderte kokett:

Nur ein Zimmer? Und wie heißt das Hotel? Vielleicht kenne ich das ja.

Na ja, ein Doppelzimmer natürlich. Es heißt *Manoir de Sphinx*, liegt auf einem Hügel, und die Zimmer sollen einen schönen Blick übers Meer haben …

Adriennes Herzschlag drohte förmlich auszusetzen, als sie den Namen las. *Manoir de Sphinx.* Das Hotel lag keine zehn Minuten vom Ferienhaus entfernt und war damals das Sehnsuchtshotel von Jannis und ihr gewesen. Sie waren dort sogar einmal zum Abendessen gewesen und hatten fürstlich gespeist. Nie würde Adrienne vergessen, wie ein geschniegelter Kellner nach dem Hauptgang mit einem Wagen voller Käse an den Tisch gekommen und mit Fistelstimme »Du chevre ou de charrioux?« gefragt hatte. Daraufhin hatten Jannis und sie unisono einen Lachkrampf erlitten. Danach waren sie nie wieder dort gewesen und hatten sich auch nicht länger ausgemalt, eines Tages ein Zimmer zu nehmen. Eigentlich sollte ich das Geplänkel mit Ruben an dieser Stelle beenden, dachte Adrienne. Jedenfalls forderte das die Stimme der Vernunft, während die andere längst entschieden hatte, dass sie nichts auf der Welt von einem Treffen mit ihm abhalten konnte.

Wenn das kein Zufall ist. Da kann ich von hier zu Fuß am Strand entlanglaufen. Es ist ein Traum …

> Gut, und ich nehme die Anreise in Kauf, um mit dir ein paar Tage
> in einem Hotelbett am Meer zu verbringen. Freitag bis Sonntag?

Adrienne fragte sich gerade, ob sie träumte, und schrieb ihm
sofort übermütig zurück.

> Ich werde versuchen, meine Ungeduld bis Freitag in einer
> Woche zu zügeln. Das passt!

> Und ich kann es nicht erwarten, dich am Freitagmittag in
> einem Sommerkleid vor dem Hoteleingang ungeduldig wartend
> in die Arme schließen zu können.

> Sommerkleid? Wie kommst du darauf, dass ich so etwas besitze?

> Macht nichts. Du bist auch in der Cargohose süß. Nur auf das
> Kopftuch, das du manchmal im Jemen getragen hast, kann ich
> verzichten ;) Aber jetzt muss ich aufhören. Meine Familie ruft.
> Kuss

Adrienne las ihren Chat noch ein paarmal durch und fragte
sich schließlich, wie wohl Rubens persönliche Geschichte sein
mochte. Über Themen wie Herkunftsfamilie, Kindheit und
Jugend hatten sie bislang noch kein Wort verloren. Ihre Gespräche hatten sich ausschließlich um die Patienten und die
Umstände gedreht, unter denen sie bei diesem Auslandsein-
satz tätig waren. Es war um Fragen gegangen, woher sie frisches Verbandszeug bekommen sollten oder wie man sich
trotz des Embargos Medikamente beschaffen konnte.

Adrienne kuschelte sich erneut unter ihr Federbett und
stellte sich vor, wie es wohl sein würde, wenn Ruben und sie
einander nach dieser Zeit und unter völlig anderen Umständen wieder begegneten. Würden sie fremdeln oder sich voller

Freude in die Arme sinken? Würde sie ihn immer noch aufregend finden, wenn er plötzlich so greifbar vor ihr stünde? Ihr laut pochendes Herz, das bei dem Gedanken an ein Wiedersehen immer heftiger klopfte, war ein eindeutiges Indiz, wie intensiv sie die Vorstellung, ihn bald in die Arme zu schließen, berührte. Sie fühlte sich plötzlich so beschwingt, als könnte sie Bäume ausreißen. Sie wäre am liebsten aus dem Bett gesprungen, um im Zimmer Freudentänze zu vollführen. Nur ihrem ungeheuren Schlafmangel war es zu verdanken, dass sie, bevor sie diesen Gedanken in die Tat umsetzen konnte, in einen tiefen Schlaf fiel.

## 12.

Eva hatte sich in die hinterste Gartenecke zurückgezogen, um dort heimlich zu rauchen. Martin konnte es überhaupt nicht leiden, wenn sie rückfällig wurde. Da er ansonsten in jeder Hinsicht tolerant war, bemühte sie sich seit Jahren mehr oder minder erfolgreich, das Rauchen endgültig aufzugeben. Und wenn sie ehrlich war, gab es einen zweiten ebenso triftigen Grund, mit dem Qualmen aufzuhören. Professor Hubert hielt ihr in regelmäßigen Abständen Vorträge, dass er bald nicht mehr gegen die immer neuen nikotingeschädigten Krater – wie er ihre Falten respektlos nannte – anspritzen könne. Solche Predigten ihres Botox-Gurus hatten jedes Mal eine ungeheure Wirkung. Eva fasste dann monatelang keine Kippe an, bis … ja, bis sie einen triftigen Grund fand, warum sie es jeglicher Vernunft zum Trotz doch wieder tun musste. Nur eine einzige, pflegte sie sich bei solchen Rückfällen zu sagen. Diesmal hatte sie fast ein Jahr lang keine Zigarette angerührt. Aber an jenem Abend, als sie im Internet recherchiert hatte, um die Ursachen ihrer Muskelzuckungen zu ergründen, war ihr Widerstand gebrochen. Parkinson war schon schlimm genug, aber ALS hatte sich wie ein Todesurteil gelesen, vor allem, nachdem sie sämtliche Details zu dieser entsetzlichen Krankheit studiert hatte. Jedenfalls hatte sie sich sofort in den Gedanken hineingesteigert, dass sie darunter litt und dass sie keinen Arzt mehr benötigte, der ihr die Krankheit offiziell diagnostizierte. Allein die Vorstellung, sie müsste in einem überfüllten Wartezimmer sitzen und etliche Untersuchungen über sich ergehen lassen, nur damit ihr zum Abschluss der Arzt mit betroffener Miene die Diagnose, die sie längst kannte, stellen würde, war ihr zuwider.

Seit dem relativ frühen Tod ihrer Eltern war sie von dem Gedanken besessen, nicht älter zu werden, als es ihren Eltern vergönnt gewesen war. Und ihre Mutter war nur einundsechzig geworden. Nur deshalb war ihr dieser Geburtstag ja auch so verdammt wichtig. Dass sie Adrienne in die Wahrheit eingeweiht hatte, missfiel ihr im Nachhinein. Eigentlich hatte das kein Mensch je erfahren sollen, weil sie längst fest entschlossen war, ihrem Leben ein Ende zu setzen, bevor sie als Pflegefall endete. Natürlich hätte sie Adrienne besser nicht unterschlagen sollen, dass sie sich die Diagnose selbst gestellt hatte, aber Adrienne hätte sie dann garantiert zu einem Neurologen geschleppt. Und außerdem hatte sie mit dem Schockeffekt bei Adrienne eine Notbremse ziehen können, Camille womöglich über ihre wahren Wurzeln aufzuklären. Und das durfte auf keinen Fall geschehen.

Um nachzudenken, hatte sich Eva mit einer Schachtel der Filterlosen und einer Flasche Wein an diesen versteckten Platz zurückgezogen. Der Aschenbecher war bereits halb voll, weil sie eine Zigarette mit der anderen anzündete. So hatte sie früher geraucht, und zwar damals wie heute filterlose Gauloises. Carolines extraschlanke Zigaretten hatte sie stets als Mädchenfluppen bezeichnet. Dass sie in alte Suchtmuster zurückfiel, lag nicht zuletzt daran, dass an diesem Tag so viel Unvorhergesehenes geschehen war. Allein der dumme Fehler, Adrienne zu verraten, dass ihr Vater wahrscheinlich noch lebte. Der wäre ihr auf keinen Fall unterlaufen, hätte sie geahnt, dass Camille in Ploumanac'h auftauchen würde. Sie hatte fest damit gerechnet, dass die Familie mit den vielen Kindern und Hunden das Ferienhaus längst gekauft hatte. Seit der Begegnung mit Camille fühlte sich Eva wie auf einem Vulkan. Den Ausbruch hatte sie nur verhindern können, indem sie Adrienne mit der ALS-Diagnose ruhiggestellt hatte. Wie immer, wenn Eva daran dachte, was mit dem Krankheitsverlauf womöglich auf sie zukam, fragte sie sich, warum sie sich eigentlich solche Gedanken machte. Wer sollte ihr, einer Todgeweihten, noch etwas anhaben? Letztendlich aber wollte sie nicht, dass Adrienne sie hasste – auch nicht nach ihrem Tod. Überhaupt hatte Eva schon genug Schmerzensgeld zahlen müssen, um die Wahrheit von Adrienne fernzuhalten. Weit über zehn Jahre hatte sie ihre Adoptivtochter nicht mehr gesehen. Dabei war kein einziger Tag vergangen, an dem sie Adrienne nicht vermisst hatte. Aber was waren zehn Jahre Sehnsucht gegen die Freude, dass Adrienne jetzt bei ihr war? Und wie besorgt sie um sie war! Das rührte Eva zu Tränen. Sie wischte sich hastig mit dem Ärmel ihres Kimonos über die Augen.

Sie hatte sich zum Essengehen hübsch gemacht, aber dann hatte Martin den Termin abgesagt. Mirja und Jannis waren allein unterwegs, die Kinder waren nach dem Strandtag mit Martin völlig erschöpft eingeschlafen, und Adrienne hatte wohl eine Erkältung erwischt. Jedenfalls hatte Martin ihr das so mitgeteilt. Eigentlich hatte sie sofort nach ihr sehen wollen, aber Martin hatte ihr versichert, Adrienne benötige dringend Ruhe und wünsche keinen Besuch. Da Martin auch nicht in der richtigen Ausgehstimmung gewesen war, hatte Eva den Tisch abbestellt. Martin hatte Reste vom Tag zuvor gegessen, während Eva überhaupt keinen Hunger verspürte, nachdem sie vorhin am Hafen reichlich Weißwein getrunken hatte. Das passierte ihr in letzter Zeit immer häufiger, dass sie eine Mahlzeit durch erhebliche Mengen an Alkohol ersetzte. Nun, mit der Gewissheit, früher oder später an den Folgen der Krankheit zu sterben, gab es keinen vernünftigen Grund mehr, sich auch in diesem Punkt einzuschränken.

Eva fand, dass Martin sich hochgradig merkwürdig verhalten hatte, nachdem er vorhin aus Adriennes Zimmer gekommen war. Wortlos hatte er sein Bettzeug aus dem Wohnzimmerschrank geholt und es wieder auf seine Seite des Ehebetts gelegt. Dabei war er erst kürzlich aus dem Schlafzimmer ausgezogen, um ihr seine nächtlichen Schnarchattacken zu ersparen, wie er behauptet hatte. So ganz nahm sie ihm das nicht ab, obwohl er sonst überaus rücksichtsvoll war. Während ihrer langen Ehejahre hatte er ihretwegen schon unzählige Male zurückgesteckt. Aber wenn sie ehrlich war, kam ihr das aus einem ganz anderen Grund merkwürdig vor. Martin schnarchte nämlich gar nicht so laut, und sie hatte sich auch noch niemals darüber beschwert. Dass er ohne Erklärung wieder ins eheliche Schlafzimmer zurückkehrte, stimmte Eva mindestens genauso nachdenklich wie sein Auszug. Sie goss sich den Rest aus ihrer Weinflasche ein und trank das Glas mit wenigen Schlucken leer.

Plötzlich hörte sie ein Geräusch und zuckte zusammen. Hastig drückte sie die verräterische Zigarette aus und stellte den Aschenbecher unter ihren Stuhl, doch dann war alles wieder still. Wahrscheinlich ein Vogel oder der Hund der Nachbarn, der nur zu gern durch ihren Garten stromerte. Eva holte den Aschenbecher wieder hervor und wollte sich eine neue Zigarette anzünden. Sie knipste gerade das Feuerzeug an, als sie ganz in ihrer Nähe Martins Stimme flüstern hörte. Offenbar stand er auf der anderen Seite der Hecke und telefonierte. Eva hielt die Luft an, um seine Worte zu verstehen. Wenn sich Martin in die hintere Ecke des Gartens verzog, um in Ruhe zu telefonieren, konnte das nur ihren Argwohn erregen.

»Es tut mir wirklich leid, aber es wird nichts aus unserem Wochenende in Brüssel. Ich kann meine Familie jetzt nicht allein lassen. Mein Sohn hat Eheprobleme ...«

Offenbar war Martin durch seinen Gesprächspartner unterbrochen worden, denn Eva vernahm erst einmal nichts als ein schweres Atmen. Oder handelte es sich um eine Gesprächspartnerin?

»Ja, ja, ich weiß, dass ich immer zurückgesteckt habe, aber es ist kein guter Zeitpunkt, gleich nach dem Fest abzuhauen.« Martin stöhnte laut auf. »Natürlich habe ich dir das versprochen, aber ich habe die Lage falsch eingeschätzt. Es passt nicht. Allein wegen Adrienne … Das ist meine Adoptivtochter, die ich nach zehn Jahren wiedergesehen habe. Nein, nicht am Telefon! Das erzähle ich dir alles in Ruhe …« Martin schnaufte laut, als bekäme er nur schwer Luft. »Und es ist nicht nur unser Wochenende. Ich … ich werde das Zimmer in deiner Wohnung vorerst nicht mehr brauchen …«

Eva erstarrte innerlich. Das hörte sich verdammt nach einer Frau an. Aber wer war sie? Mit wem wollte er verreisen, und vor allem, welches Zimmer brauchte er nicht mehr? An seiner Stimme erkannte sie, dass ihn das Gespräch alles andere als kaltließ. In seinem Ton lag eine Mischung aus Bedauern und Verzweiflung. Sollte sie ihren Lauschposten ganz demonstrativ verlassen?, fragte sich Eva. Aber dann beendete er das Gespräch womöglich, sobald sie hinter der Hecke hervortrat, und sie erfuhr nicht, mit wem er da so angespannt sprach.

»Beate, bitte, mach mir keine Szene! Ja, natürlich habe ich gesagt, dass ich nächste Woche nach Köln komme, aber ich kann meine Familie jetzt nicht im Stich … Gut, wenn du das unbedingt hören willst, auch meine Frau nicht.«

Eva stockte der Atem. Beate also! Nur um gegen ihn zu sticheln, hatte sie Martin immer wieder mit seiner offenen Zuneigung zu seiner Praxispartnerin aufgezogen. Nie im Leben hätte sie ernsthaft vermutet, Martin könne mit Frau Dr. Beate Keller eine Affäre haben. Doch seine Worte ließen keine andere Deutung zu. Wenn sie es richtig verstand, hatte Martin vor, sie nach dem Fest zu verlassen und sich in Beates Arme zu flüchten. Ihr wurde schlecht bei dem Gedanken, dass Martin kein bisschen besser war als die anderen angejahrten Männer in ihren Kreisen, die einer nach dem anderen ihre angejahrten Gattinnen verließen, um mit Jüngeren Spaß zu haben. Aber warum trat er jetzt den Rückzug an? Warum nahm er Abstand von seinen Plänen, mit dieser Frau zu verreisen? War es wirklich wegen Mirjas und Jannis' Eheproblemen? Oder sollte Adrienne nicht Wind davon bekommen, dass ihr geliebter Vater nicht anders war als die anderen alternden Ehemänner?

»Natürlich war das mein voller Ernst mit der Rückkehr in meine Praxis! Aber gib mir einfach noch ein bisschen Zeit … Bitte, schrei mich nicht an! Ich weiß, wie lange du auf eine Entscheidung gewartet hast. Aber was bringt es dir, wenn du nun auf die Einlösung meiner Versprechen … Nein, ich habe dir nichts vorgemacht, ich war fest entschlossen, dieses Leben hinter mir zu lassen …«

Selten zuvor hatte Martin die Stimme so laut erhoben. Eva begriff: Ihr Mann hatte dieses Leben hinter sich lassen wollen. Ja, er hatte offenbar beschlossen, sich Beate zuliebe von ihr zu trennen.

»Nein, sie hat mich nicht wieder eingefangen. Wie sollte sie, wenn sie nichts von unserer Beziehung ahnt? Ich kann dich nur von Herzen bitten, meine Entscheidung zu respektieren und mir noch Zeit zu geben …« Wieder schien Beate ihm das Wort abgeschnitten zu haben, denn Eva hörte Martin laut stöhnen. »Gut, dann mach das so! Nimm einen anderen Arzt in die Praxis. Dann könnt ihr mich auszahlen, und ich bin ganz raus. Ja, und wenn du die Sache beenden willst, dann tu's! Nein, ich komme vorerst nicht nach Köln, auch nicht, wenn alles zu Ende … Beate, hallo! Bist du noch dran?«

Eva zögerte keinen Augenblick länger und trat hinter der Hecke hervor. Martin stand mit dem Rücken zu ihr und tippte hektisch auf seinem Telefon herum. Er fluchte leise vor sich hin. Auch als er es wieder ans Ohr nahm und sich ganz offensichtlich niemand meldete. Nun traute sich Eva endgültig aus der Deckung. Als Martin sie erblickte, ließ er das Telefon rasch in der Hosentasche verschwinden und rang sich zu einem Lächeln durch.

»Diesen Teil des Gartens nutzen wir viel zu wenig«, bemerkte er bemüht locker.

»Spar dir den Small Talk, ich habe jedes Wort mit angehört! Konnte es gar nicht vermeiden, denn ich habe hinter der Hecke heimlich geraucht.«

Martin entgleisten die Gesichtszüge. »Du sollst doch nicht rauchen! Das ist ganz und gar …« Er unterbrach sich hastig. »Was hast du gehört?«

»Dass du mit Frau Doktor Keller, dieser grauen Maus, ein neues Leben anfangen wolltest und jetzt den Rückzug antrittst. Warum?«, fragte Eva mit eiskalter Stimme.

»Ich weiß nicht, was du genau gehört hast, aber ich denke, das Ergebnis zählt. Und das hast du ja eben richtig zitiert. Ich bleibe.« Martin schien im Gegensatz zu Eva innerlich zu beben. Sogar seine Hände zitterten leicht.

»Du findest also, dass ich kein Recht habe, ein weiteres Wort über deine Affäre mit Frau Doktor Keller zu verlieren?«, erwiderte sie in scharfem Ton.

»Das habe ich nicht gesagt. Natürlich kannst du dich darüber echauffieren. Kein Mensch verlangt von dir, dass du nach außen so gelassen mit meiner ersten und einzigen Affäre umgehst wie ich mit deinen unzähligen Lovern! Und verzeih mir, dass ich es so ungeschminkt sage – du hast eine ziemliche Fahne.«

Eva machte eine abwehrende Handbewegung, denn seit sie das Telefonat belauscht hatte, fühlte sie sich stocknüchtern. Wütend funkelte sie ihren Mann an.

»Willst du mir ernsthaft Liebhaber vorwerfen, die ich vor zwanzig Jahren hatte? Aber gut, das ist der Zahn der Zeit.

Frauen betrügen ihre Männer, solange sie noch jung und knackig sind, mit Ehemännern, deren Frauen ihnen allmählich zu alt werden, und alte Männer ihre alten Frauen mit jungen knackigen Dingern.«

»Eva, bitte, verschon mich mit solchen dummerhaften Vorurteilen! Beate ist in erster Linie eine kluge und kompetente Kollegin.«

»Klug finde ich das nicht gerade, gleich alles hinzuwerfen, weil der Mann nicht sofort springt, wenn sie ruft. Aber sie kann sich freuen. Du wirst gleich nach dem Fest bei ihr sein.«

Fassungslos musterte Martin seine Frau. »Nein, das werde ich nicht! Du hast doch alles gehört. Dann weißt du doch auch, dass ich bei dir bleibe.«

»Warum?«

Martin wand sich. »Eva, ich habe es mir eben anders überlegt. Ich bleibe in Ploumanac'h, solange du willst. Das ist doch entscheidend, oder? Und nun sollten wir aufhören, uns zu streiten.«

»Nein! Wenn du es mir nicht sagst, warum du es dir anders überlegt hast, kannst du gleich nach dem Fest deine Koffer packen.«

Martin trat einen Schritt auf Eva zu und wollte sie in die Arme nehmen, doch sie schlug nach ihm.

»Eva, was soll der Unsinn? Es ist auch mein Haus, und ich bleibe, solange ich will! Du bist wirklich betrunken und solltest erst mal deinen Rausch ausschlafen.«

»Ach ja, wer redet hier wirr durcheinander? Du oder ich? Eben hast du noch gesagt, du bleibst, solange ich will. Und ich will, dass du am Montag verschwindest!« Ihre Worte klangen unversöhnlich. Dabei wollte sie doch gar nicht, dass er ging. Allein die Vorstellung, mit ihrer Angst vor der schlimmen Krankheit allein zurückzubleiben, wenn die Gäste und die Familie fort waren ... Aber sie konnte partout nicht über ihren

Schatten springen. Die Vorstellung, dass der stets treue Martin ausgerechnet jetzt, da sie möglicherweise alt, schwach und krank wurde, eine andere liebte, machte sie rasend. Ihr war die Ärztin zwar nur ein paarmal flüchtig begegnet, und in der ihr eigenen Überheblichkeit hatte sie die Frau quasi mehr oder weniger übersehen. Wenn sie sich recht erinnerte, war Frau Dr. Keller eine eher unscheinbare Mittvierzigerin. Weit davon entfernt, dass Eva sie je als gefährlich eingestuft hätte. Da gab es ganz andere Damen der Gesellschaft, die sie im Verdacht hatte, dass sie nicht zögern würden, eine Affäre mit ihrem Mann anzufangen. Das waren elegante Erscheinungen um die fünfzig, die über das nötige Kleingeld und ein untrügliches Stilempfinden verfügten.

Martin fehlten offenbar immer noch die Worte.

»Oder willst du mir endlich verraten, warum du nicht wie verabredet zu deiner Beate eilst?«, ätzte Eva.

»Bitte, lass es endlich gut sein! Es tut mir leid, dass du es auf diese Weise erfahren musstest. Ich hätte dir das von Beate und mir auf jeden Fall nach dem Fest gesagt. Schließlich wollte ich dir deinen Ehrentag nicht verderben …«

»Das kannst du gar nicht«, erwiderte sie kalt. Plötzlich kam ihr ein schrecklicher Gedanke. Was, wenn Adrienne geplaudert hatte, als Martin bei ihr im Zimmer gewesen war? Was, wenn er sich aus Mitleid anders entschieden hatte? Sie wusste in diesem Augenblick nicht, was sie wirklich wollte, aber das, was sie nicht wollte, umso mehr: Mitleid!

»Gut, dann lass uns die unerquickliche Diskussion beenden!«, bemerkte er in versöhnlichem Ton und trat erneut einen Schritt auf sie zu. Diesmal holte sie aus und versetzte ihm eine schallende Ohrfeige.

»Sprech ich ins Leere? Ich möchte, dass du nach dem Fest zu deiner Liebsten gehst, wie du es vorgehabt hast, bevor du von der Diagnose erfahren hast!«

Das blanke Entsetzen sprach aus Martins Augen.

»Du weißt es! Gib es zu! Adrienne hat ihrem geliebten Dad das Herz ausgeschüttet, stimmt's?«

»Ich weiß nicht, wovon du sprichst«, versuchte sich Martin aus der Affäre zu ziehen. »Komm, wir setzen uns auf die Terrasse und besprechen das Ganze in aller Ruhe bei einem Glas Wein«, fügte er hinzu.

»Ich bin doch schon betrunken, wie du richtig festgestellt hast«, zischte sie. »Und ich verlange eine Antwort. Weißt du es oder nicht?«

»Eva, lass uns lieber später reden, wenn du nicht mehr so aufgebracht bist. Ich kann dich doch gut verstehen. Glaubst du, ich bin nie unfreiwilliger Zeuge deiner heimlichen Telefonate geworden? Bedenke, zu der Zeit gab es noch keine Mobiltelefone.«

Eva verdrehte die Augen. »Kommst du schon wieder mit der Steinzeit? Martin, lenk nicht ab! Weißt du es, oder weißt du es nicht?«

»Eva, morgen sprechen wir offen über alles, aber ich glaube, du solltest wirklich erst einmal deinen kleinen Rausch ausschlafen.«

Mit diesen Worten drehte sich Martin um und ging ein paar Schritte in Richtung Haus, doch Eva folgte ihm und hielt ihn am Pullover fest. Dann baute sie sich kämpferisch vor ihm auf. »Kennst du meine Diagnose? Ja oder nein?«

»Was ändert das?«, gab Martin schwach zurück.

»Eine ganze Menge, mein Lieber! Ich pfeife auf dein Mitleid. Geh zu deiner Trulla und leb dein Leben! Mit der Krankheit allein zu bleiben, ist schlimm genug. Aber sie mit einem Mann zu teilen, der aus Mitleid bleibt und sich insgeheim nach einer anderen Frau verzehrt, niemals!«

»Du irrst dich, Eva. Ich liebe dich und werde dich immer lieben, aber ich konnte den Gedanken nicht mehr ertragen, dieses hohle, sinnentleerte Leben mit dir auch nur einen Tag länger zu führen. Deshalb wollte ich dich verlassen. Aber damit lasse ich dich nicht allein. In guten und in schlechten Zeiten«, sagte Martin beschwörend.

»Wenn du mich wirklich liebst, dann verlässt du mich. Ich könnte das Mitleid in deinen Augen keine Sekunde lang ertragen. Und dann will ich dich nur noch um einen Liebesdienst bitten. Feier mit mir am Sonntag und lass dir nichts anmerken. Wag es ja nicht, wie ein Trauerkloß durch das Haus zu schleichen! Ich erwarte einen strahlenden Mann an meiner Seite … und dann geh! Wir müssen uns auch nicht scheiden lassen, denn du bist sowieso bald Witwer …«

»Eva, bitte, hör auf, dich zu geißeln!«, flehte Martin.

Sie musterte ihn eiskalt. »O Gott, geht das jetzt schon los? Das Zerfließen vor Mitleid? Ich bin noch nicht tot, mein Lieber. Reiß dich zusammen! Sei ein Mann! Und jetzt lass mich bitte allein!«

Martin blickte sie an wie ein waidwundes Reh und trottete mit hängenden Schultern zum Haus zurück. Eva aber eilte zu ihrem Platz hinter der Hecke. Erfreut stellte sie fest, dass sie sich vorhin gleich zwei Flaschen ihres Lieblingsweins mitgenommen hatte. Gierig schenkte sie sich das Glas randvoll, so wie sie es im Kreis von Gästen niemals geduldet hätte. Zügig leerte sie das Glas und zündete sich eine Zigarette an, die ganz heiß wurde, weil sie so heftig daran zog.

Nachdem sie sich das nächste Glas eingeschenkt und eine weitere Zigarette angezündet hatte, konnte sie die Tränen nicht länger zurückhalten, die ihr schon wie ein Kloß in der Kehle saßen, seit sie Martin eben so entsetzlich hatte verletzen müssen. Mit einer Mischung aus Selbstmitleid und Selbstanklage schluchzte sie laut auf.

Was war sie bloß für eine Frau, die den einzigen Mann zum Teufel jagte, der sie jemals aufrichtig geliebt hatte? Nur weil sie nicht zulassen konnte, dass sie sich früher oder später in der Rolle der Schwächeren befinden würde? Stattdessen trieb sie Martin lieber in die Arme dieser Ärztin, die er aufgab, ohne mit der Wimper zu zucken, um bei seiner Ehefrau zu bleiben.

Doch das konnte Eva allein vor sich selbst zugeben. Ihn um Verzeihung zu bitten, das brachte sie nicht fertig. Obwohl sie eine Scheißangst hatte und ihn so sehr brauchte wie noch nie zuvor. Über diesen Schatten, das zuzugeben, konnte sie dennoch nicht springen. Lieber würde sie das Ganze dann noch früher beenden als geplant … Erst wollte Eva den Gedanken gar nicht zu Ende führen, aber dann bemächtigte er sich ihrer Seele und entfaltete einen unheimlichen Sog, der sie bis zum Grund hinabzog, um sie völlig klar wieder an der Oberfläche auftauchen zu lassen. Es schien ihr in diesem Moment der einzige Ausweg zu sein, um dem Lügenmeer unbeschadet zu entkommen. Sie war allerdings vernünftig genug, um abzuwarten, bis sie wieder ganz nüchtern war. Niemals würde sie eine solche Entscheidung treffen, nachdem sie anderthalb Flaschen Muscadet getrunken hatte. Nein, Eva gehörte nicht zu den Menschen, die unter Alkohol etwas taten, was sie später bereuen konnten. Aber nach dem Fest würde sie die Gewissheit haben, ob sie diesen Weg wirklich gehen wollte.

## 13.

Als Adrienne am Samstagmorgen erwachte, fühlte sie sich wie neugeboren. Sie warf einen Blick auf ihre Armbanduhr und staunte nicht schlecht. Es war bereits kurz nach neun Uhr. Demnach hatte sie fast zwölf Stunden ohne Unterbrechung geschlafen. Gewöhnlich brauchte sie nicht mehr als sieben Stunden und war bei ihren Auslandseinsätzen auch mit weit weniger ausgekommen. Nach ihrer Rückkehr aus dem Jemen hatte sie dann unter schweren Schlafstörungen und Albträumen gelitten.

An diesem Morgen konnte sie sich an gar keine Träume erinnern, und das bereitete ihr ein entspanntes und wohliges Gefühl. Natürlich galt ihr nächster Gedanke Ruben, und sie fragte sich kurz, ob sie das Ganze vielleicht nur geträumt hatte. Vorsichtshalber griff sie nach ihrem Smartphone und öffnete den Chat mit Ruben, der ihr ein Lächeln auf das Gesicht zauberte. Sie war heilfroh, dass Ruben so hartnäckig geblieben war. Die Vorstellung, ihn in der *heilen Welt* wiederzusehen, bereitete ihr ein solches Glücksgefühl, wie sie es schon lange, lange nicht mehr erlebt hatte. Wenn sie sich recht erinnerte, hatte sie das letzte Mal so etwas wie Vorfreude empfunden, als sie später am Abend wieder einmal heimlich zu Ruben ins Zelt hatte schleichen wollen. Doch bevor es dazu gekommen war, hatte man sie Hals über Kopf und ohne dass sie sich von ihm verabschieden konnte, aus dem Jemen ausgeflogen.

Adrienne reckte sich wohlig, bevor sie beschwingt aus dem Bett kletterte und das Bad aufsuchte. Im Haus war es noch relativ ruhig. Von ferne hörte sie die Stimmen der Kinder, aber sehr verhalten für deren Verhältnisse, wie sie fand. Sie genoss die warme Dusche und fragte sich, wie das sein konnte, dass sie sich nach all den schwer verdaulichen Informationen des gestrigen Tages so gut fühlen konnte. Doch die Antwort lag auf der Hand: Das Trostpflaster hieß Ruben.

In ihrem Zimmer war es am Morgen schon recht warm, was auf einen heißen Sommertag schließen ließ. Sie zog ein schlichtes Sommerkleid an, das sie sich einst in Perros-Guirec gekauft hatte. Seitdem hatte sie, wenn sie es recht überlegte, nie wieder ein Kleid oder einen Rock getragen. In all den Jahren nicht.

Sie schwebte fast die Treppen hinunter, doch als sie unten im Flur Eva begegnete, war ihre Beschwingtheit wie weggeblasen. Ihre Adoptivmutter sah aus wie der Tod. Sie war leichenblass, das Haar hing ihr strähnig ins Gesicht, sie trug eine ausgebeulte Jogginghose und ein ausgeblichenes T-Shirt, das früher wohl einmal royalblau gewesen sein musste.

Adrienne konnte sich gerade noch beherrschen, ihrem Schrecken nicht auf der Stelle Ausdruck zu verleihen. Stattdessen wünschte sie Eva unverfänglich einen »Guten Morgen!«, doch die schien sehr wohl zu wissen, was für einen Eindruck sie an diesem Morgen machte.

»Ich sehe furchtbar aus. Tut mir leid, das war der Muscadet. Ich habe gestern eindeutig zu viel davon gehabt«, nuschelte sie entschuldigend.

Adrienne wusste nicht so recht, wie sie auf dieses Geständnis reagieren sollte. Jedes Wort, das ihr einfiel, hätte einen schalen Beigeschmack gehabt. Egal, ob sie ihr versichern würde, dass sie in Evas Lage absolutes Verständnis für den Wein zu viel hatte, oder ihr vorschwindeln würde, dass man ihr das kein bisschen ansah …

Während sie noch nach den richtigen Worten rang, kam

Jannis dazu. Im Gegensatz zu seiner Mutter sah er aus wie das blühende Leben. Die gestrige Aussprache mit Mirja schien ihm gutgetan zu haben.

»Na, Schwesterherz, bist du immer noch ansteckend?«, fragte er grinsend.

Adrienne schüttelte den Kopf. »Nein, ich glaube, ich habe die Grippe erfolgreich abgewehrt.«

»Dann könnten wir ja nachher einen kleinen Gang machen«, schlug er vor. Adrienne sah ihm an der Nasenspitze an, dass er darauf brannte, unter vier Augen mit ihr zu reden.

»Nein, heute keine Alleingänge!«, mischte sich Eva streng ein. »Am frühen Abend kommen Mirjas Eltern, und dann geht mein Geburtstag los. Wir wollen reinfeiern. Ich habe im *Maison de Marianne* einen Tisch reserviert, damit die Catering-Crew abends freie Bahn in der Küche hat. Einiges wird nämlich schon heute vorbereitet.«

Jannis nahm seine Mutter lachend in den Arm. »Aber Maman, kannst du es denn nicht abwarten bis morgen? Du bist ja schlimmer als meine Kinder, die in der Nacht vor ihrem Geburtstag kein Auge zutun.«

Adrienne schnürte der Anblick des völlig ahnungslosen Jannis förmlich die Kehle zu. Sie wünschte sich, das Fest wäre endlich vorüber und Eva würde Martin und Jannis schon die Wahrheit sagen.

»Bitte, lasst uns heute alle zusammenbleiben! Das wünsche ich mir mehr als alles andere«, bat Eva nun mit Nachdruck. Auch ihre Stimme war leicht angeschlagen, und Adrienne wunderte sich, dass Jannis den desolaten Zustand seiner Mutter gar nicht zu bemerken schien. Genau in diesem Augenblick musterte er Eva befremdlich.

»Aber das ist doch nicht dein Geburtstagslook, oder?«, erkundigte er sich skeptisch.

»Nein, ich bin noch nicht mal geduscht, sondern gerade erst

aufgestanden. Ich würde jetzt gern Frühstück machen, mich danach mit der Cateringfirma besprechen und schließlich rechtzeitig für deine Schwiegereltern in Form bringen«, entgegnete sie ihm und rang sich zu einem Lächeln durch.

»Ach, das war doch nur ein Scherz, Maman! Aber sag mal, hast du etwas dagegen, wenn ich Croissants hole?«

»Natürlich nicht!«

»Super, dann machen wir das!«, entgegnete er, ergriff Adriennes Hand und zog sie mit sich fort. Erst vor der Haustür ließ er sie los. »Kommst du freiwillig mit?«, fragte er grinsend.

»Habe ich eine Wahl?«, erwiderte sie lachend.

»Sag mal, weißt du, was mit Maman los ist? Sie sieht ja entsetzlich aus, und damit meine ich nicht die Sperrmüllhose, sondern die Ränder unter ihren Augen …«

»Sie hat wohl gestern ein Glas Wein oder eher eine Flasche zu viel getrunken.« Adrienne hoffte, dass er es bei dieser Erklärung bewenden ließ.

»Das ist ja nichts Neues, aber sonst sieht sie am nächsten Morgen nicht so aus, als würde sie morgen achtzig«, widersprach er ihr kopfschüttelnd.

»Keine Ahnung, ich war gestern Abend im Bett und habe nichts mitbekommen.«

»Was hattest du eigentlich so Dringendes mit Dad zu besprechen?«, fragte er neugierig.

Adrienne zuckte zusammen. Daran hatte sie gar nicht mehr gedacht. Dass Jannis kurz nach ihrem Schrei ebenfalls ins Zimmer gestürzt war, Martin ihn aber hinausgeschickt hatte.

»Mir ging es nicht gut. Ich habe ja immer noch so furchtbare Albträume …«

»Hast du deshalb so geschrien?«

»Genau. Martin kennt sich ganz gut mit posttraumatischen Belastungsstörungen aus und hat mir ein paar nützliche Tipps gegeben. Aber nun erzähl du mal! Was war das da mit deiner Geliebten?«

Jannis blieb unvermittelt stehen und musterte sie skeptisch. »Warum habe ich das Gefühl, dass du vom Thema ablenkst und mir etwas verschweigst?«

»Warum sollte ich? Ich darf mich doch wohl noch mit Martin unter vier Augen unterhalten, ohne dir Rechenschaft schuldig zu sein«, stieß sie bissig hervor.

Erst an seinem entsetzten Blick erkannte sie, dass sie sich im Ton vergriffen hatte. »Entschuldigung, ich wollte dich nicht angiften!«

»Schon gut, mein Fehler! Die Frage war indiskret. Also, du willst Einzelheiten über Carla?«

»So heißt sie also. Und woher kennt ihr euch?«

»Sie arbeitet in unserer Galerie. Ich bin quasi ihr Chef. Hübsches Klischee, oder?«

»Ich würde sagen, das Übliche. Ist es etwas Ernstes?«

»Für sie ja. Du musst wissen, sie ist Spanierin beziehungsweise legt größten Wert darauf, dass sie Katalanin ist. Aber woher das Temperament auch immer kommt … sie will mich ihrer Familie in Barcelona vorstellen, heiraten, Kinder kriegen. Sie macht mir jedenfalls seit geraumer Zeit die Hölle heiß und verlangt, dass ich Mirja endlich reinen Wein einschenke …«

»Womit sie ja nicht ganz unrecht hat. Wie lange geht das denn schon mit euch?«

»Na ja, also kurz nachdem ich meinen neuen Job in der Münchner Galerie angenommen hatte …«

»Aha, und wie lange arbeitest du dort?«

»Du bist gemein. Drei Jahre«, knurrte er.

»Dann kann ich verstehen, dass die Frau Klarheit möchte, egal, ob mit katalanischem Temperament oder nicht. Liebst du sie?«

»Irgendwie mag ich sie. Wenn du mir allerdings auch nur die geringste Hoffnung auf eine gemeinsame Zukunft machen würdest, würde ich sie sofort aufgeben.« Er lächelte sie schief an.

»Also liebst du sie nicht so, dass du ihretwegen Knall auf Fall deine Familie verlassen würdest. Richtig?«

»Genau. Wenn ich mich jetzt von Mirja trenne, dann nur, weil ich ihre Negativität, ihre ständigen Vorwürfe, ihre schlechte Laune und ihre Miesmacherei nicht länger ertrage. Am liebsten erinnern sich Frauen an Männer, mit denen sie lachen konnten, hat Anton Tschechow mal gesagt. Und das gilt auch umgekehrt. Mit Carla habe ich unendlich viel Spaß, wenn es nicht gerade um das Thema Ehe und Kinder geht. Aber jetzt, da wir uns ausgesprochen haben, gebe ich Mirja gern noch eine Chance. Sie hat nämlich geschworen, an ihrer Unzufriedenheit zu arbeiten und in Zukunft nicht alles immer so furchtbar verbissen zu sehen. Im Übrigen habe ich sie dazu verdonnert, sich dir gegenüber freundlicher zu verhalten.«

»Wow, dann würde ich ja von eurer Versöhnung profitieren!«, bemerkte Adrienne schmunzelnd.

»Und natürlich denke ich in erster Linie an die Kinder. Ich will nicht, dass sie mit ihnen nach Köln abhaut. Wenn ich mir vorstelle, wir kämpfen über Anwälte um das Sorgerecht, wird mir speiübel.«

»Tja, dann solltest du das mit Carla wohl schnellstens beenden, bevor es Dramen gibt. Ich finde, das klingt nicht gut, was du mir gestern geschrieben hast. Dass sie dir androht, es Mirja zu stecken. Das geht mir gegen den Strich, wenn eine Geliebte meint, sie habe das Recht, der Ehefrau reinen Wein einzuschenken.«

»Das hat sie mir nicht zum ersten Mal angedroht, aber ich glaube, sie hat es nie wirklich ernst gemeint. Schließlich hat sie doch auch ihren Stolz. Carla ist sonst eine echt tolle Frau, aber meine Gefühle sind offenbar nicht so stark, dass ich mit ihr um jeden Preis ein neues Leben anfangen möchte. Aber ich will das Schlussmachen nicht so lieblos per WhatsApp erledigen …« Er legte eine Pause ein und bedachte Adrienne mit einem forschenden Blick. »Sag mal, habe ich was verpasst? Du hast eben beim Wort *WhatsApp* derart verzückt aus der Wäsche geguckt …«

»Okay, okay, du kennst mich eben zu gut. Er hat geschrieben.«

»Wer ist *er?*«

»Du weißt ganz genau, wen ich meine. Ruben.«

»Ach, der Kaaskopp …«

Adrienne versetzte ihm einen Stoß in die Rippen. »Das nimmst du sofort zurück!«, lachte sie.

»Nur wenn du mir sagst, was der Bursche von dir wollte.«

»Mich wiedersehen. Was sonst?«

»Ja, und? Muss ich dir jedes Wort aus der Nase ziehen?«

»Wir treffen uns nächsten Freitag im *Manoir du Sphinx*«, verriet sie ihm mit glühenden Wangen.

»Wie jetzt? Ihr geht in unser Hotel, und du strahlst wie ein Honigkuchenpferd?«

»Du bist unmöglich! Wir beide hatten dort nie ein Zimmer, nur in unserer Fantasie. Und wenn ich ganz ehrlich bin, ist es eine glückliche Fügung gewesen, dass wir nie miteinander im Bett waren. Sonst wäre es heute nicht so unbeschwert zwischen uns.«

»Dann wüsste ich wohl, wohin ich Mirja am Freitag nächster Woche zu unserem Hochzeitstag einladen würde, wenn ich nicht leider, leider am Dienstag wieder in München sein müsste …«

»Oh, so weit ist es mit euch beiden schon wieder! Du willst mit Mirja euren Hochzeitstag feiern. Das klingt gut.«

Er nickte eifrig. »Ja, wir haben uns gestern Nacht wieder richtig miteinander versöhnt.«

»So mit allem, was dazugehört?«, lachte Adrienne, merkte dann aber, dass sie übers Ziel hinausgeschossen war. »Nein, nein, ich verlange keine Einzelheiten! Es geht mich gar nichts an«, korrigierte sie sich rasch.

»Mit allem, was dazugehört«, grinste Jannis, und Adrienne konnte sich nun auch seine ausgesprochen gute Laune erklären. »Wir wollen uns noch eine letzte reelle Chance geben.«

»Obwohl Mirja und ich nie beste Freundinnen werden, freue ich mich für euch. Schon allein wegen der Kinder ist es einen Versuch wert. Und wenn sie nicht mehr die Spaßbremse der Nation gibt, könnte es gelingen.«

Sie waren beim Bäcker angekommen und unterbrachen ihr angeregtes Gespräch, um Croissants und Baguettes zu kaufen. Als sie den Laden mit ihren Tüten verließen, wären sie beinahe mit Camille zusammengestoßen. Die beiden Frauen begrüßten sich freundlich. Camille versicherte Adrienne lächelnd, dass sie sich besonders darauf freue, morgen ein wenig mehr über sie zu erfahren. Dann erst erblickte sie Jannis. Ihr Lächeln erstarb und wich einem ungläubigen Staunen.

»Kennen wir uns?«, fragte Jannis verblüfft.

»Also, wenn Sie Jannis sind, dann habe ich Sie zuletzt als Kleinkind gesehen, aber da hatten Sie blondes Haar. Ich hätte Sie niemals wiedererkannt«, erwiderte sie scheinbar locker, aber Adrienne hatte den Eindruck, dass sie regelrecht um ihre Fassung rang. »Wir hatten früher auch ein Ferienhaus in der Nähe. Sie kennen doch sicher das rote Haus am Ende der Sackgasse. Das gehört mir. Ich bin Madame Dubois.«

»Klar, das Schloss! Dort wohnte die Pariser Chaostruppe, wie wir sie immer nannten. Kannst du dich noch an die Zwillinge erinnern?« Er wandte sich fragend an Adrienne.

»Natürlich, die waren etwas älter als ich und haben deutlich gemacht, dass sie sich gar nicht erst mit kleinen Mädchen abgeben.«

»Die waren auch älter als ich und hatten eine ganz andere Clique als wir. Da gab es noch eine Familie aus Paris, und die Kinder waren mit denen ganz dicke«, erklärte ihr Jannis lachend.

»Ich freue mich jedenfalls auch, dass wir uns morgen auf dem Fest wiedersehen«, versicherte Adrienne Camille, aus deren Augen immer noch große Verwunderung sprach.

»Ja, dann bis morgen! Schön, Sie kennengelernt zu haben, Madame Dubois«, sagte Jannis zum Abschied wohlerzogen. Kaum war Camille in der Bäckerei verschwunden, wandte er sich kopfschüttelnd an Adrienne. »Hast du bemerkt, wie sie mich angestarrt hat? Wie einen Alien.«

Adrienne war Camilles befremdliches Verhalten ebenfalls aufgefallen, aber auch sie hatte keine Erklärung dafür. »Sie ist die Schwester meines Vaters, aber das soll sie nicht erfahren, weil hier vor Ort alle glauben, dass ich das leibliche Kind deiner Eltern bin«, offenbarte Adrienne ihm.

»Was ist das denn schon wieder für ein Schwachsinn, den sich meine Mutter ausgedacht hat?«, schnaubte Jannis.

Adrienne rollte mit den Augen. »Keine Ahnung. Aber bitte lass dir bloß nichts anmerken! Eva würde ausrasten, wenn es in Ploumanac'h die Runde machte, dass ich nicht ihre leibliche Tochter bin.«

»Meine Güte, was für ein Stress! Das hat mich schon als Kind angekotzt. *Ich erzähle dir jetzt was im Vertrauen …*« Jannis hatte die Stimme verstellt und damit exakt Evas Ton getroffen. Mit seinen Parodien hatte er sie schon als Jugendlicher zum Lachen gebracht. »*… aber bitte verrat es nicht Martin oder Adrienne!*« Und nicht nur ihre Stimme konnte er perfekt imitieren, sondern auch den typischen Blick, den Eva aufsetzte, wenn sie mit einem ihrer Kinder ein Geheimnis teilte.

Wie immer, wenn er sein parodistisches Talent zur Schau stellte, brach Adrienne in lautes Gekicher aus, wurde aber rasch wieder ernst. »Vergiss, dass Camille die Schwester meines Vaters ist! Für die Gäste morgen bin ich Evas leibliche Tochter, und ich werde Maman keinen Kummer bereiten.«

## 14.

Am Nachmittag zog sich Adrienne in den Garten zurück, nachdem es nichts mehr zu helfen gab und die Cateringfirma das Regiment in Sachen Fest übernommen hatte. Jannis war mit Mirja und den Kindern zum Strand aufgebrochen, und Martin hatte Adrienne an diesem Tag überhaupt noch nicht zu Gesicht bekommen.

Adrienne hatte sich einen Stapel französischer Zeitungen und Zeitschriften mit in ihren Liegestuhl genommen und las im Schatten. Früher hatte man sie selten ohne französisches Buch vor der Nase in Ploumanac'h erlebt, aber seit ihrer Rückkehr aus dem Jemen hatte sie Probleme, sich auf Romane zu konzentrieren. Dazu schweiften ihre Gedanken zu oft ab, und sie verlor den Faden. Für Artikel in der *Le Monde* und kurze Texte in der *Elle* reichte ihre Konzentration jedoch allemal. Sie freute sich überdies, dass sie nicht die geringste Anlaufschwierigkeit mit der Sprache hatte, obwohl sie ihr Französisch länger nicht gebraucht hatte. Bei *Ärzte ohne Grenzen* gab es zwar viele französische Kollegen, aber man verständigte sich in der Regel auf Englisch.

Ein Räuspern riss Adrienne aus ihrer himmlischen Ruhe. Sie setzte sich auf und wandte sich um. Es war Martin, der zögernd näher kam.

»Darf ich mich bitte für einen Augenblick zu dir setzen?«, fragte er.

Adrienne nickte, und er zog einen der Korbstühle heran. Bei näherem Hinsehen fiel ihr auf, dass auch er alles andere als gesund aussah. Das konnte sie natürlich gut verstehen, denn schließlich hatte er die ALS-Diagnose verkraften müssen. Martin schien akut etwas auf dem Herzen zu haben.

»Hast du überhaupt geschlafen?«, fragte sie ihn.

»Ja, gegen Morgen konnte ich endlich einschlafen. Aber nur mithilfe eines Mittelchens.«

»Das Sofa im Wohnzimmer ist als Bett aber auch ziemlich ungeeignet«, entgegnete Adrienne.

»Ich habe im Schlafzimmer übernachtet.«

»Oh!«, entfuhr es Adrienne. »Und ist Eva nicht misstrauisch geworden?«

»Adrienne, sie weiß alles.«

»Was *alles*?«

»Dass ich sie verlassen und zu Beate ziehen wollte …«

»Um Himmels willen! Woher?« Adrienne schwante Böses.

»Sie hat ein Telefonat zwischen Beate und mir belauscht, in dem ich erklärt habe, dass ich die Verabredungen mit ihr nicht einhalten kann. Beate war ziemlich sauer, dass ich einen Rückzieher mache …«

»Da hast du ihr den Grund genannt. Und Eva hat es gehört«, mutmaßte Adrienne erschrocken.

»Nein, ich habe nichts verraten, aber Eva hat mich gelöchert, warum ich sie nicht mehr verlassen will. Du weißt, wie hartnäckig und stur sie sein kann. Letztendlich ist sie selbst darauf gekommen, dass ich Bescheid weiß. Und dann hat sie mir unterstellt, dass ich nur aus Mitleid bei ihr bleibe. Obwohl ich ihr eine Liebeserklärung gemacht habe, soll ich nach dem Fest verschwinden.«

»Und was wirst du jetzt tun?«, fragte Adrienne voller Entsetzen.

Martin zuckte mit den Schultern. »Ich weiß es nicht. Ich weiß es wirklich nicht. Am liebsten würde ich tatsächlich gehen, weil ich es nicht länger ertrage, wie sie mich verletzt, aber dann denke ich, ich sitze einfach alles aus. Ich lasse mich nicht wegschicken!«

»Komisch, dass sie sich mir gegenüber heute Morgen gar nichts hat anmerken lassen. Auch nicht, dass sie sauer ist auf mich, weil ich es dir verraten habe.«

»Im Moment hat sie wahrscheinlich nur ein Ziel: dass heute und morgen die totale Harmonie herrscht und alle lächeln, obwohl sie in Wirklichkeit leiden. Es soll die ganz große Eva-Inszenierung werden. Und wenn es ihr nur darum geht, dann spiele ich mit.«

»Ich auch.« Adrienne drückte Martins Hand ganz fest. »Warte doch einfach ab, wie es übermorgen aussieht! Vielleicht ist sie dann ganz froh, dass du bei ihr bleibst, und kann ihren verdammten Stolz endlich mal hintanstellen«, fügte sie mit Nachdruck hinzu.

»Die Hoffnung stirbt zuletzt«, murmelte er.

In diesem Moment eilte Eva auf sie zu. Hastig zog Adrienne die Hand zurück, damit Eva nicht vermutete, dass sie schon wieder vertrauliche Zweiergespräche führten. Dann blieb ihr Blick an Evas äußerer Erscheinung hängen, und sie staunte nicht schlecht. Evas Verwandlung war phänomenal! Sie sah aus wie eine Diva in ihrem weißen Etuikleid, mit dem hochgesteckten Haar und ihrem knallroten Lippenstift. Dank eines guten Make-ups strahlte ihr Teint, als wäre sie das blühende Leben. Nur wer sie gut kannte, konnte trotzdem ein paar Schatten in ihrem Gesicht erahnen.

Zum ersten Mal stellte Adrienne in aller Deutlichkeit fest, welch bedeutende Rolle bei ihrer Adoptivmutter seit jeher der schöne Schein gespielt hatte. Nicht, dass sie früher anders gewesen wäre, aber an diesem Tag wurde die enorme Diskrepanz zwischen tödlicher Krankheit und strahlendem, glamourösem Auftreten deutlicher denn je. In Evas Leben dominierte der Schein das Sein.

»So, ihr Lieben, ich will eure Harmonie nicht weiter stören, aber könntet ihr euch bitte umziehen? Die Bergers kommen gleich. Und auf der Terrasse gibt es ein Gläschen Champagner. Der Tisch im *Maison de Marianne* ist für zwanzig Uhr reserviert.«

Eva war nicht im Geringsten anzumerken, was sie wirklich in diesem Augenblick dachte. Sie musste sich doch insgeheim fragen, ob das Gespräch zwischen Tochter und Vater sich nicht um die Tatsache drehte, dass Martin die Diagnose kannte, mutmaßte Adrienne, aber Eva hatte das perfekte Pokerface aufgesetzt. Unnahbar, stolz und streng.

»Kannst du bitte den beigen Sommeranzug anziehen, Martin!«, sagte Eva in einem Ton, der keinen Widerspruch duldete.

Widerwillig erhob sich Martin von seinem Stuhl. »Na gut, wenn ich dir damit eine Freude mache … Ich finde das Leinenteil ziemlich affig.«

»Ich ziehe mich dann auch mal um«, erklärte Adrienne rasch und sprang aus ihrem Liegestuhl auf. Auf keinen Fall wollte sie mit Eva allein zurückbleiben, nachdem ihre Adoptivmutter inzwischen erfahren hatte, dass sie ihr Geheimnis ausgeplaudert hatte, doch Eva hielt sie am Arm fest.

»Ich muss noch kurz mit dir reden«, zischte sie. Das klang nicht gerade einladend, aber Adrienne blieb keine Wahl, als stehen zu bleiben, während Martin ins Haus eilte.

»Tut mir leid«, stöhnte Adrienne. »Ich konnte ihn in der Situation nicht belügen.«

»Das nehme ich dir nicht mal übel. Wahrscheinlich wolltest du verhindern, dass er mich in diesem Zustand verlässt, oder? Trotzdem ist es ärgerlich, dass er es vor dem Fest erfahren hat. Hoffentlich reißt er sich zusammen!«

Adrienne zuckte zusammen, weil Eva so entsetzlich kalt und unbeteiligt wirkte.

»Er liebt dich wirklich …«

»Schatz, bitte! Darüber wollte ich jetzt ganz bestimmt nicht mit dir diskutieren. Ich habe nur einen Wunsch: dass wir heute unbeschwert in meinen Geburtstag hineinfeiern.«

»Also, ganz unbeschwert kann sicher keiner von uns feiern. Außer Jannis vielleicht. Der ist völlig ahnungslos, was deinen Zustand angeht.«

Eva hob drohend einen Zeigefinger und fuchtelte damit vor Adriennes Nase herum. »Untersteh dich, es ihm auch noch zu verraten! Deine guten Absichten in allen Ehren, aber bitte überlass das nun ganz allein mir!«

»Keine Sorge, ich halte mich zurück!«, versprach Adrienne. »Ich gehe mich dann auch mal umziehen.«

»Tust du mir einen Gefallen? Ziehst du heute das beige und morgen das blaue Kleid an?«

Fragend musterte Adrienne ihre Adoptivmutter. »Ich besitze weder ein beiges noch ein blaues Kleid.«

Eva tippte sich an den Kopf. »Ach, das wollte ich dir schon gestern sagen! Ich habe dir zwei Kleider gekauft und in den Schrank gehängt. Ich weiß ja Gott sei Dank, was dir passt, und kenne deine Größe.«

»Du hast mir etwas zum Anziehen in den Schrank gehängt?«, fragte Adrienne ungläubig. Alte, längst vergessene Erinnerungen wurden wach. Das hatte Eva früher schon getan. Wenn Adrienne sie auf eine Vernissage oder ein Fest begleiten sollte, eine Verpflichtung, vor der sich Adrienne bereits als Jugendliche gern gedrückt hätte, hatte sie ein neues Kleid nach Evas Geschmack bekommen. Adrienne war vorher nicht einmal gefragt worden, sondern in ihrem Schrank hing dann irgendein sündhaft teurer Fummel, der ihr wie angegossen passte. Nicht, dass die Kleider je hässlich gewesen wären. Im Gegenteil, sie waren meist von bestechender Eleganz und absolut edel, entsprachen nur ganz und gar nicht Adriennes Stil. Sie hatte sich schon als Jugendliche am wohlsten in Jeans gefühlt und war der Meinung gewesen, dass man die durchaus mit einem passenden Top auch festlich gestalten konnte. Doch Eva hatte partout nicht akzeptieren wollen, dass Adrienne zu ihren Events in Jeans auftauchte. Adrienne hatte die Kröte dann jedes Mal geschluckt und die Kleider höchst widerwillig auf den unzähligen Vernissagen zur Schau gestellt. Sie war sich immer komplett verkleidet vorgekommen, aber für Eva war es wichtig, wie Adrienne auf dem gesellschaftlichen Parkett ankam. Jedes Mal nach so einem Abend berichtete sie Adrienne voller Stolz von all den Komplimenten, die man ihr über ihre bezaubernde Tochter gemacht hatte. Wenn Adrienne sich recht erinnerte, hatte Jannis mehr Erfolg gehabt, solchen Zwangsbeglückungen zu entgehen, weil er zufällig immer gerade dann ein Basketballtraining hatte, wenn so ein offizieller Termin anstand. Adrienne hatte sich immer ein wenig gewundert, wie er es geschafft hatte, sich ständig zu drücken. War ihm das mal nicht gelungen, dann hatte er sich in ein Jackett gezwängt, meist mürrisch in einer Ecke gestanden und eine bitterböse Miene aufgesetzt. Nein, mit Jannis hatte Eva bei ihren Events bestimmt keinen Staat machen können.

Dass Eva ihr, einer Frau über dreißig, noch die passende Garderobe in den Schrank hängte, fand Adrienne höchst befremdlich. An diesem Punkt hätte es unter normalen Umständen sicher einen kleinen Disput zwischen ihnen gegeben, aber das Wissen um Evas Krankheit hielt sie davon ab. Diese übergriffige Art ihrer Adoptivmutter hatte ihr schon von jeher missfallen, obwohl sie sich ansonsten gut verstanden hatten … Adrienne stutzte. Aber hatte diese Harmonie nicht auch ihren Preis gehabt? Dass sie nämlich stets nach der Pfeife ihrer Adoptivmutter getanzt hatte? Ja, sie hatte Eva selten widersprochen. Ganz im Gegensatz zu Jannis, der sich zumindest während der Pubertät mit seiner Mutter bis aufs Messer gestritten hatte. Und ihr fiel ein, wie stolz Eva stets darauf gewesen war, dass ihre heranwachsende Tochter keine Zicke war wie viele andere Mädchen in dem Alter.

»Ja, ich sehe mir die Sachen mal an«, erwiderte sie ausweichend.

»Ich weiß, es ist nicht mehr ganz angebracht, dir die Kleider rauszulegen, aber ich konnte nicht anders. Ich habe sie im Laden gesehen und gedacht, sie sind für dich wie gemacht. Die stehen dir beide bestimmt hervorragend. Sieh es als Geschenk für mich, dass du sie trägst!«

»Ja, ja, ich mache es«, seufzte Adrienne. »Aber ich muss mich beeilen.« Mit diesen Worten ließ sie Eva allein zurück.

Mit gemischten Gefühlen öffnete sie den Bauernschrank, den Eva einst eigenhändig restauriert hatte. Und tatsächlich, dort hingen zwei Kleider! Das eine war ein ärmelloses Etuikleid aus beiger Seide mit schwarzen Längsstreifen. Für dieses Kleid konnte sie sich halbwegs erwärmen, nicht aber für das hellblaue Hängerchen, das sicherlich, dem Label nach zu urteilen, mehr als das Monatsgehalt einer Klinikärztin gekostet hatte. Trotzdem wollte sie es nicht einmal Eva zuliebe tragen. In diesem Moment hörte sie draußen auf dem Flur einen Aufschrei. »Leonie, nein!« Neugierig warf Adrienne einen Blick aus der Tür und sah, wie Mirja mit schreckgeweiteten Augen auf zahlreiche Kakaoflecken starrte, die auf ihrem rosafarbenen Sommerkleid prangten.

»Mama, tut mir leid!«, stieß Leonie weinerlich aus, woraufhin Mirja ihre Tochter liebevoll auf den Arm nahm und ihr versicherte, das sei doch nur ein dummes Kleid. So viel Toleranz hätte Adrienne Jannis' Frau niemals zugetraut. Mirja stand mit dem Rücken zu ihr und hatte sie noch gar nicht gesehen. Mit einem Griff hielt Adrienne das blaue Kleid in der Hand. »Mirja, ich hätte da was für dich«, sagte sie. Mirja fuhr herum und stieß einen Entzückensschrei aus. »Wahnsinn, mein Traumkleid!« Doch dann verfinsterte sich ihre Miene.

»Und was soll das? Willst du mir demonstrieren, dass du trotz allem die Schönste im ganzen Land bist?«

»Nein, ich möchte es dir schenken. Probier mal an!«

Mirja wurde rot und setzte ihre Tochter auf den Boden. »Geh doch schon runter und schau nach, ob Oma Claudi gekommen ist!« Leonie zögerte kurz. Offenbar hatte sie Angst, etwas zu verpassen, aber dann rannte sie los.

»Was soll das? Du hast mindestens zwei Kleidergrößen weniger als ich. Ich werde damit wie eine Tonne aussehen.«

»Nun mach schon!«, drängte Adrienne und bat Mirja in ihr Zimmer.

Leicht verunsichert zog Mirja das verschmutzte Kleid aus und schlüpfte in das Edelteil. Adrienne stieß einen anerkennenden Pfiff aus. Das Kleid stand Mirja nahezu perfekt und trug kein bisschen auf, sondern schmeichelte ihrer Figur, weil es an den richtigen Stellen ganz weich fiel und ihre Rundungen eher kaschierte als betonte.

Mirja betrachtete sich mit zunächst misstrauischer Miene im Spiegel, aber dann huschte ein Lächeln über ihr Gesicht. »Das ist mit das hübscheste Kleid, das ich jemals getragen habe. Aber warum ziehst du es nicht an?«

»Eva hat mir zwei Kleider zur Auswahl in den Schrank gehängt, und ich habe mich für das da entschieden.« Sie deutete auf das beige Seidenkleid. »Sie wird entzückt sein, wenn du das andere trägst.«

»Und du bist wirklich sicher, dass du das nicht vielleicht morgen …«

»Ganz sicher!«

Mirja musterte Adrienne mit einer Mischung aus Erstaunen und Bewunderung. »Es tut mir übrigens leid, dass ich mich dir gegenüber gleich wieder wie eine Furie benommen habe. Ich war einfach völlig durch den Wind, weil ich die ganze Zeit dachte, Jannis hat eine andere. Und als du dann aufgetaucht bist, hast du meinen Frust abbekommen. Damals war ich doch so höllisch eifersüchtig auf dich, aber natürlich weiß ich, dass ihr nichts miteinander habt.« Mirja reichte Adrienne versöhnlich die Hand. »Frieden?«

Adrienne schlug ein. »Frieden!«

Nie zuvor hatte Adrienne Mirja so zufrieden lächeln sehen wie in diesem Augenblick. Und doch verspürte sie ein gewisses Unbehagen, nachdem Mirja die Tür hinter sich geschlossen hatte. Sie musste an Jannis' Annäherungsversuche vom vergangenen Abend denken. Und daran, dass ihr lieber Bruder eine Geliebte hatte, während Mirja sich offenbar in der Sicherheit wiegte, dass zwischen ihnen nun wieder alles in Ordnung war. Aber was ging sie das überhaupt an? Und was störte sie daran nur so massiv?

Nach kurzem Grübeln glaubte sie die Antwort zu kennen. Es nervte sie, in den Schoß ihrer Familie zurückzukehren und festzustellen, dass jeder jeden belog. Jannis Mirja, Eva Martin, Jannis und sie und Martin Eva, aber was war mit ihr? Sagte sie denn die Wahrheit? Nachdem sich Ruben bei ihr gemeldet hatte, hatte doch ihr erster Gedanke der Frage gegolten, ob sie es wohl weiterhin schaffen würde, ihrem Liebsten die Schwangerschaft und Fehlgeburt zu verheimlichen. Aber das war doch etwas ganz anderes! Sie verheimlichte es Ruben doch nur, um ihn zu schützen, redete sie sich ein, während sie in das Kleid schlüpfte. Sie stutzte. So etwas behauptete Eva doch auch immer!

Seufzend wandte sie sich zu ihrem Spiegelbild um. Es war ihr zwar fremd, aber das Kleid passte perfekt und verlieh ihr eine seriöse und zugleich feminine Ausstrahlung. Was würde Ruben wohl zu diesem Outfit sagen? Und schon malte sie sich seine Reaktion aus, während ein seliges Lächeln über ihr Gesicht huschte.

## 15.

Mit Mirja, Jannis und den Kindern machte sich Adrienne am frühen Abend zu Fuß auf zum Port de Ploumanac'h, während die anderen ein Taxi zum Restaurant nahmen. Mirja sah in ihrem blauen Kleid wirklich entzückend aus, und Jannis hatte ihr auch gleich ein Kompliment gemacht. Überhaupt wirkten die beiden entspannt wie selten zuvor. Wenn ich sie so miteinander erlebe, kann ich mir tatsächlich noch ein gutes Ende vorstellen, dachte Adrienne. Gleich nach dem Aufbruch hatte Leonie nach ihrer Hand gegriffen und sie seitdem nicht mehr losgelassen. Offenbar fand sie ihre Tante spannend.

»Sie schwärmt für dich«, hatte ihr Mirja zugeflüstert.

Einerseits genoss Adrienne die körperliche Nähe zu der Kleinen, andererseits wurde ihr schmerzlich bewusst, dass sie dieses Glück wohl nie mit eigenen Kindern erleben würde. Bis zu ihrer Schwangerschaft hatte sie keinen einzigen Gedanken daran verschwendet, ob sie Kinder haben wollte oder nicht. Im Grunde hatte sie das für ihr Leben eher abgehakt. Eigentlich seit sie erfahren hatte, dass sie selbst ein Adoptivkind war. Erst mit ihrer Schwangerschaft waren die bislang verborgenen Bedürfnisse ans Licht gekommen. Als der Arzt ihr verkündet hatte, die angebliche Cholera sei eine Schwangerschaft, hatte sie zunächst nur ungläubig den Kopf geschüttelt. Da sie durch den Stress nur unregelmäßige Blutungen hatte und Ruben Kondome benutzte, lag der Gedanke auch objektiv betrachtet sehr fern. Zu ihrer eigenen Verwunderung hatte sie keine Sekunde lang an Abtreibung gedacht. Natürlich hatte ihr die unerwartete Schwangerschaft auch Angst gemacht, aber von vornherein hatte für sie festgestanden: Sie würde das Kind bekommen, ohne Ruben damit zu belasten.

»Du siehst so hübsch aus wie Elsa«, hörte sie da die Kinderstimme von Leonie flüstern. Sie war total gerührt über das Kompliment der Kleinen und drückte ihr das Händchen. »Danke«, flüsterte sie und stellte fest, dass sie inzwischen das *Maison de Marianne* erreicht hatten. Das urige Lokal lag nicht in der ersten Reihe wie die Restaurants, die im Sommer von Touristenströmen überschwemmt wurden. Es bot weder Plätze im Außenbereich noch Meerblick, hatte Eva zufolge aber die beste Küche weit und breit. Kaum hatte sie das Haus mit der ortstypischen Granitfassade betreten, wurden sie von der rundlichen Besitzerin herzlich begrüßt und in einen der Räume hinter dem großen Gastraum geführt. Hier war eine Tafel für die kleine Gesellschaft festlich eingedeckt worden.

Adrienne hoffte, nicht in der Nähe von Tante Claudia sitzen zu müssen, die sie vorhin äußerst kühl begrüßt hatte. Offenbar hatte sie nicht geahnt, dass auch Adrienne eingeladen war. Typisch, hatte Adrienne gedacht, als Claudia sie mit einem spitzen »Ach, die verlorene Tochter ist auch wieder aufgetaucht!« begrüßt hatte. Dafür hatte ihr Mann, Hans Berger, ein vierschrötiger Kerl mit einem Herzen aus Gold und einem Weindurst für zehn, sie wie ein Kleinkind hochgehoben und im Kreis herumgewirbelt. »Das habe ich früher immer mit dir gemacht!«, lachte er. »Wie schön, dass du mit uns feierst!«

Adrienne hatte schon als Jugendliche gemutmaßt, dass Claudia Hans nur des Geldes wegen geheiratet hatte. Er hatte es nämlich als erfolgreicher Hersteller von Sanitärobjekten zu einem beachtlichen Vermögen gebracht. Eva war dieser joviale Bayer eigentlich ein Dorn im Auge, aber als Ehemann von Claudia gehörte er dazu und verstand sich erstaunlicherweise recht gut mit Martin. Vielleicht war es die Leidenschaft für das

Schachspiel, die die beiden so unterschiedlichen Männer teilten, aber vielleicht war es auch ihr gemeinsames Schicksal, von ihren Frauen dominiert zu werden.

Claudia verbarg diese Dominanz allerdings hinter der Attitüde der guten Ehefrau. Sie hätte Hans nie in der Öffentlichkeit kritisiert oder bloßgestellt, wie es bei Eva immer dann vorkam, wenn sie zu viel getrunken hatte. Allerdings fehlte Claudia die Stilsicherheit und Weltgewandtheit einer Eva. Sie kämpfte, seit Adrienne denken konnte, gegen ihr Übergewicht und hatte den Hang, sich modisch zu kleiden, was sie oft ziemlich gewöhnlich aussehen ließ, obwohl sie für ihre Kleidung mit Sicherheit ein Vermögen ausgab. Sie brachte ihrer Freundin Eva jedenfalls ungeteilte Bewunderung entgegen, was diese zur Stärkung ihres Egos gut gebrauchen konnte. Kurzum, die beiden Freundinnen ergänzten sich perfekt. Adrienne konnte sich sehr gut vorstellen, dass Claudia schon früher im Internat nach Evas Pfeife getanzt hatte. Inzwischen konnte sie sich auch lebhaft ausmalen, wie eifersüchtig Claudia wohl auf Caroline gewesen sein musste, die Eva damals offenbar nähergestanden hatte als sie selbst.

»Komm, setz dich neben mich!«, begrüßte Eva die Neuankömmlinge, winkte Adrienne heran und deutete auf den freien Platz an ihrer Seite. Als sich Mirja in ihrem blauen Kleid neben ihre Mutter setzte, traf sie Evas verwunderter Blick. Kaum hatte sich Adrienne gesetzt, neigte sich Eva zu ihr herüber. »Warum hast du das Kleid weggegeben?«, fragte sie flüsternd.

»Weil es ihr besser steht als mir«, entgegnete Adrienne.

Eva nickte anerkennend. »Wie schön, dass es so entspannt zwischen euch beiden geworden ist!«

»Wer flüstert, der lügt«, kam es in diesem Augenblick in scharfem Ton vom Platz schräg gegenüber.

Eva und Adrienne zogen es vor, Claudias Bemerkung zu ignorieren. Stattdessen erhob sich Eva und stieß zwei Gläser aneinander zum Zeichen, dass sie etwas sagen wollte. Sofort verstummten die anderen, sogar die Kinder hörten auf, sich um den Stuhl neben ihrer Mutter zu streiten.

»Ich möchte keine großen Worte machen«, begann Eva ihre Rede. »Ich freue mich sehr, dass wir heute Abend bereits im kleinen Kreis der Familien zusammengekommen sind. Ihr seid mir die Wichtigsten, die ich habe. Vielleicht hat es für den einen oder anderen von euch in den vergangenen Jahren den Eindruck gemacht, als wären mir die Menschen aus meinem beruflichen Umfeld wichtiger als meine Familie, aber das stimmt nicht. Das war ein Teil meiner Show, und ich gebe unumwunden zu, dass ich das all die Jahre gebraucht habe wie die Luft zum Atmen. Aber es hat einen guten Grund, warum ich dieses Fest nicht in Köln mit dem üblichen gesellschaftlichen Tamtam begehe, sondern an meiner geliebten Granitküste und nur mit hiesigen Nachbarn und …«

»… und dem Bürgermeister von Perros-Guirec sowie sonstigen Honoratioren der Côte de Granit Rose«, warf Jannis lachend ein.

Eva schenkte ihm ein warmherziges Lächeln. »Mein Sohn hat recht, ein paar Lokalprominente werden morgen auch dabei sein, aber es wird ein kleines Fest in unserem schönen Garten und kein Riesenevent im Museumscafé …«

Nach diesen Worten schaltete Adrienne ab und hing ihren eigenen Gedanken nach. Ihr missfiel es außerordentlich, dass sich niemand außer Martin und ihr die Frage stellen konnte, wie viele Feste die Gastgeberin wohl überhaupt noch feiern würde. Vor allem ahnte sie, dass der Verzicht auf die große Kölner Gala in Evas Angst begründet lag, die Gäste könnten ihr unkontrolliertes Muskelzucken womöglich richtig deuten. Eva hatte an diesem Abend jedenfalls alles getan, um ihre Arme vor Blicken zu schützen. Sie trug zwar immer noch ihr ärmelloses Kleid, darüber aber die passende Jacke. Wer sie so strahlend erlebte, konnte wirklich nicht ahnen, welch grausames Schicksal ihr womöglich bestimmt war. Sie wirkte so bestechend gesund, dass sogar Adrienne im Wissen um die Diagnose darauf hoffte, dass Eva zu den wenigen Ausnahmen gehörte und noch jahrelang mit relativ kleinen Einschränkungen leben konnte.

Erst als Eva ihren Namen nannte, horchte sie auf.

»Es macht mich wirklich glücklich, dieses Fest mit meiner geliebten Tochter zu verbringen. Mir kommt es so vor, als wäre sie niemals fort gewesen. Lasst uns nun das Glas auf meine Familie erheben!«

Aus den Augenwinkeln beobachtete Adrienne, wie sich Claudias Miene bei Evas warmen Worten verdüsterte. Trotzdem hob sie wie alle anderen ihr Glas und prostete Adrienne sogar mit einem Lächeln zu, das so unecht wirkte wie ein schlecht gemachter falscher Fünfziger. Doch Adrienne lächelte ebenfalls und hoffte, dass es ihr besser gelang als Tante Claudia.

Eva verkündete zum Abschluss ihrer Rede, dass sie sich erlaubt habe, gemeinsam mit der Chefin des Restaurants das Menü für den heutigen Abend zusammenzustellen. Und dass jeder Gang, der den Gästen nicht zusage, durch eine Bestellung à la carte ersetzt werden könne. Ihre Adoptivmutter hatte sich an Gastfreundschaft wieder einmal selbst übertroffen, wie die Speisenfolge bewies. Adrienne konnte sich im Einzelnen nicht allzu viel unter den wohlklingenden kulinarischen Kreationen vorstellen, aber ihr lief allein bei der Ankündigung von Venusmuscheln, dem Wolfsbarsch und der Apfeltarte das Wasser im Mund zusammen. Sie wunderte sich selbst über ihren ungezügelten Appetit. Es war das erste Mal seit Monaten, dass die Aussicht auf ein Menü mit mehreren Gängen sie derart ansprach. Bei dem Verdacht, dass sie ihren Appetit vielleicht auch der Vorfreude auf das Wiedersehen mit Ruben zu verdanken hatte, musste sie lächeln. Und auch, als sie sich vorstellte, wie sie erst gemeinsam schlemmen, dann zusammen in ein frisch gemachtes Hotelbett fallen und sich dort ungehemmt lieben würden.

»Dir scheint es ja sehr gut zu gehen.« Mit dieser Bemerkung riss Claudia Adrienne aus ihren süßen Gedanken.

»Danke der Nachfrage. Alles okay bei mir.«

»Und was machst du beruflich?«

Adrienne verdrehte die Augen. »Hast du schon vergessen, was ich damals studiert habe, Tante Claudia?«

»Natürlich weiß ich, dass du mal Medizin angefangen hast, aber deine Mutter hat ja auch mehrfach den Job gewechselt …«

»Aber nicht das Studium«, mischte sich Eva ein. »Habe ich dir nicht erzählt, dass Adrienne wie ihr Vater Mediziner, also Ärztin geworden ist? Sogar eine sehr gute?«, fragte sie in strengem Ton, bevor sie sich wieder den beiden Männern zuwandte, mit denen sie gerade in ein angeregtes Gespräch verwickelt gewesen war.

»Ach so, du bist Ärztin wie dein Vater!«, wiederholte Claudia in einem Ton, als wolle sie sagen: *Aber Martin ist gar nicht dein Vater!*

»Ja, ich arbeite als Ärztin …« Innerlich kochte Adrienne bereits, denn sie hatte keine Lust, den ganzen Abend von dieser verbissenen Kuh angezickt zu werden. Sie hatte doch nicht mit Mirja Frieden geschlossen, um nun Claudias Feindseligkeiten ertragen zu müssen. Hätte Mirja ihre Mutter in Aktion erlebt, wäre sie sicherlich dazwischengegangen, aber sie beschwichtigte gerade ihre Kinder, die sich immer noch um den Platz an ihrer Seite stritten. Und auch Jannis konnte nicht eingreifen. Der war nämlich unhöflicherweise noch während der Rede seiner Mutter hektisch aufgesprungen und nach draußen gegangen, nachdem er eine Nachricht auf seinem Telefon bekommen hatte.

»Leonie, dann komm du zu Oma Claudi auf den Schoß!«, schlug Claudia ihrer Enkelin vor, doch die hatte ihren eigenen Kopf. Sie stand auf und kam auf Adrienne zu. »Kann ich auf deinen Schoß?«

»Na klar, aber nur, bis das Essen kommt, dann kannst du dich zwischen deinen Papa und mich auf den Stuhl setzen. Ja?«

Leonie nickte und krabbelte auf Adriennes Schoß, was Großmutter Claudia offenbar gar nicht passte.

»Vielleicht solltest du dir mal eigene anschaffen«, giftete sie über den Tisch, aber dieses Mal blieb ihre Spitze nicht ungehört.

»Mutti, was soll das denn? Lass doch Adrienne in Ruhe!«, zischte Mirja ihrer Mutter zu, die erschrocken zusammenfuhr und ihre Tochter ungläubig anstarrte.

»Na, du bist ja gut! Schon vergessen, dass sie dir deinen Mann ausspannen wollte?«

»Das ist kalter Kaffee von vorgestern«, raunte Mirja zurück, woraufhin ihre Mutter beleidigt die Lippen zusammenkniff, bevor sie sich ein neues Glas Champagner eingoss und es ziemlich zügig leerte. Überhaupt wurde am Tisch ganz schön geschluckt, bemerkte Adrienne. Martin und Hans hatten sich gar nicht erst mit Champagner aufgehalten und schon vor dem Essen Whisky bestellt, während Claudia den Champagner zu inhalieren schien und Jannis im Sturztrunk zwei Pastis vernichtet hatte, nachdem er von draußen zurückgekehrt war.

Nur Eva hielt sich zurück, wie Adrienne bemerkte. Sie nippte eher pro forma an ihrem Champagnerglas. Adrienne kannte das schon von früher. In der Öffentlichkeit hatte sich Eva stets im Griff, auch beim Alkohol.

Als Jannis an den Tisch zurückkehrte, wirkte er extrem gestresst. Adrienne wollte ihn aber auf keinen Fall im Beisein seiner Schwiegermutter auf seine Befindlichkeit ansprechen.

Doch auch Mirja schien die Veränderung nicht entgangen zu sein.

»Ist dir nicht gut, Liebling?«, fragte sie besorgt.

»Doch, ja … äh … nein, ich habe was mit dem Magen … vielleicht sollte ich einfach unauffällig gehen«, raunte er ihr zu, damit Eva nicht Wind davon bekam, aber sie besaß Ohren wie ein Luchs.

»Das kommt gar nicht infrage, Jannis! Wenn dir nicht wohl ist, geh ein wenig an die Luft! Aber du willst mir doch nicht den Geburtstag verderben, oder?«, maßregelte sie ihren Sohn.

Jannis tat Adrienne fast ein wenig leid, denn er sah wirklich elend aus.

»Gut, ich gehe dann noch mal vor die Tür«, erwiderte er schwach.

»Ich begleite dich«, schlug Mirja ihm vor, doch in diesem Augenblick kam die Vorspeise und mit ihr der Küchenchef, der ihnen in allen Einzelheiten die Zubereitung der Muscheln erklärte. Eva hing förmlich an seinen Lippen, denn sie liebte es, wenn sich der Koch in guten Restaurants höchstpersönlich an ihren Tisch bemühte. Währenddessen prosteten sich Martin und Hans zu und tranken noch einen Whisky.

Voller Stolz blickte der Koch von einem Gast zum anderen, doch bei Adrienne blieb sein Blick hängen, und seine professionelle Attitüde wich einer gewissen Bestürzung. Irgendwie schien er durcheinander zu sein und stockte mitten im Referat über die besondere Weinsoße, die er zu den Muscheln zu servieren pflegte.

Adrienne war sich zunächst nicht ganz sicher, ob er sie meinte oder Leonie, die auf dem Stuhl neben ihr herumzappelte.

»Das gibt es doch gar nicht! Der schöne Tanguy!«, hörte sie plötzlich Jannis' Stimme.

Der Koch fand das gar nicht witzig und versuchte nun fieberhaft, den Faden seines Vortrags wiederaufzunehmen, aber es gelang ihm nicht. Er wünschte allen steif einen »Guten Appetit« und verschwand in aller Eile.

»Guck mal, der hat immer noch Angst vor mir, weil ich ihm damals den Kopf gewaschen habe!« Jannis lachte kurz auf, aber dann wurde er wieder ganz ernst.

»Was hast du ihm denn damals bloß angetan?«, erkundigte sich Adrienne lachend.

»Ich habe ihm Prügel angedroht, falls er meine hübsche Schwester noch einmal anpacken sollte.«

»Wie bitte? Deshalb hat er mich im nächsten Sommer nicht mit dem Hintern angeguckt! Und ich habe seinetwegen heiße Tränen vergossen.«

»Ich wollte dich doch nur beschützen! Es war allgemein bekannt, dass er jeden Sommer drei Touristinnen gleichzeitig am Start hatte. Zufällig hatte ich mit einer was am Laufen, die auch mit ihm rumgemacht hat. Zeitgleich mit dir«, erläuterte er amüsiert.

Adrienne wusste nicht so recht, ob sie Jannis zurechtweisen oder dem Lachreiz nachgeben sollte, der ihr in der Kehle saß. Sie entschied sich für Letzteres. »Du hast mir die Liebe meines Lebens zerstört«, kicherte sie und versetzte ihm einen liebevollen Stoß in die Seite.

Adrienne und Jannis giggelten um die Wette, bis ihnen gegenüber eine Faust mit solcher Wucht auf den Tisch knallte, dass das Champagnerglas umkippte und zu Boden rollte.

»Merkt das hier denn keiner?« Claudias Stimme klang schrill und nicht mehr ganz nüchtern.

»Was willst damit sagen, Mutti?«, entgegnete Mirja in scharfem Ton.

»Dass ihr alle seelenruhig dabei zuseht, wie die beiden ungeniert miteinander turteln. Das ist ja widerlich!«

»Claudia, das will ich nicht gehört haben«, fauchte Eva, bevor sie sich mit strenger Miene an ihre Kinder wandte. »Und ihr beiden hört jetzt auf, euch wie Teenies zu benehmen!« Sie blickte mit aufmerksamer Gastgebermiene von einem zum anderen. »Wer möchte noch etwas trinken?«

Jannis aber war vom Stuhl aufgesprungen, als auf seinem Telefon erneut das Geräusch einer ankommenden Nachricht laut wurde.

»Ich muss dringend an die Luft. Kannst du eben mal mitkommen?« Diese Frage galt Adrienne. Sie zögerte, weniger wegen Tante Claudias Killerblick, sondern weil sie ahnte, dass Eva ihr Verschwinden ganz und gar nicht billigen würde. Da sprang Mirja hektisch auf und rannte Jannis hinterher.

»Ich begleite dich. Und du hörst jetzt endlich auf, hier Stunk zu machen!«, zischte sie ihrer Mutter zu.

»Schmeckt es euch denn auch?«, fragte Eva in die Runde, so als wäre nichts geschehen, nachdem Mirja und Jannis gemeinsam nach draußen gestürmt waren.

»Eva, ich vertrage dieses glibberige Meeresgetier einfach nicht. Will das jemand haben? Ich halte mich an Brot, bis was Richtiges kommt.« Hans hielt seine Schüssel in die Höhe, doch keiner rührte sich, bis der Kellner sie ihm abnahm und er noch einen Whisky ordern konnte. Im Gegensatz zu seiner Frau war ihm nicht anzumerken, dass er schon ziemlich tief ins Glas geschaut hatte.

Mirja und Jannis kehrten erst zurück, als der Hauptgang serviert wurde. Offenbar hatten sie sich gezankt. Adrienne war froh, dass sie nicht mit Jannis vor die Tür gegangen war. Das wäre ihrem Verhältnis zu Mirja sicherlich nicht förderlich gewesen. Deshalb mied sie auch Jannis' Blick, der sich stöhnend auf seinen Stuhl fallen ließ. Natürlich fragte sie sich, was zwischen den beiden gerade schieflief, aber sie zügelte ihre Neugier und konzentrierte sich auf die Köstlichkeiten, die vor ihr auf dem Teller lagen.

Zum Hauptgang erschien die Chefin persönlich, um ein paar Erklärungen zu dem Wolfsbarsch in Salzkruste abzugeben. Der schöne Tanguy ließ sich allerdings nicht mehr blicken.

Jannis aber schien äußerst angespannt zu sein und rührte kaum einen Bissen an. Adrienne ihrerseits konzentrierte sich auf ihr Essen und passte auf, dass Leonie ihre Fritten aß. Die Kinder hatten auf Fischstäbchen bestanden, einem Wunsch, dem der Koch offenbar nicht nachgekommen war.

So gereizt die Stimmung an dieser Seite des Tisches auch war, am anderen Ende wurde laut gelacht. Martin und Hans hatten sich in beste Laune getrunken, denn zum Fisch gab es reichlich Weißwein, den die beiden Männer recht zügig tranken. Adrienne hingegen hatte Mühe, überhaupt das eine Glas Wein zu leeren. Sie hatte noch immer genug von ihrer durchzechten Nacht mit Jannis. Außerdem spürte sie, wie sie langsam müde wurde, und sah verstohlen auf ihre Uhr. Bis Mitternacht musste sie noch gute zwei Stunden ausharren, keine erfreuliche Aussicht. Mirja hatte den Blick gesenkt und starrte grimmig auf ihren Wolfsbarsch, den sie ebenfalls kaum anrührte. Leonie, der die angespannte Stimmung zwischen ihren Eltern nicht verborgen blieb, zeterte los, dass sie keine Pommes, sondern Fischstäbchen wolle. Der sonst so geduldige Jannis schnauzte das arme Kind an, die gebe es hier aber nicht, und sie solle essen, was auf den Tisch komme.

Mirja hob den Kopf und funkelte ihren Mann wütend an. »Ich bringe die Kinder gleich nach dem Dessert zum Haus und bleibe bei ihnen«, verkündete sie in scharfem Ton.

Eva warf ihr einen strafenden Blick zu. Ihr missfiel, dass jemand von ihrem Plan abweichen wollte, und der besagte, dass sie alle zusammen kurz nach Mitternacht in das Maison Granit Rose zurückkehren würden. Mit den Kindern!

»Eva, es tut mir leid, aber die Kinder sind müde!«

»Bitte bleib, Schatz! Geh auf keinen Fall allein durch die Dunkelheit!«, mischte sich Jannis aufgeregt ein.

»Wenn du Angst um uns hast, dann begleite uns doch!«, schlug Mirja ungerührt vor. »Eben wolltest du doch selbst noch gehen.«

»Nein, das ist nicht fair Maman gegenüber, wenn wir den Abend sprengen«, widersprach Jannis energisch.

»Aber das Fest ist doch erst morgen. Ich gehe jetzt!« Das klang nicht so, als wäre Mirjas Entschluss verhandelbar.

»Will nicht ins Bett!«, heulte Leonie.

»Da hast du's! Die Kinder gehören schließlich dazu. Sie können doch morgen ausschlafen. Die Gäste kommen erst ab zwölf Uhr«, mischte sich Eva ein.

»Ich finde, Eva hat recht. Du solltest unsere Runde jetzt nicht verlassen«, mischte sich Tante Claudia ein und warf Adrienne einen warnenden Blick zu.

»Tante Claudia, es reicht! Ich habe einen festen Partner, und deine blöden Anspielungen kannst du dir an den Hut stecken!«, fauchte Adrienne Mirjas Mutter an. Die war sprachlos, zumal sich Eva voller Eifer in das Gespräch einmischte.

»Ja, wann kommt er denn nun? Hast du ihn schon eingeladen? Ich möchte ihn unbedingt kennenlernen.«

»Nein, ich bin noch gar nicht dazu gekommen«, log Adrienne.

Claudia kniff die Augen zu gefährlichen Schlitzen zusammen. »Du kannst ja viel erzählen, wenn der Tag lang ist.« Ihre Stimme klang schon leicht verwaschen.

»Du irrst, liebe Schwiegermutter, sie hat einen wunderbaren Mann, und der wird sie auch nächste Woche in der Bretagne besuchen, wenn du es genau wissen willst!«, stieß Jannis triumphierend hervor.

»Wie bitte? Und davon weiß ich nichts? Wolltest du ihn uns etwa vorenthalten?«

Adrienne spürte, wie ihre Wangen vor Verlegenheit glühten. »Eva, nein, das weiß ich auch erst seit gestern. Und inzwischen ist viel passiert. Da habe ich einfach vergessen, dich darüber zu informieren«, sagte sie mit klarer Stimme und sprang auf. »Ich brauche dringend frische Luft.«

Als sie den Gastraum durchquerte, hörte sie, wie jemand ihr folgte. Wutentbrannt drehte sie sich um und sah, dass es Jannis war.

»Was sollte das? Von Ruben und mir habe ich dir im Vertrauen erzählt. Du glaubst doch nicht, dass ich ihn unseren Eltern vorstelle wie ein Teenie«, fauchte sie. »Und du geh bloß wieder rein! Sonst gibt es noch mehr Stress.«

»Ich wollte dir gegen die blöden Sprüche meiner Schwiegermutter zur Seite stehen, und da ist mir dein Date mit dem Niederländer eingefallen«, entgegnete er kleinlaut.

»Danke, gegen diese Unverschämtheiten kann ich mich auch anders verteidigen. Aber nun weiß die ganze Familie, dass Ruben und ich uns treffen«, fauchte sie. »Vertrag dich lieber wieder mit Mirja! Ich dachte, ihr beide habt euch ausgesprochen. Was war denn da vor der Tür los?«

Jannis stieß einen tiefen Seufzer aus. »Es ist etwas passiert, und ich brauche dringend deinen Rat … Kann ich nicht doch noch mal schnell mit vor die Tür kommen?«, fragte er in sichtlich betroffenem Ton.

»Meinetwegen, aber mach es kurz! Es kommt gar nicht gut an, wenn wir beide uns verziehen.«

»Danke!« In diesem Augenblick kam ihnen der Koch entgegen und senkte verlegen den Blick. »Entspann dich, Tanguy!«, raunte Jannis ihm zu. »Dein Essen ist spitzenmäßig.«

Da huschte ein Lächeln über Tanguys Gesicht, und er wagte einen Blick auf Adrienne. »Du hast dich gar nicht verändert. Du bist immer noch so hübsch«, flüsterte er.

Adrienne erwiderte sein Lächeln und stellte fest, dass er sich umso mehr verändert hatte. Aus dem schlaksigen Jungen mit dem schwarz gelockten Schopf war ein beleibter Koch mit schütterem Haar geworden, aber Jannis hatte recht. Er kochte wirklich exzellent.

»Ein Essen wie beim Sternekoch«, lobte Adrienne ihn.

»Merci! Und es freut mich außerordentlich, dass es dir schmeckt«, sagte er geschmeichelt, bevor er von anderen Gästen an deren Tisch gerufen wurde.

Kaum waren die beiden vor der Tür, holte Jannis sein Smartphone hervor und reichte es Adrienne. »Sieh dir das an!«, stieß er hervor.

Die Nachrichten stammten alle von Carla. Wenn Adrienne es richtig verstand, war diese Frau ihm nachgereist und wartete drüben im Ort vor dem Haus auf ihn.

»Ach, darum ging eure Auseinandersetzung? Deshalb ist Mirja also so sauer«, schloss Adrienne.

Jannis wand sich. »Nein, ich habe mich nicht getraut, ihr das zu sagen. Nicht, nachdem wir es noch einmal miteinander versuchen wollen. Nein, sie wollte wissen, warum ich mit dir vor die Tür gehen wollte. Und nicht mit ihr. Und welches Geheimnis wir miteinander hätten …«

»Und?«

»Ich habe ihr erzählt, es gehe um unsere Geburtstagsüberraschung für Eva, aber das wollte sie mir nicht glauben.«

»Du Idiot, warum hast du es ihr nicht gestanden, dass diese Carla in Saint Guirec auf dich lauert? Und nun? Was, wenn sie bei unserer Rückkehr wirklich vor dem Haus steht?«

»Ich habe ihr gedroht – wenn sie nicht sofort verschwindet, ist es aus und vorbei mit uns.«

»Ach ja? Und was hat sie dazu gesagt? Sicher, dass sie brav nach Hause zurückfährt, oder?«, bemerkte Adrienne spöttisch.

»Sie hat das Gespräch beendet«, gab Jannis zerknirscht zu.

»Und nun?«

»Ich kann nicht zum Maison Granit Rose zurück, Mirja mit den Kindern aber auch nicht allein gehen lassen. Stell dir nur vor, Carla spricht sie einfach an!«

»Das macht doch niemand, nicht mal eine eifersüchtige Geliebte. Am besten versöhnst du dich ganz schnell mit Mirja und lässt uns nachher nach Hause vorgehen. Auf dem Weg fällt dir nämlich ein, dass du deine Jacke vergessen hast, und dann wartest du und kommst allein nach. Später schleichst du über das Nachbargrundstück durch den Garten ins Haus. Wenn du nicht dabei bist, hält sie sicher Abstand zu uns als Gruppe.«

»Du bist ein Schatz und ganz schön durchtrieben.« Er nahm sie in die Arme.

In diesem Augenblick ging ein Schwall von Beschimpfungen in einer fremden Sprache auf sie nieder. Als Adrienne sich erschrocken umdrehte, blickte sie in die hasserfüllten Augen einer dunkelhaarigen Frau in ihrem Alter, und sie wusste sofort, wen sie vor sich hatte.

## 16.

Adrienne und Jannis fuhren wie ein Blitz auseinander. Jannis trat einen Schritt auf die Frau zu, doch die versetzte ihm eine schallende Ohrfeige.

»Hier steckst du also? Haben mir die netten Leute in eurem Haus verraten!«, schrie sie nun voller Zorn.

»Carla!«, stieß Jannis verzweifelt hervor. »Carla, bitte, geh zurück in dein Hotel! Ich versuche morgen Abend nach dem Fest vorbeizukommen, aber bitte, bitte, sag es nicht meiner Frau! Nicht in Gegenwart der Kinder, bitte!« Er sah sie flehend an.

»Ich denke gar nicht daran, mir den Mund verbieten zu lassen. Du hast mich lange genug hingehalten. Wenn du zu feige bist, ihr die Wahrheit zu sagen, dann übernehme ich das eben.«

Carla baute sich kämpferisch vor Adrienne auf.

»Ihr Mann liebt mich und wird Sie meinetwegen verlassen!«, schleuderte sie ihr mit Todesverachtung entgegen.

Adrienne aber hob beschwichtigend die Arme. Sie hatte nur noch ein Ziel: die Furie davon abzuhalten, ins Restaurant zu stürmen. Da half es nur noch, die Lage ganz vorsichtig zu deeskalieren.

»Carla, ich verstehe, dass Sie auf meinen Bruder wirklich sauer sind, aber machen Sie das mit ihm aus und ziehen Sie bitte seine Familie nicht mit hinein! Seine Frau kann wirklich nichts dafür. Jannis wird ihr alles erklären, dafür sorge ich. Aber bitte ersparen Sie den Kindern einen dramatischen Auftritt! Und warten Sie im Hotel auf ihn, bitte! Soll ich Sie vielleicht begleiten?«, redete Adrienne beschwörend auf die heißblütige Katalanin ein.

»Das ist gar nicht deine Frau?«, erkundigte sich Carla konsterniert.

»Nein, das ist meine Schwester, und bitte tu, was sie sagt! Alles wird gut.«

Damit aber hatte Carla das Interesse an Adrienne komplett verloren. Stattdessen funkelte Carla Jannis aus großen braunen Augen wutentbrannt an.

»Nein, ich lasse mich nicht länger hinhalten, ich gehe da jetzt rein! Sind sie alle dort drinnen versammelt? Feiert ihr harmonisch den Geburtstag deiner Mutter? Dann könnte ich ihr bei der Gelegenheit doch gleich mal gratulieren.«

Carla stürzte auf das Lokal zu, aber Jannis hielt sie am Arm fest. »Bitte, tu das nicht! Du wartest hier, und ich komme gleich zurück. Dann reden wir«, sagte er so energisch, dass sie tatsächlich mit verschränkten Armen stehen blieb. Adrienne und Jannis kehrten ins Lokal zurück.

»Und was jetzt?«, fragte Adrienne, als die Tür hinter ihnen ins Schloss gefallen war.

»Ich erfinde eine Ausrede, warum ich sofort gehen muss, und bringe Carla ins Hotel. Dann verspreche ich ihr, dass ich mich von Mirja trenne, sobald wir wieder in München sind.«

»Aber damit machst du doch alles nur noch schlimmer!«, widersprach Adrienne ihm heftig.

»Hast du einen besseren Vorschlag? Wenn ich unsere Beziehung hier und jetzt beende, macht sie ihre Drohung womöglich noch wahr. Das würde das Ende meiner Familie bedeuten.«

Adrienne fiel im Augenblick auch keine bessere Lösung ein und kehrte an Jannis' Seite ins Restaurant zurück. Er setzte sich erst gar nicht hin, sondern stammelte etwas von »*Geschenk vergessen und schnell ins Haus laufen*« und verließ erneut den

Raum, bevor jemand widersprechen konnte. Mirja schaute ihm fassungslos hinterher, und Adrienne war hin- und hergerissen. Einerseits tat ihr Jannis leid, aber andererseits fragte sie sich, wie er sich bloß in so eine dumme Lage hatte manövrieren können. Ein ehrliches Wort bei der gestrigen Aussprache mit Mirja wäre da sicherlich der klügere Umgang mit der Affäre gewesen. So brachte er mit seiner Feigheit die ganze Familie in eine missliche Lage. Nicht auszudenken, diese Frau würde hier wirklich reinplatzen …

Nach ein paar Minuten aber hatte Adrienne sich wieder entspannt, weil sie hoffte, dass es ihm inzwischen gelungen war, Carla in ihr Hotel zurückzubringen.

Als Jannis wenig später an den Tisch zurückkehrte, hatte er eine knallrote Wange, an der Adrienne unschwer Carlas fünf Finger erkannte. Offenbar war das Gespräch doch nicht so friedlich verlaufen wie erhofft. Die Blicke aller waren auf ihn gerichtet, denn er wirkte komplett derangiert. Wortreich erklärte er, er sei so schnell gerannt, während er die verräterischen Spuren im Gesicht mit der Hand abdeckte.

»Ach, mein armer Schatz!«, raunte ihm Mirja zu. »Und wo hast du es?«

»Was?«

»Na, das …« Sie deutete mit dem Kopf in Evas Richtung.

»Ach so, ja … ja, das habe ich in meiner Jackentasche«, flüsterte er, während er sich stöhnend auf seinen Stuhl fallen ließ.

Und dann ging alles ganz schnell. Als Adrienne Carla im nächsten Moment mit einem vollen Rotweinglas hereinrauschen sah, war es schon zu spät. Da hatte die Furie Jannis den Inhalt bereits wortlos über den Kopf gekippt. Am Tisch herrschte entsetztes Schweigen, bevor ein Sturm der Entrüstung losbrach.

»Sind Sie bescheuert?«, schrie Mirja.

Aber Carla übertönte sie alle. Mit schriller Stimme verkündete sie, dass Jannis und sie seit drei Jahren ein Paar seien und er ihr versprochen habe, sich endlich scheiden zu lassen, weil er seine Frau nicht liebe.

»Und ich werde um ihn kämpfen, darauf kannst du dich verlassen!« Mit diesen Worten drehte sich Carla auf dem Absatz um und verschwand fluchend.

Die Kinder starrten der fremden Frau mit offenem Mund hinterher, Mirja brach in Tränen aus, und Jannis war wie versteinert. Eva, Hans und Martin sprach das blanke Entsetzen aus den Augen, während Claudia empört schnaubte. Sie fand als Erste die Sprache wieder und sprang auf, während sie Hans aufforderte, Mirja, die Kinder und sie auf der Stelle ins Hotel zu begleiten.

»Bitte, bleibt! Wir können doch ganz erwachsen über alles reden.« Evas Stimme bebte. Von ihrer gewohnten Selbstsicherheit war nichts mehr zu spüren.

Claudia aber warf ihr einen Blick zu, als hätte Eva höchstpersönlich ihre Tochter hintergangen. »Nein, das haben wir nicht nötig. Du hast immer alles bestimmt, meine Liebe. Immer hast du dich in der Bewunderung anderer gesonnt und mit der Zuneigung der Menschen gespielt. Für dich war das doch alles nur ein Spiel. Du hast nie gewürdigt, wer wirklich zu dir hält. Die Terroristin jedenfalls nicht, sie hat dir doch sogar eiskalt …«, schimpfte sie in ihrem Alkoholrausch.

»Schluss!«, schrie Eva. »Es ist wirklich besser, ihr geht!« Das brachte Claudia zum Schweigen.

Jannis aber war aufgesprungen und wollte Mirja in die Arme nehmen.

»Fass mich nicht an!«, zischte sie nur.

»Mirja, es tut mir so leid, ich wollte dir gestern alles beichten, aber ich habe mich nicht getraut. Bitte, verzeih mir!«, flehte Jannis.

Mirja aber stand auf, bleich und zitternd. »Ich möchte nur

noch hier weg!« Unaufhörlich liefen ihr die Tränen über das Gesicht.

In diesem Moment stand Hans schwerfällig von seinem Stuhl auf. »Wir … gehen«, lallte er, griff sich vom Tisch eine halb volle Weinflasche und wankte damit wie ein betrunkener Seemann davon, nicht ohne Martin zum Abschied kumpelhaft auf die Schulter zu klopfen. Claudia stürzte sich indessen auf ihre Enkel und befahl ihnen, sofort mitzukommen. Leonie, die auf ihrem Stuhl schon fast eingeschlafen war, klammerte sich an Adrienne. Doch als Mirja schluchzend den Tisch verließ, folgten ihr die Kinder widerwillig.

An der Tür drehte sich Mirja noch einmal um. »Es tut mir leid, Eva, aber ich muss hier raus.«

»Ach, Mirja, lass uns reden!«, flehte Jannis.

»Zu spät«, murmelte Mirja mit tränenerstickter Stimme und eilte davon. Claudia rauschte ihr leicht schwankend und schnaubend hinterher.

»Geh ihr hinterher! Hol Mirja zurück!«, befahl Eva, die ihre Contenance offenbar zurückgewonnen hatte.

Jannis aber rührte sich nicht. »Vielleicht ist es besser so«, murmelte er.

Adrienne aber dachte nur noch an Claudias Worte, die sie nicht hatte zu Ende sprechen dürfen. Was hatte ihre Mutter Eva *eiskalt* …?

»Ich würde auch gern mal einen Vorschlag machen«, meldete sich nun Martin zu Wort. »Sollen wir unter den gegebenen Umständen das Fest morgen nicht lieber absagen?«

»Auf keinen Fall!« Das kam so messerscharf aus Evas Mund, dass Martin verstummte. »Ich denke, Jannis sollte morgen früh mit einem Blumenstrauß zum Hotel der Bergers gehen und Mirja um Verzeihung bitten. Claudia wird sich mein Fest um keinen Preis entgehen lassen, wenn sie morgen erst wieder nüchtern ist.« Sie warf demonstrativ einen Blick auf ihre Uhr.

»Tja, ihr Lieben, wir haben noch eine halbe Stunde, dann ist es so weit, und ich gehöre zum alten Eisen.«

Eva sagte das in einem koketten Ton und sicherlich mit der Absicht, Widerspruch zu provozieren, mutmaßte Adrienne, aber keiner reagierte darauf. Jannis hatte sein Glas so vollgeschenkt, dass der Wein überschwappte. Er trank es auf ex, während Martin Eva wie eine Fremde musterte.

In diesem Moment kam die Wirtin an den Tisch und erkundigte sich, ob die anderen Herrschaften zum Anstoßen wiederkämen, aber Martin sagte, dass nur vier Gläser erforderlich seien. Wahrscheinlich hatten alle Gäste nebenan mitbekommen, dass die kleine Familienfeier im Separee ein dramatisches Ende genommen hatte.

»Nun schaut doch nicht alle so trübsinnig! Ich möchte fröhliche Gesichter sehen«, verlangte Eva mit Nachdruck, doch beim mitternächtlichen Anstoßen auf ihren Geburtstag herrschte eher Beerdigungsstimmung.

## 17.

Adrienne erwachte am Morgen wie gerädert. Eva hatte die restliche Geburtstagsrunde tatsächlich genötigt, noch mehrere Flaschen Champagner mit ihr zu leeren. Martins Einwand, das sei überaus unvernünftig, wenn man zum Fest ausgeruht sein wolle, hatte Eva mit einem Hinweis auf ihr neues und, wie sie schwärmte, sensationelles Wunder-Make-up vom Tisch gewischt. Genau wie Adriennes Bedürfnis nach einem Bett. Eva spielte ihren Geburtstagsbonus voll aus. Selbst die Tatsache, dass das Lokal längst geschlossen hatte, die Wirtsleute bereits mit dem Aufklaren fertig waren und nur aus Rücksicht an ihrem eigenen Tresen einen Feierabendwein tranken, konnte Eva in ihrem blinden Aktionismus nicht bremsen. Je betrunkener sie wurde, desto sentimentaler gab sie Geschichten aus Adriennes und Jannis' Kinder- und Jugendzeit zum Besten. Jannis schüttete willig immer mehr Champagner in sich hinein und lachte albern über Evas Anekdoten. Zum Schluss konnte er keinen geraden Satz mehr herausbringen. Martin machte gute Miene zum bösen Spiel und korrigierte seine Frau hin und wieder, wenn sie seiner Meinung nach die Fakten durcheinanderbrachte.

An Adrienne rauschte das Ganze wie ein einziger Albtraum vorüber. Sie schweifte in Gedanken immer wieder zu Claudias gehässiger Bemerkung über die *Terroristin* ab. Nur ein einziges Mal mischte sie sich in das Gespräch ein, als Eva behauptete, dass Adrienne als Kind Schlafwandlerin gewesen sei.

»Das war nicht ich, sondern Jannis!«, widersprach sie energisch. Das Gelage dauerte bis drei Uhr morgens. Wäre Jannis nicht mitten im Satz am Tisch eingeschlafen, hätte Eva ihre Gäste wahrscheinlich bis zum Sonnenaufgang dort ausharren lassen.

Als Adrienne auf die Uhr sah, erschrak sie. Gerade einmal drei Stunden hatte sie geschlafen. Das schien ihr angesichts des Feierpensums, das Eva für heute geplant hatte, entschieden zu wenig zu sein. Die Party sollte nämlich von zwölf Uhr mittags mit offenem Ende bis in den späten Abend gehen. Eva hatte deutlich gemacht, dass ihre Familie von Anfang bis Ende durchhalten müsse.

Adrienne richtete sich auf und erinnerte sich mit einem unguten Gefühl an ihren nächtlichen Traum: Eva verfolgte sie in einem Stadion, und auf der Zuschauertribüne saß niemand außer Claudia und feuerte Eva an. Merkwürdigerweise empfand Adrienne panische Angst vor ihrer Adoptivmutter. Kein Wunder, denn Eva hielt eine Waffe in der Hand. Adrienne war aber schneller und sah Ruben schemenhaft am Ende der Strecke stehen und auf sie warten. Sie musste es nur bis in seine Arme schaffen. Dann war sie gerettet. Sie lief und lief, kam aber nicht ans Ziel. Schließlich war sie schweißgebadet aufgewacht.

Am liebsten hätte sie weitergeschlafen, aber sie war hellwach. Deshalb sprang sie entschieden aus dem Bett und beschloss, den Zöllnerpfad hin und zurück zu joggen. Sie war schon lange nicht mehr laufen gewesen, aber immerhin hatte sie ihr Joggingzeug eingepackt, in der Hoffnung, an alte Zeiten anzuknüpfen. Früher war sie die Strecke nämlich jeden Tag gejoggt.

Adrienne schlüpfte ungeduscht in ihre Sporthose, das schlabberige Oberteil und die guten Laufschuhe und wollte gerade das Zimmer verlassen, als ihr Telefon den Eingang einer Nachricht signalisierte.

An der Tür hielt sie inne und überlegte, ob sie nachschauen sollte oder nicht. Ihre Neugier siegte, und als sie den Absender erkannte, bekam sie sofort weiche Knie. Die Mitteilung kam von Ruben, und das, was sie auf ihrem Display erkennen konnte, ohne die Nachricht zu öffnen, waren die Worte *Sorry, Adrienne …*

Es kostete sie große Überwindung, die Nachricht trotzdem zu lesen. Sie zitterte am ganzen Körper, während sie sich in den Wortlaut der Nachricht vertiefte.

Sorry, Adrienne, ich muss schon am übernächsten Mittwoch in den Sudan, aber wenn es für dich okay ist, dass wir nur den Freitag, den Samstag und den Sonntagmorgen haben, weil ich dann dringend zurückfahren muss, dann würde ich mich riesig freuen. Eigentlich wollte ich mit dir ein paar Urlaubstage in der Bretagne verbringen, aber am wichtigsten ist mir, dass wir uns überhaupt wiedersehen. Ich könnte aber auch verstehen, wenn dir das zu viel Umstände bereitet, wobei du ja eigentlich nur am Strand entlanglaufen müsstest ;) Kuss Ruben

Adrienne atmete mehrmals tief durch und wusste nicht recht, wie sie die Zeilen einordnen sollte. War das jetzt eine gute oder eine schlechte Nachricht? Ohne weiter zu überlegen, schrieb sie zurück.

Komm am Freitag. Alles gut, wenn es für dich nicht zu anstrengend ist, die weite Strecke für nur zwei Nächte auf dich zu nehmen.

Sie las die Zeilen noch einmal, löschte den einschränkenden Satz und machte hinter *Alles gut* ein Ausrufezeichen. Dann legte sie das Telefon auf den Nachttisch und verließ ihr Zimmer. Mit federnden Schritten rannte sie aus dem Haus.

Die Stimmung auf dem Zöllnerpfad war am frühen Morgen einzigartig. Über dem Meer ging die Sonne in rosigen Tönen auf, die auf wundersame Weise mit den Farben der Granitfelsen übereinstimmten. Es war ein unfassbares Naturschauspiel, das Adrienne beim Laufen beobachtete. Als sie auf der Höhe des Schlosses angelangt war, hätte sie gern ein Foto gemacht, weil die gelbroten Töne über dem alten Gemäuer fast magisch strahlten, aber sie hatte ihr mobiles Telefon nicht dabei. Also rannte sie weiter. Am Hafen angekommen, lief sie noch ein Stück am Wasser entlang, bis sie schließlich umkehrte, weil sie etwas außer Atem war. Keine Frage, sie war nicht mehr im Training. Sie nahm sich fest vor, den restlichen Aufenthalt in der Bretagne zu nutzen, um sich wieder in Form zu bringen. Auf dem Rückweg ließ sie noch einmal den gestrigen Abend vor ihrem inneren Auge Revue passieren und fragte sich, ob sie sowohl Eva als auch Jannis früher mit ganz anderen Augen gesehen hatte als bei diesem Besuch. War Eva schon immer derart getrieben und vor allem so ignorant gewesen, wie sie sich gestern benommen hatte? Oder war ihr Verhalten nur dem Wissen um ihre Diagnose und der Tatsache geschuldet, dass ihr nicht mehr viel Zeit blieb? Adrienne konnte sich sehr wohl daran erinnern, dass Eva immer schon sehr dominant gewesen war, aber dass sie ihre Familie zum Champagnersaufen nötigte, das hatte es noch nie gegeben. Und seit wann folgte Jannis den Anordnungen seiner Mutter derart willenlos? Eine gute Figur hatte er in dem ganzen Chaos jedenfalls nicht gerade gemacht.

Nur Martin war immer noch derselbe besonnene und aufrichtige Mann, wie sie ihn in Erinnerung hatte. Allerdings wirkte er emotional stärker und sah wesentlich interessanter aus mit seinen grauen Schläfen.

Als Adrienne keuchend in die Straße zum Haus einbog, sah sie schon von Weitem den SUV der Familie Berger. Sie drosselte ihr Tempo und warf im Vorbeigehen einen Blick in den Wagen. Hans wartete mit heruntergelassenen Scheiben auf dem Fahrersitz. Neben ihm saß Claudia. Auf dem Rücksitz kämpften die Kinder mit überdimensionierten Eistüten. Mirja war offenbar ins Haus gegangen. Adrienne blieb kurz stehen, denn Hans winkte ihr freundlich zu.

»Tja, das war leider ein kurzes Vergnügen«, murmelte er beinahe entschuldigend. »Und dafür die lange Fahrt. Ich hätte wirklich gern mitgefeiert. Nun, ich hoffe, man sieht sich wieder …«

»Ganz bestimmt nicht!«, keifte Claudia.

»Ich will aussteigen!«, quengelte nun Leonie, aber ihre Groß-mutter drehte sich zu ihr um und fauchte: »Du isst dein Eis!«

»Ich will aber lieber zur anderen Oma«, maulte die Kleine, doch Claudia zischte ihr zu, dass sie gefälligst ruhig sein solle. Offenbar stand sie mächtig unter Strom.

»Dann wünsche ich euch eine gute Fahrt«, sagte Adrienne artig, aber selbst mit dieser harmlosen Äußerung erregte sie noch Claudias Zorn.

»Du bist doch genauso eine rücksichtslose Egoistin wie deine Mutter und hockst dich hier ins gemachte Nest!«

Adrienne dachte nicht daran, den Sermon dieser frustrier-ten Person weiter zu ertragen, und setzte grußlos ihren Weg fort. Mittlerweile hätte sie allerdings gern gewusst, warum Claudia derart hasserfüllt über Caroline sprach. War es wirk-lich nur die Eifersucht, dass Adriennes Mutter wie das eigene Kind im Haus der von Wörbelns gelebt hatte?

Als sie das Haus betrat, standen sich Mirja und Jannis im Flur wie Kampfhähne gegenüber. Die beiden waren so inten-siv in ihr Streitgespräch vertieft, dass sie ihr Kommen gar nicht bemerkten. Erschrocken schlüpfte Adrienne ins Gäste-bad gleich neben der Haustür. Obwohl sie die Tür nur an-lehnte, verstand sie jedes Wort.

»Du bist so ein Arschloch! Du hast nicht nur mich hintergangen, sondern der Furie auch noch Hoffnungen gemacht. Wie konntest du es zulassen, dass diese Person ihre Show vor unseren Kindern abzieht?«

»Mirja, das wollte ich doch nicht. Bitte, sei vernünftig! Bitte, bitte, bleib hier! Wir können doch am Montag zusammen nach Hause fahren.«

»Wir haben kein Zuhause mehr! Ich kündige meinen Job in München und fahre mit zu meinen Eltern. Mein Vater hat in einem seiner Mietshäuser eine Wohnung für uns drei …«

»Das wagst du nicht! Das ist Kindesentziehung!«

»Dann hol doch meinetwegen die Polizei!«

»Bitte, lass es uns noch mal versuchen, so wie wir es gestern besprochen hatten!«, flehte Jannis.

Adrienne war auf ihrem unfreiwilligen Lauschposten unwohl zumute.

»Du hast deine Chance gehabt. Und dass du uns nicht vor dieser Irren geschützt hast, das verzeihe ich dir nie!«, zischte Mirja.

»Kann ich die Kinder wenigstens noch mal sehen, bevor ihr fahrt?«, fragte Jannis schwach.

»Ich kann dir das zwar nicht verbieten, aber ich möchte es nicht. Dann wollen sie nicht mit nach Köln kommen, und es gibt ein Riesendrama.«

»Es tut mir so leid, dass ich euch das alles zugemutet habe. Ich wollte mit Carla Schluss machen, aber doch nicht per WhatsApp.«

»Mach's gut«, entgegnete Mirja knapp und wollte offenbar das Haus verlassen, doch als sie am Gästebad vorbeikam, fragte sie laut: »Und hast du von dieser Frau gewusst, Adrienne?«

Mit diesen Worten riss sie zu Adriennes Schrecken die Tür auf und drückte ihr das blaue Kleid in die Hand. »Ich brauche es nicht mehr. Trotzdem danke!«

Verdutzt nahm Adrienne das Kleid entgegen und hängte es lieblos an einen Handtuchhalter, denn sie würde es ganz sicher nicht tragen.

»Nun sag schon! Hast du gewusst, dass diese Furie ihm nachgereist ist?«, wiederholte Mirja nachdrücklich.

»Nein, ich habe es erst erfahren, als sie Jannis eine Nachricht geschickt hat. Ich hatte gehofft, wir könnten ein Drama vermeiden. Mirja, willst du nicht doch bleiben, und ihr geht in München vielleicht zu einem Paartherapeuten ...«

»Adrienne, ich weiß, du meinst es gut«, unterbrach Mirja sie. »Aber nach dieser Nummer kann ich ihm nicht mehr vertrauen. Es tut mir übrigens leid, dass ich erst so blöd zu dir war. Du hast meine ganze Eifersucht abgekriegt. Falsche Adresse, würde ich sagen.« Dann umarmte sie Adrienne völlig überraschend. »Ich habe dich immer schon grenzenlos bewundert. Deine Klarheit, deine Selbstsicherheit, deinen Mut und deine Schönheit.«

Mit diesen Worten verließ Mirja das Haus und eilte zum Wagen ihres Vaters, ohne sich noch einmal umzusehen.

»Ich lasse mir die Kinder nicht wegnehmen!«, rief Jannis ihr drohend hinterher, aber Adrienne spürte seine Hilflosigkeit und Trauer.

Im Vorbeigehen strich sie ihm flüchtig über die Wange und suchte nach tröstenden Worten, die ihr aber partout nicht einfallen wollten. Dann kehrte sie in ihr Zimmer zurück, um sich für das Frühstück umzuziehen. Und um das Geschenk für Eva zu holen, ein Kunstbuch, das sie in einem Antiquariat am Savignyplatz gefunden hatte. Als ihr Blick auf das Telefon fiel, nahm sie es neugierig zur Hand und freute sich riesig, dass Ruben noch einmal geschrieben hatte. Auch wenn er nur ein Herz-Emoji geschickt hatte, zauberte er ihr damit doch ein Lächeln auf die Lippen. Sie duschte gut gelaunt und zog noch einmal das beigefarbene Kleid an. Mit dem Geschenk in der

Hand machte sie sich wenig später auf die Suche nach dem Geburtstagskind.

Im Erdgeschoss war von Eva und Martin nichts zu sehen und zu hören, selbst dann nicht, als kurz darauf der Cateringservice eintraf. Adrienne öffnete dem Team die Tür, und sofort herrschte ein reges Treiben im Haus, auf der Terrasse und im vorderen Garten. Dort wurden Stehtische aufgestellt, weiß eingedeckt und mit frischen Hortensiensträußen geschmückt.

Adrienne nahm sich einen Kaffee und ein Croissant und zog sich in den hinteren Garten zurück, als sie feststellte, dass es noch vor neun Uhr morgens war. Kein Wunder also, dass Eva und Martin noch nicht auf den Beinen waren. Sie hatten auf dem Rückweg im Morgengrauen verabredet, dass sie sich um zehn Uhr zu einem kleinen Frühstück treffen wollten.

Sie stellte sich, nachdem sie ihren Kaffee getrunken und das Croissant gegessen hatte, einen Liegestuhl im Schatten auf. Dort wollte sie noch ein bisschen ruhen und über einiges nachdenken. Unter anderem über die Frage, wie das Fest überhaupt gelingen konnte, nachdem die Hälfte der Familie abgereist war. Und auch über Claudias gehässige Andeutungen, Adriennes Mutter betreffend. Schließlich schweiften ihre Gedanken auch zu ihrem Wiedersehen mit Ruben ab.

Adrienne schloss die Augen und versuchte, sich sein Gesicht vorzustellen. Es kostete sie keine große Mühe, denn schon sah sie seine türkisblauen Augen vor sich, seine viel zu große Nase, die ihrer sehr ähnlich war, das energische Kinn und seinen blonden Wuschelkopf. Das Schönste aber war sein Lächeln! Wenn er mich am Freitag so ansieht, dann schmelze ich auf der Stelle dahin, dachte sie noch, bevor sie mit einem seligen Lächeln auf den Lippen einschlief.

## 18.

»Adrienne, wo steckst du denn?« Der schrille Ruf, gepaart mit einem vorwurfsvollen Unterton, weckte Adrienne aus einem Traum, den sie gern weitergeträumt hätte. Ruben und sie an einem weißen Strand mit türkisfarbenem Meer, sie liegen im warmen Sand und lauschen dem Plätschern der Wellen ...

Adrienne fuhr hoch und eilte durch den Garten ins Haus. Dort traf sie Eva, die sie pikiert musterte. »Wie siehst du denn aus? Das Kleid ist zerknüllt und das Haar zerzaust. Wir waren doch um zehn verabredet. Ich habe dich schon überall gesucht. Die ersten Gäste kommen gleich. Ich habe was für dich!«, ereiferte sie sich und wollte ihr das hellblaue Kleid in die Hand drücken.

»Das hing im Gästebad. Mirja hat es wohl absichtlich zurückgelassen. Na ja, ich finde den Abgang ihrer Familie ein bisschen übertrieben, aber Jannis muss sich schon was einfallen lassen, um den Karren aus dem Dreck zu ziehen.«

Adrienne wunderte sich, dass Eva die dramatischen Ereignisse der vergangenen Nacht für eine kleine Störung hielt, die sich ganz einfach wieder aus der Welt schaffen ließ. Sie befürchtete hingegen, dass Jannis nicht einfach mit dem Finger schnippen konnte, um Mirja damit zurückzugewinnen, wenn ihm das überhaupt je wieder gelingen sollte.

»Ja, Mirja hat mir das Kleid zurückgegeben«, sagte Adrienne, »aber ich möchte es nicht tragen.«

»Bitte, mir zuliebe!« Das war keine Bitte, sondern ein Befehl.

Adrienne musste ihre ganze Kraft zusammennehmen, um ihrer Adoptivmutter zu widersprechen. »Eva, ich bin kein kleines Kind mehr, das sich von Mutti sagen lässt, was es anzuziehen hat«, erklärte sie mit Nachdruck.

Evas Gesichtszüge entgleisten kurz, aber dann fing sie sich wieder und rang sich zu einem Lächeln durch. »Du bist genauso stur wie deine Mutter. Wenn sie etwas nicht wollte, dann hat sie sich auch so gesträubt, aber umgekehrt genauso. Wenn sie etwas haben wollte, dann hat sie es auch bekommen.« Als Kompliment war ihre Äußerung sicher nicht gemeint, mutmaßte Adrienne, und sie korrespondierte mit Claudias Andeutungen über Caroline. In jeder anderen Situation hätte Adrienne Eva sofort gefragt, was sie damit sagen wollte, aber in diesem Fall musste sie sich in Acht nehmen, um Eva nicht vollends gegen sich aufzubringen.

»Mach dir keine Sorgen, dass ich dich blamiere. Das beige Kleid ist doch wirklich hübsch, und ich könnte es ja noch mal kurz bügeln …« Zur Bekräftigung, dass sie elegant genug gekleidet war, drehte sich Adrienne einmal um die eigene Achse.

»Und was ist das?«

Mit strenger Miene deutete Eva auf eine Stelle in Brusthöhe. Adrienne folgte ihrem Blick und konnte leider nicht verhehlen, dass sich dort unübersehbar ein Fleck ausbreitete. Wahrscheinlich hatte ihn Leonie mit ihren Pommeshändchen hinterlassen.

»Na gut«, seufzte Adrienne. »Ich glaube, ich habe noch ein anderes Sommerkleid mitgenommen.«

»Sommerkleid? Adrienne, ich bitte dich! Vielleicht siehst du mal in der Kommode in deinem Zimmer nach. Ich habe einige Kleider, die du damals nicht mitgenommen hast, in der unteren Schublade verwahrt«, entgegnete Eva ungerührt. In dem Moment fiel Adrienne siedend heiß ein, dass sie ihr noch gar nicht gratuliert hatte.

»Eva, darf ich dir erst mal alles Liebe wünschen?«, fragte Adrienne und wollte ihre Adoptivmutter umarmen, aber die wehrte energisch ab. »Schatz, die Zeit drängt!«

»Gut, aber ich will dir wenigstens dein Geschenk geben. Es liegt im Wohnzimmer. Warte, ich hole …«

Eva aber hielt sie am Arm fest. »Bitte, das hat doch Zeit bis heute Abend! Ich möchte, dass meine Familie als Empfangskomitee vollständig ist, sobald die ersten Gäste kommen. Zieh dich doch lieber um!« Sie klatschte in die Hände. Das hatte sie auch schon früher getan, wenn sie die Familie zur Eile antreiben wollte. Es blieb Adrienne gar nichts anderes übrig, als der Aufforderung zu folgen.

Oben angekommen, zog sie widerwillig die untere Schublade der Kommode auf und fand tatsächlich einen Stapel fein säuberlich zusammengelegter Kleider vor.

Adrienne rümpfte die Nase, als sie das erste Exemplar näher betrachtete. Es war ein Geschenk von Eva zu ihrem siebzehnten Geburtstag gewesen. Daran erinnerte sie sich so genau, weil sie zu jener Zeit überhaupt keine Kleider getragen hatte, nicht einmal im bretonischen Sommer. Eigentlich hatte Eva das wissen müssen, wenn sie ihrer Tochter jemals zugehört hätte. Doch an Adriennes Geburtstag hatte sie ihre Adoptivtochter voller Begeisterung mit dem Kleid überrascht und war so voller Euphorie über dieses ungewöhnliche Teil gewesen, dass Adrienne sich nicht getraut hatte, Eva zu sagen, dass sie es niemals tragen und überdies im Leben keine Blumenmuster anziehen würde. Stattdessen hatte sie Freude geheuchelt und Eva später vorgeschwindelt, sie sei mit dem Kleid zum Strand gegangen, habe es dort ausgezogen, um zu schwimmen, und da sei es ihr geklaut worden. Dabei hatte sie es unter dem Bett versteckt. Adrienne wurde ganz mulmig bei dem Gedanken, dass es damals zwischen Jannis und ihr eine Art Wettbewerb gewesen war, wer von den beiden sich die besseren Notlügen ausdachte, um Evas Zorn zu entgehen. Vielleicht sollte ich ihr einfach den Gefallen tun und es heute tragen, dachte Adrienne und betrachtete das Kleid kritisch von allen Seiten. Eigentlich war es gar nicht so hässlich, wie sie es in Erinnerung hatte, nur das Etikett erschreckte sie etwas. Das Designerteil dieser Marke hatte damals schon so viel wie ihr letztes Monatsgehalt gekostet.

Nachdem sie sich von dem zerknüllten und durchgeschwitzten beigen Kleid mit dem Fettfleck befreit hatte, probierte sie das Designerstück an und stellte überrascht fest, dass es ihr wirklich hervorragend stand.

Damit war die Entscheidung gefallen: Sie würde es heute tragen. Vorher ging sie noch einmal unter die Dusche und stellte beim anschließenden Blick in den Spiegel fest, dass sie sich bei ihrem Schlaf auf der Liege eine gesunde Farbe geholt hatte, die ein Make-up überflüssig machte.

Sie tuschte sich nur ein wenig die Wimpern, steckte ihr halblanges Haar, das sie am liebsten zum Pferdeschwanz band, mit einer Spange hoch und benutzte einen Lippenstift, den sie sich extra für diesen Anlass gekauft hatte. Eva liebte geschminkte Lippen und ging nie ohne ihren Lippenstift aus dem Haus, weil sie sich sonst nackt fühlte. Und sie mochte das auch bei ihrer Adoptivtochter.

Adrienne wollte ihr Zimmer schon barfuß verlassen, als ihr einfiel, dass Eva an diesem Tag sicherlich auch auf passendem Schuhwerk bestand, aber etwas anderes als Turnschuhe und Sandalen hatte sie gar nicht eingepackt. Die Lieblingssneaker, die sie am Tag zuvor zu dem beigen Kleid getragen hatte, waren Evas strengem Blick inmitten des ganzen Trubels wohl entgangen. So viel Glück würde sie heute sicher nicht haben. Deshalb musste sie wohl oder übel die Sandalen anziehen, die erstaunlich gut zu dem Geblümten passten.

Kurz vor zwölf war sie fertig und eilte nach unten. Noch war kein Gast erschienen, aber die Vorbereitungen schienen abgeschlossen. Im Eingang standen zwei Kellner mit eleganten schwarzen Schürzen, neben sich Tabletts mit Champagnerkelchen, die auf Evas Anordnung erst beim Eintreffen der ersten Gäste gefüllt werden sollten. Keine Minute früher, damit der eisgekühlte Champagner an diesem heißen Tag nicht unnötig warm wurde.

Jannis stieß einen anerkennenden Pfiff aus, als er Adrienne erblickte, aber auch er sah wirklich gut aus. Er trug eine schwarze Hose, ein weißes Hemd, bei dem er ganz locker die oberen Knöpfe offen gelassen hatte, und ein helles Sommerjackett.

Auch Martin nickte ihr bewundernd zu, und sogar Eva hob den Daumen zum Zeichen, dass das Outfit ihre Billigung fand. Doch dann trat sie auf Adrienne zu und fragte flüsternd, ob es nicht das Kleid sei, das man ihr angeblich einst beim Baden geklaut habe. Merkwürdigerweise habe sie das erst kürzlich unter ihrem Bett gefunden. Adrienne nickte peinlich berührt. Das war so typisch für Eva. Mit ihrem phänomenalen Gedächtnis konnte sie fast jeden in Verlegenheit bringen und tat ihre Überlegenheit gern auch ohne Pardon kund.

Aber schon war Eva weitergeflattert und bat einen Kellner, ein paar Fotos von ihrer Familie zu machen. Martin war anzusehen, dass er überhaupt nicht begeistert war, aber er spielte mit. Eva positionierte Martin, Adrienne und Jannis so geschickt um sich herum, dass sie eindeutig im Mittelpunkt stand. Nach der Aufnahme kontrollierte sie in der Kamera, ob die Bilder gelungen waren, und zeigte sich hochzufrieden.

»Toll, toll, das sind Familienfotos, wie es sich die Redaktion wünscht!«, murmelte Eva begeistert. »Da weiß ich gar nicht, welches ich an die *Kölner Zeitung* schicken soll.«

»*Kölner Zeitung*? Das kommt nicht infrage! Ich möchte

nicht in der Zeitung abgebildet werden. Bitte respektier das, Eva!«, widersprach Martin energisch.

Sie warf ihm einen vernichtenden Blick zu. »Das habe ich dem Feuilletonchef aber versprochen. Zum runden Geburtstag ein Familienfoto. Für das kleine Porträt über mich. Was ist denn schon dabei?«

»Eva, ich möchte das nicht. Ich mache gern ein schönes Bild von dir und den Kindern …«

Adrienne winkte ab und trat einen Schritt zur Seite. »Ich muss da auch nicht unbedingt mit drauf sein.«

»Ich auch nicht.« Jannis machte Anstalten, seiner Mutter die Kamera aus der Hand zu nehmen, um ein Foto von ihr allein zu machen, doch Eva funkelte Martin wütend an.

»Ach! Jetzt verstehe ich, das soll deine Beate nicht sehen …«

»Moment, wer ist Beate?«, unterbrach Jannis sie heftig.

»Die Geliebte deines Vaters!«

»Du hast eine Geliebte? Das ist ja wohl das Letzte!«, stieß Jannis empört hervor.

»Das musst du gerade sagen, mein lieber Sohn. Beate kommt mir wenigstens nicht nachgereist und kompromittiert mich vor meiner Familie«, schoss Martin zurück.

Jannis stand plötzlich da wie ein kleiner Junge, dem man das Spielzeug weggenommen hatte, und kämpfte offenbar mit den Tränen.

Doch da näherten sich bereits die ersten Gäste. Eva wandte sich zu ihrer Familie um. »Reißt euch zusammen! Ich möchte nur lächelnde Gesichter sehen, verstanden?«

Dann stolzierte sie mit geradem Kreuz auf die Ankommenden zu.

»Madame Leblanc, herzlich willkommen!«, flötete sie, während der erste Champagnerkorken knallte.

Adrienne wandte den Blick von ihrer Adoptivmutter ab und sah nun zwischen Jannis und Martin hin und her. Vater und Sohn hatten etwas gemeinsam – aus ihren Augen sprach nur noch Schmerz. Als Eva mit Madame Leblanc auf sie zukam, rangen sich die beiden Männer zu einem Lächeln durch, das maskenhaft und unecht wirkte. Keiner beherrschte die Kunst, vor Dritten Haltung zu bewahren, so perfekt wie Eva. Die anderen Mitglieder der Familie versuchten eher eine Rolle zu spielen, der sie nicht gewachsen waren.

Herzlichen Glückwunsch, Maman, dachte Adrienne in einer Mischung aus Bewunderung und Entsetzen. Sie vermutete, dass sie Letzteres ausstrahlte. Die Miene der eleganten französischen Dame verdüsterte sich bei ihrem Anblick jedenfalls merklich.

Adrienne wäre allerdings nicht Evas Tochter gewesen, wenn sie nicht gelernt hätte, wenigstens ansatzweise die Contenance zu wahren. »Entschuldigen Sie, Madame Leblanc, ich war ganz in Gedanken. Als Sie uns das letzte Mal besuchten, war ich noch ein Teenie«, plauderte Adrienne munter drauflos, doch Madame Leblancs Miene blieb finster.

»Es freut mich, dass die verlorene Tochter wenigstens zum runden Geburtstag ihrer Mutter den Weg hergefunden hat. Eva hat so schrecklich darunter gelitten, als Sie den Kontakt einfach abgebrochen haben, weil Sie sich keine Vorschriften mehr machen lassen wollten. Dabei hat Ihre Mutter immer so viel für Sie getan und war stets unglaublich tolerant. Sie hatten doch wirklich alle Freiheiten«, entgegnete die Dame mit unüberhörbarem Vorwurf in der Stimme und so leise, dass nur Adrienne die Worte verstehen konnte.

Adrienne war derart perplex, dass sie sich wortlos umdrehte, ein Glas Champagner vom Tablett schnappte und damit nach hinten in den Garten flüchtete. Dort stand ein einsamer Stehtisch, der nicht eingedeckt war. In ihr kochte eine solche Wut hoch, dass sogar ihre Hand leicht zitterte, als sie das Glas leerte. Ihr Zorn galt aber nicht Madame Leblanc, die nur weitergeben konnte, was Eva ihr übermittelt hatte. Dass nämlich Eva unter den Eskapaden einer undankbaren Tochter zu leiden hatte, die grundlos den Kontakt zur Mutter abgebrochen hatte. Und plötzlich kamen in Adrienne die jahrelang verdrängten Gefühle mit aller Macht hoch. Sie spürte noch einmal, wie schrecklich es gewesen war, sich mutterseelenallein und verlassen auf dieser Welt zu fühlen, wie ein Vogel, den man mit voller Absicht aus dem Nest geworfen hat. Adrienne kamen die Tränen. Aber nicht vor Trauer, sondern vor Wut, dass ihre Adoptivmutter auf ihre Kosten Märchen verbreitete, die Eva zum Opfer und nicht zur Täterin machten.

Sie hatte gar nicht gemerkt, dass Jannis ihr gefolgt war. »Süße, was hat die alte Hexe eben zu dir gesagt?«, fragte er und nahm sie in die Arme. Sie genoss die Geborgenheit, die seine starke Schulter bot.

Sie hörte auf zu weinen, löste sich aus seiner Umarmung und wischte sich mit dem Zipfel ihres Kleids die restlichen Tränen fort. Sie wusste ja auch nicht, warum die alten Gefühle ausgerechnet in diesem Moment hochkamen. Gefühle, von deren Existenz sie nichts geahnt hatte. So tief hatte sie alles in ihrem Herzen vergraben.

Sie sah ihn aus verheulten Augen an. »Sie hat mir durch die Blume vorgeworfen, dass ich mit der armen Eva grundlos den Kontakt abgebrochen habe. Dabei sollte ich doch so dankbar sein und … bla, bla, bla …«

»Da bist du an genau die Richtige geraten. Seit ihrer Pensionierung ist Madame Leblanc Evas Busenfreundin vor Ort. Sie bewundert meine Mutter gnadenlos und frisst alles, was Eva ihr vorsetzt. Und du weißt doch, was Eva Dad und mir damals aufgetischt hat. Madame Leblanc hat sie bestimmt eine andere Story erzählt, bei der sie super wegkommt. Ich kann dir nur sagen – Madame Leblanc ist es nicht wert, dass du so weinst.«

»Ich weiß, und sie ist ja auch nicht der Grund. Mir kam

nur gerade die alte Geschichte hoch, wie Eva mir damals angedroht hat, wenn ich mich dir noch einmal nähere, bin ich nicht mehr ihre Tochter …«

»Das hat sie so gesagt? Warum hast du mir das nicht gleich erzählt?«

»Weil ich es verdrängt hatte. Weil ich diesen Tag aus meiner Erinnerung streichen wollte. Und deshalb konnte ich ihre Entschuldigungen auch nicht annehmen. Doch dann, als ich meinen ersten Einsatz im Ausland hatte, war die Verletzung schon so tief in mir vergraben, dass ich keinen einzigen Gedanken mehr an sie verschwendet habe …«

»Ich habe dich neulich Abend schon einmal gefragt. Warum hast du ihre Geburtstagseinladung überhaupt angenommen?«

»Ich hatte nach meiner Rückkehr diese posttraumatische Störung, und da dreht sich alles in dir nur um die auslösenden Ereignisse, und da war das grauenvolle Elend im Jemen und …« Adrienne stockte. Beinahe hätte sie Jannis von ihrer Fehlgeburt erzählt, aber das wollte sie nicht. »Du bist, wenn du unter dieser Störung leidest, abgestumpft, fast gefühlskalt. Und ich habe nichts mehr gespürt. Als dann die Einladung kam, habe ich nur gedacht: O ja, ein bisschen Entspannung in der Bretagne täte mir gut!«

»Du bist also nicht gekommen, weil du Sehnsucht nach Eva, Martin oder… mir hattest?«

Adrienne schüttelte den Kopf. »Nein, da war nichts, weder Freude noch Zorn. Doch kaum war ich hier, da sind die Emotionen langsam eine nach der anderen aus der Versenkung aufgetaucht und haben mich dann regelrecht überfallen. Und nun kriechen sie aus allen Löchern«, vertraute sie ihm verzweifelt an.

»Ist das jetzt gut oder schlecht?«, fragte Jannis.

Adrienne zuckte mit den Schultern. »Auf keinen Fall werde ich mich nach meiner Rückkehr einer ambulanten Therapie unterziehen. Ich kann wieder fühlen und habe keine Albträume mehr, jedenfalls keine, die ich aus dem Jemen mitgebracht habe. Aber ich werde zumindest mit meiner Therapeutin sprechen. Sie hat mich mal gefragt, ob meine Arbeit in Krisengebieten auch eine Flucht sein könnte. Vielleicht war die Frage gar nicht so abwegig, wie ich dachte. Aber jetzt sollten wir das Thema wechseln, sonst muss ich wieder heulen.«

»Alles klar. Nächstes Problemthema. Hast du das von Dad und dieser Frau gewusst?«

»Er hat es mir vor ein paar Tagen erzählt«, gab Adrienne zögernd zu.

»Und warum spricht er nicht mit mir?« Jannis wirkte sichtlich betroffen.

Wenn ich darauf eine Antwort wüsste, wäre ich schlauer, dachte Adrienne betrübt, aber langsam kam es ihr vor, als würde sie sich in diesem Haus auf vermintem Gebiet befinden, weil man nicht wusste, wer wem die Wahrheit gesagt oder wer wem was verschwiegen hatte.

»Ist es nicht immer schon so gewesen, dass es hieß: Ich verrate dir jetzt etwas im Vertrauen, aber sag es nicht deinem Vater…«

»Klar, das kennen wir, aber das ging immer von Eva aus. Sie liebt diese Spielchen, abwechselnd mit jedem ein Geheimnis zu teilen, aber Dad?«

Jannis hat recht, dachte Adrienne. Martin hasste diese Art von interfamiliären Geheimniskrämereien und die damit verbundenen Allianzen von Eingeweihten und Unwissenden.

»Ich glaube, ich weiß, warum er es mir anvertraut hat«, sagte Adrienne nachdenklich. »Du darfst nicht vergessen, wir haben uns lange nicht gesehen. Da hatten wir Nachholbedarf und haben sehr intensive Gespräche geführt. Außerdem wollte er dir in deiner Ehekrise kein schlechtes Vorbild sein. Er hat ja bis gestern auch nichts von deiner Carla geahnt.«

Jannis raufte sich das Haar. »Erinnere mich bloß nicht daran! Wenn ich mir vorstelle, ich muss sie am Dienstag in der Galerie wiedersehen ... Wer weiß, was ihr noch einfällt, wenn sie begreift, dass sie mich mit ihrem Auftritt bis in alle Ewigkeit abgeschreckt hat. Aber weißt du Näheres über Dads Affäre? Wird er Maman verlassen?«

»Das denke ich eher nicht«, entgegnete Adrienne ausweichend und hoffte, dass Jannis bald über Evas Erkrankung informiert würde.

»Ich weiß nicht, wie es dir geht, aber ich könnte einen Schluck Champagner vertragen. Und ich glaube, das Büfett ist auch schon eröffnet.« Jannis hatte offenbar bemerkt, dass Adrienne nicht weiter über das Thema sprechen wollte.

»Also, ich brauche noch ein bisschen. Wenn ich mich so verheult in die Menge stürze, wird Eva eher sauer«, sagte sie mit einem schiefen Lächeln.

»Weißt du noch, wie ich mich in der Pubertät ihren Dressuren verweigert habe?«

Adrienne kam ein Bild in den Sinn, wie Jannis mit vierzehn Jahren in einem Affenkostüm zu einer Vernissage gekommen war.

»O ja, ich sehe dich noch mit der Affenmaske vor den Bildern der Künstlerin herumtoben!«, lachte Adrienne.

»Und ich war ganz enttäuscht, dass Maman nicht ausgerastet ist, sondern mit einem Scherz sogar noch die Lacher auf ihrer Seite hatte. Zu Hause hat sie mir dann aber Vorhaltungen ohne Ende gemacht ...« Er unterbrach sich. »Merkwürdig, du hast nie so heftig gegen ihre Dominanz rebelliert.«

»Nicht offen jedenfalls. Nach außen war ich eher angepasst und habe dann später lieber mit Notlügen gearbeitet.«

»O ja, das konnte ich auch gut! Aber ihr habt seltener gestritten, oder?«

Adrienne nickte. »Gegen euer Säbelgerassel waren das harmlose Dispute. Während der Pubertät hatte ich schon manchmal das Bedürfnis, meinen Protest gegen ihre Übermächtigkeit hinauszuschreien, aber als ich einmal frech wurde, sagte sie zu mir: *Das habe ich nicht verdient. Du hast mir wirklich viel zu verdanken.* Da bin ich verstummt.«

»Komisch, ich vergesse zwischendurch immer wieder, dass du adoptiert bist! Aber trotzdem oder gerade deshalb sind die Bemerkungen der Leblanc voll daneben. Ich bin echt in der richtigen Stimmung, der Tante zu stecken, dass Eva nicht ganz bei der Wahrheit geblieben ist, sondern ihre Adoptivtochter rausgeworfen hat, nur weil sie mich geküsst hat. Das gibt einen schönen kleinen Skandal.«

»Nein, Jannis, lass das bloß bleiben! Die denken doch alle, dass ich Evas und Martins leibliche Tochter bin. Heute hat Eva Geburtstag, und sie muss schon so viel verarbeiten …«

»Was muss sie schon groß verarbeiten?«, fragte er genervt.

»Na ja, dass ihre Enkelkinder nicht mitfeiern, dass deine Frau fort ist und Martin sich in seine Kollegin verliebt hat.«

»Ach was? Die ist das? Ich habe die einmal gesehen, als wir in der Praxis neue Schränke aufgebaut haben, Dad und ich. Sie hat uns Kaffee gekocht und Kuchen gebracht. Maman würde sie eiskalt in die Kategorie *graue Maus* stecken.«

Adrienne musste schmunzeln. Sie konnte sich lebhaft vorstellen, wie Eva die Nebenbuhlerin zu degradieren versuchte.

»Ich mache dir einen Vorschlag. Wir halten uns noch eine Weile am Rand der Gesellschaft auf …« Er deutete auf den Teil des Gartens, in dem sich jetzt gut gekleidete Menschen um Stehtische drängten. »Und ich bringe dir Champus und was vom Büfett mit.«

»Superidee, Bruderherz.«

»Ich meine, nachdem ich gleich beide Frauen los bin, könntest du es dir doch noch mal überlegen …« An seinem breiten Grinsen erkannte sie, dass er scherzte.

»Los! Ich brauche einen Drink!«, lachte sie und sah ihm gedankenverloren hinterher. Er war wirklich ein attraktiver Mann, aber selbst wenn sie keine Verabredung mit Ruben gehabt hätte, sie empfand nicht mehr und nicht weniger als tiefe geschwisterliche Zuneigung ihm gegenüber. Dass sie einmal in ihn verliebt gewesen war, konnte sie sich kaum mehr vorstellen.

## 19.

Während Adrienne allein am Stehtisch stand und ihren Gedanken nachhing, fiel ihr Blick auf eine gepflegte, schlanke Erscheinung in einem eleganten schwarzen Etuikleid, mit einem dunklen Pagenkopf und einem Champagnerglas in der Hand. Camille wanderte unschlüssig umher und schien nicht recht zu wissen, wo sie sich dazustellen sollte. Doch dann entdeckte sie Adrienne. Sofort hellte sich ihre Miene auf. Adrienne winkte ihr einladend, und Camille kam zu ihr an den Tisch.

»Schön, Sie wiederzusehen!«, sagte Camille, und es hörte sich aufrichtig und nicht nach abgedroschener Partyfloskel an.

»Das freut mich auch«, bekräftigte Adrienne ihrerseits die Wiedersehensfreude.

»Sie stehen hier so abseits, aber eigentlich müssten Sie doch viele der Gäste kennen. Oder sind Sie nicht jeden Sommer hier?«

»Nein, ich habe lange im Ausland gelebt. Wenn ich ehrlich bin, war ich zuletzt vor über zehn Jahren in Ploumanac'h. Ich erkenne kaum jemanden wieder.«

Camille lachte, aber das klang bitter. »Mich erkennen die meisten schon wieder, tun aber so … also … versuchen so zu tun, als hätten sie mich noch nie gesehen.«

»Warum das denn?«

»Ach, das ist eine traurige Geschichte, die ich Ihnen gern ersparen möchte. Erzählen Sie lieber von sich! Ich lebte ja damals, als Sie zur Welt kamen, im Ausland.«

»Also, wenn Sie mir die Geschichte erzählen möchten, ich

bin gespannt.« Hoffentlich hörte ihre Tante nicht ihr laut pochendes Herz, während sie sie bat, ihr anzuvertrauen, warum man sie auf dem Fest schnitt. Dabei konnte sich Adrienne den Grund denken, aber sie wollte das Ganze nicht aus Evas, sondern aus Camilles Mund hören.

»Vielleicht tut es mir mal ganz gut, darüber zu reden, aber ich weiß nicht, ob es Eva so recht wäre, wenn ich mit Ihnen über ihre Freundin Caroline und meinen Bruder Jean spreche. Ich mag nichts ausplaudern, was Eva ihren Kindern womöglich verschwiegen hat. Ihre Mutter ist manchmal sehr eigen ...« Sie stockte. »Aber das macht ja auch ihren Charme aus«, fügte sie bemüht hinzu.

Adriennes Herzschlag beschleunigte sich noch mehr. Sie wusste, dass sie sich auf dünnem Eis bewegte. Wenn sie jetzt das Verkehrte sagte, würde Camille aus Rücksicht auf Eva über das Thema vielleicht schweigen. »Ich weiß nur, dass sich Evas Freundin Caroline der Action directe angeschlossen hatte und in ihrem Versteck von der Polizei erschossen wurde«, sagte sie mit möglichst gleichmütiger Stimme.

»Caroline war nur eine Mitläuferin, mein Bruder Jean steckte viel tiefer drin. Als ich aus Quebec zurückkehrte, war das Drama gerade geschehen. Die Polizei hatte Caro erschossen. Und es kursierte das Gerücht, Jean habe der Polizei das Versteck verraten, weil er noch verheiratet war und Caroline loswerden wollte. Selten habe ich größeren Unsinn gehört, denn Jean schrieb mir sogar eine Postkarte nach Quebec. Darauf erklärte er, in Caro die Liebe seines Lebens gefunden zu haben. Sie sei sogar schwanger von ihm, und ich solle mir keine Sorgen machen, es würde alles gut werden ... Das klingt doch nicht nach Verrat, oder?«

Adrienne spürte, wie ihr Mund ganz trocken wurde vor lauter Aufregung. Es war ein merkwürdiges Gefühl, Camille so warmherzig über die Menschen sprechen zu hören, die Adrienne niemals kennengelernt hatte, deren Kind sie aber war. Durch Camilles Schilderung waren ihre Eltern plötzlich nicht mehr jene eiskalten Monster, die gewissenlos ihren Säugling weggegeben hatten.

»Nein, das klingt weiß Gott nicht nach Verrat, sondern nach gemeinsam geplanter Zukunft«, erwiderte Adrienne tief berührt.

»Genau, aber die Leute haben mich wie die Schwester eines Verbrechers behandelt. Sie müssen wissen, Caroline war äußerst beliebt im Ort. Sie war so aufgeschlossen und herzlich. Ich mochte sie damals auch sehr, sehr gern ... Aber das sollten Sie Ihrer Mutter vielleicht nicht so wiedergeben. Eva litt darunter, dass ihre Freundin alle Herzen im Sturm eroberte ... Aber jetzt Schluss mit den alten Geschichten! Ich habe noch in demselben Sommer das Haus vermietet.«

Adrienne konnte sich kaum noch auf Camilles Worte konzentrieren. In Gedanken war sie immer noch bei der warmherzigen Charakterisierung ihrer Mutter. Diese Eigenschaften widersprachen komplett Evas Aussagen über Carolines Charakter, ganz zu schweigen von dem, was Claudia diesbezüglich von sich gegeben hatte. Zum Beispiel, dass sich Caroline ohne Rücksicht das genommen hatte, was sie wollte. Adrienne hätte Camille liebend gern weitere Fragen gestellt, wollte aber keinen unnötigen Verdacht bei ihr erregen.

Einen einzigen Versuch muss ich aber noch wagen, dachte Adrienne entschlossen. »Und was hat Ihr Bruder dazu gesagt? Sie haben ihn doch sicher gefragt, ob er Caroline verraten hat oder nicht.«

Camille stieß einen tiefen Seufzer aus. »Wenn ich ehrlich bin ... nein, ich habe ihn nie wieder gesprochen noch gesehen. Dazu muss ich sagen, dass mein Exmann bei der Polizei war und verlangt hat, dass ich nach Jeans Festnahme den Kontakt zu ihm endgültig abbreche.«

»Er ist festgenommen worden?«

»Ja, er soll im Garten des Hauses, in dem Caro erschossen worden war, gesessen und auf seine Festnahme gewartet haben. Das weiß ich nur, weil ich heimlich Kontakt zu Jeans Exfrau Marie hatte, seiner Verteidigerin. Sie hatte bis zuletzt Zweifel an seinem Verrat, aber er hat sich nicht dazu geäußert. Er hat überhaupt kein Wort mehr gesagt. Weder bei der Polizei noch ihr gegenüber oder im Prozess …« Sie unterbrach sich erschrocken. »Mein Gott, Sie sind ja ganz blass geworden! Lassen Sie sich bitte nicht die Stimmung von mir verderben! Ihre Mutter wäre sicher nicht glücklich, dass ich Sie mit der alten Geschichte überfallen habe. Sie gehörte zu denen, die nicht daran zweifelten, dass er der Anrufer war. Das habe ich nie so ganz verstanden, weil Ihre Mutter doch …« Wieder stockte sie.

Sprich doch bitte, bitte den Satz zu Ende!, flehte Adrienne innerlich, aber Camille wollte nun offenbar endgültig das Thema wechseln.

»Was machen Sie beruflich, wenn ich fragen darf?«

»Ich hätte da noch eine letzte Frage«, hakte Adrienne wie in Trance nach. »Wurde Ihr Bruder verurteilt?«

Camille nickte seufzend. »Wegen seines Schweigens bekam er mehr Jahre, als er verdient hätte, denn er hatte ja nachweislich nie einen Menschen verletzt oder gar getötet. Ich glaube, es waren sieben oder acht Jahre.«

»Und wo lebt er heute?«

»Ich weiß es nicht. Seine Entlassung liegt nun ja auch schon über zwanzig Jahre zurück. Danach hat er wohl einmal bei uns angerufen, aber da war mein Exmann … also damals waren wir noch verheiratet … am Telefon. Der hat ihm verboten, sich noch einmal bei mir zu melden. Das hat der Kerl mir dann stolz erzählt. Das war nicht der Grund, aber kurz darauf habe ich mich von ihm getrennt. Ich bin nach der Scheidung nach Paris zurückgekehrt und habe dort eine süße Wohnung im

Marais gekauft, die heutzutage unbezahlbar wäre. Tja, aber Jean ist seit seiner Entlassung aus dem Gefängnis wie vom Erdboden verschluckt.«

»Und Sie haben gar keine Ahnung, wo er sich aufhalten könnte?«, fragte Adrienne fassungslos.

»Leider nicht. Seine Exfrau weiß auch nichts. Und bei den anderen Familienmitgliedern würde er sich nie melden. Unser älterer Bruder, der das Weingut samt Schloss unserer Eltern geerbt hat, will mit dem schwarzen Schaf der Familie nichts zu tun haben. Ich habe es dann aufgegeben, ihn zu suchen, nachdem ich sogar einen Detektiv angeheuert hatte. Aber das war eine ziemliche Pfeife.«

Adrienne hätte Camille am liebsten gestanden, warum sie ein brennendes Interesse an Jean hatte, aber in diesem Augenblick kam Jannis mit dem Champagner und den voll beladenen Tellern zurück. Wieder musterte Camille ihn fast ungläubig.

»Dann wünsche ich Ihnen guten Appetit«, sagte Camille höflich. »Währenddessen sehe ich mich mal nach Eva um. Ich habe ihr noch gar nicht gratuliert«, fügte sie hastig hinzu und verließ den Tisch mit einem freundlichen Nicken.

»Hast du das gesehen? Deine Tante hat mich schon wieder so merkwürdig angestarrt«, bemerkte Jannis kopfschüttelnd, aber Adrienne war mit ihren Gedanken immer noch bei dem Schicksal ihres Vaters.

Was sie noch vor wenigen Tagen völlig abwegig gefunden hätte, erschien ihr inzwischen fast zwingend. Sie musste herausbekommen, ob ihr Vater der Polizei das Versteck ihrer Mutter verraten hatte, und wenn, warum er es getan hatte. Sie war sich allerdings sicher, dass Eva eine derartige Recherche ganz und gar nicht gutheißen würde, aber was sollte sie sonst tun, wenn Eva ihr wichtige Informationen vorenthielt? Dass ihre Eltern sich beispielsweise geliebt hatten – was Eva als ge-

meinsame Freundin der beiden hundertprozentig wusste! –
und wie Caroline die Herzen in Ploumanac'h zugeflogen waren. Die Versuchung, Camille nach Details zu fragen, war rie-
sengroß, aber dazu hätte sie ihr die Wahrheit sagen müssen.
Doch in Anbetracht von Evas Krankheit konnte Adrienne es
nicht mit ihrem Gewissen vereinbaren, das Versprechen Eva
gegenüber zu brechen. Also musste sie andere Wege einschlagen, um der Wahrheit über ihre Eltern auf die Spur zu kommen. Aber wo sollte sie anfangen? Wer konnte ihr mehr über
die Liebe zwischen Caroline und Jean erzählen? Wer wusste
Näheres über den angeblichen Verrat ihres Vaters? Vor allem,
wer wusste, wie ihre Mutter als Mensch gewesen war?

Zum ersten Mal, seit sie mit dem Bruder ihrer Mutter telefoniert hatte, war sie fest entschlossen, zur Testamentseröffnung nach Freiburg zu fahren. Flucht und Verdrängung kamen für sie jedenfalls nicht länger infrage.

## 20.

Camille schien wie vom Erdboden verschluckt. Adrienne entdeckte sie jedenfalls nirgends unter den Feiernden. Wenn sie sich schon nicht als ihre Nichte outen durfte, hätte sie mit dieser sympathischen Person wenigstens noch ein wenig über unverfängliche Themen geplaudert. Dass sie ihren gemütlichen Platz hinter dem Stehtisch außerhalb der Partymeile verlassen hatte, lag an dem strafenden Blick, den Eva ihr zugeworfen hatte, als sie Adrienne und Jannis dort entdeckt hatte. Widerwillig hatten sich die beiden ins Partygewühl gestürzt.

Adrienne hatte sich gezielt auf die Suche nach Camille gemacht, war mehrfach durch Garten und Haus gelaufen und hatte sogar vor den Waschräumen gewartet, aber vergeblich. Camille war offenbar schon wieder gegangen, was allerdings neue Fragen aufwarf. Warum verließ sie das Fest nach einem intensiven Gespräch über ihren Bruder Jean? Eva nach Camille zu fragen, hielt Adrienne nicht für ratsam. Die Jubilarin war überdies mit ganz anderen Aufgaben befasst und eilte von einem Tisch zum nächsten. Immer wenn sich Adrienne oder Jannis in ihrer Nähe aufhielten, winkte sie ihnen und stellte den Gästen ihre Kinder vor. Adrienne schätzte, dass ungefähr dreißig Besucher gekommen waren. In der Mehrzahl waren es Franzosen, die Eva im Lauf der vielen Jahre kennengelernt hatte. Auch einige Deutsche waren unter den Gästen, die wie Eva seit Jahrzehnten Sommerhäuser an der Côte de Granit Rose besaßen.

Wäre Adrienne nicht so aufgewühlt gewesen, sie hätte sich

gern mit dem einen oder anderen unterhalten, denn im Gegensatz zu den Kölner Gesellschaften ging es hier lockerer zu. Das zeigte sich allein daran, dass die Männer ziemlich schnell ohne Jacketts und mit hochgekrempelten Ärmeln herumliefen und viele Frauen sich der Jäckchen und einige auch ihrer Schuhe entledigten. Adrienne war innerlich aber nicht frei, um fröhlich zu feiern. Das Gespräch mit Camille hatte ihr die Lust auf launiges Feiern gänzlich verdorben.

Schließlich kehrte Adrienne an ihren Lieblingsplatz zurück, den ausgemusterten Stehtisch am Ende des Gartens, den sie sofort wieder schwesterlich mit Jannis teilte, der sich auch nicht um belanglose Konversation riss. Allein die Frage nach seiner Frau und seinen Kindern, die ihm ständig gestellt wurde, nervte ihn zunehmend. Vor allem, seit seine Mutter ihm die Antwort in einem Fall sogar abgenommen hatte, nachdem er nicht schnell genug reagiert hatte. »*Meine Schwiegertochter hat einen Todesfall in der Familie*«, hatte sie mit gespieltem Mitgefühl erklärt, wovon Jannis Adrienne nun empört berichtete.

»Wie kann man nur so verlogen sein?«, echauffierte er sich. »Sie muss ja nicht gleich jedem auf die Nase binden, dass Mirja mich verlassen hat, aber ein Todesfall?«

Mittlerweile war es früher Abend, und Adrienne spürte die Wirkung des Champagners, den sie über den Tag getrunken hatte. Eigentlich hasste sie Rauschzustände, aber an diesem Tag war sie ganz froh, dass das Prickelwasser sie einigermaßen bei Laune hielt. Jannis versicherte ihr bei jedem neuen Glas, das er sich eingoss, er werde die nächsten Monate abstinent leben.

»Was wirst du denn eigentlich unternehmen, damit du deine Kinder weiter regelmäßig sehen kannst?«, fragte Adrienne Jannis schließlich.

»Ich werde mir, sobald ich in München bin, einen Anwalt

nehmen. Ich verlange, dass Mirja mit den Kindern erst mal nach München zurückkommt. Meinetwegen ziehe ich solange ins Hotel, aber dass sie mit ihnen nach Köln abhaut, lasse ich mir nicht gefallen. Wir haben Bruno nach den Sommerferien in der Schule angemeldet, in die auch seine Freunde gehen. Sie kann die Kinder nicht einfach aus ihrem Umfeld reißen«, erklärte er mit solchem Nachdruck, als müsse er sich selbst Mut zusprechen.

In diesem Augenblick trat Martin zu ihnen an den Tisch. »Wollte mich nur entschuldigen, dass ich dich vorhin so angefahren habe«, knurrte er an Jannis gewandt.

»Entschuldigung angenommen, aber ich habe auch wie ein beleidigtes Kleinkind auf deine Geliebte reagiert«, erwiderte Jannis und hob sein Glas. »Prost, Dad! Schade, dass die Frau in Köln lebt, sonst könntest du tatsächlich in Zukunft die Nannyrolle für meine Kinder übernehmen.« Das klingt bedrückt, obwohl er es sicher als Scherz meint, dachte Adrienne.

»Ich werde nicht zu Beate nach Köln ziehen«, erwiderte Martin ganz ruhig und hob sein Glas. »Allerdings möchte ich das in Ruhe mit Beate besprechen und wollte dich, Adrienne, fragen, ob du nächste Woche allein mit Eva hierbleiben könntest.« Er musterte sie bittend.

»Klar, ich bin nur vom nächsten Freitag bis Sonntag nicht im Haus, aber ich kümmere mich sonst um sie, wenn du weg bist.«

Jannis sah irritiert von Adrienne zu Martin. »Hallo, seit wann braucht Eva ein Kindermädchen? Ihr tut ja gerade so, als könne sie keinen Tag allein im Haus bleiben. Das hat sie jahrelang sehr gern getan.«

»Klar kann sie allein sein, aber es ist doch netter, wenn ich da bin«, bemerkte Adrienne rasch. »Und wann bist du wieder zurück, Dad?«

»Sonntagabend.«

»Gut, dann bleibe ich bis Montagmorgen, denn Dienstag muss ich schon in Freiburg sein«, erklärte Adrienne.

»Das wäre schön«, erwiderte Martin. »Es tut mir leid, dass ich überhaupt einen Tag deines Besuchs verpasse, aber ich muss die Angelegenheit klären. Das wäre sonst unfair Beate gegenüber.«

»Warum? Hast du ihr etwas versprochen?«

»Ich war eigentlich fest entschlossen, deine Mutter zu verlassen, aber ich kann es nicht. Beate habe ich es am Telefon bereits gesagt, und das ist nicht die feine Art.«

»Sag ich doch. Deshalb wollte ich es Carla ja auch nicht schreiben, dass Mirja und ich es noch einmal miteinander versuchen. Aber da war es schon zu spät. Da war Carla wohl schon auf dem Weg zu ihrem großen Auftritt.«

»Wolltest du Mirja denn tatsächlich ihretwegen verlassen?«, fragte Martin ungläubig.

»Nicht wirklich«, seufzte Jannis. »Ich habe mich total mies verhalten. Das weiß ich. Und ich habe die Quittung bekommen, aber schön, dass du mit deiner Geliebten achtsamer umgehst als ich.«

Martin legte seinem Sohn eine Hand auf den Arm. »Nun spiel nicht das arme Opfer, mein Junge! Fehler haben wir beide gemacht. Wir waren einfach zu feige, offen zu kommunizieren, was wir in der Beziehung nicht länger ertragen konnten. Da ist es doch viel praktischer, eine Tür weiter zu gehen.«

Jannis musterte seinen Vater mit spöttischem Blick. »Wer hätte das gedacht? Martin als Beziehungsexperte.«

Adrienne hob beschwichtigend die Hände. »Bitte, Jungs, keinen Streit! Ich denke, dass ihr euch keine …« Sie unterbrach sich hastig, als sie Eva auf den Tisch zusteuern sah, deren Miene Bände sprach. Irgendetwas passte ihr ganz und gar nicht, wie Adrienne mutmaßte.

»Hier steckt ihr also? Martin, das geht nicht! Jules, Pierre und ihre Frauen sind die letzten Gäste. Ständig fragen sie nach dir. Komm bitte mit!« Ungeduldig zerrte sie an Martins Ärmel.

»Ich bin nicht dein Hündchen, ich komme mit, aber nicht an der Leine«, zischte er. Eva ließ erschrocken sein Hemd los, aber sie fing sich sofort wieder und funkelte ihre Kinder wütend an. »Und ihr beiden solltet auch am Gespräch teilnehmen. Ihr habt euch den ganzen Tag schon abgesondert. Außerdem sind das interessante Menschen. Jules ist Makler und Pierre Vorsitzender des Kulturvereins. Vielleicht könnt ihr eine Kooperation mit deiner Galerie einfädeln.«

Das galt Jannis, der aber nur missbilligend die Augen verdrehte. »Wir kommen gleich nach«, seufzte er und sah seinen Eltern kopfschüttelnd hinterher. »Habe ich mir deshalb eine Frau gesucht, die alles bestimmen will, weil meine Mutter so ist?«, fügte er nicht mehr ganz nüchtern hinzu.

»Nein, ich glaube, du kannst Mirja und Eva schlecht miteinander vergleichen. Mirja hat in ständiger Angst gelebt, du könntest sie verlassen. Deshalb ist sie auf jede Frau losgegangen, die sich dir genähert hat. Eva hingegen lebt in einem Universum, in dem sich alles um sie dreht.«

»Ich verstehe. Mirja ist die typische Angstbeißerin, während meine Mutter eine klassische Egogomanin oder so … äh … das heißt irgendwie anders«, lallte er.

»Sag das Wort noch einmal, bitte!«, lachte Adrienne über seine Artikulationsstörungen.

»Meine Mutter ist eine Ego…« Er machte eine Pause. »Eine Ego-ma-nin«, fuhr er korrekt fort und betonte jede Silbe.

»Okay. Wollen wir trotzdem folgsame Kinder spielen?«

»Dann komm!« Er hakte sie unter, und gemeinsam wankten sie auf die Terrasse, wo sich der Rest der Gesellschaft angeregt beim Muscadet unterhielt.

»Meine beiden Kinder, Jannis und Adrienne. Das ist Jules,

er hat das größte Maklerbüro der ganzen Gegend, und das ist Pierre, er ist Vorsitzender des Kulturvereins in Lannion.«

Jannis warf seiner Mutter einen strafenden Blick zu, weil sie ihm nun bereits zum zweiten Mal in Folge vorbetete, was die beiden Herren darstellten, und dabei die Gattinnen unterschlagen hatte. Trotzdem begrüßten Adrienne und Jannis die letzten Gäste, die alle einen leicht angeschickerten Eindruck machten, höflich und setzten sich dazu.

»Sag mal, Eva, täusche ich mich oder geisterte Camille Dubois vorhin auf deinem Fest herum?«, erkundigte sich nun der Makler. Jedenfalls glaubte Adrienne, die perfekt Französisch sprach, das so verstanden zu haben, obwohl er schon recht verwaschen sprach. Überdies besaß er eine entsetzliche Fistelstimme. Adrienne war immer schon ein auditiver Mensch gewesen, der der Klang von Stimmen wichtig war. Es war also kein Zufall, dass die ersten Worte aus Rubens Mund sie schier umgehauen hatten. Tief, voll und das gepaart mit einem erotischen Timbre. Ganz im Gegensatz zu diesem offensichtlich guten Freund ihrer Adoptivmutter.

Eva nickte und wollte rasch das Thema wechseln. »Wie ist eigentlich eure Filmreihe mit dem *Film noir* angekommen, die ihr im letzten Sommer geplant habt, Pierre?«

»Hast du Camille eingeladen?«, fragte Jules stattdessen. Am liebsten hätte sich Adrienne die Ohren zugehalten, denn selten hatte sie eine derart unangenehme Stimme gehört.

»Nicht ganz freiwillig. Sie hat sich meiner Tochter gegenüber als eine alte Freundin ausgegeben. Tja, und da hat Adrienne sie dann eingeladen, um mir eine Freude zu machen.« Bei diesen Worten tätschelte sie Adriennes Hand und schien ihr mit dieser Geste großmütig den Fehler zu vergeben.

»An Camille hat aber auch der Zahn der Zeit genagt. Tja, die Herrschaften hielten sich immer schon für was Besseres, aber nun muss ich ihre runtergekommene Hütte an den Mann bringen. Ich glaube, sie hat das Weite gesucht, als sie mich vorhin gesehen hat, denn ihr passt der Preis nicht, den ihr mein Käufer bietet, aber sie findet keinen anderen. Das Ding ist eingetütet! Morgen machen wir den Sack zu«, bemerkte Jules abfällig.

»Du verkaufst ihr Haus? Wusstest du denn, ob es ihr überhaupt noch gehört?«, wollte Eva neugierig wissen.

»Um Himmels willen, nein! Ich habe fast einen Schlag gekriegt, als sie neulich bei mir im Büro auftauchte. Ich dachte, sie hätte das Haus längst an die Pariser verkauft. Wusstest du, dass es ihr inzwischen sogar allein gehört? Ihr feiner Bruder steht nicht mal mehr mit im Grundbuch. Ob sie noch Kontakt zu dem Verräter hat?«

Adrienne bebte vor Empörung, wie überheblich der betrunkene Kerl mit der ekelhaften Stimme über ihre Tante sprach. Wäre sie ganz nüchtern gewesen, hätte sie das mit Sicherheit geschluckt, aber mit dem Champagner im Blut schrie alles in ihr nach Rache. Zumal Eva dem Kerl nicht über den Mund fuhr, sondern seine Sprüche mit einem Lächeln quittierte. Da konnte sich Adrienne nicht länger beherrschen.

»Wenn Sie von Camille sprechen, ja, sie ist eine äußerst aparte Person, aber zu ihrem Bruder hat sie leider keinen Kontakt mehr. Sie hat mir die ganze tragische Geschichte von Jean und Caroline erzählt. Tja, mysteriöse Sache …«, flötete Adrienne.

Mit einem Seitenblick stellte sie fest, dass Eva förmlich die Gesichtszüge entgleisten. Sie so aus der Fassung zu bringen, das schafft sonst niemand, dachte Adrienne und war nicht stolz auf ihren Auftritt, aber nach allem, was sie vorhin aus Camilles Mund erfahren hatte, konnte sie nicht anders. Selbst auf die Gefahr hin, dass Eva nun befürchten musste, dass sie Camille inzwischen ihre wahre Identität offenbart hatte. Und wenn Adrienne ehrlich war, wollte sie Eva in diesem Augenblick tatsächlich ein wenig Angst machen oder zumindest erreichen, dass sie dem Kerl verbot, sich weiter so respektlos über Camille auszulassen.

Da erhob sich Martin von seinem Platz. »Ich will nicht ungemütlich werden, aber ich glaube, Eva muss sich jetzt ein bisschen ausruhen. Es war ein langer Tag«, erklärte er mit energischer Stimme.

»Eva macht doch auch sonst die Nacht zum Tag«, kicherte die Gattin des Kulturmenschen und hielt Martin ihr leeres Champagnerglas entgegen. Der warf Eva einen flehenden Blick zu, sie aber schenkte der Gattin ungerührt nach.

»Ja, dann verabschiede ich mich mal, denn ich bin nicht mehr der Jüngste«, murmelte Martin und drehte sich auf dem Absatz um.

Adrienne zögerte kurz und folgte Martin dann grußlos ins Haus. Sie suchte ihn überall und fand ihn schließlich im Schlafzimmer. Er saß auf dem Bett und hatte die Hände vor das Gesicht geschlagen.

»Danke, dass du mich vor Evas Zorn gerettet hast!«, sagte sie und ließ sich neben ihm nieder. »Aber ich fand es unerträglich, dass sie dem Arsch nicht das Maul gestopft hat, so wie der über meine Tante gelästert hat«, fügte sie bekümmert hinzu.

Martin nahm die Hände vom Gesicht und starrte sie entgeistert an. »Du weißt, dass Camille Dubois deine Tante ist?«

»Ja, Eva hat es mir erzählt, aber keine Sorge! Camille hat keine Ahnung, dass ich nicht euer Kind bin. Ich durfte es ihr ja auf keinen Fall sagen, weil hier alle glauben sollen, ich sei eure leibliche Tochter.«

»Ich weiß, das ist auch wieder so eine der Geschichten, die ich um des lieben Friedens willen mitgemacht habe. Von mir aus hätten wir das nie verheimlichen müssen ... Schade, dass mir keiner diese Camille vorgestellt hat. Sie soll eine außergewöhnliche Frau sein, aber ich habe sie, glaube ich jedenfalls, nie persönlich kennengelernt. Ich fand es widerlich, wie abwertend sich diese Flachpfeife Jules über sie ausgelassen hat. Eva weiß doch, dass sie deine Tante ist. Dem Kerl hätte sie das Maul stopfen müssen. Und was wäre schon dabei, wenn die Leute vor Ort Bescheid wüssten, wer deine leiblichen Eltern sind?«, schimpfte Martin.

»Laut Eva wolltet ihr mich nur schützen, weil man meinen Vater hier für einen Verräter hält.«

Martin stieß einen verächtlichen Zischlaut aus. »Der Plural ist nicht korrekt. Mir missfiel es von Anfang an, dich als unser leibliches Kind auszugeben. Und was Jeans angeblichen Verrat betrifft, sind das doch alles bloß Gerüchte. Das sage ich, obwohl ich den Kerl ehrlich gesagt nie besonders leiden konnte. Aber keiner weiß, was damals wirklich passiert ist …«

»Eva ist überzeugt, dass mein Vater meine Mutter verraten hat.«

»Sehr merkwürdig, denn früher hielt sie ihn immer für den tollsten Mann unter der Sonne …«

Adrienne war wie elektrisiert. »Was meinst du damit?«

»Ach, Süße, mir liegen Klatsch und Tratsch fern, aber Eva war vor meiner Zeit mal sehr verschossen in Jean. Aber das beruhte wohl nicht so ganz auf Gegenseitigkeit«, gab er zögernd zu.

»Gott, ich hätte so viele Fragen an Eva! Aber damit kann ich sie in ihrem Zustand nicht mehr quälen, nicht, nachdem ich weiß, wie es um sie steht.«

»Ich denke, es wäre wirklich besser, wenn sie sich jetzt etwas ausruhen würde«, erwiderte er sichtlich erschöpft, so als wäre er mit seiner Kraft am Ende.

»Leider hat sie deinen dezenten Hinweis überhört, dass sie das Fest nun lieber beenden sollte«, sagte Adrienne voller Anteilnahme.

Geistesabwesend starrte Martin vor sich hin, während ihm

Tränen über die Wangen liefen. Adrienne war fassungslos, denn noch nie hatte sie ihren Adoptivvater weinen gesehen.

»Ich halte das alles nicht mehr aus, aber ich kann sie nicht verlassen!«, stieß er verzweifelt hervor.

»Dad, dann geh doch! Wir verstehen alle, dass du dieses Leben nicht länger erträgst«, bemerkte Jannis, der Adrienne offenbar in einigem Abstand gefolgt war und Teile des Gesprächs mitbekommen hatte.

»Nein, nein, nein! Ich kann nicht! Bitte, geht ihr beiden zurück zu den Gästen! Ich muss das allein durchstehen«, flehte Martin.

»Nein, ich bleibe hier!«, widersprach Jannis entschieden.

»Gut, dann kehre ich zu der ach so lustigen Gesellschaft zurück, damit Eva nicht gänzlich ausflippt«, spottete Adrienne und sprang auf. Dabei wurde ihr so schummrig zumute, dass sie sich aufs Bett zurückfallen ließ.

»Um Gottes willen, Kind, du bist ja weiß wie eine Wand!« Martin fühlte besorgt ihren Puls. Er hatte sich nun wieder völlig im Griff.

»Mir ist übel, und es kribbelt alles«, stöhnte Adrienne.

»Das ist ein Kreislaufkollaps. Jannis, hol ein Glas Wasser und ein feuchtes Handtuch!«, befahl Martin und forderte Adrienne auf, sich auf dem Bett lang auszustrecken. Sie tat, was er verlangte, und spürte, wie wohltuend es war, als er ihre Beine hoch auf einen Kissenberg lagerte.

Als Jannis zurückkam, legte Martin ihr das feuchte Tuch auf die Stirn.

»Danke, es geht schon wieder.« Adrienne merkte, wie ihre Lebensgeister zurückkehrten. »Ich kann wieder aufstehen.«

»Nein, du bleibst schön so liegen«, ordnete Martin an und reichte ihr das Wasserglas, das sie mit kleinen Schlucken leerte.

Plötzlich hörten sie, wie sich energische Schritte näherten. Und schon stand Eva wie eine Rachegöttin in der Tür. »Was fällt euch ein, mich auf meinem eigenen Fest derart zu kompromittieren? Seid ihr …«

»Maman, halt doch einfach mal die Klappe!«, fuhr Jannis seine Mutter an. »Die Welt dreht sich nicht nur um dich. Wie konntest du es zulassen, dass der alte Sack dort unten über Adriennes Tante herzieht?«

»Tante? Wie kommst du auf solchen Unsinn?«, zischte Eva.

»Schon vergessen? Ich gehöre zur Familie und weiß inzwischen, dass Jean Adriennes Vater und diese Camille seine Schwester ist. Immerhin kann ich noch eins und eins zusammenzählen. Oder möchtest du mir jetzt unterjubeln, das sei drei?«, erwiderte er äußerst angriffslustig.

»Bring du lieber deine Ehe wieder in Ordnung, statt so einen Schwachsinn zu verbreiten!«, entgegnete Eva in eiskaltem Ton.

»Ich hasse es, wenn du den Spieß umdrehst und vom Thema ablenkst. Sag doch wenigstens einmal in deinem Leben die Wahrheit!«

»Lass gut sein, Jannis!«, versuchte Martin seinen Sohn zu besänftigen, aber der ließ sich nicht bremsen, sondern warf seiner Mutter an den Kopf, dass sie eine krankhafte Egomanin sei, die null Gespür für andere habe.

»Jannis, hör auf!«, fuhr Martin seinen Sohn an, woraufhin dieser seine Schimpftirade widerwillig unterbrach. »Sind noch Gäste unten?«, fragte Martin Eva, der das nackte Entsetzen aus den Augen sprach. Sie nickte.

»Gut, dann werde ich sie jetzt bitten zu gehen«, verkündete Martin. Als er sich an Eva vorbeidrücken wollte, erwachte sie aus ihrer Erstarrung und hielt ihn am Arm fest.

»Das wirst du nicht tun!«, schnaubte sie.

Martin aber riss sich energisch los und stürmte aus dem Schlafzimmer.

## 21.

Als Adrienne und Jannis wenig später auf die Terrasse zurückkehrten, waren nicht nur die Gäste fort, sondern von Eva und Martin fehlte auch jede Spur. Die Mitarbeiter der Cateringfirma waren bereits mit der Beseitigung der Partyrückstände in Haus und Garten beschäftigt.

»Wissen Sie, wo meine Eltern sind?«, erkundigte sich Jannis beim Chef der Crew.

»Keine Ahnung. Nachdem die letzten Gäste gegangen waren, hat Ihr Vater das Haus verlassen.«

»Und meine Mutter?«

»Sie hat die Gäste zur Tür gebracht, und danach habe ich sie nicht mehr gesehen.«

»Komm, lass uns einfach ein paar Schritte gehen!«, schlug Adrienne vor. »Was hältst du vom Leuchtturm?«

»Gern, aber vorher ziehe ich mich rasch noch um. Mit diesen Schuhen ...« Er deutete auf seine schwarzen Slipper, die ihm höchstwahrscheinlich Eva aufgezwungen hatte. Adrienne nutzte die Gelegenheit, um sich selbst in Freizeitkleidung zu werfen.

Wenig später machten sie sich auf den Weg, der auch zum Zöllnerpfad gehörte, nur dass man am Strand nach rechts abbog und bei Ebbe eine Abkürzung nehmen konnte. Der Pfad führte über die Granitfelsen, vorbei an bizarren Formationen aus dem rosafarbenen Gestein. Manche trugen sogar Namen wie die sechs kurz vor dem Leuchtturm. Man nannte sie Napoleons Hut, den Totenkopf, Fuß, Champignon, Elefant und

Jakobsmuschel. Napoleons Hut hatte es sogar zu einer gewissen historischen Bedeutung gebracht, als die BBC im April 1943 mit der Frage *Befindet sich Napoleons Hut noch immer in Perros-Guirec?* zum Widerstand gegen die deutsche Besatzung aufgerufen hatte.

In Höhe der Granitformationen ließen sie sich am Rand der Klippe in das Heidekraut fallen und blickten stumm übers Meer. Adrienne liebte die Stille, die hier oben herrschte, nachdem die Touristengruppen, die man mit Bussen herbrachte, längst von diesem Aussichtspunkt wieder abgezogen waren.

»War ich zu grob zu Maman?«, hörte Adrienne Jannis nach einer gefühlten Ewigkeit fragen.

»Na ja, es ist immerhin ihr Geburtstag«, antwortete sie ausweichend.

»Ich weiß, aber sie bringt mich mit ihrer Art zurzeit total auf die Palme. Wahrscheinlich, weil ich mich in ihr wiedererkenne.«

»Oje, ich finde nicht, dass du ständig nur darauf bedacht bist, nach außen gut dazustehen …« Sie stockte, weil sie an die Sache mit seiner Geliebten denken musste.

»Doch, denn wenn ich zur Ehrlichkeit erzogen worden wäre, hätte ich Mirja gegenüber vielleicht die Wahrheit gesagt und nicht gewartet, bis der Lügenturm einstürzt. Mich kotzt diese Scheinwelt dermaßen an!«

Frag mich mal!, dachte Adrienne bekümmert. »Vielleicht sollten wir ihr nachher trotzdem noch einen netten Geburtstag bereiten«, schlug sie halbherzig vor.

»Au ja, mit Geburtstagskuchen und Kerzenausblasen. Dann singen wir noch *Happy Birthday* und *Wie schön, dass du geboren bist!*«, rief Jannis mit kindlich verstellter Stimme.

»Stimmt, wir sollten ihr unbedingt ein Ständchen bringen«, lachte sie.

»Überredet! Aber lass uns vorher zum Leuchtturm gehen.

Ich bin auch ein lieber Junge. Versprochen! Aber ich mache drei Kreuze, wenn ich morgen im Auto sitze. Maman kann verdammt anstrengend sein.«

Wem sagst du das?, ging es Adrienne durch den Kopf, aber sie behielt den Gedanken für sich.

Minuten später hatten sie den Leuchtturm erreicht und genossen den weiten Blick bis zum Hafen. Sie waren die Einzigen, die sich am frühen Abend hier oben aufhielten. Erst kurz vor dem Sonnenuntergang würden wieder mehr Menschen zum Leuchtturm hinaufpilgern, aber das malerische Schauspiel in Rot- und Gelbtönen konnten Adrienne und Jannis an diesem Tag nicht abwarten. Es trieb sie zurück in den Ort.

Als sie bereits wieder unten am Strandweg waren, kam ihnen Camille entgegen, und zwar so direkt, dass sie einander nicht ausweichen konnten.

»Wo sind Sie denn geblieben, Camille? Ich habe Sie vorhin überall gesucht«, sagte Adrienne statt einer Begrüßung.

»Mir war nicht wohl, und da habe ich mich diskret zurückgezogen«, entgegnete Camille, während ihr Blick kurz auf Jannis ruhte. Offenbar bemühte sie sich, ihn nicht ganz so intensiv anzustarren wie bei den letzten Begegnungen. Trotzdem schien es Jannis zu stören, denn er fragte ohne Umschweife, warum sie ihn immer so verwundert musterte.

Camille wurde bei seinen Worten ganz blass. Adrienne fand das etwas ungeschickt von Jannis, aber offenbar war er so gestresst von den Geheimniskrämereien seiner Mutter, dass er unreflektiert ins Gegenteil verfiel.

Camille wand sich jedenfalls vor Verlegenheit. »War das so auffällig? Das tut mir wirklich leid. Sie erinnern mich entfernt an jemanden …«

»Ich habe einen Doppelgänger?«, fragte Jannis erstaunt.

»Nein, nein, es sind … es ist … ach, es ist mir peinlich! Entschuldigen Sie bitte! Es ist nur Ihr Muttermal unter dem rechten Auge.«

»Ach so! Da müssen Sie sich nicht entschuldigen. Ich hatte schon befürchtet, ich hätte etwas Merkwürdiges an mir«, lachte Jannis.

»Doch. Das war unhöflich. Es ist nur so, dass mein Bruder so ein Mal an der gleichen Stelle hatte, und ich habe ihn früher immer glühend darum beneidet.«

»Um einen Leberfleck?«, wunderte sich Jannis. »Meine Frau wollte immer, dass ich ihn mir entfernen lasse.«

»Ich weiß. Heute denkt jeder an Hautkrebs. In meiner Jugend galt so etwas als attraktiv. Nicht umsonst hieß es Schönheitsfleck. Ich habe mir damals einen Punkt an der gleichen Stelle wie mein Bruder aufgemalt«, erklärte Camille schmunzelnd.

In diesem Moment kam Adrienne ein schrecklicher Verdacht: Was, wenn Eva Martin einst mit Jean betrogen hatte, bevor der sich in Caroline verliebt hatte? Und das nicht folgenlos geblieben war? Das würde zumindest Evas hysterisches Verhalten erklären, nachdem sie Jannis und sie beim Küssen beobachtet hatte. Aber den Gedanken wollte Adrienne lieber nicht zu Ende führen.

Und vor allem hatte Jannis doch so viele Eigenschaften von Martin geerbt. Als Adrienne einige davon konkret benennen wollte, fiel ihr nicht das Geringste dazu ein. Dass beide eine Geliebte hatten, gehörte wohl weniger in den Bereich ausgeprägter Charaktereigenschaften. Energisch schob sie ihren absurden Verdacht zur Seite.

»Kommen Sie doch noch mal bei uns vorbei«, schlug Jannis vor.

»Nein, leider kann ich Ihre Mutter nicht mehr besuchen. Ich fahre in den nächsten Tagen zurück nach Paris, nachdem ich alle Arbeiten am Haus Profis überlassen und den Vertrag mit dem Makler unterzeichnet habe, der sogar schon einen

Käufer hat. Ich muss dann nur noch mal herkommen, um den notariellen Vertrag abzuschließen«, hörte sie Camille bedauernd zu Jannis sagen.

»Schade, Eva hätte sich wirklich gefreut«, erwiderte Jannis scheinheilig. Adrienne fragte sich, warum er sie überhaupt um einen weiteren Besuch bei seiner Mutter gebeten hatte. Er wusste doch genau, wie distanziert sich Eva über Camille geäußert hatte. Adrienne vermutete, dass sein Zorn auf seine Mutter immer noch nicht verraucht war und er Eva mit Camilles Besuch lediglich hätte ärgern wollen.

Wenn er wüsste, welch absurde Fantasien ich gerade wegen seines blöden Leberflecks hatte, dachte Adrienne. Doch niemals hätte sie Jannis anvertraut, in welche Richtung ihre Gedanken abgedriftet waren.

Es missfiel ihr allerdings, dass Camille schon so bald abreisen wollte. Damit wäre ihre Chance endgültig vertan, mehr über ihre Eltern zu erfahren. Doch in diesem Moment reichte Camille ihr unaufgefordert eine Visitenkarte. Adrienne nahm sie entgegen, und als sie las, dass Camille Psychotherapeutin war, huschte ein Lächeln über ihr Gesicht. »Ich werde Sie ganz bestimmt in Paris aufsuchen«, versprach sie.

»Jederzeit! Rufen Sie mich an, mailen Sie oder schicken Sie eine WhatsApp, ich würde mich sehr darüber freuen. Und ich habe ein schönes Gästezimmer«, versicherte ihr Camille.

»Wow, Sie leben in Paris? Dürfte ich meine kleine Schwester wohl begleiten?«, fragte Jannis halb im Scherz.

»Gern, das Sofa im Salon dient auch als Gästebett«, entgegnete Camille lächelnd, doch in ihren Augen glaubte Adrienne zu erkennen, dass sie sich genau wie sie selbst fragte, was es mit dem Muttermal an Jannis' Wange auf sich hatte.

In diesem Augenblick sah Adrienne Eva und Martin vom Strand kommend auf die Promenade zusteuern. Sie waren in ein angeregtes Gespräch vertieft und hatten ihre Kinder noch nicht entdeckt. Erst als sie Adrienne, Camille und Jannis fast erreicht hatten, hielt Eva überrascht inne. Aus ihrem Blick sprach eindeutig ein Fluchtimpuls, doch es war zu spät. Als Jannis seine Eltern erkannte, winkte er sie näher. Eva blieb nichts anderes übrig, als zu ihnen zu treten. Martin folgte ihr mit einem freundlichen Lächeln.

»Sie müssen der Vater der beiden sein«, sagte Camille und streckte ihm die Hand entgegen. »Camille Dubois. Als junge Leute haben wir uns sicher mal gesehen, weil mein Bruder und ich mit Eva befreundet waren. Ich hätte Sie aber nicht wieder-erkannt. Und auf dem Fest vorhin müssen wir wohl aneinander vorbeigelaufen sein.«

Martin schüttelte ihr lächelnd die Hand. »Jetzt, da Sie es sagen, erinnere ich mich dunkel an Sie. Kann sein, dass wir mal eine Party zusammen gefeiert haben, aber sind Sie dann nicht mit Ihrem Mann nach Quebec gegangen?«

»Genau, und ich muss mich noch einmal bei dir entschuldigen, Eva. Ich habe dein Fest vorhin so schnell verlassen, ohne dir zu gratulieren. Mir war plötzlich nicht gut«, erklärte sie, umarmte Eva und gratulierte ihr zum Geburtstag.

Adrienne spürte fast körperlich, wie ihre Adoptivmutter bei dieser Umarmung förmlich erstarrte. »Danke«, sagte Eva knapp. »Kinder, wir müssen schnell weiter. Ich möchte den Abend jetzt gern im kleinen Kreis beschließen.«

Obwohl Jannis mit Sicherheit bemerkte, wie angespannt seine Mutter in Camilles Gegenwart war, flötete er: »Begleiten Sie uns doch einfach! Dann bekommen Sie noch etwas von den Köstlichkeiten, die Sie vorhin verpasst haben.«

Camille schien nicht minder erschrocken zu sein als Eva, die ihrem Sohn strafende Blicke zuwarf. Camille hob abwehrend die Hände. »Ein anderes Mal gern, aber mir ist noch nicht wieder richtig gut. Ich war nur draußen wegen der guten Luft und lege mich lieber wieder hin«, erklärte sie hastig.

»Na dann. Aber ich meinte es wirklich ernst, dass ich meine Schwester nach Paris begleite, wenn sie Sie besucht. Und dann können Sie mir ja ein Foto Ihres Bruders und des Leberflecks zeigen.«

Adrienne stutzte. Hatte er etwa dieselben Fantasien wie sie? War seine naive Freundlichkeit nur Fassade, um seine Mutter aus der Reserve zu locken?

Eva ließ sich nichts anmerken, sondern verabschiedete sich von Camille, als wäre nichts geschehen. Adrienne umarmte Camille ganz spontan zum Abschied, während Jannis ihr überschwänglich die Hand schüttelte, nachdem er ihr mit den Worten: »Ich darf doch, oder?« demonstrativ ein Haar von der Jacke gesammelt hatte. Auffälliger hätte er es gar nicht tun können! Das war der Beweis, dass er sich auch seine Gedanken zu dem Leberfleck machte, mutmaßte Adrienne.

Auf dem Weg zum Ferienhaus sagte keiner ein Wort über die Begegnung mit Camille. Adrienne glaubte schon, dass sie sich geirrt und keiner außer ihr gespürt hatte, auf welchem Vulkan sie da eben getanzt hatten. Doch als sie wenige Meter vom Haus entfernt waren, fragte Martin seinen Sohn ganz beiläufig, von welchem Leberfleck denn da eben die Rede gewesen sei.

»Martin, das ist doch jetzt völlig egal«, fuhr Eva ihn in scharfem Ton an. »Ich möchte jetzt nur noch meinen Geburtstag mit euch ausklingen lassen und nicht über so einen belanglosen Kram reden.«

»Fängst du schon wieder an, mir Vorschriften zu machen? Hatten wir nicht gerade eben geklärt, dass ich meine eigene Meinung habe?«, entgegnete er nicht weniger spitz.

Statt ihm zu widersprechen, kuschelte sich Eva in seinen Arm. »Natürlich, Schatz, aber manches ist mir einfach zu blöd.«

Adrienne hielt den Atem an. Hatte sie ihre Gedanken bislang eher für Ausgeburten ihrer blühenden Fantasie gehalten, musste sie nun erkennen, dass Jannis' Leberfleck alles andere als ein profanes Gesprächsthema war, sondern dass Eva alles daransetzte, damit Jannis bloß den Mund hielt. Und das konnte nur einen Grund haben …

»Dad hat recht. Wir dürfen uns doch wohl noch über Muttermale unterhalten, oder?«, lachte Jannis. Adrienne war sich nun beinahe sicher, dass er nicht wirklich so naiv war, sondern seine Mutter demonstrativ vorführen wollte.

»Gut, dann sprecht meinetwegen über Leberflecke!«, fauchte Eva und legte die kurze Strecke bis zum Haus im Eilschritt zurück.

»Wenn ihr mir einen Gefallen tun wollt, dann lasst uns, sobald wir zu Hause sind, um des lieben Friedens willen zusammen mit Eva das Fest in Harmonie ausklingen«, schlug Martin vor.

»Aber du wolltest doch wissen, von welchem Leberfleck wir gesprochen haben, oder?«, hakte Jannis lauernd nach.

Martin winkte ab. »Nein, nein, deine Mutter hat schon recht! Das Thema ist wirklich zu banal.«

Adrienne konnte sich keinen Reim auf Martins Verhalten machen. Offensichtlich hatte er das Interesse an dem Thema verloren, schien also doch nichts zu ahnen.

»Um auf deine Frage mit dem Muttermal zurückzukommen, Dad«, sagte Jannis, als hätte er die Bemerkung seines Vaters nicht gehört. »Stell dir vor, Camilles Bruder hat an genau der gleichen Stelle wie ich diesen Fleck, den ich mir Mirja zuliebe eigentlich hätte längst entfernen lassen wollte.«

Martin fiel in sein Lachen ein, wurde aber gleich wieder ernst und ermahnte Adrienne und Jannis noch einmal ausdrücklich, für den restlichen Abend die eigene Befindlichkeit zurückzustellen und sich Evas Spielregeln unterzuordnen.

Kaum zu Hause angekommen, entschuldigte sich Adrienne

und verschwand in ihrem Zimmer. Am liebsten wäre sie für den Rest des Abends oben geblieben, aber das konnte sie Eva nicht antun. Merkwürdig, dachte sie, dass Martin so plötzlich auf einen harmonischen Ausklang von Evas Geburtstag pocht. Ihr Bauchgefühl signalisierte ihr, dass irgendetwas nicht stimmte. Aber was?

Das Geräusch einer eingehenden Nachricht auf ihrem Handy riss sie aus ihren Gedanken. Sie hoffte auf einen Gruß von Ruben, den sie nach diesem anstrengenden Tag gut gebrauchen konnte. Aber es war eine Nachricht von Arthur Manzinger, der ihr den Termin zur Testamentseröffnung am Dienstag bestätigte. Er beendete die Mitteilung mit einem persönlichen Appell.

> Ich darf doch mit dir rechnen, oder? Bitte! Du kannst auch schon am Montag kommen und bei mir übernachten.

Ihr Erscheinen war dem Onkel offenbar äußerst wichtig, und sie wollte ihn nicht länger hinhalten, zumal Camille ihre Neugier erweckt hatte. Wer und wie war ihre Mutter wirklich gewesen? Niemand konnte diese Frage besser beantworten als Carolines Bruder, der sie überdies wohl sehr geliebt hatte. Adrienne antwortete nur ganz kurz.

> Ich nehme mir am Montagabend ein Hotelzimmer in Freiburg und rufe dich an, sobald ich eingecheckt habe. Wenn wir Lust haben, dann können wir uns ja am Abend noch treffen.

Adrienne hatte das Telefon noch nicht wieder aus der Hand gelegt, als er ihr voller Rührung schrieb, dass er sich unendlich freue und sie am Montag ins beste Haus am Platz einlade. Für neunzehn Uhr sei ein Tisch reserviert. Dort habe er ihr auch schon ein Zimmer gebucht. Er hatte die Adresse des Hotels gleich mitgeschickt.

Adrienne musste grinsen, als sie die Zeilen las. Ihr Onkel schien ein Mann zu sein, der alles im Voraus plante und festklopfte. Es ist schon merkwürdig, dachte sie, auf der einen Seite lerne ich meine coole Tante kennen, die mir eher impulsiv vorkommt, und dann meldet sich der rührende Onkel, der seine Sicherheit braucht. Und das widerfuhr ausgerechnet ihr, die bislang nur eine kleine Familie gehabt hatte, ohne die sie in den letzten zehn Jahren nicht schlecht gelebt hatte. Nun, in so mancher Nacht in fernen Ländern hatte sie sich recht allein gefühlt. Trotzdem hatte sie sich in der Rolle der einsamen Wölfin ganz bequem eingerichtet, bis Ruben in ihr Leben getreten war. Auch wenn sie so vernünftig gewesen war, sich in keine verbindliche Beziehung zu diesem Mann zu träumen, hatte er offenbar verschüttete Sehnsüchte nach Familie in ihr geweckt. Und jetzt hatte sie plötzlich mehr davon, als sie sich in den vergangenen Jahren je hätte vorstellen können – und ein Date mit dem Mann ihrer Träume. Wieder zauberte der Gedanke an all das Glück, das ihr gerade widerfuhr, ein Lächeln auf die angespannte Miene. Leider währte dieser Moment nur ganz kurz, als sie daran dachte, was sie erwartete, wenn sie gleich auf Eva, Martin und Jannis traf. Sich vor dem Ausklang des Fests zu drücken, war an diesem Abend allerdings keine Alternative. Sie straffte die Schultern und verließ ihr Zimmer. Den Rest der Farce werde ich auch noch überstehen, dachte sie.

## 22.

Als Adrienne die Treppe herunterkam, erklärte Eva den verbliebenen Mitarbeitern der Cateringfirma gerade, was nun auf der Terrasse zu servieren sei.

Sie bat Adrienne, sich schon einmal zum Tisch zu begeben, wo der Rest der Familie bereits auf sie wartete. Eva hatte ihren gewohnten Befehlston angeschlagen und schien wieder Herrin der Inszenierung zu sein, die ihr vorübergehend aus den Händen geglitten war. Als sie mit einer Flasche eisgekühltem Muscadet nach draußen schwebte, waren alle Spuren von Anspannung aus ihrem Gesicht verschwunden. Dazu trug sicherlich auch ihr Wunder-Make-up bei.

Eva dominierte das familiäre Zusammensein wie am Abend zuvor mit netten Anekdoten aus der Vergangenheit. Kein Wort wurde über Camille oder auch Evas und Martins Auseinandersetzung verloren – und erst recht nichts über Evas Erkrankung.

Adrienne schaltete innerlich irgendwann einfach ab und versuchte an schöne Ereignisse zu denken, zum Beispiel an die Verabredung mit Ruben. Und nicht zuletzt daran, wie es in ihrem Leben wohl weiterging. Auf jeden Fall war sie fest entschlossen, nach ihrem Besuch in Freiburg die Exfrau ihres leiblichen Vaters in Paris aufzusuchen, um mehr Klarheit über das Schicksal ihrer Eltern zu bekommen, bevor sie einen beruflichen Neuanfang in Angriff nahm. In ihren Job an der Charité wollte sie jedenfalls definitiv nicht mehr zurückkehren, aber sie zog immerhin entfernt in Erwägung, eine andere

Stelle in Berlin anzutreten und nicht wieder in ein Krisengebiet zu gehen.

Sie fühlte sich an diesem Tisch fast wie ein Alien, der nichts mit den anderen zu tun hatte. Obwohl sie Martin und Jannis in den vergangenen Tagen teilweise sehr nahe gekommen war, waren sie ihr gerade entsetzlich fremd, wie sie die alten Geschichten aufwärmten. Für sie fiel das alles unter die Kategorie Partygeplauder, das nur dazu diente, die echten Probleme auszublenden. Wie gut, dass hier keine Teppiche liegen, dachte Adrienne bitter. Die müssten ja Riesenbeulen bekommen bei allem, was in diesem Haus verdrängt und unter den Teppich gekehrt wird.

Adrienne hoffte, dass sich dieses Gefühl der Entfremdung bald wieder auflösen würde, zumindest Martin und Jannis gegenüber, aber der Gedanke, fast eine Woche mit Eva vor Ort allein zu sein, bereitete ihr ein ungutes Gefühl. Worüber sollte sie mit ihr reden bei all den Geheimnissen, Halb- und Viertelwahrheiten?

»Weißt du das noch, Adrienne?«, hörte sie wie von ferne die Stimme ihrer Adoptivmutter fragen.

Adrienne zuckte zusammen. »Ich musste gerade an etwas anderes denken«, sagte sie entschuldigend. »Worum geht es?«

»Na ja, um den Pool. Wie ich so gern einen Pool im Garten haben wollte«, erklärte Eva lachend.

»Ach ja, ich erinnere mich. Du hast versucht, die Mehrheit im Familienrat zu erzielen, und uns versprochen, dass du mit uns in den Ferien jeden Tag in einen anderen Vergnügungspark fährst, wenn wir dafür stimmen. Das haben wir geglaubt, und dann bist du ständig mit einer anderen Ausrede gekommen. Der eine Park sei geschlossen, im anderen werde gerade renoviert …«

Adrienne hatte nicht groß über ihre Worte nachgedacht, sondern ihre Erinnerungen ungeschminkt wiedergegeben.

Schließlich war sie damals schon zehn Jahre alt gewesen. Erst Evas beleidigter Blick machte ihr klar, dass sie lieber nicht hätte erwähnen sollen, wie Eva sich damals vor der Einlösung ihres Versprechens gedrückt hatte.

»Nein, das ist nicht wahr. Wir sind in dem Sommer überall gewesen, oder, Jannis?«, wandte sie sich erwartungsvoll an ihren Sohn.

»Natürlich, Maman, du hättest uns doch niemals ausgetrickst«, stimmte er seiner Mutter so übertrieben zu, dass Adrienne stutzig wurde, zumal sich in seinen Augen etwas völlig anderes spiegelte.

Auch Martin schien zu bemerken, dass in Jannis etwas gärte, und er warf seinem Sohn einen warnenden Blick zu.

»Ja, Maman, jetzt hast du so viele Geschichten hervorgeholt, die alle beweisen, dass wir die tollste Mutter der Welt hatten«, säuselte Jannis. Sein Unterton ließ förmlich erahnen, dass er etwas im Schilde führte. Erst einmal aber forderte er alle auf, das Glas auf Eva zu erheben. Und sie prosteten einander zu, als wäre die Welt im Hause Mertens wieder in Ordnung.

Jannis lächelte seine Mutter an, doch aus seinen Augen funkelte keine pure Liebe, sondern eiskalte Wut. »Maman, du hast so schöne Anekdoten aus unserer Kindheit und Jugend erzählt. Irgendwie war früher doch alles besser. Allein deine vielen Liebhaber. Sag mal, da wir gerade beim Thema sind, hast du zufällig auch mit Jean geschlafen, dem leiblichen Vater von Adrienne?«

»Du bist ja betrunken!«, stieß Eva nach einer Schrecksekunde, in der ihr die Gesichtszüge entgleisten, verächtlich hervor.

»Leider bin ich nicht so blau, dass ich nicht weiß, dass sich Muttermale nicht nur über die Mutter vererben können, sondern auch über den Vater«, erwiderte er ungerührt.

Eva wandte sich hilfesuchend an Martin. »Bitte, sag du auch was dazu! Schließlich bist du sein Vater.«

Martin zuckte mit den Achseln. »Dachte ich jedenfalls bis heute. Aber die Frage ist doch gar nicht so abwegig. Bist du mit Jean noch mal ins Bett gegangen, nachdem du schon mit mir zusammen warst?«

Eva zuckte merklich zusammen, doch dann straffte sie die Schultern und maß Jannis und Martin mit einem vernichtenden Blick. Adrienne verspürte den Impuls, auf der Stelle die Flucht zu ergreifen. Hatte sie die ganze Zeit mit ihrem Verdacht gehadert, schien ihr Evas Reaktion, gepaart mit dem identischen Leberfleck von Jean und Jannis, eine allzu deutliche Antwort zu geben. Jannis? Adrienne erschrak. War es wohl Zufall oder volle Absicht, dass Eva ihren Sohn Jannis genannt hatte? Genau wie Jean war das eine Form des Namens Johannes.

Und was hatte Martin Eva eben gefragt? Ob sie noch mal mit Jean im Bett gewesen sei? Das hätte ja bedeutet, dass er von einer früheren Affäre der beiden wusste. Da fiel Adrienne ein, wie Martin oben im Schlafzimmer ausdrücklich erwähnt hatte, dass Eva einst in Jean verschossen gewesen war. Was für ein Irrsinn!, dachte sie.

Evas Miene aber war wie versteinert. »Du glaubst also diesen Quatsch?«

»Das habe ich nicht behauptet«, entgegnete Martin recht gelassen. »Ich habe dich nur etwas gefragt. Und jetzt gehe ich davon aus, dass du mir ganz unaufgeregt schwörst, dass du mit dem Kerl nicht mehr in der Kiste warst.«

»Natürlich nicht!«, fuhr Eva ihren Mann an. »Ich habe dir damals schon geschworen, dass es vorbei ist.«

»Das weiß ich noch. Du hast vor Eifersucht getobt, weil dein Angebeteter sich in Caroline verliebt hatte.«

»Ich habe Jean nach unserer Heirat kaum mehr gesehen, geschweige denn mit ihm …«, schrie Eva.

»Verdammt, gib doch endlich zu, dass du Martin mit diesem Jean betrogen hast und ich ein Unfall war!«, fuhr Jannis seine Mutter an und rückte ihr bedrohlich nahe. »Wenn du nicht endlich aufhörst zu lügen, dann … dann … dann …« Aus Jannis' Augen funkelte die reine Mordlust.

»Schluss jetzt!«, brüllte Martin. »Jannis, für mich bleibst du mein Sohn. Wir haben ganz andere Probleme. Und ich wünsche mir, dass wir als Familie zusammenhalten, wenn Eva jetzt …« Er stockte, doch dann warf er seiner Frau einen durchdringenden Blick zu. »Sag es ihm endlich! Andernfalls passiert ein Unglück. Das spüre ich. Jannis lässt sich zu Worten und Taten hinreißen, die er bereuen könnte, wenn er die Wahrheit wüsste«, fügte er nachdrücklich hinzu.

»Was soll ich ihm sagen? Was? Soll ich zugeben, dass ich dich mit Jean betrogen habe? Tue ich aber nicht!« Trotzig verschränkte Eva die Arme vor der Brust.

»Davon rede ich nicht. Du solltest unserem Sohn endlich sagen, wie es um dich steht.«

Sie wand sich. »Ich möchte das selbst entscheiden, ob und wann …«

»Sonst erledige ich das«, fiel ihr Martin erneut ins Wort.

Jannis aber hatte sich kämpferisch vor seiner Mutter aufgebaut. »Was solltest du mir endlich sagen?«

Eva schwieg demonstrativ.

»Du willst ihn also nicht darüber aufklären? Gut, dann mache ich es. Es kann nicht angehen, dass er als Einziger völlig ahnungslos bleibt«, erklärte Martin mit Entschiedenheit. »Jannis, deine Mutter leidet unter ALS«, stieß er stöhnend hervor.

»ALS?«, wiederholte Jannis fassungslos. »Ist das diese erbarmungslose Krankheit, an der Jörg Immendorff gestorben ist? Um Gottes willen, Maman!« Jeder Anflug von Zorn war verschwunden, und aus seinem Blick sprach blankes Entsetzen.

»Ach, Jannis, das heißt doch gar nichts! Ich muss die Diagnose erst noch vom Neurologen in Rennes bestätigen lassen«, murmelte Eva fast entschuldigend.

»Gut, eine zweite Meinung ist immer vernünftig«, pflichtete Martin ihr bei. »Das ist ein sehr guter Plan. Ich begleite dich. Dann brauchen wir nur die Befunde des Düsseldorfer Kollegen, weil wir die mitbringen sollten. Sicher bekomme ich morgen gleich einen Termin in Rennes. Am besten, du suchst die Unterlagen raus und lässt mich erst mal einen Blick darauf werfen«, schlug Martin vor. Die Erleichterung, dass das heikle Thema der Vaterschaft vorerst vom Tisch war, war ihm deutlich anzusehen.

»Martin, das habe ich doch alles in Köln gelassen«, erwiderte Eva ausweichend.

»Gut, dann soll der Kollege das morgen früh gleich in die Praxis nach Rennes schicken«, beschloss Martin mit Nachdruck.

Evas Augenlider begannen zu zucken. »Ach, das hat doch noch Zeit! Ich meine, lass die Kinder doch erst mal fahren …«

»Nein, Maman, ich nehme mir am Dienstag Urlaub und bleibe, bis wir die Diagnose des Professors in Rennes haben«, widersprach Jannis seiner Mutter.

»Nein, das möchte ich nicht. Lasst mich doch damit in Ruhe! Es ist doch meine Krankheit und nicht eure!«

Adrienne kam das ablehnende Verhalten ihrer Adoptivmutter äußerst suspekt vor. Wovor hatte sie Angst? Dass der Professor in Rennes die Diagnose des deutschen Kollegen bestätigte? Oder aber Eva war gar nicht … Adrienne wehrte sich gegen den Verdacht, der ihr da gerade in den Kopf geschossen kam, doch bevor sie auch nur eine Sekunde darüber nachdenken konnte, hatte sie bereits die Frage gestellt, die ihr auf der Zunge lag. »Eva, gibt es überhaupt einen Befund des Düsseldorfer Neurologen?«

Eva war knallrot geworden, eine Reaktion, die Adrienne noch nie bei ihr erlebt hatte. Sicher würde Martin seine Tochter augenblicklich zurechtweisen, weil mit ihrer Frage eine ungeheure Anschuldigung verbunden war, doch er schien vor Entsetzen erstarrt zu sein. Mit schreckensweiten Augen musterte er Eva. Auch Jannis ahnte offenbar, dass Adrienne keine unverschämte Frage gestellt, sondern den Nagel auf den Kopf getroffen hatte.

Da schlug Eva die Hände vors Gesicht und schluchzte laut auf, aber keiner machte Anstalten, sie zu trösten. Nicht, bevor sie die Frage beantwortet hatte, die wie ein dunkler Schatten über ihnen lag.

»Ist das nicht völlig gleichgültig?«, fragte sie unter Tränen, als sie endlich die Hände vom Gesicht nahm.

»Nein, Eva, ist es nicht! Du hast Adrienne erzählt, dass du in Düsseldorf bei einem Neurologen warst, der bei dir ALS diagnostiziert hat. Seit Tagen beschäftigt uns das Thema, wie lange du wohl noch leben wirst. Da ist doch die Frage berechtigt, ob du dir das ausgedacht hast oder nicht.«

»Ich habe mir nichts ausgedacht. Das mit der Krankheit, meine ich«, stieß sie verzweifelt hervor. »Im Internet könnt ihr alles nachlesen. Da brauchte ich keinen Arzt mehr, da wusste ich Bescheid.«

Martin warf Eva einen vernichtenden Blick zu. »Du bist krank, und zwar hier oben! Weißt du, was ich für ein Schild in meiner Praxis habe?« Martin wartete keine Antwort ab, sondern fuhr mit erhobener Stimme fort. »*Wenn Sie Ihre Erstdiagnose von Dr. Google bekommen haben, holen Sie sich die zweite Meinung doch lieber bei Dr. Yahoo.* Verdammt, das ist ein Scherz, weil keiner meiner Patienten sich mehr auf das Internet verlassen würde als auf meine professionelle Meinung! Das wäre doch eine Schlagzeile für die *Kölner Zeitung: Renommierte Kunstexpertin stellt sich nach Internetrecherche tödliche*

*Diagnose.* Ich glaube es nicht!«, fügte er voller Verachtung hinzu und tippte sich gegen die Stirn.

Eva, die sich offenbar vom ersten Schock erholt hatte, ging zum Angriff über. »Hätte ich vielleicht lieber auf das Urteil eines Wald- und Wiesenmediziners wie dich setzen sollen?«, schrie sie.

Martin war kalkweiß im Gesicht, als er daraufhin vom Tisch aufstand. »Ich glaube, ich habe hier wirklich nichts mehr verloren.«

Eva aber schrie nur, er solle doch endlich zu seiner grauen Maus gehen, sie komme schon allein mit dem Sterben zurecht. Martin konterte und nannte sie *»eine machthungrige Person, die zu ihrem Vorteil über Leichen gehe«*, sie schimpfte ihn *»einen langweiligen Versager«*. So ging es eine Zeit lang hin und her.

Nachdem Adrienne und Jannis dem Schlagabtausch eine Weile fassungslos zugehört hatten, stand Jannis auf und nahm Adrienne bei der Hand. Widerstandslos ließ sie sich von ihm ins Haus ziehen. Ihr war bitterkalt. Sie zitterte am ganzen Körper, auch mit der Jacke, die Jannis ihr stumm gereicht hatte. Die Kälte kam von innen und rieselte ihr wie ein Schauer durch den ganzen Körper.

»Und jetzt?«, fragte sie.

»Jetzt verlassen wir das Irrenhaus«, entgegnete er.

»Und dann?«

»Dann statten wir Camille Dubois einen Besuch ab und bitten um Asyl.«

Zum Einverständnis drückte Adrienne Jannis' Hand. In diesem Augenblick fühlte sie sich ihm so nahe wie lange nicht mehr. Der Vorschlag, in dieser schwarzen Stunde zu Camille zu flüchten, erwärmte ihr Herz.

»In Ordnung, ich hole nur ein paar Sachen von oben.«

»Ich muss sowieso meine Tasche packen, weil ich auf keinen

Fall in dieses Haus zurückkehre«, verkündete Jannis. »Wir treffen uns unten. Lass dir Zeit! Die beiden vermissen uns ganz bestimmt nicht.«

Er deutete zur Terrasse hinüber. Von dort waren Evas hysterische Schreie zu hören. »Dann hau doch ab!«, kreischte sie. »Mit meiner Krankheit wäre ich doch nur eine Last für dich …«

»Verdammt, du weißt genau, dass deine Beschwerden zig andere Ursachen haben können, aber du hast dir die grausamste Krankheit ausgesucht, um uns gefügig zu machen. Ich hatte solche Angst um dich! Du spielst mit den Gefühlen der Menschen, wie es dir gerade passt. Das halte ich nicht mehr aus!«, hörte Adrienne Martin brüllen, bevor sie nach oben eilte und ihre Sachen zusammenraffte. Sogar das Foto ihrer Hündin Bella packte sie in die Tasche. Dafür ließ sie die Kleider zurück, die sie nur unangenehm an den schrecklichen Geburtstag erinnerten.

Als Adrienne mit ihrem Gepäck schon bei der Haustür war, hörte sie aus dem Wohnzimmer ein verzweifeltes Schluchzen. Keine Frage, es war Eva. Einen Augenblick lang zögerte Adrienne, doch dann spürte sie Jannis' Hand, die sie energisch mit sich fortzog.

Zweiter Teil

# ADRIENNES WEG

## 23.

Camilles Haus lag malerisch am Wasser und erinnerte mit seinen Türmen an ein kleines Schloss. Als Adrienne und Jannis sich dem Anwesen ihrer Tante bis auf wenige Meter genähert hatten, blieb Adrienne abrupt stehen.

»Wollen wir die arme Frau wirklich überfallen?«, fragte sie zweifelnd. »Oder suchen wir uns ein Hotel und überlegen in Ruhe, wie es weitergehen soll?«

Jannis schüttelte den Kopf. »Nein, wir besuchen jetzt unsere Tante. Sie hat ein Recht zu erfahren, dass wir beide mit ihr verwandt sind.«

»Aber du weißt doch noch gar nicht, ob Jean wirklich dein Vater ist.«

»Adrienne! Versuch erst gar nicht, Eva zu spielen! Wetten, dass Camille uns gleich Fotos von einem Muttermal zeigt, das bis in die kleinste Einzelheit mit meinem übereinstimmt? Ganz klar, Eva hat mit deinem Vater rumgemacht. Oder willst du mir als Medizinerin weismachen, dass Leberflecken sich beliebig ähneln?«

»Nein, das ist schon ein starkes Indiz, aber vielleicht befindet sich das Mal ja nur an der gleichen Stelle und sieht ganz anders aus ...«

»Genau, und morgen kommt der Weihnachtsmann«, erwiderte Jannis grimmig.

»Aber vielleicht ist Eva der Fleck gar nicht aufgefallen, und sie hat tatsächlich geglaubt, du seist Martins Sohn, obwohl sie mit Jean fremdgegangen ist«, hielt Adrienne schwach dagegen.

»Ach, Schwesterherz, du bist doch sonst nicht so naiv! Denk doch mal nach! Nur weil sie wusste, dass wir Geschwister sind, ist sie damals so ausgerastet. Sie wollte verhindern, dass ihr Sohn mit seiner Halbschwester vögelt. Das wäre im Übrigen ein idealer Zeitpunkt gewesen, uns die Wahrheit zu sagen. Was heißt ideal, sie hätte es uns zwingend sagen müssen! Dann hätte sie dich nicht aus dem Haus werfen und Martin und mich nicht noch viele weitere Jahre verarschen müssen. Stell dir vor, wir hätten uns heimlich wiedergesehen, nicht ahnend, dass wir Geschwister sind. Nicht auszudenken!«

Adrienne musste zugeben, dass Jannis' Worte mehr als einleuchtend waren. »Trotzdem ... Ich habe Eva gegenüber ein schlechtes Gewissen, wenn ich Camille jetzt verrate, dass ich in Wirklichkeit Carolines und Jeans Kind bin«, gab sie zögernd zu bedenken.

»Weil du ein erpresstes Versprechen brichst, das du meiner Mutter gegeben hast? Obwohl dir die liebe Eva vorgemacht hat, sie leide an ALS? Damit du ihr schönes Fest nicht mit neugierigen Fragen und unangenehmen Outings torpedierst? Damit die Wahrheit unter dem Deckel bleibt, die ihren lieben Freunden vor Ort bewiesen hätten, dass sie die größte Lügnerin nach Münchhausen ist?«

»Du hast ja recht. Das ist unverzeihlich, obwohl sie offenbar wirklich glaubt, dass sie an ALS leidet. Sie ist fest davon überzeugt, wirklich todkrank zu sein.«

Jannis fasste sich an den Kopf. »Unsere Mutter ist ja nicht dumm. Sie weiß sehr wohl, dass Doktor Google keine professionelle Diagnose ersetzen kann. Sonst hätte sie dir doch nicht den Bären mit der Düsseldorfer Kapazität aufgebunden. Nein, das mit der Diagnose ist und bleibt eine miese Lüge.«

»Stimmt! Ich glaube, ich stehe ein bisschen neben mir. So als wäre ich vom Trecker überfahren worden«, gab Adrienne zu. »Warum sollte ich Camille nach allem, was mir Eva an Lügen aufgetischt hat, die Wahrheit verschweigen?«

»Genau! Das kann keiner von dir verlangen. Auch Eva nicht, verdammt!«, knurrte er.

Adrienne atmete mehrmals tief durch und hakte sich bei ihrem Bruder ein. »Gehen wir!«, stöhnte sie.

Erst als sie vor der Haustür standen und im Innern ein Licht brennen sahen, wurde Adrienne bewusst, dass es schon nach zweiundzwanzig Uhr sein musste, denn die Dunkelheit hatte sich bereits über Ploumanac'h gelegt. Am Himmel funkelten die Sterne in einer Intensität, die sie schon als Kind an der Bretagne so geliebt hatte.

Sie stieß Jannis, der gerade klingeln wollte, sanft an. »Meinst du, wir können sie jetzt wirklich noch stören?«

»Ich glaube, das dürfen wir. Als frischgebackene Verwandte«, entgegnete Jannis mit einem schiefen Grinsen. Adrienne war erleichtert, dass er seinen Humor noch nicht ganz verloren hatte.

Adriennes Herzschlag beschleunigte sich, als Jannis den Klingelknopf drückte. Camille öffnete die Tür und schien wie vom Donner gerührt.

»Sie beide? So spät?« Ihr Blick fiel auf die Gepäckstücke, die ihre Besucher neben sich abgestellt hatten.

»Können wir wohl kurz reinkommen?«, fragte Jannis.

»Sicher, aber Sie müssen mein Outfit entschuldigen. In dieser Aufmachung empfange ich sonst niemals Besuch.« Sie deutete auf ihre Freizeithose und das Kapuzenshirt, das sie trug. Und auf ihre nackten Füße. Adrienne fand, dass sie selbst in dieser Kleidung, ungeschminkt und das Haar zum Pferdeschwanz gebunden, noch eine gewisse Eleganz ausstrahlte. Und vor allem sah sie viel jünger aus als perfekt gestylt.

»Sie sehen toll aus!«, stieß Adrienne voller Überzeugung aus.

»Na ja, das ist sehr nett von Ihnen, aber ich bin eben am Spiegel vorbeigekommen.« Camille schmunzelte. »Gut, dann folgen Sie mir bitte in den Salon!«

Das Haus war sehr viel größer als das Maison Granit Rose, stellte Adrienne mit prüfendem Blick fest. Die Inneneinrichtung besaß den Charme angeranzter Hochherrschaftlichkeit und der Pracht längst vergangener Jahre.

»Schauen Sie bloß nicht so genau hin! Ich habe das Haus damals möbliert vermietet. Das hätte ich nicht tun sollen, aber ich wusste nicht, wohin mit den alten Erbstücken. Die Möbel stammen alle aus dem Schloss. Meine Eltern haben alles, was sie auf ihrem Anwesen nicht mehr wollten, nach Ploumanac'h transportieren lassen. Aber nicht jeder weiß, was eine Empirekommode ist.« Seufzend wies sie auf eine dunkelbraune Kommode, deren Beschläge teilweise fehlten.

»Setzen Sie sich doch! Möchten Sie etwas trinken? Ich hätte einen Pernod zu bieten.« Sie deutete auf eine angebrochene Flasche, ein leeres Glas und eine Schüssel mit Pistazien, die auf dem Sofatisch standen. Offenbar hatten Adrienne und Jannis sie aus einem gemütlichen Abend gerissen. Aus einer wohlklingenden Anlage ertönte ein Chanson von Georges Brassens. Von wegen, sie hat das Fest wegen Unwohlseins verlassen, schoss es Adrienne durch den Kopf. »Ja, ich könnte jetzt gut einen Schluck vertragen.« Auch Jannis nickte zustimmend.

Während Camille in der Küche verschwand, stieß Jannis einen anerkennenden Pfiff aus. »Nicht schlecht!«

»Die feine Herkunft hat nur einen Haken. Unser Vater saß im Knast«, raunte Adrienne.

»Das ist doch fast romantisch«, entgegnete er grinsend. »Er war wohl eher so eine Art Robin Hood.«

Adrienne verkniff sich eine Antwort, denn in diesem Augenblick kehrte Camille mit einem Tablett zurück. Darauf balancierte sie zwei Gläser und eine Kristallkaraffe mit Eiswasser.

Sie forderte ihre Gäste auf, sich selbst zu bedienen, weil sie die gewünschten Mischungen nicht kannte. Sie persönlich trank Pastis am liebsten pur, gestand sie ihnen. Jannis stellte daraufhin die Mischung im Verhältnis eins zu fünf gleich für Adrienne mit her und reichte ihr das volle Glas.

»Tja, dann zum Wohl! Worauf trinken wir?«, fragte Camille, die ihr Erstaunen über den späten unverhofften Besuch immer noch nicht gänzlich verbergen konnte.

»Auf Ihren Bruder«, erwiderte Jannis ungerührt.

Camille war so erschrocken, dass sie das Glas hastig zurückstellte, ohne daraus getrunken zu haben.

Jannis merkte sofort, dass er nicht besonders einfühlsam gewesen war. »Entschuldigen Sie, Madame Dubois, ich … also wir … ich habe eine Bitte. Ich würde mir sehr gern ein Foto Ihres Bruders ansehen.«

»Da haben Sie Glück. Die Kiste mit Jeans persönlichem Kram ist noch gar nicht gepackt. Sein Zimmer wurde damals einfach abgeschlossen und nicht vermietet. Platz gibt es hier ja genug. Wollen Sie vielleicht mit nach oben kommen?«

Adrienne und Jannis nickten.

»Nehmen Sie Ihre Gläser mit!«

Auf dem Flur herrschte das Chaos. Überall standen Kisten. »Tja, ich kann nicht einfach unser Familiensilber und das Geschirr an die Käufer verscherbeln«, sagte sie entschuldigend. Dann steuerte sie auf eine Treppe zu und bat Adrienne und Jannis, ihr zu folgen. Auch in der oberen Etage gingen etliche Türen vom Flur ab, der wie das übrige Haus geschmackvoll gefliest war.

Ganz am Ende des Flurs öffnete Camille eine Tür und führte sie in ein geräumiges Erkerzimmer. So groß wie Jeans ehemaliges Zimmer ist das Wohnzimmer im Maison Granit Rose, dachte Adrienne und sah sich fasziniert um. Der Raum bestand in der Hauptsache aus Bücherregalen und einem Bett, auf dem orientalische Kissen und Decken lagen. Adrienne trat neugierig an eins der Bücherregale und erkannte auf einen Blick, dass es sich vorwiegend um philosophische Schriften handelte. Sie hatte bislang noch keinen Gedanken an den Beruf ihres Erzeugers verschwendet, aber diese Auswahl machte sie neugierig, zumal dies ja nur das Ferienhaus der Familie war. Wie hatte wohl erst seine Wohnung in Paris ausgesehen? An den Wänden, die nicht mit Regalen vollgestellt waren, hingen Kohlezeichnungen. Eine davon erregte Adriennes besonderes Interesse. Es war das Porträt einer wunderschönen Frau. Sie betrachtete es fasziniert.

»Das ist Jeans große Liebe Caroline«, hörte sie Camille sagen.

»Hat er das gezeichnet?«, fragte Adrienne, ohne den Blick von dem Bild zu lassen.

»Ja, das war Jeans Hobby. Wäre er nicht Philosophieprofessor geworden, dann wohl Künstler. Schon als kleiner Junge hat er gemalt und gezeichnet. Mein Vater hielt das für Zeitverschwendung, und mein älterer Bruder hat ihn nur ausgelacht.«

Nachdenklich löste Adrienne ihren Blick von der Zeichnung. Sie hatte noch niemals ein Foto von ihrer Mutter gesehen. Merkwürdig, dachte sie, dass Eva mir nie Bilder von Caroline gezeigt hat, denn so dicke, wie die beiden miteinander waren, gibt es doch sicherlich auch jede Menge Fotos von ihnen.

»Jean hat alle Menschen porträtiert, die er mochte. Schauen Sie dort drüben, das bin ich.«

Adrienne ging zu dem Bildnis von Camille und war fasziniert, wie gut er sie getroffen hatte. Das Werk wirkte trotzdem nicht plump naturalistisch. Den Blick für bildende Kunst hatte Eva bei ihren Kindern stets besonders geschärft.

»Das ist wirklich gut«, staunte Jannis, der inzwischen neben Adrienne getreten war, um das Werk seines Vaters mit professionellem Auge zu begutachten.

»Tja, ich weiß nur nicht, wo ich das alles lagern soll, denn meine Wohnung in Paris hat weder Keller noch Dachboden«, seufzte sie. »Nun gut, übermorgen kommen die Jungs vom Transportunternehmen und räumen alles in Kisten. Ich habe es nicht übers Herz gebracht, Jeans Zimmer einfach auszuräumen. Dann hätte ich stets befürchtet, er käme gleich durch die Tür und würde mich fragen, warum ich in seinen privaten Sachen herumwühle.«

Camilles Ton war deutlich anzumerken, dass sie das Zimmer am liebsten bis in alle Ewigkeit im derzeitigen Zustand belassen hätte und offenbar intensiv an ihrem Bruder hing. Nur schweren Herzens schien sie endgültig Abschied von diesem Haus zu nehmen.

»Wollen Sie jetzt das Foto von Jean sehen?«, fragte Camille und bat ihre Gäste an einen verstaubten antiken Tisch, auf dem eine intarsienverzierte kleine Kiste stand. Adrienne wunderte sich, dass Camille ihre Gäste gar nicht mehr nach dem Grund ihres späten Besuchs fragte. Wie selbstverständlich öffnete sie die Kiste und schien nach einem bestimmten Foto zu suchen. Adrienne hätte allzu gern gleich alle Fotos betrachtet, um vor allem ein Bild ihrer Mutter zu finden, wollte aber nicht gleich mit der Tür ins Haus fallen, wie Jannis es vorhin getan hatte.

Schließlich zog Camille ein Foto hervor und reichte es zunächst Adrienne, die es fassungslos anstarrte. Es zeigte einen Mann von Ende zwanzig, der lässig vor dem Haus stand, eine Zigarette in der Hand. Abgesehen davon, dass seine schwarzen Locken wild vom Kopf abstanden und er eine runde Brille trug, sah er Jannis zum Verwechseln ähnlich. Unter einem Auge prangte unverkennbar der Leberfleck, der exakt dieselbe Herzform besaß wie Jannis' Mal. Wortlos reichte Adrienne das Foto an ihren Bruder weiter, der es eine ganze Weile stumm anstarrte. Schließlich hob er den Kopf und blickte Camille an.

»Was haben Sie gedacht, als Sie mich beim Bäcker zum ersten Mal gesehen haben?«, fragte er ohne Umschweife.

Camille wand sich ein wenig und konnte sich offenbar nicht zur Wahrheit durchringen.

»Sie müssen kein Blatt vor den Mund nehmen … darf ich Sie duzen?« Jannis' Stimme klang belegt.

Camille nickte, und Adrienne sah ihr an, dass sie den Grund des Überraschungsbesuchs inzwischen erahnte. Jedenfalls, soweit es Jannis betraf.

»Camille, ich weiß, was das zu bedeuten hat. Ich bin nicht blind«, erklärte Jannis und nickte ihr aufmunternd zu. »Bitte, sag mir ganz ehrlich – was hast du gedacht?«

Camille senkte den Kopf, bevor sie leise antwortete: »Ich habe mich gefragt, ob Eva wohl doch noch einmal mit Jean geschlafen hat, nachdem ihre flüchtige Affäre längst vorüber war.«

»Ich denke, ich bin der lebende Beweis dafür«, murmelte Jannis.

»Und hast du mir deshalb so fürsorglich ein Haar von der Jacke gepflückt?«, wollte Camille wissen.

Jannis lief rot an. »Das hast du gemerkt?«

»Das war nicht zu übersehen. Aber wenn du Material für einen genetischen Beweis brauchst, dann gebe ich es dir lieber freiwillig. Willst du denn einen Test machen?«

Jannis fühlte sich ertappt. »Ja, ich möchte es genau wissen, da Eva es weiterhin hartnäckig leugnen wird.«

»Weiß Eva eigentlich, dass ihr hier seid?«, fragte Camille mit einem besorgten Unterton.

»Nein, wir sind einfach abgehauen, nachdem ich meine Mutter gefragt habe, ob sie mit deinem Bruder was hatte. Natürlich hat sie das vehement geleugnet. Dann ist es zu einem heftigen Streit zwischen meinen Eltern gekommen. Den haben wir dazu genutzt, um das bretonische Haus der Lügen auf schnellstem Weg zu verlassen«, fasste Jannis die Ereignisse der letzten Stunden kurz zusammen.

Camille runzelte die Stirn. »Vielleicht ruft ihr sie lieber an und sagt Bescheid.«

»Bestimmt nicht! Ich setze keinen Fuß mehr in das Haus!«, entgegnete Jannis wütend. »Sie hat uns alle nach Strich und Faden belogen. Ein Leben lang. Martin, Adrienne, wahrscheinlich auch deinen Bruder, einfach alle …«

»Vielleicht weiß sie nicht, dass Jean dein Vater ist«, brachte Camille zu Evas Verteidigung vor.

»Sie hat es gewusst! Das ist nämlich noch nicht alles.« Seufzend wandte sich Jannis an Adrienne.

Nun gab es kein Zurück mehr, und Adrienne überlegte fieberhaft, wie sie die Wahrheit in passende Worte kleiden sollte, doch ihr fiel nichts ein. »Ich bin nicht das leibliche Kind von Eva und Martin!«, stieß sie daher nur knapp hervor.

Camille schien auf Anhieb zu verstehen, was Adrienne meinte. »Und ich habe mich immer gefragt, wo das Kind geblieben ist, denn Jean hatte doch geschrieben, dass Caroline schwanger sei. Und lange … habe ich befürchtet, sie sei … schwanger erschossen worden«, stammelte sie sichtlich betroffen.

»Nein, Caroline hat mich ein paar Tage nach meiner Geburt bereits an Eva abgegeben. Ich hätte sie bei der Weltrevolution doch nur gestört.« Adrienne merkte selbst, wie bitter ihre Worte klangen.

»Das muss entsetzlich für dich sein«, stieß Camille mitfühlend hervor. »Ich darf dich doch duzen, oder?«

»Aber gern. Bisher hielt ich meine leiblichen Eltern für Monster, aber nach deinen Aussagen auf dem Fest zweifle ich an diesem Urteil. Dass mein Vater dir geschrieben hat, zum Beispiel …«

»Warte, ich habe heute etwas gefunden, das könnte dich

interessieren.« Camille griff in die Kiste, hielt dann aber plötzlich inne.

»Woher wollt ihr eigentlich so genau wissen, dass Eva von Jeans Vaterschaft wusste?«

»Ganz einfach. Willst du oder soll ich?«, fragte Jannis.

Adrienne spürte, wie sie vor Aufregung einen trockenen Mund bekam, und bat Jannis, Camille von dem Rausschmiss zu berichten. Jannis ließ nichts aus, und während Camille an seinen Lippen hing, wurde sie immer blasser.

Als er geendet hatte, schüttelte sie ungläubig den Kopf. »Eva wusste seit jeher, was sie wollte, und bekam es auch immer. Ich erinnere mich, wie wütend sie auf Caroline war, als sich Jean unsterblich in sie verliebt hatte.«

Mit zitternden Händen holte sie einen Brief hervor, der aussah, als wäre er tausendmal gelesen worden. Er war speckig und abgegriffen und fiel beinahe auseinander.

»Er ist von Caroline an Jean.«

Adrienne lief ein kalter Schauer über den Rücken, als sie das Schreiben in die Hand nahm. Sie kam sich wie eine Voyeurin vor, aber nichts auf der Welt hätte sie davon abhalten können, ihn zu lesen.

»Liest du laut vor?«, bat Jannis.

Adrienne hätte den Brief lieber erst einmal allein gelesen, erfüllte ihrem Bruder aber den Wunsch. Er war auf Französisch geschrieben, und da Jannis die Sprache ebenso perfekt beherrschte wie sie selbst, musste sie ihn nicht übersetzen.

*Mein tausendmal Geliebter,*
*der Gedanke, das kleine unschuldige Wesen, das in mir*
*prächtig wächst, bald weggeben zu müssen, bricht mir das*
*Herz. Aber Eva meint, je eher, desto besser. Es ist entsetzlich*
*zu erleben, wie sich mein Körper für das Stillen vorbereitet,*
*und ich dem Kleinen nie die Brust werde geben können.*

*Ich habe schon Alpträume davon. Träume Nacht für Nacht von einer Riesenpranke, die mir mein Baby entreisst.*

*Schlimm ist auch, dass Du nicht bei mir bist, um Dein Kind nach der Geburt in den Arm zu nehmen. Aber ich glaube, es wird das hübscheste Kind, das wir je gesehen haben. Ich sehne den Tag herbei, an dem wir endlich eine Familie sein können.*

*Trotzdem sei bitte vorsichtig, wenn Du Dich nun noch einmal in Ploumanac'h verstecken willst, um dort ein paar persönliche Sachen zu holen. Nicht dass dich jemand von den Nachbarn sieht und an die Polizei verrät. Wenn ich mir vorstelle, dass es noch Monate dauern kann, bis wir wieder vereint sein werden, muss ich weinen. Man sagt ja, dass Hochschwangere nahe am Wasser gebaut sind.*

*Eva kümmert sich um alles. Sie hat sogar schon eine Klinik aufgetan, in der ich dann unter anderem Namen entbinden kann. Es kann sich nur noch um Tage handeln.*

*Post an mich bitte über meinen Bruder. Er kennt mein Versteck, wohin ich dann auch gleich nach der Geburt direkt wieder zurückkehre. Ich schicke meinen nächsten Brief wie besprochen an Monsieur Legrand. Kommt er denn mit der Renovierung gut voran?*

*Ich liebe Dich so sehr, das ist die gute Nachricht, aber den Platz in meinem Herzen musst Du fortan mit unserem Traumbaby teilen.*

*Caroline*

Adrienne schluckte schwer, um nicht in Tränen auszubrechen. Es waren so viele unterschiedliche Informationen, die ihr Herz berührten, aber sie konnte nicht alles auf einmal aufnehmen und beschloss, den Brief noch einmal in Ruhe zu lesen.

»Darf ich ihn mitnehmen?«, fragte sie zaghaft.

»Aber natürlich! Er gehört dir«, beteuerte Camille.

Adrienne drückte den Brief fest an die Brust. »Puh, das haut mich um …«

»Die beiden haben sich geliebt«, murmelte Jannis und strich ihr tröstend über das Haar.

»Und warum hat er sie dann bloß verraten?«, fragte Camille gequält. »Das passt doch alles nicht zusammen. Er hat ihretwegen sogar seine Frau verlassen.«

»Wer hat wen verraten?«, erkundigte sich Jannis.

Adrienne berichtete ihm in knappen Worten, welch ungeheuerlicher Verdacht gegen Jean im Ort herumgeisterte.

»Aber das ist doch absurd!«, rief Jannis empört aus. »Das ist sicherlich nur ein Gerücht.«

»Das behauptet Martin ja auch«, pflichtete Adrienne ihm bei.

»Ich befürchte, da ist mehr dran, als wir wahrhaben wollen«, widersprach Camille ihnen bekümmert. »Marie, Jeans Frau, hat es selbst in der Akte gelesen. Ein Mann, der sich mit Jean gemeldet hat, hat bei der Polizei angerufen und Carolines Aufenthaltsort preisgegeben. Ich glaube, er hat sogar gesagt, dass die Gruppe einen Anschlag plane. Und dass es sich bei dem Versteck um ein Waffenlager handele. Dabei war es, wie Marie behauptet, nur ein Haus, in dem sich Leute versteckt hielten. Waffen wurden keine gefunden. Sie ist immer skeptisch geblieben, aber die Fakten sprachen gegen ihn.«

»Da kann doch jeder unter seinem Namen angerufen haben!«, echauffierte sich Jannis.

»Glauben mag ich es auch nicht, und er hat sich im Prozess auch mit keinem Wort dazu geäußert, obwohl Marie ihn vor Gericht angefleht hat, sich endlich zu äußern. Das wurde natürlich gegen ihn ausgelegt.«

»Und er hat wirklich gar nichts gesagt? Kein Wort? Weder

ein Geständnis abgelegt noch geleugnet?«, hakte Adrienne entgeistert nach.

»Genau! Er hat kein einziges Wort mehr gesprochen. Marie war total verzweifelt, weil ihre ganze Verteidigungstaktik nicht aufging. Man hat ihn sogar zu einem Psychiater geschickt, aber auch dort blieb er stumm. Sieben oder acht Jahre Gefängnis hat er dann bekommen.«

»Und wo ist er jetzt?«, fragte Jannis.

»Wie vom Erdboden verschluckt«, erwiderte Camille. »Wie ich deiner Schwester schon sagte, habe ich sogar einen Detektiv auf ihn angesetzt. Nach seiner Entlassung aus La Santé hat sich mein Bruder förmlich in Luft aufgelöst.«

»Und du hast ihn nie besucht?«

»Nein, mein Ehemann hat mir gedroht, wenn ich nur einmal in den Knast gehe, sind wir geschiedene Leute, aber natürlich habe ich es hinter seinem Rücken über Marie versucht, aber Jean wollte keinen Besuch. Manchmal habe ich schlichtweg Angst, dass er irgendwo als anonymer Selbstmörder verscharrt wurde.« Camille lief eine Träne über die Wange.

»Keine Sorge, wir finden ihn!«, verkündete Jannis im Brustton der Überzeugung.

Adrienne ahnte zwar, von wem da im Plural die Rede war, aber sie hielt seine Behauptung für einen plumpen Scherz. Wie sollten sie einen Mann finden, dem nicht einmal eine Detektei auf die Spur gekommen war? In diesem Moment merkte sie, dass sie keine Kraft mehr hatte. Ihre eigenen Grenzen hatte sie jahrelang ignoriert, nun aber nahm sie die mit einer Klarheit wahr, die sie selbst erstaunte.

»Camille, könnten wir vielleicht diese Nacht bei dir bleiben?«, fragte sie schüchtern.

»Natürlich. Ich zeige euch die Gästezimmer. Alles chaotisch, weil es die Kinderzimmer meiner Mieter waren, aber frisches Bettzeug habe ich noch reichlich.«

»Willst du denn gar nichts dazu sagen, dass ich mit dir gemeinsam nach unserem Vater suchen möchte?«, fragte Jannis seine Schwester leicht beleidigt.

Adrienne gab ihm ein Küsschen auf die Wange. »Doch, natürlich. Ich finde das großartig!«

»Du musst Jeans Sohn sein! Zumindest hast du seinen Hang zu blindem Aktionismus geerbt«, lachte Camille und strich ihm über den Kopf. »Dein Haar ist genauso dick wie das von Jean. Wenn du es wachsen lässt, bekommst du Locken wie er.«

»Um Gottes willen, keine Locken, ich stehe auf Kurzhaar!«, widersprach Jannis seiner Tante. »Schade, dass ich morgen nach dem Frühstück nach München zurückmuss, aber ich habe noch reichlich Resturlaub und komme bald wieder«, fügte er hinzu.

»Gut, dann treffen wir uns nächsten Dienstag in Freiburg, wenn ich den Notartermin mit meiner neuen Familie mütterlicherseits hinter mir habe«, scherzte Adrienne.

»Du hast Kontakt zu Carolines Familie?«, fragte Camille interessiert. »Sie hat kein gutes Haar an ihnen gelassen.«

»Meine Großmutter ist gestorben, und es geht um die Erbschaft. Der Onkel, der mich eingeladen hat, scheint jedenfalls ganz in Ordnung zu sein«, bemerkte Adrienne schon fast entschuldigend.

»Super, ich werde da sein. Dann brauche ich bloß noch die Adresse«, erwiderte Jannis grinsend. Adrienne war sich in diesem Augenblick nicht ganz sicher, ob er das tatsächlich ernst meinte oder nur Spaß machte. Das war ihr aber auch gerade ziemlich gleichgültig, weil sie hundemüde war. Trotzdem musste sie Camille noch um einen Gefallen bitten. Adrienne deutete auf die Kiste.

»Meinst du, dass es auch ein Foto gibt, auf dem meine Mutter abgebildet ist?«, fragte sie zaghaft.

»Bestimmt. Willst du vielleicht selbst danach suchen?« Camille wollte die Kiste zu ihr hinüberschieben.

»Ich weiß doch gar nicht genau, wie sie wirklich aussah. Ich habe sie auf der Kohlezeichnung gesehen …«

Camille starrte Adrienne fassungslos an. »Eva hat dir keine Bilder von ihr gezeigt?«

Betrübt schüttelte Adrienne den Kopf.

»Warte! Ich werde sicher eins finden, und morgen kannst du die Kiste dann selbst durchwühlen.«

»Was für eine Gemeinheit, dass Eva dir deine Mutter auch auf diese Weise vorenthalten hat, obwohl die beiden doch angeblich beste Freundinnen waren!«, murmelte Jannis betroffen, aber Adrienne hatte nur noch Augen für das Foto, das Camille ihr in diesem Augenblick reichte.

Die hübsche junge Frau auf dem Bild strahlte verliebt in die Kamera. Keine Frage, wem ihr bezauberndes Lächeln galt. Adrienne hatte sich ihre Mutter immer dunkelhaarig vorgestellt und war erstaunt, dass sie das gleiche weizenblonde Haar besaß wie sie selbst. »Darf ich das Foto mit auf mein Zimmer nehmen?«, fragte sie.

»Natürlich, dieses und alle, die noch von ihr in der Kiste sind«, versprach ihr Camille. »Komm, ich mache dir erst einmal dein Bett. Jannis, du musst dich noch ein bisschen gedulden.«

»Kein Problem, ich kann warten. Wenn ich wohl inzwischen in der Kiste kramen dürfte …«

Adrienne umarmte Jannis, bevor sie Camille folgte. Bei allem, was ihr Herz zurzeit beschwerte, gab es doch einige Lichtblicke inmitten des Chaos: Sie hatte einen echten Bruder, eine wunderbare Tante und würde bald dem Mann ihrer Träume in die Arme sinken. Kaum hatte Camille ihr das Bett gemacht, schlüpfte sie unter die Decke.

»Darf ich?«, fragte ihre Tante und setzte sich zu ihr auf die

Bettkante. »Weißt du, dass du Caroline sehr ähnlich bist? Nicht nur äußerlich, sondern auch in deinen Bewegungen, in der Stimme, in der Art zu reden.«

Adrienne schloss erschöpft die Augen und fühlte sich in Camilles Gegenwart unendlich geborgen. Sie griff nach ihrer Hand. »Wie schön, eine richtige Tante zu haben!«, murmelte sie schon halb im Schlaf.

»Für mich ist es ein Wunder. Ich konnte keine Kinder bekommen, und jetzt habe ich auf einmal eine Nichte und einen Neffen. Wenn ihr euch wirklich auf die Suche nach Jean macht, dann sollte ich vielleicht den Makler noch ein wenig vertrösten, denn wenn ihr ihn findet, dann möchte ich ihn fragen, ob ich das Haus tatsächlich weggeben soll. Es gehört zwar rein rechtlich mir, aber ich würde es nie verkaufen, wenn Jean dagegen wäre …«

Camille hielt inne, denn Adriennes gleichmäßiges Atmen verriet ihr, dass ihre Nichte eingeschlafen war. Sie warf ihr noch einen liebevollen Blick zu und erhob sich. In diesem Moment keimte ein winziger Hoffnungsschimmer in ihr auf, ihren Bruder in diesem Leben vielleicht doch noch einmal wiederzusehen.

## 24.

Jannis war schon im Morgengrauen aufgebrochen, um seinen Wagen vom Parkplatz am Maison Granit Rose abzuholen, wo er um keinen Preis seiner Mutter begegnen wollte. Bevor er gen Heimat gestartet war, hatten Adrienne und er noch eine gemeinsame Nachricht an Martin verfasst, dass sie vorerst nicht in das Ferienhaus zurückkehren würden, und die Nachricht mit den Worten *In Liebe, deine Kinder* beendet. Martin hatte prompt geantwortet und ihnen verraten, dass er bereits im Zug nach Köln saß und ebenfalls bis auf Weiteres nicht wieder nach Ploumanac'h kommen werde. Dass er sich aber freue, die beiden bald in die Arme schließen zu können. Und ob seine Dienste als Nanny für die Enkel noch gefragt seien. Jannis hatte sofort zurückgeschrieben, dass er trotz des verräterischen Muttermals immer sein Sohn bleibe und sich wahnsinnig freue, wenn sie in München eine Vater-Sohn-Enkelkinder-WG gründen könnten.

»Martin ist das Beste, was uns je passiert ist«, hatte Jannis aus vollem Herzen zum Abschied versichert. »Meinst du, er hat geahnt, dass er mit mir ein Kuckuckskind aufzieht?«, hatte er nachdenklich hinzugefügt.

Adrienne war überzeugt, dass Martin Jannis bis zum gestrigen Tag für seinen leiblichen Sohn gehalten hatte. So gut hatte er Jean nicht gekannt, als dass ihm dessen Muttermal aufgefallen wäre, mutmaßte sie. Außerdem hatte Camille doch bei ihrer ersten Begegnung mit Jannis explizit sein blondes Haar als Kleinkind erwähnt. Nein, für Martin war die Erkenntnis, dass Eva ihm das Kind eines anderen untergejubelt hatte, wahrscheinlich mindestens so ein Schock gewesen wie für Jannis. Und er hätte Eva wohl auch diesen Betrug noch verziehen, wenn sie wirklich todkrank gewesen wäre, vermutete Adrienne. Ja, sie beide hätten keinen besseren Vater haben können als Martin.

Obwohl sich auch Adrienne von Eva schwer getäuscht fühlte, tat sie ihr irgendwo auch leid. Sie hatte ja nicht alles falsch gemacht. Und außerdem war sie nicht nur Jannis', sondern auch ihre Mutter. Ihr Mitgefühl hielt sich allerdings in Grenzen. Sie verspürte jedenfalls nicht den Drang, Eva sofort aufzusuchen. Dazu war doch zu viel geschehen. Aber sie hielt es nicht für ausgeschlossen, vor ihrer Abreise nach Freiburg noch einmal bei ihr vorbeizuschauen und sich zu verabschieden. Natürlich nicht, ohne ihr in aller Deutlichkeit zu sagen, wie unmöglich sie es fand, dass Eva sich eine so grausame Diagnose ausgedacht hatte.

In Camilles Haus hingegen fühlte sich Adrienne rundherum wohl. Hier herrschte eine freie und entspannte Atmosphäre. Und auch der Alltag lief so harmonisch. Sie bereitete gerade in der Küche einen Mittagsimbiss vor, während Camille nebenan mit dem Makler – Evas Bekanntem Jules, dem Ekel mit der Fistelstimme – herumstritt. Sie empfand eine gewisse Schadenfreude bei dem Gedanken, dass der Unsympath die *Hütte*, wie er das kleine Schloss auf Evas Fest abfällig genannt hatte, nun doch nicht in die Finger bekam. Der Kerl war eigentlich vorbeigekommen, um sich von Camille den Maklervertrag unterschreiben zu lassen. Bei der Gelegenheit sollte sie ihm die Schlüssel überlassen, damit er eine Hausbesichtigung anbieten konnte. Adrienne hörte ihn bis in die Küche schimpfen. Offenbar war er total sauer, dass ihm das lukrative Geschäft im letzten Moment doch noch durch die Lappen ging. Sie hörte ihn geifern, dass Camille ja nicht glauben solle, dass man erfreut über ihre Rückkehr nach Ploumanac'h sei und dass kein anderer Makler ihr je ein solch lukratives Angebot machen werde. Ein triumphierendes Grinsen huschte über Adriennes Gesicht. Sie gönnte ihm die Niederlage von Herzen und hatte seit heute Morgen in einer gewissen Schadenfreude geschwelgt. Da hatte Camille nämlich die Entscheidung getroffen, den Hausverkauf zumindest so lange auf Eis zu legen, wie Adrienne und Jannis nach ihrem Vater suchten. Für den Fall, dass sie ihn tatsächlich ausfindig machten, wollte sie den Verkauf mit ihm besprechen.

»Kein anderer wird Ihnen die Kohle für die runtergewohnte Bude bar auf die Hand geben!«, tobte der Makler, dessen Stimme vor Aufregung noch hässlicher kiekste als sonst.

Camille schien leise und besonnen zu antworten, denn von ihren Worten war in der Küche nichts zu hören. Bis sie plötzlich schrie: »Und jetzt raus hier!«

Adrienne beobachtete durch das Küchenfenster, wie der Makler fluchend das Grundstück verließ. Kurz darauf kam Camille schimpfend in die Küche. »Oje, was für ein Schweinehund! Hat mir gedroht, dass ich es noch bereuen werde, unseren Deal platzen zu lassen. Eins ist klar, sollte ich doch noch verkaufen, gehe ich auf jeden Fall zur Konkurrenz.«

»Warum wolltest du das Haus denn überhaupt verkaufen?«

»Weil ich dachte, ich kann nicht mehr in dem Ort bleiben, in dem man mich wegen meines Bruders schief anguckt. Und eigentlich hat sich das bei meiner Stippvisite auf Evas Fest bestätigt. Auch der Makler hat das noch einmal bekräftigt, aber euer Auftauchen, das hat mir Mut gemacht. Und die Hoffnung, dass wir Jean tatsächlich finden können.«

»Hast du *wir* gesagt?«, lachte Adrienne.

»Aber natürlich helfe ich euch. Ich muss erst Anfang September wieder in meiner Praxis sein.«

»Du hast eine eigene Praxis? Was machst du genau?«

»Ich arbeite als Psychotherapeutin, vorwiegend mit Traumapatienten.«

Das kann doch kein Zufall sein!, schoss es Adrienne durch den Kopf, und sie ließ ihre Tante erst einmal ausführlich von ihrer Arbeit erzählen. Als Camille geendet hatte, schilderte Adrienne ihr offen und in knappen Worten den eigenen Fall.

Ein Lächeln huschte über Camilles Gesicht, als Adrienne ihren Bericht mit den Worten schloss: »Meinst du, ich sollte noch eine ambulante Therapie anschließen?«

»Entschuldige, ich lache dich nicht aus und zweifle auch nicht daran, dass du unter einer PTBS gelitten hast, aber offenbar hattest du eine gute Therapeutin, denn du scheinst wieder komplett gesund zu sein. Das sage ich dir jetzt natürlich nur so locker als Tante, nicht als Therapeutin. Um das abschließend zu beurteilen, müsste ich dich als Patientin erleben. Trotzdem, du machst auf mich einen ziemlich stabilen psychischen Eindruck.«

»Tja, ich würde sagen, das ist das Wunder von Ploumanac'h. Als ich vor einer knappen Woche herkam, war ich noch völlig abgestumpft, hatte jede Nacht Albträume, litt einerseits unter permanenter Scheiß-egal-Stimmung und war andererseits schnell gereizt.«

»Das ist so typisch für diese Traumata«, pflichtete Camille ihr bei.

»Noch auf der Fahrt hierher war ich total davon überzeugt, ich hätte Eva den Rausschmiss damals verziehen und die alte Geschichte würde mich völlig unberührt lassen nach allem, was ich im Jemen erlebt hatte. Aber kaum hatte ich das Haus meiner Kindheit betreten, überfielen mich die verdrängten Gefühle bezüglich meiner persönlichen Geschichte schneller, als ich denken konnte.«

»Einen besseren Ort gibt es gar nicht, um zu den eigenen

verschütteten Gefühlen zurückzufinden, als den, an dem man Kindheit und Jugend verbracht hat. Dort werden solche Emotionen förmlich getriggert. Bei allen Traumapatienten, die ich hatte, kamen durch die Arbeit immer auch Gefühle hoch, die vor dem traumatischen Ereignis lagen und die sich tief in die Seelen eingebrannt hatten«, erklärte Camille in ihrer besonnenen Art, die Adrienne so viel Vertrauen gab.

»Klar, ich hatte meine Familie über zehn Jahre lang nicht gesehen, und plötzlich war da wieder meine Adoptivmutter mit ihrem verflixten Hang zum Lügen, der mir schon als Kind zu schaffen gemacht hatte. Alles kam hoch. Auch dieses merkwürdige Gefühl, dass meine Eltern keine richtigen Menschen, sondern Monster waren.«

»Kein Wunder, wenn Eva dir niemals von ihnen erzählt und dir dein Leben lang zu verstehen gibt, dass du alles ihr zu verdanken hast. Da hast du dir selbst verboten, Interesse an ihnen zu entwickeln.«

Aus Camilles Augen sprach so viel Empathie, dass Adrienne gar nicht anders konnte, als sie in diesem Augenblick spontan zu umarmen. Camille drückte sie sanft an ihre Brust und strich ihr liebevoll über das Haar. Sie tat das so behutsam und vorsichtig, dass Adrienne die Tränen kamen. Natürlich hatte Eva sie auch umarmt, aber irgendwie ganz anders.

Nachdem sich Adrienne schließlich von ihr gelöst hatte, seufzte sie: »Und wenn du mich jetzt fragen würdest, wie ich zu Eva stehe, würde ich sagen, dass ich ihr Verhalten unter aller Sau finde und dass sie mir trotzdem leidtut. Aber müsste ich nicht mal richtig wütend auf sie werden?«

»Besser wäre das, um ihr wirklich zu verzeihen«, erwiderte Camille nachdenklich. »Aber merkwürdigerweise geht es mir mit ihr ähnlich. Ich hatte auch früher schon eher Mitleid mit ihr. Und das, obwohl sie schon immer der Boss sein wollte, es mit der Wahrheit nie so genau genommen, ihre Mitmenschen manipuliert und sich wie eine Diva aufgeführt hat. Natürlich ist sie mir auch mächtig auf die Nerven gegangen. Richtig böse war ich ihr allerdings nie. Selbst als ihr aus Versehen Jeans Lieblingsbuch ins Wasser gefallen war und sie ihm vorgeschwindelt hat, ich hätte es versenkt«, gab Camille schmunzelnd zu.

»Typisch Eva!«

»Aber nun lass uns die Pastete draußen essen. Ich habe dir nämlich noch gar nicht unser Prachtstück gezeigt.« Camille stellte die Schüsseln, Brot, Besteck, die Karaffe mit Wasser und zwei Gläser auf ein Tablett und steuerte damit auf die Terrassentür zu, durch die man das Meer sehen konnte. Der weite Blick war Adrienne in der vergangenen Nacht gar nicht aufgefallen.

Adrienne staunte nicht schlecht, als Camille die Schiebetür öffnete und sie ins Freie treten ließ. Das Haus lag in einer kleinen Bucht, die von beiden Seiten durch die für diese Gegend typischen Granitblöcke geschützt war. Von einem kleinen Stück Strand konnte man direkt in das herrlich saubere, fast türkisfarbene Wasser gehen.

»Das ist ja traumhaft! Kann man hier schwimmen?«

»Wenn du ein bisschen hinauswatest, wird es natürlich irgendwann tiefer. Aber am schönsten sind die Herbststürme, wenn das Wasser bis zur Terrasse schwappt.«

Adrienne aber war bereits mit den nackten Füßen ins Wasser gegangen.

»Am liebsten würde ich mich sofort in die Fluten stürzen, aber ich müsste erst den Badeanzug holen!«, rief sie voller Vorfreude aus.

»Nicht nötig. Diese Bucht ist so abgeschieden, dass sich niemand hierher verirrt. Also, wir haben früher immer nackt gebadet und …« Camille stockte. »Entschuldigung, ich sehe unsere Clique gerade vor mir, wie wir am Strand feiern und deine Mutter nachts allein rauskrault. Wir haben gedacht, sie kommt nie mehr wieder.«

»Das habe ich wohl von ihr geerbt. Gib mir den Atlantik, und ich muss da rein, ganz egal, wie kalt es ist, gleich, ob Tag oder Nacht, egal, und wenn ich kilometerweit laufen muss, bis es endlich tief wird.«

Blitzschnell zog sich Adrienne aus, warf ihre Kleidung in den Sand und war im Wasser, bevor Camille überhaupt Luft holen konnte. Nach etwa zweihundert Metern konnte sie schon schwimmen. Mit einem Begeisterungsschrei kraulte sie los. Während sie sportliche Höchstleistungen vollbrachte, liefen die Ereignisse der vergangenen Tage noch einmal wie im Schnelldurchlauf vor ihrem inneren Auge ab, bis sie bei Ruben angelangt war. Aus lauter Vorfreude auf das Wiedersehen steigerte sie ihr Tempo noch einmal beträchtlich.

Als sie schließlich an den paradiesischen kleinen Strand zurückkehrte, hatte sie das Gefühl, Lebenselixier getankt zu haben, obwohl sie sich körperlich total ausgepowert hatte.

Camille hielt ihr ein Handtuch hin und betrachtete sie mit einer Mischung aus Bewunderung und Erstaunen. »Du bist deiner Mutter wirklich sehr ähnlich. Wenn sie aus dem Wasser kam, dann hat sie genauso geguckt wie du jetzt. So stolz, als hätte sie ein Meeresungeheuer besiegt.«

Adrienne war sich immer noch nicht sicher, ob sie das Kompliment von Herzen annehmen sollte. Ihre Mutter war ihr zwar schon viel näher als noch vor ein paar Tagen, aber so vertraut, dass sie ständig mit ihr verglichen werden wollte, war sie ihr dann doch noch nicht.

Sie wickelte sich in das Badetuch und setzte sich auf einen der Korbstühle. Vom Schwimmen hatte sie großen Appetit bekommen.

Nach dem Essen fragte Camille Adrienne, ob sie Lust habe, mit ihr einen Spaziergang nach Port Ploumanac'h zu machen.

Adrienne zögerte kurz, weil sie Sorge hatte, ihnen könnte unterwegs zufällig Eva begegnen, denn das wollte sie unbedingt vermeiden. Aber dann schob sie ihre Bedenken beiseite. Dieser Tag war einfach zu schön, um ihn mit solchen Gedanken zu beschweren.

## 25.

Wenig später verließen die beiden Frauen das Haus. Adrienne hatte ihr blau-weiß gestreiftes Lieblingskleid angezogen und fühlte sich wie im Urlaub. Adrienne war froh, als sie am Strand von Saint Guirec über den Felsen geklettert und den Zöllnerpfad erreicht hatten. Froh darüber, dass ihnen Eva im Ort nicht über den Weg gelaufen war. Doch die Freude war von kurzer Dauer, als sie die kleine Bucht passierten, die auf der Hälfte des Wegs zum Hafen lag. Da man dort wegen der vorgelagerten Felsen so gut wie nicht schwimmen konnte, war der Strand nur bei Sonnenanbetern beliebt. Adrienne ließ den Blick über die wenigen Menschen schweifen, die an diesem Tag an dem Strand lagen. Sie erschrak, als sie unter einem Sonnenschirm ein Paar sah, das voll bekleidet auf einem Handtuch saß und Händchen haltend in ein angeregtes Gespräch vertieft war. Bei der Frau handelte es sich unverkennbar um Eva. Und auch den Mann hatte Adrienne erst kürzlich gesehen, nämlich an diesem Morgen, als er fluchend Camilles Haus verlassen hatte.

Adrienne machte Camille ein Zeichen, dass sie sich hinter einer Pinie verstecken solle, wohin sie ihr folgte. Sie wollte auf keinen Fall, dass Eva sie entdeckte.

»Schau mal, dein reizender Makler, treu vereint mit Eva!«, raunte Adrienne ihrer Tante zu.

»Das wundert mich gar nicht«, bemerkte Camille kühl.

»Wieso? Ich finde das äußerst befremdlich, dass sie mit diesem Kerl in aller Öffentlichkeit Händchen hält, nachdem gerade ihr Lügengebilde zusammengebrochen ist und sie, wie ich befürchte, unter sich begraben hat«, stieß Adrienne voller Empörung hervor.

»Natürlich ist das unpassend, aber darum hat sich eine Eva noch nie geschert. Und Jules, der Makler, war immer schon ihre Reservebank. Der rennt ihr seit Urzeiten hinterher. Und ab und zu hat sie ihn erhört, wenn gerade nichts Besseres zur Hand war«, entgegnete Camille ungerührt.

In diesem Augenblick drehte sich Eva um und blickte in ihre Richtung. Adrienne atmete auf, als sich Eva wieder ihrem Begleiter zuwandte.

»Komm, bloß weg hier!«, raunte Camille.

Eilig kamen die beiden Frauen aus der Deckung und setzten ihren Weg fort. Sie waren keine hundertfünfzig Meter gegangen, als sie jemanden hinter sich keuchen hörten. Sie fuhren herum und sahen, dass Eva ihnen gefolgt war. Widerwillig blieben sie stehen, um auf sie zu warten.

»Jetzt sagt nicht, ihr habt mich eben nicht gesehen!«, fauchte Eva statt einer Begrüßung.

»Dir auch einen schönen Tag«, erwiderte Camille kühl.

»Wir wollten nicht stören«, ergänzte Adrienne ironisch.

»Unsinn! Ich werde mich wohl noch von einem Freund trösten lassen dürfen, nachdem ihr mich alle im Stich gelassen habt«, entgegnete sie anklagend.

»Eva, du kannst Händchen halten, mit wem du magst, aber ich möchte mir das nicht unbedingt ansehen müssen«, konterte Adrienne.

»Wisst ihr eigentlich, wie schlimm das für mich war? Ihr verlasst mich an meinem Geburtstag, und das nach allem, was ich für euch getan habe!« Obwohl Adrienne mittlerweile wusste, dass Eva es immer wieder schaffte, den Spieß umzudrehen und alle Verantwortung von sich zu weisen, machten die Vorwürfe sie schier fassungslos.

»Sag mal, geht's noch? Du lügst uns vor, dass du an ALS leidest, lässt Martin im Glauben, dass er Jannis' Vater ist, und versuchst dann noch, zu leugnen, dass du mit Jean im Bett gewesen bist. Und da wunderst du dich, dass wir abhauen?« Adrienne hatte gar nicht gemerkt, wie laut sie geworden war. Erst als ein paar Wanderer die Hälse im Vorbeigehen reckten und Camille ihr beschwichtigend eine Hand auf den Arm legte, wurde ihr bewusst, dass sie ihre Adoptivmutter angebrüllt hatte.

»Und? Weiß inzwischen die ganze Bretagne, dass sie nicht meine leibliche Tochter ist?«, fragte Eva Camille provozierend, statt auf Adriennes Ausbruch auch nur mit einem Satz einzugehen.

»Ich habe ein Flugblatt verfasst und es in jeden Briefkasten von hier bis nach Saint-Brieuc geworfen«, entgegnete Camille mit beißendem Spott.

Eva ignorierte die Bemerkung und funkelte stattdessen Adrienne an. »Vergiss nie, was ich für Jannis und für dich getan habe!«

»Ich möchte nicht weiter mit dir diskutieren, schon gar nicht in aller Öffentlichkeit«, unterbrach Adrienne sie mit fester Stimme. »Respektier einfach nur meine Meinung! Dass du dich nämlich nicht unseretwegen in lauter Lügen verstrickt hast, sondern allein zu deinem Vorteil.« In diesem Moment sah sie den Makler auftauchen, wie er sich ihnen schnellen Schrittes näherte. Adrienne wollte sein Erscheinen zum Anlass nehmen, die unschöne Begegnung zu beenden.

»Wir müssen weiter. Wenn's dir recht ist, Eva, dann komme ich am Montag kurz bei dir vorbei, um mich bei dir zu verabschieden, bevor ich nach Deutschland zurückfahre«, bot sie ihrer Adoptivmutter in freundlicherem Ton an.

»Und wo wohnst du in den nächsten Tagen?« Evas finstere Miene bewies, dass sie die Antwort bereits kannte, aber sie wollte es offenbar aus Adriennes Mund hören.

»Ich übernachte bei Camille«, entgegnete Adrienne knapp.

»Wolltest du das Haus nicht verkaufen?«, erkundigte sich Eva feindselig bei Camille. In diesem Moment kam der Makler hinzu.

»Ich habe es mir anders überlegt. Das Haus ist doch mehr wert, als man mir weismachen will.« Camille bedachte Jules mit einem falschen Lächeln. »Also müsste ich eh neue Angebote einholen, aber da sich meine familiären Verhältnisse inzwischen verändert haben, könnte ich mir sogar vorstellen, dort wieder selbst meine Sommer zu verbringen.«

Nur mit Mühe konnte sich Adrienne ein Grinsen verkneifen. »Bis Montag«, sagte sie zum Abschied und machte keinerlei Anstalten, Eva zu umarmen.

»Unter diesen Umständen verzichte ich auf deinen Besuch«, fauchte ihre Adoptivmutter. »Schließlich bin ich länger als zehn Jahre wunderbar ohne dich ausgekommen«, fügte sie angriffslustig hinzu. In ihren Augen las Adrienne jedoch etwas ganz anderes: Traurigkeit und tiefe Verzweiflung.

Adrienne zögerte. Ob sie Eva nicht doch einfach in die Arme nehmen sollte, um dem Teil von ihr Trost zu spenden, den sie unter diesem überheblichen Panzer verborgen hatte? Aber da legte der Widerling von Makler seinen Arm demonstrativ um Evas Schultern.

Ohne ein weiteres Wort drehte sich Adrienne auf dem Absatz um und stolperte davon. Keuchend folgte ihr Camille. Als sie außer Hörweite von Eva waren, blieb Adrienne abrupt stehen und ballte die Fäuste. Endlich spürte sie den Zorn in jeder Pore. Sie war rasend wütend darüber, dass die einzige Frau, die sie in diesem Leben Maman genannt hatte, eher an dem starken Bild, das sie von sich selbst hatte, festhalten würde, als nur ein einziges Mal schlicht die Wahrheit zu sagen und offen zu ihren Schwächen zu stehen.

## 26.

Die gemeinsame Zeit mit Camille neigte sich dem Ende zu. Er kam schneller, als Adrienne es sich gewünscht hätte: der letzte gemeinsame Abend. Sie hatten sich eine köstliche Platte voller frischer Meeresfrüchte zubereitet und stundenlang geschlemmt. Adrienne hatte belustigt festgestellt, dass der Knopf ihrer kurzen Hose, die auch noch aus Jugendzeiten stammte, nicht mehr zuging. Sie konnte sich nicht erinnern, wann sie das letzte Mal so viel Genuss beim Essen verspürt hatte. Seit sie zurück in der Bretagne war, aß sie wieder mit dieser Lust, die sie von früher kannte.

Obwohl sie beide schon ziemlich satt waren, wollte Camille noch ihre Apfeltarte servieren, die sie gerade aus dem Backofen holte. Adrienne hing derweil ihren Gedanken nach. Es war ein traumhafter Abend. Das Mondlicht glitzerte wie tausend Sterne auf dem Wasser, und die Granitsteine wirkten im fahlen Licht eisgrau.

Die Tage mit Camille waren wunderschön gewesen. Zum ersten Mal seit Jahren hatte Adrienne so etwas wie Urlaub gemacht. Sie hatten jeden Tag Ausflüge unternommen und waren sogar in Saint-Malo und Dinard gewesen, an Orten, die Adrienne zuletzt als Kind besucht hatte. Überdies war sie täglich am privaten Strand schwimmen gegangen und hatte Camille geholfen, das Innere des Hauses wieder halbwegs herzurichten. Sogar beim Restaurieren der Kommode hatte sie assistiert.

Das Schöne war, dass sie nicht Tag und Nacht über Jean und

die Vergangenheit redeten, sondern dass sich Adrienne mit Camille eigentlich über alles unterhalten konnte. Es fühlte sich für Adrienne fast so an, als hätte sie eine Freundin gewonnen. Freundschaften zu Frauen hatte sie nämlich in den vergangenen Jahren nur wenige geschlossen. Bei ihren Einsätzen war sie stets enge und starke Beziehungen zu ihren Kolleginnen eingegangen, aber das war nicht im Entferntesten zu vergleichen mit ihren Freundschaften aus Kinder- und Jugendtagen.

Leider hatte sie ihre Kölner Freundinnen inzwischen fast alle aus den Augen verloren. Auch das war eine Schattenseite ihres Jobs. Wie sollte man auch Freundschaften pflegen, wenn man monatelang im Nirgendwo arbeitete und zwischendurch, wenn es hochkam, ein paar Wochen zu Hause war? Adrienne ahnte jedoch, dass das nur die halbe Wahrheit war. Sie hatte immer schon eine diffuse Angst gehabt, dass sie die Menschen, an die sie ihr Herz zu sehr hängte, früher oder später verlor. Diese Angst hatte sich nach ihrem Rausschmiss damals aus dem Maison Granit Rose noch verschlimmert. So mischte sich in ihre Vorfreude auf Ruben zunehmend auch die Sorge, ihn sofort nach ihrem Treffen wieder loslassen zu müssen, und die diffuse Angst, der Abschied könne dann für immer sein.

In diesem Augenblick kam Camille mit der köstlichen Tarte aus der Küche zurück.

»Ich hoffe, sie ist mir gelungen«, sagte sie bescheiden.

»Sie sieht fantastisch aus und riecht betörend. Ich weiß nur nicht, wo ich noch etwas unterbringen soll«, lachte Adrienne.

»Für ein kleines Dessert ist immer noch ein Plätzchen frei«, erwiderte Camille und legte ihr ein Stück auf den Teller.

Und tatsächlich, bereits beim ersten Bissen dachte Adrienne nicht mehr daran, wie satt sie war, sondern verdrehte die Augen vor Entzücken.

»Na, bist du schon sehr aufgeregt wegen morgen?«, wollte

Camille wissen. Adrienne hatte Camille erst am Abend zuvor in das Mysterium ihrer Schmetterlinge im Bauch eingeweiht.

»Ach, geht so«, sagte Adrienne ausweichend.

»Du machst gar nicht den Eindruck, als würdest du dich wirklich auf deinen Freund freuen. Es bedrückt dich doch irgendetwas, oder?«

»Ach, ich weiß auch nicht. Statt mich zu freuen, denke ich nur an unseren Abschied, aber lass uns von was anderem reden.«

Camille räusperte sich und fragte vorsichtig, ob Adrienne ihr wohl erzählen möge, wie sie überhaupt davon erfahren habe, dass sie adoptiert worden war.

Adrienne dachte einen Moment lang nach, und dann brach es förmlich aus ihr heraus. Sie schilderte, wie Eva eines Tages in ihr Zimmer gekommen war, als sie für eine wichtige Klassenarbeit gelernt hatte. Adrienne war nicht besonders erfreut über die Störung gewesen und hatte Eva etwas gereizt gefragt, was es denn so Wichtiges gebe. Eva hatte beleidigt reagiert und gesagt, dann würde sie ihr das eben nicht erzählen. Adrienne erinnerte sich, als wäre es gerade erst passiert. »*Nun sag schon!*«, hatte sie Eva ungeduldig zum Reden aufgefordert. Ohne Einleitung hatte Eva ihr daraufhin in sachlichem Ton mitgeteilt, dass sie nach dem Unfalltod ihrer Eltern adoptiert worden sei.

Während Adrienne Camille davon berichtete, spürte sie förmlich, wie sie damals innerlich in Panik geraten war.

Doch Eva hatte es an jenem Tag sehr eilig gehabt. »Wir reden heute Abend weiter«, hatte sie versprochen, bevor sie ihr flüchtig ein Küsschen auf die Wange gehaucht hatte und aus dem Zimmer geschwebt war. Adrienne hatte an jenem Tag keine Sekunde mehr lernen können. Wie betäubt hatte sie sich gefühlt und dem Abend entgegengefiebert, denn natürlich lagen ihr bohrende Fragen auf der Seele, doch Eva war erst sehr spät von einem Termin gekommen. Bei ihrer Rückkehr hatte sie ungehalten auf die Tatsache reagiert, dass Adrienne noch nicht im Bett gewesen war. Trotzdem hatte Adrienne sie mit Fragen gelöchert: wie alt sie denn beim Tod ihrer Eltern gewesen sei, warum Eva und Martin sie überhaupt adoptiert hätten, und vieles mehr. Eva hatte knapp geantwortet und bei der Gelegenheit erwähnt, dass Adriennes Mutter eine Schulkameradin aus dem Internat gewesen sei. Mit einem Schlussappell an ihre Tochter war der Fall für Eva erledigt gewesen. Adrienne erinnerte sich noch heute an jedes Wort: »*Und bitte sprich Martin nicht darauf an! Er mag darüber gar nicht so gern reden, weil er dich wie ein eigenes Kind liebt. Ich habe doch immer alles für dich getan. Vielleicht hätte ich es dir gar nicht erzählen sollen. Ich sehe doch, wie unglücklich es dich macht. Ach, Süße, vergiss es einfach wieder! Es ist für dein Leben total unwichtig. Ich bin doch immer für dich da.*«

Seltsam, dachte Adrienne, während sie Camille atemlos ihre Geschichte erzählte, dass das alles so lange in den Tiefen ihres Unterbewusstseins geschlummert hatte. Sie war schließlich kein Kleinkind, sondern bereits fünfzehn Jahre alt gewesen. Die Klassenarbeit am nächsten Tag hatte sie nicht mitschreiben müssen. Eva hatte ihr eine Entschuldigung verfasst. Grippe oder Ähnliches. Danach hatte sie Adrienne eine Woche lang wie eine Prinzessin behandelt. Sie waren in Düsseldorf shoppen gewesen, damit sie in Köln bloß keinem Lehrer über den Weg liefen. Adrienne hatte nicht nur Klamotten ihrer Wahl bekommen, sondern einen CD-Player, ein Handy und vieles mehr. Außerdem waren sie zusammen im Kino und in einem Konzert gewesen. Eva war eine echte Supermom gewesen. Adrienne hatte alles brav mitgemacht, aber hätte sie die Wahl gehabt, hätte sie gern auf den ganzen Konsum verzichtet und mit Eva lieber über ihre wahre Herkunft geredet. Doch seit dem Tag hatte sie verinnerlicht, dass man über tote Eltern lieber kein Wort verlor. Auch das offenbarte Adrienne nun Camille. Die hörte geduldig zu. An manchen Stellen atmete sie schwer.

Plötzlich fiel Adrienne jener Tag ein, an dem sie ihr Baby verloren hatte. Sie kämpfte kurz mit sich, ob sie Camille ihr Geheimnis anvertrauen sollte oder nicht, doch dann brach auch diese Wahrheit tränenreich aus ihr heraus.

Camille nahm sie schließlich behutsam in den Arm und wiegte sie wie ein kleines Kind, das man noch auf diese Art beruhigen konnte. Allmählich versiegten Adriennes Tränen, und sie genoss die Geborgenheit, die ihre Tante ihr zu geben vermochte.

»Mich wundert gar nicht mehr, dass du Angst hast, das Liebste zu verlieren«, flüsterte Camille ihr schließlich zu und machte ihr dann mit sanften Worten klar, dass sie ein Recht hatte zu trauern. Und zwar um alle, die sich aus ihrem jungen Leben geschlichen hatten: ihre Eltern, die Kranken und Verletzten, denen sie nicht mehr hatte helfen können, und das Kind, das nicht bei ihr bleiben konnte.

»Ich möchte so gern um sie trauern, aber ich kann nicht«, sagte Adrienne leise.

»Ich habe eine Idee«, raunte Camille. »Das mache ich manchmal mit Patienten, aber nicht, dass du denkst, ich wolle dich therapieren«, fügte sie entschuldigend hinzu.

»Keine Sorge, ich fühle mich bei dir wie im Schoß der Familie und nicht wie dein schlimmster Fall«, erwiderte Adrienne tapfer lächelnd.

Camille nahm eine Serviette zur Hand. »Kannst du daraus Schiffchen falten?«, fragte sie.

Adrienne schüttelte den Kopf. Nein, Basteln war nicht ihre Stärke, aber sie beobachtete fasziniert, wie Camille aus der Papierserviette mit wenigen Kniffen ein kleines Boot zauberte.

»Wie viele brauchst du?«, fragte sie.

»Wozu?«

»Eins für jede Person, die du loslassen möchtest.«

Adrienne überlegte eine Weile, bis sie antwortete: »Vier Boote brauche ich. Eins für die Menschen, die ich im Jemen habe sterben sehen, eins für das Kind, das meinem Chef auf dem OP-Tisch geblieben ist, eins für meine Mutter und eins ...« Sie stockte. »... eins für mein eigenes Kind.«

»Gut, dann baue ich für jeden ein Schiff«, verkündete Camille. »Aber aus Papier. Die Servietten saugen sich zu schnell voll.« Camille eilte ins Haus, kam mit einem Packen fester DIN-A4-Blätter zurück und faltete aus dem Papier mit großer Geschicklichkeit vier solcher Boote.

»Und jetzt komm mit zum Wasser!«, forderte sie Adrienne auf, während sie ihre Schiffe in einen Korb legte, um sie heil transportieren zu können.

Adrienne folgte ihrer Tante zum Strand.

»Jetzt lässt du jedes Boot aufs Meer hinausfahren und gibst der Person, die du damit loslässt, alle deine guten Wünsche mit auf den Weg«, ordnete Camille mit sanfter Stimme an. »Du kannst das auch auf einen Zettel schreiben und den anschließend verbrennen. Oder stell dir einfach ein Band zwischen diesen Menschen und dir vor, um es dann in Gedanken zu zerschneiden. Aber was meine Patienten konkret daraus machen, das bleibt ihnen überlassen. Ich fahre auch nicht mit ihnen ans Meer und lasse Schiffchen treiben. Und wenn dir das merkwürdig vorkommt, dann musst du das auch gar nicht ausprobieren«, fügte Camille erklärend hinzu.

»Ich möchte es aber gern ausprobieren«, entgegnete Adrienne entschieden und nahm vorsichtig das erste Boot aus dem Korb.

Sie betrachtete es eine Weile. Leider kannte sie keine Namen, aber sie sah die Gesichter vor sich: das des Mannes, der so starke Verbrennungen erlitten hatte, dass man nichts mehr für ihn tun konnte, als ihm eine Betäubungsspritze zu geben, das des Kindes, das in völlig dehydriertem Zustand gebracht worden und in ihren Armen gestorben war, das des bei einem Luftangriff schwer verletzten Jungen, der den Angriff als einziges Familienmitglied überlebt hatte … Während Adrienne sich diese Gesichter in Erinnerung rief, liefen ihr unaufhörlich Tränen über das Gesicht, und sie musste an die vielen anderen namenlosen Opfer dieses von der Welt vergessenen Krieges denken.

Mit zitternden Fingern ließ sie das Schiffchen aufs Meer hinaustreiben. Während sie zusah, wie es im Dunkeln verschwand, schluchzte sie sich fast die Seele aus dem Leib. Es dauerte eine Weile, bis sie ruhiger wurde. Sie hatte gar nicht bemerkt, dass Camille ihr sanft die Hand auf den Rücken gelegt hatte, und Adrienne spürte, wie eine Last von ihr abfiel.

Sie wiederholte die Übung, indem sie das zweite Boot aufs Wasser setzte und dabei an das kleine Mädchen dachte, das ihrem Chef auf dem OP-Tisch unter den Händen weggestorben war. Endlich konnte sie um dieses Kind weinen, bei dessen Tod sie sich noch vor wenigen Monaten wie ein Zombie gefühlt hatte.

Als sie das nächste Papierboot zu Hand nahm, zauderte sie. Konnte sie auch ihr eigenes Kind auf diese Weise loslassen? Schließlich versuchte sie es, sprach zum ersten Mal den Namen aus – Jo. So hatte sie das Ungeborene genannt. Johanna für ein Mädchen, Johann für einen Jungen. Dabei hatte sie zu dem Zeitpunkt noch nicht geahnt, dass ihr eigener Vater Jean hieß. Sie brachte die guten Wünsche für das kleine Geschöpf nicht über die Lippen, aber mit geschlossenen Augen ließ sie es in Stille gehen. Während sie in einen friedlichen Trancezustand versank, liefen ihr stumme Tränen über das Gesicht. Wie aus dem Nichts tauchte plötzlich das Bild eines lebendigen Neugeborenen in ihren Armen auf. Erschrocken riss sie die Augen auf. »O Gott, jetzt sehe ich schon Gespenster!«

Camille hätte sicher gern erfahren, was Adrienne in ihrer Fantasie gesehen hatte, aber sie war so diskret, keine Fragen zu stellen.

»Ich habe ein friedlich schlafendes Baby in meinen Armen gesehen«, gab Adrienne schließlich zögernd von sich aus zu.

»Das ist ein schönes Bild.«

Adrienne rang sich zu einem Lächeln durch, doch dann blieb ihr Blick an dem letzten Papierschiff hängen.

»Es fällt mir schwer, meine Mutter loszulassen, von der ich doch bislang so wenig weiß.«

»Es geht in diesem Ritual nur darum, die Trauer zu spüren, dass sie nicht mehr da ist«, erklärte ihr Camille.

»Ich kann nicht garantieren, dass es klappt, aber ich will es versuchen.« Als sie das Schiffchen in die Hand nahm, spürte sie eine enorme Blockade in ihrem Innern. Es gelang ihr nicht einmal, Abschiedsworte zu denken, geschweige denn sie auszusprechen. »Ich kann's nicht«, gab sie schließlich zu und stellte das Papierboot in den Sand, statt es aufs Wasser zu setzen. Sie schämte sich fast, es nicht geschafft zu haben. Camille aber versicherte ihr, dies sei kein Wettbewerb, den sie gewinnen müsse.

»Vielleicht versuchst du es noch einmal, wenn du das echte Bedürfnis in dir spürst, um deine Mutter zu trauern«, schlug Camille vor.

»Ja, ich nehme das Boot einfach mit, und wenn es so weit ist, lasse ich es schwimmen.«

»Ich habe einen anderen Vorschlag. Ich zeige dir, wie die Papierboote hergestellt werden. Dann kannst du dir bei Bedarf selbst welche falten«, schlug ihr Camille vor.

An einem DIN-A4-Blatt demonstrierte ihr Camille, wie das Papier geknickt werden musste, und obwohl Adrienne jeden Kniff beachtete, misslang ihr das erste Boot. Erst beim dritten Versuch machte sie alles richtig, lief voller Stolz zum Wasser und schob das Schiffchen aufs Meer hinaus.

»Sieh nur, es schwimmt!«, jubelte sie, doch dann legte es sich auf die Seite und ging rasend schnell unter. Das stachelte ihren Ehrgeiz in Sachen Bootsbau an, und sie probierte es so lange, bis sie ein Boot auf die Reise brachte, das in der Dunkelheit unbeschädigt aufs Meer hinausglitt.

## 27.

Camille schlug vor, den Abend lieber drinnen ausklingen zu lassen, denn inzwischen war Wind aufgekommen, und Adrienne fröstelte trotz ihrer Jacke.

»Du bist eine wunderbare Frau«, raunte Adrienne, als sie es sich auf dem Sofa und den Sesseln bequem gemacht hatten.

»Und du erst. Ich bin so unendlich dankbar, dass wir einander begegnet sind. Aber das sollte wohl so ein«, erwiderte Camille versonnen.

»Das klingt ja fast esoterisch«, lachte Adrienne. »Du gehörst wohl zu den Frauen, die behaupten, es gebe gar keine Zufälle.«

Camille nickte. »Genau, das ist für mich so sicher wie das Amen in der Kirche. Wir drei sollten uns in Ploumanac'h treffen. Jannis, du und ich. Sonst hätten wir doch nie voneinander erfahren.«

Adrienne stutzte. »Du hast recht. Wäre ich nicht zu Evas Geburtstag gekommen und hättest du nicht zum selben Zeitpunkt das Haus verkaufen wollen, hätten wir uns wohl nie kennengelernt. Oder wenn du in Ploumanac'h nicht an unserem Tisch vorbeigekommen wärst ...«

»Tja, da hat das Schicksal es wirklich gut mit uns gemeint«, pflichtete Camille ihrer Nichte bei. »Und nun hoffe ich, dass ein Wunder geschieht und ihr Jean findet. Allein kann ich das Haus auf Dauer nämlich nicht unterhalten.«

»Hast du noch mal darüber nachgedacht, ob es nicht irgendwelche Hinweise auf seinen Aufenthaltsort gibt?«

»Nein, denn dann hätte ich ihn schon längst aufgespürt oder

zumindest der Detektiv …« Sie stutzte. »Warte mal, jetzt fällt mir was ein! Kannst du dich an den Brief erinnern? Den von deiner Mutter an Jean?«

Adrienne nickte gebannt.

»Deine Mutter fragte doch an einer Stelle, ob Monsieur Legrand mit dem Hausbau vorankommt. Was, wenn das ein Tarnname für meinen Bruder war? Vielleicht hat er den ja nach seiner Entlassung aus dem Gefängnis angenommen, um die Spuren als Jean de la Baume zu verwischen.«

Adrienne horchte auf. »Wie heißt mein Vater?«

»Jean Baptiste de la Baume.«

»Ist das adlig? Wurde der Adel in Frankreich nicht abgeschafft?«, fragte Adrienne grinsend.

»Das heißt ja nicht, dass unser Name verschwunden ist. So einen edlen Namen hatte ich auch mal, bevor ich ihn für den späteren Polizeipräsidenten Monsieur Dubois aufgegeben habe.« Camille war von ihrem Korbsessel aufgesprungen und vollführte einen Hofknicks. »Was meinst du, wie die Presse das damals ausgeschlachtet hat?«, fügte sie hinzu.

»Aber warum sollte er den Namen Legrand angenommen haben?«

»Weil sein Lieblingslehrer im Internat so hieß.«

»Ach, er war auch im Internat wie meine Mutter?«

»Jean und mein älterer Bruder Philippe konnten nie besonders gut miteinander. Schon als Kinder waren Prügeleien zwischen den beiden an der Tagesordnung. Philippe machte dann auf Baron, während Jean die Adligen gern an der Laterne gesehen hätte, jedenfalls im übertragenen Sinn. Er fand schon immer, dass alle Menschen gleich sind. Kurz, er war ein Störenfried, und deshalb hat man ihn ins Internat abgeschoben. Aber ich habe immer den Kontakt gehalten, weil er mein Lieblingsbruder ist und bleibt. Ich selbst bin dann blutjung in eine Ehe geflüchtet, weil ich es nach dem Tod meiner Mutter allein mit Vater und dem älteren Bruder unter einem Dach nicht aushalten konnte.«

»Interessante Familie!«, spottete Adrienne. »Und warum bist du nicht früher darauf gekommen, dass er sich heute Jean Legrand nennen könnte?«

»Weil mich erst der Brief deiner Mutter auf den Gedanken gebracht hat. Und auf den bin ich erst neulich beim Ausmisten gestoßen.«

»Gut, doch selbst wenn es so wäre – Legrand ist wohl kein seltener Name in Frankreich. Wir können schlecht alle Legrands durchtelefonieren, oder?«, gab Adrienne zu bedenken.

»Nein, wir sollten schon einen bestimmten Ort ins Auge fassen, aber in dem Punkt bin ich ratlos.«

Adriennes Blick fiel auf die Kiste, die vor ihnen auf dem Tisch stand.

»Ob wir sie einfach noch einmal gemeinsam durchforsten? Vielleicht ist da doch etwas drin, das uns weiterbringt«, schlug Adrienne vor.

Camille nickte zustimmend und griff wahllos einen Stapel mit Fotos heraus.

Es waren Kinderbilder von Jean und seiner Schwester, die Adrienne förmlich in Entzücken versetzten. Als Kind hatte sie ihrem Vater ähnlicher gesehen als Jannis.

Von ihrer Mutter gab es allerdings kaum Bilder, von beiden Eltern zusammen nur ein einziges Foto. Der Hintergrund ließ keinen Zweifel, dass es auf der Terrasse des Maison Granit Rose geschossen worden war. Das attraktive Paar strahlt sich in einer Art inniglich an, dass man neidisch werden könnte, dachte Adrienne.

Doch da unterbrach Camille Adriennes versonnene Betrachtung ihrer verknallten Eltern mit einem Aufschrei. »Nein, guck dir das mal an!« Sie reichte Adrienne ein Foto, auf dem

Jean mit Eva abgebildet war. Sie schmachtete ihn an, als gäbe es kein Morgen, während er ernst und abwesend in die Kamera blickte. Dabei war Eva auf dem Foto wirklich bildschön, wie Adrienne fand, aber es war überdeutlich zu erkennen, dass ihre Schwärmerei wohl nicht auf Gegenliebe stieß.

Nachdenklich hielt Adrienne die beiden Fotos nebeneinander. »Warum sollte so ein strahlender Mann seine Heißgeliebte an die Polizei ausliefern? Kannst du mir das mal verraten?«

»Nein, das ist absurd«, entgegnete Camille. »Ach, es wäre zu schön, wenn Jean uns endlich darüber aufklären könnte, was damals wirklich geschehen ist!«, murmelte sie, während sie weiter in der Kiste kramte und einen Stapel alter Postkarten hervorholte.

»Guck dir das mal an, ungeschriebene leicht vergilbte Ansichtskarten!« Sie nahm eine davon in die Hand. Darauf war eine Hafenzeile zu sehen, an der urige Häuser aus Granit standen. Am Kai lag ein großes Schiff, und im Hafenbecken ankerten Segelschiffe.

Camille wusste auf den ersten Blick nicht, um welchen Ort es sich handelte. Deshalb drehte sie die Postkarte um. »Das ist Barfleur in der Normandie. Dorthin wollte ich schon immer, habe es aber nie geschafft.«

»Sehr hübsch, ich kenne nur Honfleur, von den Ausflügen in die Normandie. Und was ist auf den anderen Karten drauf?«

Ratlos schüttelte Camille den Kopf. »Das ist alles ein und dasselbe Motiv. Offenbar war er mal in diesem Ort und hat von dort Karten schreiben wollen und es nicht … Moment …« Sie unterbrach sich hastig und dachte nach. »Ich habe dir doch von einer Postkarte erzählt, die mir Jean nach Quebec geschickt hat. Da schrieb er, es wird alles wieder gut, dass er Caro liebt und sie schwanger ist … Du, ich glaube, das war auch dieses Motiv! Was, wenn er sich damals dort versteckt hat und nach seiner Entlassung an den Ort zurückgekehrt ist?«, fragte Camille aufgeregt.

»Du meinst, Monsieur Legrand hat schon damals in Barfleur an einem Haus gewerkelt, in dem er später mit Frau und Kind unbehelligt leben wollte?«

»Ich spekuliere nur mal so, und vielleicht haben wir dieses Mal tatsächlich mehr Erfolg.«

»Okay, okay, wenn wir einen Legrand im Telefonbuch von Barfleur finden, dann werde ich dorthin reisen«, versprach Adrienne Camille halb im Scherz und erkundigte sich, ob es im Haus Internet gebe. Camille nickte und nannte Adrienne die Zugangsdaten zu ihrem Netzwerk, die sie sofort in ihr mobiles Telefon, das sie auf dem Wohnzimmertisch abgelegt hatte, eintippte.

Bevor sie das Telefonbuch von Barfleur aufrufen konnte, entdeckte sie, dass sie mehrere neue Nachrichten bekommen hatte. Hastig überflog sie diese und war erleichtert, dass keine von Ruben dabei war mit dem Inhalt, dass er leider ihr Treffen absagen müsse. Die erste war von Martin, der ihr mitteilte, er sei gut in Köln angekommen und … Adrienne überflog seine Zeilen kurz.

Ich arbeite wieder in meiner Praxis. Leider hat Beate mich im Stich gelassen, also in der Praxis, weil ich mich nicht gleich wieder fest binden wollte. Sie hatte da wohl schon einen Kollegen in petto, der sie nicht nur als Kollegin in der Praxis mit Handkuss nimmt, sondern auch so … Die Arbeit macht Spaß, aber ich brauche dringend Verstärkung. Allein schaffe ich es nicht. Überleg dir doch mal, ob das nichts für dich wäre. Wir könnten sogar ein Kontingent für verletzte und kranke Kinder aus Krisengebieten einrichten. Willst du nicht in Köln vorbeikommen, bevor du wieder nach Berlin fährst? Dein Dad

Ein Lächeln huschte über Adriennes Gesicht. Das las sich so, als sei Martin voller Tatendrang und gar nicht übermäßig traurig, dass Beate der Vergangenheit angehörte. Aber daran, ob sie in seiner Praxis mitarbeiten wollte, konnte Adrienne gerade keinen Gedanken verschwenden, obwohl sich das mit dem Kontingent für verletzte Kinder wirklich gut anhörte.

Eine weitere Nachricht kam von Jannis, der Urlaub bekommen hatte und um die Adresse von Adriennes Freiburger Hotel bat. Er schien es wirklich ernst zu meinen mit seinem Plan, sich mit ihr auf die Suche nach Jean zu machen. Zum ersten Mal empfand sie ein gewisses Prickeln bei dem Gedanken, Detektivin zu spielen. Sollte es in Barfleur einen Legrand geben, wusste sie auch schon, wohin die Reise sie führen würde …

Als sie das Telefonbuch von Barfleur geöffnet und Legrand eingegeben hatte, ploppte der Name nicht nur einmal, sondern gleich Dutzende Male auf. »Du hast recht. Legrand ist ein Name wie Meyer oder Müller in Deutschland.« Sie reichte Camille das Telefon.

»Und nun?«

»Wir werden sicher nicht alle Legrands anrufen, sondern uns gleich auf den Weg machen. Jannis ist mit an Bord.«

Camille klatschte vor Begeisterung in die Hände. »Das ist ein Wort. Wann?«

»Na ja, nach dem Notartermin am Dienstag könnten wir dich in Paris besuchen und dann mit dir weiter nach Barfleur fahren.«

»Ich bin zwar sehr neugierig, aber nächste Woche habe ich leider eine Fortbildung. Vielleicht ist es sogar besser, wenn ihr ohne mich weiterfahrt. Wenn Jean mich sieht, fällt er sonst vor Schreck tot um«, lachte Camille übermütig und so optimistisch, als wäre ihr Bruder bereits aufgespürt worden.

»Camille, wir wissen doch überhaupt nicht, ob wir ihn dort wirklich finden. Ich meine, wir haben den Namen aus einem

Brief mit dem Bild einer Postkarte kombiniert. Die Karten kann er sich auch irgendwann mal auf Vorrat gekauft haben«, versuchte Adrienne die Euphorie ihrer Tante zu bremsen.

»Ich fühle das hier drinnen.« Camille deutete auf ihren Bauch. »Wir sind auf der richtigen Spur.«

»Du als Therapeutin folgst deinem Bauchgefühl?«, fragte Adrienne mit gespielter Empörung.

»Ach, Adrienne, was denkst du denn? Wir sind doch auch nur Menschen. Bloß weil wir es gelernt haben, eine professionelle Distanz zu halten, stehen wir nicht über den Dingen.«

»Gut, dann hoffe ich, dein Bauchgefühl behält recht, wobei …« Sie stockte. »Was, wenn wir ihn finden und er uns gar nicht sehen will? Oder wenn er zugibt, meine Mutter verraten zu haben? Oder … oder …?«

»Ich glaube, es ist müßig, sich darüber Gedanken zu machen. Wenn ihr ihn wirklich aufspürt, dann wird sich alles Weitere von selbst ergeben. Natürlich gibt es keine Garantie, dass das Ganze keine furchtbare Enttäuschung wird. Aber meine professionelle Erfahrung sagt mir, es ist immer besser, die Familiengeheimnisse zu kennen, so entsetzlich sie auch immer sein mögen, als mit den unsichtbaren Narben, die sie bei uns verursachen, zu leben, ohne zu wissen, woher sie kommen.«

»Das hast du wirklich schön gesagt«, erwiderte Adrienne. Als sie nun einen Blick auf ihre Armbanduhr warf, erschrak sie. Es war inzwischen fünf Uhr morgens. Plötzlich bekam sie unbändige Lust, noch einmal aufs Meer hinauszuschwimmen.

Camille fand das leicht verrückt, versprach aber, ihr vom Strand aus zuzusehen.

Als Adrienne wenig später vom Meer aus auf das Haus und die Bucht zurückschaute, die im Licht des Sonnenaufgangs in rötlich gelben Farben schimmerten, hatte sie die Vision, dass sie sehr bald wieder an diesen Ort zurückkehren würde.

## 28.

Das Hotel *Manoir de Sphinx* machte, wenn man sich ihm von der Straße her näherte, keinen besonders aufregenden Eindruck. Adrienne aber wusste, dass sich der Zauber erst auf der Rückseite des Hauses entfaltete. Es lag auf einem Hügel, der zum Meer hin steil abzufallen schien, doch das täuschte. Ein terrassenförmig angelegter Garten führte bis hinunter zum Meer. Die Zimmer hatte Adrienne bislang nur sehnsüchtig in Prospekten und im Internet betrachtet. Sie hoffte inständig, dass Ruben eins mit Meerblick ergattert hatte. Als sie auf den hoteleigenen Parkplatz fuhr, klopfte ihr das Herz bis zum Hals. Sie hatte sich einen Mietwagen besorgt, mit dem sie dann weiter bis nach Freiburg fahren wollte. Dort musste sie ihn wieder abgeben. Da Jannis mit dem Wagen nach Freiburg kam, brauchte sie für ihre Tour nach Paris und Barfleur kein eigenes Auto.

Mit prüfendem Blick checkte sie ab, ob dort bereits ein Fahrzeug mit niederländischer Nummer parkte, aber das war nicht der Fall. Ein wenig verunsicherte sie die Tatsache, dass sie gar keine weiteren Nachrichten von Ruben bekommen hatte. Sie hatten nicht einmal Details zu ihrem Treffen verabredet, außer: *Freitagmittag, Manoir de Sphinx.* Sie trug ein neues Outfit, das sie zusammen mit Camille in Saint-Malo erstanden hatte. Es bestand aus einer schlichten ärmellosen schwarzen Bluse und einem rot-schwarz gepunkteten Sommerrock. Sogar die passenden Turnschuhe hatte sie sich gegönnt, aber Camilles Vorschlag, doch lieber ein Paar elegante Pumps zu

303

wählen, war bei ihr auf taube Ohren gestoßen. Was nützte es, wenn das Styling stimmte, sie sich aber nicht wohlfühlte? Nein, sie wollte sich auf keinen Fall für Ruben verkleiden.

An Rock und Bluse hatte sich Adrienne erst gewöhnen müssen, aber inzwischen fühlte sie sich sehr wohl in dieser Aufmachung. Sie trug ihr mittellanges blondes Haar absichtlich offen, damit Ruben sah, dass sie nicht nur ein undefinierbares Haarknäuel auf dem Hinterkopf besaß, wie sie es im Jemen getragen hatte.

Adrienne holte ihren Rucksack aus dem Kofferraum und überlegte, wie sie nun weiter vorgehen sollte: vor dem Hotel oder im Garten auf Ruben warten? Oder nach dem reservierten Zimmer fragen und sich dort einrichten?

Ihre Neugier siegte. Sie entschied sich, das Zimmer, wenn möglich, schon zu beziehen. Als sie vor der Rezeption ankam, spürte sie vor lauter Aufregung einen Kloß im Hals. Sie musste sich erst einmal kräftig räuspern, bevor sie nach dem Zimmer fragen konnte, das Monsieur Ruben … Erschrocken hielt sie mitten im Satz inne. Ihr fiel siedend heiß ein, dass sie nicht einmal seinen Nachnamen kannte. Im Camp hatten sich alle nur mit Vornamen angesprochen.

Glücklicherweise reichte ihr die nette junge Frau da bereits den Zimmerschlüssel. Ihr fiel ein Stein vom Herzen, dass sie nicht peinlich berührt zugeben musste, von ihrem Date nicht einmal den Nachnamen zu wissen.

»Ich habe schon eine Nachricht für Sie, wenn Sie Madame Adrienne sind«, sagte die Angestellte freundlich und drückte ihr eine Telefonnotiz in die Hand. Natürlich auch ohne Nachnamen, denn in dem Punkt war Ruben offenbar nicht viel schlauer als sie.

Mit zitternden Fingern faltete Adrienne den Zettel auseinander und las die Nachricht, die Ruben für sie hinterlassen hatte.

*Monsieur Van den Linden lässt Ihnen ausrichten, dass er gegen fünfzehn Uhr eintrifft. Er bedauert, Sie nicht erreichen zu können, aber der Akku seines Telefons ist defekt.*

»Ihr Zimmer liegt im ersten Stock. Soll Ihnen jemand Ihr Gepäck hinaufbringen?«

Adrienne musste unwillkürlich grinsen, während sie das nette Angebot ablehnte. Ihrem Rucksack war nämlich durchaus anzusehen, dass er in den vergangenen Jahren viel gereist war, und das mit Sicherheit nicht von einem Fünfsternehaus zur nächsten Luxusherberge.

Sie stieg die enge Treppe in den ersten Stock hinauf, obwohl es auch einen Aufzug gab.

Als sie die Tür aufschloss, beschleunigte sich ihr Herzschlag. Das war ein Traum! Keine Frage. Das große Fenster zum Meer fiel ihr sofort ins Auge. Fast ehrfürchtig betrat sie das Zimmer und sah sich staunend um. Es war sehr hell, weil es ein großes Fenster nach vorn und an der Seite einen Balkon mit Meeresblick besaß. Da störten weder die braunen Möbel, die schon bessere Zeiten gesehen hatten, noch die Tapete mit den merkwürdigen Ornamenten. Überhaupt war das Zimmer viel zu vollgestellt. Die Sitzecke vor der Balkontür war überflüssig, sodass Adrienne sich erst einmal daranmachte, die Möbel so umzustellen, dass sie einen freien Zugang zum Balkon hatte. Dann riss sie die Türen auf, und der Raum füllte sich mit der würzigen bretonischen Luft, die Adrienne so liebte. Belustigt dachte sie daran, dass sie diese Art, Hotelzimmer zu beziehen, von Eva übernommen hatte. Ihre erste Handlung, wenn sie in Hotels logiert hatten, war die komplette Umgestaltung der Hotelzimmer gewesen. Es war ein merkwürdiges Gefühl, fußläufig von Ploumanac'h in einem Hotel zu wohnen. Obwohl es räumlich so nahe war, schien es doch eine völlig andere Welt zu sein.

Nun holte sie das Notwendigste aus ihrem Rucksack, wie ihre Waschsachen und Kleidung zum Wechseln, und ließ das wenig ansehnliche Gepäckstück in den Tiefen des Kleiderschranks verschwinden. Sorgfältig hängte sie ihr neues Kleid, das sie am Abend tragen wollte, auf einen Bügel.

Schließlich setzte sie sich auf den Balkon und ließ den Blick schweifen. Es war wirklich ein fantastischer Ausblick, den sie auf die sieben Inseln genoss. Ob sie noch ihre Namen kannte? Nach einigen Anlaufschwierigkeiten fielen sie ihr wieder ein: Rouzic, Les Costans, Malban, Bono, Île aux Moines, Île Plate und Les Cerfs. Wie oft waren sie mit Martin mit dem Ausflugsboot zu den unbewohnten Inseln geschippert und hatten dort Stunden in völliger Abgeschiedenheit verbracht. Bei diesen Ausflügen war Eva lieber im Ferienhaus geblieben, weil sie nichts öder fand als Inseln, auf denen nur der Leuchtturmwärter wohnte.

Nach einer Weile verspürte Adrienne eine bleierne Müdigkeit. Obwohl sie erst gegen sechs Uhr morgens im Bett gewesen waren, hatte sie vor Aufregung nur bis acht Uhr schlafen können.

Ihr Abschied von Camille war herzlich gewesen. Ihre Tante hatte sie noch zur Mietwagenstation in Lannion gefahren. Natürlich hatte sie ihr auch angeboten, sie zum Hotel zu bringen, doch Adrienne wollte ihr eigenes Auto haben, mit dem sie vom *Manoir de Sphinx* gleich nach Deutschland weiterfahren konnte. Sie hatte noch eine kleine Planänderung vorgenommen und wollte einen Umweg über Riquewihr machen, obwohl sie keinen Schimmer hatte, wo genau ihre Mutter in dem elsässischen Ort den Tod gefunden hatte.

Adrienne überlegte, ob sie auf dem Balkon noch ein wenig im Schatten des Sonnenschirms dösen oder sich lieber ein bisschen ins Bett legen sollte.

Schließlich siegte ihr Bedürfnis, sich auszustrecken. Vorsichtshalber zog sie den Rock und die Bluse aus, um ihre Sachen nicht zu zerknüllen. Dann schloss sie die Tür von innen ab. Nur mit ihren Dessous bekleidet, legte sie sich auf die Überdecke und schlief sofort ein.

Sie träumte von Ruben, wie sie an einem langen Strand aufeinander zuliefen und sich in die Arme fielen. Dann spürte sie nur noch seine weichen Lippen auf ihrem Mund.

»Ruben«, flüsterte sie und gab sich verzaubert seinem Kuss hin, doch in diesem Augenblick hörte sie ein Geräusch, das wie ein Klopfen klang … und Ruben war verschwunden. Das Klopfen wurde lauter. Erschrocken schlug sie die Augen auf. Es dauerte eine Weile, bis sie begriff, dass sie geträumt hatte und nur das Klopfen echt war.

»Adrienne?«, hörte sie eine ihr vertraute Stimme rufen.

Mit einem Satz war sie vom Bett aufgesprungen. Das hätte sie nicht tun sollen, denn ihre Knie fühlten sich wie Pudding an, und sie musste sich an der Wand abstützen. Dort atmete sie einmal tief durch, und dann war sie bereit, Ruben die Tür zu öffnen.

## 29.

Adrienne war von Rubens Anblick derart hingerissen, dass sie keinen einzigen Gedanken daran verschwendete, dass sie ihm in verführerischen weinroten Spitzendessous gegenüberstand.

Erst als er heiser raunte: »Das nenne ich mal einen gelungenen Empfang«, wurde ihr bewusst, wie begehrlich er sie anstarrte. Das Wiedersehen hatte sie sich unzählige Male bis ins kleinste Detail ausgemalt, aber dass sie Ruben halb nackt bei der Hand nehmen und zum Bett führen würde, das war in ihren Planungen nicht vorgekommen. Aber genau das tat sie jetzt. Alles andere hätte sich falsch angefühlt.

Aus Rubens Augen sprach die pure Lust, und er ließ sich bereitwillig neben ihr aufs Bett sinken. Er betrachtete sie wie ein Wunder, und seine Augen funkelten vor Leidenschaft. »Du bist so schön«, flüsterte er und strich mit den Fingerspitzen so zärtlich über ihren nackten Körper, dass sie eine Gänsehaut bekam.

»Du hast noch viel zu viel an«, hauchte Adrienne und öffnete genüsslich Knopf für Knopf seines Hemds, um es ihm dann auszuziehen und seinen trainierten nackten Oberkörper zu liebkosen. Ruben stöhnte auf vor Lust, und Adrienne löste geschickt den Gürtel seiner Hose, als hätte sie nie etwas anderes getan, als Männer in wilder Leidenschaft zu entkleiden. Nachdem sie ihn von der Jeans befreit hatte, pressten sie ihre nackten Körper aneinander und genossen die Berührung mit der Haut des anderen.

Eng umschlungen schafften sie es, sich gegenseitig von ihren Slips zu befreien. Nun gab es nur noch ein einziges störendes Kleidungsstück zwischen ihnen. Das war Adriennes BH, den ihr Ruben nun auszog. Als er begann, sanft ihre Brustwarzen zu massieren, da war sie bereit für ihn. Und er für sie, wie sie an ihrem Bauch spürte.

Doch bevor er in sie eindrang, streichelte er sie zwischen den Schenkeln, bis sie zum Höhepunkt kam. Es kostete sie viel Selbstbeherrschung, um ihren Lustschrei nicht bis nach Perros erklingen zu lassen.

Nachdem sie sich kurz und heftig geliebt hatten, sahen sie sich mit einer Mischung aus Verwunderung und Glückseligkeit an. Ruben hat kein bisschen an Attraktivität verloren, dachte Adrienne verliebt. Ja, und wie sie in diesen blonden Naturburschen verliebt war! Er strahlte sie aus seinen außergewöhnlichen türkisblauen Augen nicht minder verliebt an.

»Ich habe mir unsere Begegnung bis ins letzte Detail ausgemalt, aber diese Variante war nicht dabei. Ich hatte eher an ein ausführliches Gespräch zum Aufwärmen gedacht.« Er strich ihr zärtlich über die geröteten Wangen.

Adrienne lächelte ihn gewinnend an. »Tja, aufwärmen war nicht nötig. Es wurde gleich extrem heiß, aber ich hatte mir unser Wiedersehen auch anders vorgestellt. Und glaub mir, ich hatte eigentlich nicht vor, dich in Dessous zu begrüßen.«

»Ich glaube dir kein Wort. Das war doch reine Taktik, mich willenlos zu machen.«

»Nein, es war ein Test, ob du vielleicht doch nicht so ein tiefsinniger Mann bist, wie ich dich bislang erlebt habe, sondern ein gewöhnlicher Kerl, der auf oberflächliche weibliche Reize sofort anspringt.«

»Du Schlange!« Er beugte sich über sie. Bevor sie sich für diese Frechheit rächen konnte, hatte er ihr schon den Mund mit einem Kuss verschlossen. Sie erwiderte seinen Kuss leidenschaftlich, und Sekunden später liebten sie sich erneut.

Als sie danach völlig erschöpft und glücklich in seinen Armen lag, versicherte sie ihm, so einen Wüstling wie ihn habe sie ja noch nie erlebt.

»Gut, dann werde ich dem alle Ehre machen, den ganzen Tag mit dir im Bett bleiben und jede Stunde über dich herfallen« Er biss ihr zärtlich ins Ohr.

»O nein, hab Erbarmen, ich möchte jetzt mit dir schwimmen gehen.«

»Superidee! Ich könnte gut eine Erfrischung gebrauchen, denn ich bin heute Morgen gegen fünf Uhr aus Harderwijk gestartet und bis auf zwei Tankpausen durchgebrettert, nur um endlich bei dir zu sein. Weißt du eigentlich, dass ich jeden Tag an dich gedacht habe, seit du so plötzlich verschwunden warst?«

»Ich hätte mich so gern von dir verabschiedet, aber es ging alles so schnell, dass ich mich nicht mehr melden konnte. Als mir am OP-Tisch übel wurde, ich mich übergeben musste und mir der Kreislauf wegsackte, hat man mich sofort in ein Fahrzeug verfrachtet, das an der Küste geschmuggeltes Verbandszeug holen sollte. Die Schmuggler, die auf der Rücktour Khat aus dem Jemen an Bord hatten, sollten mich mit dem Boot nach Dschibuti bringen. Von dort ging es am gleichen Abend mit dem Flieger nach Deutschland.«

»Meine Güte, was für eine Ochsentour! Seit die Blockade verhängt wurde, ist die Lage noch aussichtsloser. Wir können immer weniger tun, weil uns die Medikamente ausgehen, und wir haben weder Strom noch genügend Verbandszeug. Und das Schmuggeln ist fast unmöglich geworden. Ach, Adrienne, es ist so schrecklich! Und ich wäre trotzdem geblieben, wenn nicht diese blöde Bronchitis gewesen wäre«, erklärte Ruben bekümmert. »Da war ich auch gezwungen, auf recht abenteuerlichen Wegen in Richtung Heimat zu gelangen.«

Um ihm zu signalisieren, wie nahe ihr seine Worte gingen, nahm Adrienne seine Hand und drückte sie sanft.

»Wollen wir uns jetzt anziehen und eine Runde schwimmen?«, fragte sie nach einer Weile leise.

Er warf ihr einen liebevollen Blick zu. »Das machen wir! Der Tag ist zu schön, um über das ganze Elend zu reden!« Ruben sprang aus dem Bett.

»Ach, Ruben, natürlich werden wir nicht aufhören, darüber zu sprechen, aber schau, wie schön die Sonne scheint …« Mit diesen Worten reckte sie sich und stand ebenfalls auf. Sie überlegte noch, ob sie zum Strand nicht nur eine Tunika überziehen sollte, aber dann entschied sie sich für die Kleidung, die sie heute Morgen extra für ihr Wiedersehen angezogen hatte.

Als sie fertig waren und sich Adrienne ihr verwuscheltes Haar glatt gebürstet hatte, musterten sie einander neugierig von Kopf bis Fuß. Ruben trug eine schwarze Jeans und ein helles Leinenhemd, das ihm außerordentlich gut stand, wie Adrienne feststellte. Auch ihm schien zu gefallen, was er sah.

»Ich fand dich in deinen verlotterten Klamotten supersüß, aber so bist du ja eine … eine … wie soll ich sagen? Eine Traumfrau! Aber das warst du auch schon vorher. Ach, du bist so wahnsinnig hübsch, und was für schönes Haar du hast!« Ruben nahm sie überschwänglich in die Arme und drückte sie fest an sich. Adrienne fühlte sich an seiner starken Brust wunderbar geborgen. Keine Frage, sie liebte diesen Mann von ganzem Herzen. Diese Erkenntnis machte ihr selbst ein wenig Angst, obwohl es sich wie selbstverständlich anfühlte. Und er roch so verdammt gut. Nicht, dass er im Jemen gemüffelt hätte, aber er hatte wohl sehr dezent einen Herrenduft benutzt, was bei der Arbeit ein No-Go gewesen wäre, aber nicht nur für ihn. Auch Adrienne hatte dort nie Parfum benutzt.

»Und wie gut du riechst«, fügte Ruben schwärmerisch hinzu, steckte seine Nase noch tiefer in ihr Haar und schnupperte entzückt daran.

Adrienne löste sich aus der Umarmung und gab das Kompliment an Ruben zurück. Erst in diesem Augenblick wurde ihr bewusst, dass er das eben auf Deutsch gesagt hatte, nachdem sie die ganze Zeit zuvor auf Englisch miteinander kommuniziert hatten.

»Wieso sprichst du so gut deutsch? Das wollte ich dich eigentlich schon im Camp fragen.«

»Das ist eine etwas längere Geschichte. Kannst du noch warten, bis wir schwimmen waren?«

»Ich gebe mir alle Mühe«, konterte sie lächelnd.

Die Hände ineinander verschlungen, verließen sie wenig später mit ihren Badesachen unterm Arm das Hotel. Mit einem Seitenblick bemerkte Adrienne, dass ihnen die junge Frau an der Rezeption einen sehnsüchtigen Blick zuwarf. Offenbar strahlte ihre Verliebtheit auch nach außen.

Den kurzen Weg zum Strand legten sie schweigend zurück. Erst nachdem sie sich ausgezogen hatten und in ihre Badesachen geschlüpft waren, rief ihm Adrienne zu: »Wer als Erster um die Boje da draußen rumschwimmt und wieder zurück, hat gewonnen!« Und schon war sie losgesprintet, während Ruben ihr nur mit Mühe folgen konnte. Doch als er dann im tiefen Wasser loslegte, gab er alles und zog kurz vor der Boje an Adrienne vorbei. Sie wollte kaum glauben, dass jemand es schaffte, sie zu überholen, aber da hatte Ruben bereits die Boje umrundet und kraulte zurück zum Strand. Dieser Vorsprung befeuerte ihren Ehrgeiz, und sie übertraf sich beinahe selbst, aber Ruben blieb ihr eine Länge voraus. Keuchend fragte sie ihn, wie er das geschafft hatte. Ruben gab zu, dass er einmal Jugendmeister im Kraulen gewesen war, was ihm einen liebevollen Stoß in die Seite einbrachte.

Erschöpft ließen sie sich gemeinsam auf Adriennes großes

Strandtuch fallen. Sie kuschelte sich ganz dicht an seinen nassen Oberkörper und fuhr ihm mit den Fingerspitzen neckisch über die nackte Haut.

»Das ist schon ein Wunder mit uns«, raunte er ihr zärtlich zu. »Ich hatte gehofft, dass wir uns im zivilen Leben auch so gut verstehen wie als Team um Leben und Tod. Aber seit ich dich wiedergesehen habe, weiß ich, dass du tatsächlich die Frau bist, die zu mir gehört.«

Adrienne fuhr vor lauter Aufregung hoch. »Wie meinst du das? Die Frau, die zu dir gehört?«

»Ich habe mich immer für einen einsamen Wolf gehalten, der nicht dafür geschaffen ist, sich an eine Frau zu binden ...«

»O ja, genau das hast du ausgestrahlt! Und wie!«, bekräftigte Adrienne Rubens Selbsteinschätzung.

»Aber das ist doch das Verrückte. Seit ich dich kenne, möchte ich mein Leben mit dir verbringen. Ich möchte mich nicht mehr von dir trennen. Das habe ich noch nie so erlebt. Das hätte mir sonst irre Panik bereitet.« Ruben hielt erschöpft inne.

»Hattest du viele Freundinnen?«, fragte Adrienne vorsichtig.

»Darüber schweigt ein Gentleman. Natürlich gab es überall, wo ich gearbeitet habe, auch tolle Frauen. Aber ich war immer ganz froh, wenn ich weiterziehen musste. Und das war bei dir plötzlich anders. Ich habe dich vermisst.« Ruben musterte sie prüfend aus seinen wunderschönen Augen. »Findest du das beängstigend?«

Adrienne fuhr ihm mit den Fingern hingebungsvoll durch seine Locken, die, wie sie jetzt erst bemerkte, ganz offensichtlich gestutzt worden waren. Im Jemen waren sie viel länger gewesen. Manchmal war sie gar nicht mehr durch sein Haar gekommen, weil es beinahe zusammengeklebt war.

»Ja, ich habe Angst«, erwiderte Adrienne mit fester Stimme.

»Die Angst, mich am Sonntag für immer von dir verabschieden zu müssen.«

Ruben zog sie ganz zu sich heran. »Keine Sorge, ich denke nicht daran, für immer zu gehen«, raunte er ihr ins Ohr. »Ich möchte eine richtige Beziehung mit dir«, fügte er zärtlich hinzu.

Ja, das wäre die Erfüllung meiner Träume, dachte Adrienne, aber das konnte nicht funktionieren. Weder mit einem Helfer aus Leidenschaft wie Ruben, dem seine Arbeit im Herzen der Krisengebiete stets mehr bedeuten würde als eine Frau, ganz gleich, wie sehr er sie liebte, noch mit ihr selbst, die völlig ungeübt war, eine verbindliche Beziehung mit einem Mann zu leben. Sie hatte in der Vergangenheit nie mehr als lockere Verhältnisse gehabt. Nein, auch sie konnte sich jetzt nicht so einfach auf eine Partnerschaft einlassen.

Sie löste sich aus der Umarmung und setzte sich ruckartig auf. »Wie soll das gehen? Wir sind alle beide mit unserer Arbeit verheiratet!«, stieß sie heftig hervor. Ruben sah sie irritiert an.

»Entschuldigung, falls ich dir zu nahe getreten bin. Ich wollte doch nur meinem Herzenswunsch Ausdruck verleihen. Auch wenn er in deinen Augen Unsinn ist.«

Adrienne zuckte innerlich zusammen. So hatte sie das doch gar nicht gemeint. Sie wollte nur vermeiden, dass sie irgendwelchen Hirngespinsten hinterherliefen. Aber wie sollte sie ihm das jetzt noch plausibel erklären? Er wirkte gekränkt.

Während sie noch nach den richtigen Worten suchte, wechselte Ruben bereits das Thema. »Du wolltest wissen, warum ich so gut deine Sprache spreche?«

»Genau, das wollte ich dich schon in Sanaa fragen, aber da hatten wir andere Sorgen, und ich kam nie dazu«, erwiderte Adrienne, während sie fieberhaft darüber nachdachte, wie sie ihm das gegenüber richtigstellen sollte. Am liebsten hätte sie ihm gestanden, dass sie mit ihm ans Ende der Welt gegangen wäre, weil er nicht nur klug, mutig, aufrichtig, empathisch und attraktiv war, sondern auch eine wahnsinnig positive Ausstrahlung besaß und über ausreichend Humor verfügte und ...

Ruben richtete sich auf und erzählte ihr nun von seiner Familie. Seine Mutter war Deutsche, was bei den Van den Lindens an Verrat grenzte, nachdem die Familie während der deutschen Besatzung in verschiedenen Organisationen Widerstand gegen die Nazis geleistet hatte. Rubens Großvater war jedenfalls entsetzt gewesen über die Wahl seines Sohns und hatte ihm mit Enterbung gedroht. Doch Rubens Vater hatte sich nicht davon abbringen lassen, Karin zu heiraten – die Mof aus Hannover, wie man im Hause Van den Lindens Deutsche zu nennen pflegte. Schließlich hatte man die Schwiegertochter doch noch in den Schoß der Familie aufgenommen, war aber schwer empört gewesen, dass Ruben und sein Bruder zweisprachig aufgewachsen waren. Unter dem Dach der Großeltern wurde konsequent kein Wort Deutsch gesprochen.

»Na ja, ich kann es ein bisschen verstehen. Die Niederländer haben schließlich sehr unter der Besatzung gelitten«, bemerkte Adrienne verständnisvoll.

»Das ist leider wahr. Einer meiner Großonkel ist sogar nach Deutschland verschleppt worden und dort in einem Konzentrationslager ums Leben gekommen, aber meine Mutter ist Jahrgang 1952. Die kann nun wirklich nichts für die Naziverbrechen. Vor allem hat ihre Familie sie auch wegen ihrer Heirat mit Papa verstoßen, weil ihr Vater wohl nach dem Krieg immer noch eine braun gefärbte Gesinnung besaß. Ich habe meine deutsche Familie jedenfalls niemals kennengelernt. Aber meine Mutter hat uns die deutsche Sprache von Kindesbeinen an beigebracht, und auch mein Vater spricht perfekt deutsch. Er hatte geschäftlich viel mit Deutschen zu tun. So, nun kennst du meine Familiengeschichte.«

Adrienne war gerührt von Rubens Offenheit. Das würde sie sich nicht trauen, derart über ihre Wurzeln mit ihm zu sprechen. Noch nicht jedenfalls …

»Und was macht dein Vater beruflich?«, fragte Adrienne schnell, um ihm keine Gelegenheit zu geben, die Gegenfrage nach ihrer Familie zu stellen.

»Du hast die Wahl zwischen zwei Klischees. Blumen oder Käse, das ist hier die Frage.«

»Ich tippe auf Blumen«, erwiderte sie lachend.

»Knapp daneben«, entgegnete Ruben schmunzelnd. »Die Van den Lindens machen seit Generationen in Käse, aber weder mein Bruder noch ich treten in die Fußstapfen unserer Vorfahren. Sehr zum Kummer des Großvaters.«

»Ist dein Bruder auch Arzt geworden?«

»Nein, Joris ist Jurist und arbeitet für *Amnesty International*. Aber was hältst du davon, wenn wir eine Kleinigkeit essen gehen und du mir zur Abwechslung von deiner Familie erzählst?«

»Vom Essengehen halte ich eine ganze Menge«, erwiderte Adrienne. Von Familienbeichten dagegen gar nichts, fügte sie in Gedanken hinzu.

»Ich lade dich ins Hotelrestaurant ein. Das hat durchgehend geöffnet.« Er warf einen Blick auf seine Uhr. »Oh, es ist ja schon weit nach siebzehn Uhr! Hat unsere Begrüßung so lange gedauert?« Er zwinkerte ihr verschwörerisch zu.

»Mir kam es auch kürzer vor«, erwiderte sie kichernd. »Dann lass uns die nassen Sachen aufhängen und umziehen!«

Beschwingt kehrten sie zum Hotel zurück. Adrienne war froh, dass sich die störenden Wölkchen bereits wieder verzogen hatten. Trotzdem verspürte sie das Bedürfnis, das kleine Missverständnis aufzuklären.

»Du? Ich wünsche mir übrigens nichts sehnlicher als eine

Beziehung mit dir. Ich habe mich da vorhin ein bisschen ungeschickt ausgedrückt«, gab Adrienne schließlich zu.

Ruben blieb unvermittelt stehen und nahm sie in die Arme. »Ich glaube, ich habe dich sehr wohl verstanden. Du hast ja recht. Es könnte schwierig werden, wenn wir beide ständig auf unterschiedlichen Kontinenten unterwegs sind.«

Obwohl seine Worte ihre eigenen Bedenken wiedergaben, hätte Adrienne in diesem Moment lieber etwas anderes aus seinem Mund gehört: dass sie beispielsweise eine Lösung finden würden, um diese Beziehung auch leben zu können. Doch nun schien Ruben derjenige zu sein, der von Wolke sieben zur Erde zurückgekehrt war.

An der Rezeption bestellte Ruben einen Tisch für achtzehn Uhr. Es war der letzte freie Tisch, wie ihm die Dame versicherte. Wenn das kein gutes Zeichen ist, dachte Adrienne und nahm sich vor, alle düsteren Gedanken zu verjagen, solange Ruben bei ihr war, und lieber jeden Moment des Zusammenseins zu genießen, als wäre es der letzte.

Im Zimmer angekommen, nahm sie ihr neues Sommerkleid – ebenfalls eine Neuerwerbung aus Saint-Malo – vom Bügel und verschwand im Bad. Dort duschte sie ausgiebig und cremte sich mit wohlriechendem Sandelholzbalsam ein. Ihr Haar steckte sie sorgfältig zu einer Hochfrisur auf und schminkte sich leicht. Dann zog sie das neue Kleid ein. Es war ein knielanger schwarzer Neckholder.

Als sie ins Zimmer trat, blieb Ruben, der gerade ein Jackett aus seinem Rucksack zog, wie angewurzelt stehen. »Gnädige Frau, kann ich Ihnen helfen? Ich bin leider schon mit meiner Freundin verabredet. Sonst ginge ich mit Ihnen ans Ende der Welt!«, stieß er begeistert hervor.

»Tun Sie sich keinen Zwang an! Ich habe Ihre Freundin ausgetrickst. Sie kommt nicht mehr heute Abend«, erwiderte Adrienne neckisch.

»Oh, là, là, dann bringen Sie mich in große Gewissenskonflikte. Ich würde Ihnen nämlich gern auf der Stelle das Kleid vom Leib reißen und Ihre schöne Frisur verwuscheln.«

»Unterstehen Sie sich! Vielleicht zum Nachtisch. Kommen Sie!« Adrienne reichte ihm den Arm. Kichernd verließen sie das Zimmer, nicht ohne sich vorher noch einmal leidenschaftlich zu küssen.

## 30.

Das Restaurant des Hotels *Manoir de Sphinx* bestand aus zwei überdachten Terrassen, die über dem Meer zu schweben schienen. Von dort bot sich ein traumhafter Panoramablick.

Der Kellner führte die Gäste an einen Tisch in der ersten Reihe zum Meer mit besonders schöner Aussicht. Ruben spielte den formvollendeten Gentleman und rückte Adrienne den Stuhl zurecht. Mit prüfendem Blick stellte sie fest, dass sich bei der Inneneinrichtung des gediegenen Restaurants in den letzten Jahren kaum etwas verändert hatte. Wohlig lehnte sie sich auf dem bequemen Stuhl zurück und beobachtete Ruben, wie er die Speisekarte aufschlug und sich in die Menüfolge vertiefte. Seine Miene war sehr konzentriert, und auch das stand ihm gut. Überhaupt liebte sie alle seine Gesichter – das jungenhafte, das ernste, das strahlende …

Als er von der Karte aufsah, trafen sich ihre Blicke und sogen sich förmlich aneinander fest. »Was hältst du von einem Champagner als Aperitif?«, fragte er.

»Also, das muss nicht unbedingt sein … Ich meine, es kann auch Sekt sein …«, stammelte sie, weil sie ihm natürlich nicht direkt sagen mochte, dass sie ihn nicht ausnehmen wollte. Es war schon großzügig genug, dass er sie einlud, zumal das Restaurant nicht gerade preiswert war.

»Hast du Sorge, ich müsste erst eine Bank überfallen, um die Zeche bezahlen zu können?«, lachte Ruben, doch Adrienne erstarrte innerlich. Seine Anspielung war natürlich als Scherz gemeint, ging ihr aber durch und durch. Sofort musste sie an ihre Eltern denken.

»Habe ich was Falsches gesagt?«, fragte er verdutzt. »Du bist ganz blass geworden.«

Adrienne rang sich zu einem Lächeln durch. »Nein, nein, alles gut. Ich dachte nur daran, dass wir zum Schluss nicht mehr bezahlt wurden …«

»Ist ja süß, dass du dir meinen Kopf zerbrichst! Aber mein Vater unterstützt mich großzügig. Er ist zwar schwer enttäuscht, dass mein Bruder und ich nicht in Käse machen, aber insgeheim bewundert er uns für unser Engagement.«

»Gut, dann nehme ich den Champagner«, stimmte Adrienne lächelnd zu, während sie die Karte aufschlug. »Und natürlich das große Menü mit Langustencannelloni und dem Wolfsbarsch mit dem Pastinakenpüree.«

»Genau das nehme ich auch«, erwiderte Ruben ungerührt.

»Moment, das war doch nur Spaß! Ich bin kein Mensch, der sich bei Einladungen das Teuerste aussucht …«

»Aber heute machst du eine Ausnahme. Das hättest du also gern, oder?«

Bevor Adrienne ihm antworten konnte, kam der Kellner an den Tisch. Ruben bestellte den Champagner und die beiden Menüs samt dem Wein, der vom Haus empfohlen wurde.

»Ich fühle mich wie eine Prinzessin«, verriet Adrienne ihm. »Ich kann mich nicht erinnern, wann mich mal ein Mann so zum Essen ausgeführt hat. Außer meinem Dad und meinem Bruder.«

»Das ist doch jetzt eine galante Überleitung zu deiner Familie. Ich möchte alles über dich erfahren«, sagte Ruben, während er sie mit Blicken förmlich verschlang. »Aber erst mal will ich wissen, wie viele Männerherzen du schon gebrochen hast.«

»Ich? Kein einziges«, erwiderte sie lachend, wurde aber

gleich wieder ernst. »Ich war eigentlich nur einmal in meinem Leben richtig verliebt. Mit zwanzig, aber wir hatten keine Beziehung. Ich hatte eigentlich immer nur Affären. Dass ich nicht mehr wollte, daraus habe ich nie einen Hehl gemacht. Ein paarmal wollte einer trotzdem mal mehr. Da gab es dann schon gebrochene Männerherzen.«

»Und magst du mir von dem Mann erzählen, in den du richtig verliebt warst?«

Adrienne schüttelte heftig den Kopf. »Ich weiß nicht, ob das eine gute Idee ist. Über Verflossene rede ich nicht so gern«, erklärte sie ausweichend.

»Damit habe ich kein Problem. Sie hieß Leyla, war so schön wie eine Prinzessin aus Tausendundeiner Nacht, und ich dachte, wenn sie nicht meine Freundin wird, sterbe ich. Ich war allerdings erst sechzehn. Wenn ich es nur gewagt hätte, ihr zu nahe zu kommen, hätten mich ihre Brüder zu Klein-holz verarbeitet. Sie hatten nämlich schon einen Mann für die schöne Leyla ausgesucht. Eines Tages kam sie nicht mehr zur Schule, denn man hatte sie in die Türkei zurückgeschickt. Es war grausam, aber so ein Held, dass ich nach Anatolien gereist und meine Prinzessin den Armen ihres Ehemannes entrissen hätte, war ich dann doch wieder nicht.«

»Und du hast sie nie mehr gesehen, nehme ich an.«

»Nie wieder!«, bestätigte er.

Adrienne war so angetan von Rubens Offenheit, dass sie ihm von Jannis erzählte. Und plötzlich war sie mitten in ihrer Geschichte. Sie verschwieg ihm weder, dass sie adoptiert war, noch dass ihr Adoptivbruder ihre erste Liebe gewesen war. Auch nicht, dass Eva sie vor die Tür gesetzt hatte und sie über zehn Jahre lang keinen Kontakt zueinander gehabt hatten. Ihre Eltern und deren spezielle Geschichte erwähnte sie allerdings mit keinem Wort.

»Wie gemein!«, stieß Ruben schließlich voller Empörung

hervor. »Hätte ich geahnt, dass das alles so dramatisch ist, hätte ich dich mit meiner neugierigen Frage nicht gelöchert.«

In diesem Augenblick kam der Aperitif. Adrienne nahm ihr Glas zur Hand und prostete Ruben zu. »Das konntest du doch nicht ahnen. Vielleicht komme ich wieder darauf zurück, aber jetzt möchte ich erst mal auf uns beide anstoßen.«

»Auf die schönste, klügste, liebens- und begehrenswerteste Frau«, raunte ihr Ruben zu und deutete einen Kuss an.

Adrienne jagten heiße Schauer über den Rücken. »Ich trinke auf den wunderbarsten Mann.«

Kaum hatten sie sich zugeprostet, kam auch schon die Vorspeise. Adrienne lief das Wasser im Mund zusammen, aber es sah nicht nur lecker aus, sondern schmeckte auch köstlich. Mit Freuden nahm sie wahr, mit welchem Genuss auch Ruben sich über die Cannelloni hermachte.

Nach der Vorspeise führten sie ihr angeregtes Gespräch fort, vermieden es aber, an das Thema Familie anzuknüpfen, das Ruben vor dem Aperitif noch so brennend interessiert hatte. Aber es gab genügend andere spannende Themen, wie zum Beispiel die niederländische Malerei. Ruben war tief beeindruckt, dass sie die Malerin Else Berg kannte, die nach Auschwitz deportiert worden war, nachdem sie sich geweigert hatte, in Amsterdam den Judenstern zu tragen. Adrienne verriet ihm schließlich, dass ihre Adoptivmutter Kunstexpertin war und eine Ausstellung mit Malern der Bergener Schule nach Köln geholt hatte.

Bis auf den einen oder anderen begeisterten Ausruf genossen sie das Hauptgericht wieder in völliger Stille. Anschließend nahmen sie Käse vom Wagen. Adrienne bedauerte, dass ihn nicht mehr jener Kellner servierte, der Jannis und sie damals so zum Lachen gebracht hatte. Zum Dessert hatten sie die Wahl zwischen karamellisierter Birne, Apfeltarte, einem Sorbet oder einem Weichkäse.

Und wieder wählten sie dasselbe – die Apfeltarte.

»Ich glaube, wir harmonisieren perfekt, jedenfalls kulinarisch«, flüsterte ihr Ruben zu.

»Kneif mich mal! Ich glaube, ich träume«, seufzte Adrienne versonnen.

Adrienne und Ruben prosteten sich gerade mit dem restlichen Wein zu, als plötzlich Eva neben ihrem Tisch stand. Ruben bemerkte die ihm fremde Frau als Erster und warf ihr einen fragenden Blick zu. Wie immer gewann sie nach anfänglicher Überraschung schnell ihre Contenance zurück und streckte ihm eine Hand entgegen. »Ich bin Eva, Adriennes Mutter«, sagte sie, woraufhin sich Ruben formvollendet vorstellte.

Adrienne starrte Eva an wie einen Alien, aber ihre Adoptivmutter hatte nur Augen für Ruben. Adrienne kannte genau drei Varianten von Blicken, die Eva aufsetzte, wenn sie einem fremden Mann gegenüberstand. Der erste zeichnete sich durch zusammengekniffene Augen aus, was gleichbedeutend war mit ihrer abgrundtiefen Abneigung, bei dem zweiten stand ihr die Langeweile förmlich ins Gesicht geschrieben, was hieß, dass dieser Mann sie absolut nicht interessierte, und bei der dritten Variante bekam sie funkelnde Augen, die signalisierten, dass sie diesen Mann äußerst spannend fand. So wie es gerade in Evas Augen funkelte, schien ihr Ruben sogar außerordentlich gut zu gefallen.

Adrienne missfiel dieser Überraschungsauftritt ihrer Adoptivmutter allerdings zutiefst.

»Wie schön, dass wir uns hier treffen! Wollt ihr nicht zu uns kommen?«, säuselte Eva und deutete auf einen Tisch, an dem der Makler saß und verunsichert herüberwinkte.

»Nein, wir sind schon fertig mit dem Essen und wollen gleich aufbrechen«, stieß Adrienne hektisch hervor.

»Gut, aber dann kommt doch morgen zum Abendessen rü-

ber! Ich mache dir deine geliebten Moules frites, meine Süße.«
Zur Bekräftigung, wie gut sie einander verstanden, strich ihr
Eva vertraulich über das Haar. Adrienne durchfuhr trotz der
Wärme ein eiskalter Schauer angesichts der Harmonie-Show,
die ihre Adoptivmutter für Ruben abzog.

»Nein, leider sind wir morgen schon verplant«, entgegnete
sie in scharfem Ton. Rubens verblüffter Blick sprach Bände.

»Wie lange bleiben Sie denn an unserer schönen Côte de
Granit Rose, Monsieur …?«, erkundigte sich Eva. »Ihren Namen konnte ich mir auf die Schnelle nicht merken. Aber wenn
ich es richtig verstanden habe, sind Sie Holländer, oder?«

»Ruben Van den Linden aus den Niederlanden. Harderwijk
liegt in der Provinz Gelderland«, erklärte Ruben höflich. »Ich
bleibe bis Sonntag und fahre dann zurück.«

»Adrienne, aber du kommst doch noch vorbei und verab-
schiedest dich, oder?«, hakte Eva nach.

»Ja, ganz kurz«, erwiderte Adrienne knapp.

»Warum übernachtest du nicht bei mir, bevor du am Montag zurückfährst?«

»Ich fahre schon am Sonntag, weil ich auf dem Weg nach
Freiburg noch in Riquewihr …« Adrienne unterbrach sich
hastig. Eva war die Letzte, die sie in ihre Pläne einweihen
wollte.

»Freiburg? Davon hast du mir noch gar nichts erzählt!« In
Evas Ton schwang ein deutlicher Vorwurf mit.

»Ich finde, wir sollten ein anderes Mal darüber reden«, stieß
Adrienne gequält hervor.

»Aha, und was bitte führt dich nach Riquewihr?«

»Maman, bitte!«

»Adrienne, Liebling, natürlich ist es allein deine Sache, aber
tu dir doch nicht unnötig weh! Wem nutzt es, wenn du ins
Elsass fährst? Es ändert doch nichts.«

Da sah Adrienne aus den Augenwinkeln, wie der Makler

ungeduldig zu ihnen herübersah. »Dein Begleiter scheint nicht begeistert zu sein, dass du ihn so lange allein am Tisch sitzen lässt«, raunte Adrienne ihrer Adoptivmutter zu.

Eva verstand, dass ihre Gegenwart nicht länger erwünscht war, und reagierte mit ihrer berühmt-berüchtigten beleidigten Miene. »Gut, dann kehre ich an meinen Tisch zurück. Meiner Tochter ist meine Gesellschaft ganz offensichtlich nicht genehm. Aber schön, Sie kennengelernt zu haben. Vielleicht sehen wir uns ein andermal. Der Freund meiner Tochter ist mir jederzeit willkommen.« Betont fürsorglich beugte sie sich zu Adrienne herunter und hauchte ihr einen Abschiedskuss auf die Wange.

Kaum hatte Eva ihr den Rücken zugedreht, verzog Adrienne angewidert das Gesicht. »Was für ein Schmierentheater!«, zischte sie.

»Und das ist die furchtbare Frau, die dich aus dem Haus gejagt hat?«, fragte Ruben ungläubig, während er Eva mit bewundernden Blicken verfolgte.

»Genau, das ist Eva, meine Adoptivmutter, die ich vorletzte Woche nach über zehn Jahren zum ersten Mal wiedergesehen habe und die mich damals aus dem Haus geworfen hat«, knurrte Adrienne.

»Ich habe dir versprochen, dich nicht weiter mit neugierigen Fragen zu löchern«, gab Ruben flüsternd zurück. »Aber mich würde doch interessieren, warum du ihr gegenüber so biestig warst. Ich meine, das Ganze ist doch schon so lange her.«

Zu Adriennes großer Erleichterung kam in diesem Augenblick das Dessert, sodass sie ihm glaubwürdig versichern konnte, sie werde ihm alles später erzählen. Stumm aßen sie die Apfeltarte, die aber bei Weitem nicht so perfekt war wie die selbst gemachte von Camille. Und der Auftritt ihrer Adoptivmutter hatte ihr sowieso den Appetit verdorben.

Kaum hatte sie den letzten Bissen gegessen, machte sie deutlich, dass sie das Restaurant gern schnellstens verlassen wollte, denn Ruben war bereits fertig mit seinem Nachtisch.

Er musterte sie durchdringend, bevor er den Kellner herbeiwinkte, um die Restaurantrechnung abzuzeichnen. Missmutig stellte Adrienne fest, dass sie auf dem Weg zum Ausgang zwangsläufig am Tisch ihrer Mutter vorbeigehen mussten. Sie grüßte den Makler mit einem knappen Kopfnicken und gab keinerlei Signale, sich von Eva in ein weiteres Gespräch verwickeln zu lassen, sondern rauschte förmlich in Richtung Tür davon. Ruben hatte Mühe, ihr zu folgen.

»Ich brauche dringend frische Luft«, stöhnte sie und trat ins Freie, wo sie erst einmal tief durchatmete. Dann steuerte sie auf eine Parkbank zu, die vor einem üppigen rosafarbenen Hortensienbusch stand und einen traumhaften Blick über das Meer und auf die sieben Inseln bot.

## 31.

Ruben hatte den Arm um Adriennes Schultern gelegt, aber keine neugierigen Fragen mehr gestellt, obwohl sie seine innere Anspannung spürte. So saßen sie eine Zeit lang auf der Bank, weil Adrienne nicht so recht wusste, ob sie ihm eine undramatische Kurzfassung servieren oder etwas weiter ausholen sollte.

»Deine Mutter ist eine interessante Frau«, sagte er schließlich in die Stille hinein.

»Ja, das ist sie. Ich war früher auch mächtig stolz auf sie.«

»Ich hatte den Eindruck, dass sie sich sehr um dich bemüht. Oder bin ich nur ihrem Charme erlegen?«, erkundigte sich Ruben halb im Scherz.

»Beides. Eva hat die Gabe, die Herren der Schöpfung um den Finger zu wickeln. Da bist du keine Ausnahme«, gab Adrienne frotzelnd zurück. »Aber ganz im Ernst! Ich reagiere nicht immer so zickig auf sie, aber sie hat sich mir gegenüber ein ziemliches Ding geleistet …« Adrienne unterbrach sich, doch dann erzählte sie ihm von Eva und begann mit der ALS-Lüge.

»O Gott, das ist aber heftig! Da wäre ich auch sauer«, pflichtete Ruben ihr bei. Seine zugewandte Reaktion animierte sie, ihm nun chronologisch zu erzählen, was in der vergangenen Woche im Maison Granit Rose geschehen war. Ruben hörte gespannt zu und reagierte nur hin und wieder, indem er sich noch enger an sie schmiegte. Als sie ihre Schilderung beendet hatte, schwebte die Sonne gerade am Horizont wie ein glühender Feuerball über dem fast schwarzen Meer. Der Himmel leuchtete in diversen Rot- und Gelbtönen. Sie lösten die Blicke erst von dem gigantischen Schauspiel, als das Meer das allerletzte Stück der Sonne wie einen Tropfen gierig verschlungen hatte.

»Jetzt kennst du meine Familiengeheimnisse, zumindest soweit ich sie zu diesem Zeitpunkt selbst kenne.«

»Ich finde das mutig von dir, dass du dich auf die Suche nach deinem Vater machst, um herauszufinden, was für ein Mensch er ist, und vor allem, ob er deine Mutter verraten hat. Und super, dass dein Bruder mitkommt! Am liebsten würde ich euch begleiten, aber ich fliege schon am Mittwoch in den Sudan.«

»In welche Region?«, fragte Adrienne und versuchte ihren Schrecken, damit derart hart auf den Boden der Realität zurückzukehren, zu verbergen. Ihr wurde schmerzhaft bewusst, dass solche gemeinsamen Stunden in friedlicher Umgebung immer die Ausnahmen bleiben würden.

»Nord-Darfur zum Glück. Dort ist es zurzeit ein bisschen entspannter als im Süden, wenn man das überhaupt so sagen und vergleichen darf. Ich meine, gefährlich ist der Sudan überall. Außerdem kann sich das jeden Tag ändern. Aber ich bleibe auch nur für drei Monate, dann sehe ich weiter.«

Adrienne schluckte. Auf welcher Wolke hatte sie bloß geschwebt? *Nur* drei Monate würden sie sich nicht sehen. Nein, das war keine gute Grundlage für eine verbindliche Beziehung. Wie gern hätte sie das alles bis Sonntag verdrängt, aber das ging nicht so einfach.

Auch der immer positiv gestimmte Ruben schien etwas betrübt. Als er bemerkte, wie traurig sie ihn musterte, nahm er ihre beiden Hände und führte sie an seine Wangen. Dabei sah er ihr tief in die Augen. »Wir finden eine Lösung für uns beide. Das verspreche ich dir«, raunte er ihr verschwörerisch zu.

»Komm, wir verkriechen uns in unserer Höhle«, schlug Adrienne vor.

Eng umschlungen kehrten sie in ihr Hotelzimmer zurück. Sie ließen sich aufs Bett fallen und liebkosten einander eine ganze Weile. Plötzlich fiel Adrienne Martins Angebot ein, und sie fragte Ruben wie beiläufig, ob er wohl schon einmal mit dem Gedanken gespielt habe, sich als Arzt niederzulassen.

Entgeistert sah er sie an. »Um Himmels willen, nein! Für Husten und Schnupfen bin ich wirklich nicht gemacht«, erklärte er mit Nachdruck.

»Das ist doch Unsinn«, entgegnete sie unwirsch. »Auch in einer Praxis kann man Menschen wirklich helfen.«

Er fuhr erschrocken hoch. »Entschuldigung! Ich wollte dich nicht beleidigen. Natürlich ist ärztliche Hilfe überall vonnöten. Ich bin ein Idiot.« Er machte ein so zerknirschtes Gesicht, dass sie ihm nicht böse sein konnte. Stattdessen erzählte sie ihm ganz offen von der Mail mit dem Angebot ihres Adoptivvaters.

»An so etwas habe ich noch gar nicht gedacht. Hört sich spannend an. Bei unserem Know-how könnten wir die Kinder sogar selbst beispielsweise aus Afghanistan nach Deutschland holen«, fügte er aufgeregt hinzu. »Aber das würde ich nur machen, wenn ich eine Familie gründen wollte. Doch dafür bin ich, so befürchte ich, nicht geschaffen. Möchtest du Kinder?«

Die Frage kam so überraschend, dass es Adrienne schier die Sprache verschlug und sie ihn nur aus großen Augen verstört ansah. Das verunsicherte den sonst immer so selbstsicheren Ruben nur noch mehr.

»Süße, ich wollte dich doch nicht schocken. Ich habe mir noch nie über Kinder Gedanken gemacht. Du bist die erste Frau, mit der ich mir überhaupt eine gemeinsame Zukunft vorstellen kann. Und ich dachte immer, du willst so was alles nicht.«

Adrienne aber hörte nicht mehr zu. Ihre Gedanken kreisten nur noch um den Tag, an dem sie ihr Kind verloren hatte. Nicht nur *ihr* Kind, sondern auch seins. In aller Deutlichkeit sah sie den Arzt vor sich, als er ihr mitteilte, dass das Kind nicht lebensfähig sei. Ihr wurde genauso übel wie damals in der Praxis. Gerade noch rechtzeitig sprang sie auf und rannte ins Bad, wo sie sich heftig übergab. In ihrem Kopf hämmerte es wie wild, und sie wusste nicht, wohin mit ihren Gefühlen. Sie hockte sich auf die Fliesen und versuchte vergeblich, die Bilder der schrecklichen Stunden zu verscheuchen, in denen sie das Kind verloren hatte.

Da hörte sie ein Klopfen an der Tür, erst leise, dann immer lauter. »Adrienne, ist alles in Ordnung?«, fragte Ruben voller Sorge.

»Ich komme gleich!«, rief sie mit letzter Kraft, brauchte aber noch eine ganze Weile, bis sich ihr rasender Herzschlag wieder beruhigt hatte. Sie wusch sich die Hände, putzte sich die Zähne und bürstete sich das Haar. Einigermaßen erfrischt kehrte sie zu Ruben zurück. Er saß aufrecht auf dem Bett und blickte ihr sehnsüchtig entgegen.

»Ich weiß nicht, was ich getan habe, aber ich muss dich furchtbar getroffen habe. Verzeih mir, aber ich … ich konnte doch nicht ahnen, dass Kinder bei dir … ich meine … so ein … ein wunder Punkt sind …«, stammelte er voller Verzweiflung.

Adrienne schlang ihm die Arme um den Hals. »Ich muss dir etwas sagen.« Sie setzte sich zu ihm aufs Bett und schmiegte sich dicht an ihn. »Du weißt doch, dass die Kollegen im Jemen in Panik gerieten und dachten, ich könne mich an der Cholera infiziert haben. Aber die Übelkeit hatte ganz andere Ursachen …« Sie legte eine Pause ein.

Ruben wurde blass. »Du warst schwanger?«, fragte er mit bebender Stimme.

Sie nickte schwach.

Stöhnend schlug er die Hände vor das Gesicht. »Und du hast es wegmachen lassen, weil du dachtest, ich möchte kein Kind?«, fragte er gequält, nachdem er sie wieder hatte sinken lassen und ziemlich zerfurcht aussah.

Adrienne schüttelte den Kopf. Sie wunderte sich, dass sie überhaupt in der Lage war, über dieses Thema zu sprechen, ohne in Tränen auszubrechen.

»Ich hätte es behalten, aber es war nicht lebensfähig und ist gegangen, bevor ich zum Abtreibungstermin erscheinen konnte.«

»Und das hast du ganz allein mit dir ausgemacht, meine Liebste? O Gott, das tut mir so leid!«

Adrienne erschrak, als Ruben laut aufschluchzte – ein Kerl wie ein Baum, der den Kollegen noch Kraft gegeben hatte, wenn ringsum alles zusammengebrochen war, und der mit seinem Strahlen selbst Menschen in aussichtsloser Lage ermutigt hatte.

»Ich hätte dir so gern die Hand gehalten und mich von unserem Kind verabschiedet.« Er nahm sie in die Arme und klammerte sich weinend an sie. In diesem Augenblick brachen auch bei Adrienne alle Dämme, und sie ließ ihrer Trauer freien Lauf. Als ihre Tränen verebbt waren, sahen sie sich aus rot geweinten Augen an.

»Meinst du, dein Vater kann auch einen Chirurgen gebrauchen?«

Adrienne konnte kaum glauben, was Ruben da gerade gesagt hatte, und das in einem Ton, der keinen Zweifel an der Ernsthaftigkeit seiner Frage offenließ.

»Das würdest du wirklich tun?«

»Ja, ich möchte uns eine echte Chance geben, und die haben wir nur, wenn ringsum keine Bomben einschlagen, keine Kinder verhungern, keine Menschen an Cholera und Diphtherie sterben. Und wir sollten auch keine Hunderte von Kilometern voneinander entfernt sein.«

»Und das meinst du wirklich ernst?«, hakte Adrienne ungläubig nach.

»Willst du etwa einen Rückzieher machen?« Bei dieser Frage blitzte schon wieder sein Humor durch.

»Nein, auf keinen Fall. Ich habe nur selbst noch nicht entschieden, ob ich das Angebot meines Vaters annehmen soll oder … Weißt du was? Ich schreibe ihm, dass ich bei ihm vorbeischaue, sobald ich mit der Recherche in Frankreich durch bin.«

Adrienne spürte, wie ihre positiven Lebensgeister wieder neu erwachten. »Darf ich Martin kurz schreiben?«

Ruben setzte eine grüblerische Miene auf. »Also, wenn es nicht allzu lange dauert, dann ja, denn ich habe für den weiteren Verlauf des Abends noch so meine Pläne«, sagte er grinsend.

Adrienne gab ihm einen Kuss auf den Mund, nahm ihr Telefon vom Nachttisch und schrieb Martin eine kurze Nachricht, die es in sich hatte.

Ich komme nach Köln zum Vorstellungsgespräch, sobald ich zusammen mit Jannis den vom Erdboden verschwundenen Jean gefunden habe oder auch nicht. Werde bei dir einsteigen, wenn ich noch jemanden mitbringen darf. Niederländischer Facharzt für Chirurgie. Uns gibt es nur im Doppelpack!

»Und was hattest du jetzt vor?«, fragte sie lasziv, nachdem sie das Telefon aus der Hand gelegt hatte. Ruben blickte sie intensiv an, während er seine Hände unter ihr Kleid schob und sie an den Schenkeln emporgleiten ließ, bis Adrienne vor Wonne leise zu stöhnen begann.

Sie liebten sich mit einer Innigkeit, als wären sie eins. Es war nicht nur der körperliche Rausch, der sie beflügelte, sondern auch die Liebe, die beide mit einer Intensität spürten, die sie regelrecht abheben ließ. Sie waren nicht mehr ganz von dieser Erde, sondern in einem Universum, das nur für sie beide geschaffen war. In dieser Welt hatten nur ihre nackten Körper und ihre übersprudelnden Herzen Platz. Sie liebten sich etliche Male in dieser Nacht, schliefen zwischendurch erschöpft ein, erwachten wieder, weil die sanften Berührungen, die ihre Körper erschaudern ließen, keinem Traum entsprangen, sondern echt waren. Ruben verstand es meisterlich, ihre Lust damit immer wieder neu zu entfachen.

Erst als der Morgen graute, fielen Adrienne und Ruben in einen unruhigen Schlaf, ineinander verschlungen, als wären sie eine Person.

## 32.

Am nächsten Tag raste ihnen förmlich die Zeit davon. Adrienne hätte sie am liebsten angehalten. Ganz spontan hatten sie Camille einen Besuch abgestattet. Ruben war begeistert von Adriennes Tante und dem wunderschönen Haus. Sie hatten einander versichert, dass sie sich auf ein nächstes Treffen freuten. Auf dem Rückweg hatte Adrienne Ruben sogar gebeten, am Maison Granit Rose vorbeizufahren. Auch dieses Haus hatte ihm von außen sehr gut gefallen.

Daran musste Adrienne an diesem Sonntagmorgen denken, über dem der dunkle Schatten des Abschieds lag, obwohl sie das Zusammensein doch bis zur letzten Sekunde einfach nur genießen wollte. Doch nun lag sie schon seit gefühlten Stunden wach, während Ruben neben ihr friedlich schlief. Immer wieder betrachtete sie sein entspanntes Gesicht und strich ihm verträumt über das Haar. Trotzdem kam sie in Gedanken immer wieder auf ihren bevorstehenden Abschied zurück, und das machte ihr das Herz schwer, sosehr sie sich auch gegen negative Gefühle wehrte.

Wahrscheinlich wäre es anders, wenn er endlich aufwachen und sie in seine Arme nehmen würde. Auch in der vergangenen Nacht hatten sie sich mehrfach heiß geliebt. Adrienne hatte irgendwann aufgehört zu zählen, wie oft sie an diesem Wochenende schon miteinander geschlafen hatten. Sie hätte im Leben nicht für möglich gehalten, dass so etwas überhaupt möglich war, aber sie brauchten einander nur zu berühren, und schon standen ihre Körper in Flammen …

Da schlug Ruben die Augen auf. Als er Adrienne wahrnahm, ging ein Strahlen über sein Gesicht.

»Ach, wie schön, es war also kein Traum, dass du bei mir bist«, seufzte er.

Adrienne spürte, wie sich allein durch diese Worte die düsteren Wolken lichteten. »Nein, ich bin ganz echt«, raunte sie und gab ihm einen Kuss. Nachdem sie sich kurz und heftig geliebt hatten, bot Ruben ihr eine Revanche für seinen gestrigen Sieg beim Wettschwimmen an.

Adrienne musste nicht lange über seinen Vorschlag nachdenken. Ein kleiner Wettkampf würde sie bestimmt von ihren düsteren Abschiedsgedanken ablenken.

So gingen sie vor dem Frühstück zum Strand und umrundeten noch einmal die Boje. Adrienne wunderte sich, dass Ruben an diesem Morgen hinter ihr blieb, aber dann durchschaute sie sein Spiel – er ließ sie gewinnen. Also tat sie ihm den Gefallen und stieß ein Siegesgeheul aus, als sie den Strand als Erste erreichte.

»Du bist eben besser als ich.« Ruben tat gekränkt. »Oder willst du behaupten, ich hätte dich absichtlich gewinnen lassen?«, fuhr er fort und begann eine kleine Rangelei, die damit endete, dass sie sich kichernd im Sand wälzten. Wie paniert sahen sie danach aus und spülten sich den Sand ab, bevor sie ins Hotel zurückkehrten, sich anzogen und zum Frühstück gingen.

»Wenn wir im nächsten Sommer bei Camille im Haus Urlaub machen, buchen wir aber eine Nacht hier im Hotel, oder?«, fragte er mit leuchtenden Augen, als sie vor ihren Frühstückstellern saßen.

»Ganz bestimmt«, erwiderte sie versonnen.

»Und was machen wir nach dem Frühstück?«

»Wir könnten mal zu den Inseln fahren«, schlug Adrienne vor.

Ruben lächelte verlegen. »Ich würde wahnsinnig gern mit dir noch ein wenig auf unserem Balkon sitzen und einfach mit dir reden«, gestand er. »Bis man uns rauswirft«, fügte er schmunzelnd hinzu.

Dieser Vorschlag traf bei Adrienne auf offene Ohren, entsprach er doch exakt ihrem eigenen Wunsch. Sie hatte nur vermutet, dass Ruben lieber noch etwas erleben wollte.

»Ich habe noch einmal über unser Projekt nachgedacht«, begann Ruben nachdenklich, als sie wenig später auf dem schattigen Balkon saßen. »Ich glaube, wir können unsere eigene kleine Hilfsorganisation aufziehen bei den Kontakten, die wir haben. Und ich würde dann mein Geld, das ich von meinem Vater bekommen habe, investieren, damit wir die Kinder selbst aus den Krisengebieten holen.«

Adrienne nickte begeistert. »Und ich habe etwas von meiner Mutter geerbt und würde es ebenfalls gern in unser Projekt stecken.« Martin hatte ihr inzwischen eine euphorische Nachricht geschickt, dass er den jungen Chirurgen natürlich mit Handkuss nehmen würde.

»Und du hast es noch nicht bereut, mir Sesshaftigkeit zu versprechen?«, fügte sie zögernd hinzu.

»Nein, ich bin fest entschlossen. Wenn du mir das bei unseren Schäferstündchen im Jemen gesagt hättest, ich hätte dich für verrückt erklärt. Jetzt aber fühlt es sich total richtig an.«

»Du machst das aber nicht etwa, weil ich dir so leidtue, oder?«

Ruben musterte sie verblüfft. »Warum solltest du mir leid…? Du glaubst doch nicht, dass ich das nur mache, weil du unser Kind verloren hast!«

Adrienne wand sich. »Ja … nein, eigentlich denke ich das nicht. Aber ich merke, jetzt, da mir unser Abschied bevorsteht, werde ich schon ein bisschen sonderbar.«

»Das verstehe ich sehr gut. Ich muss mich auch immer wieder zusammenreißen, um nicht an den Abschied zu denken, sondern jeden Augenblick mit dir zu genießen.«

Adrienne sprang auf und fiel ihm stürmisch um den Hals. Für den Bruchteil einer Sekunde spielte sie mit dem Gedanken, ihn noch einmal ins Bett zu locken.

Als könne er Gedanken lesen, blickte er sie zweifelnd an. »Ja, das ging mir auch gerade durch den Kopf, aber wenn wir direkt danach getrennte Wege gehen, wird es nur noch härter für uns. Außerdem haben wir noch alle Zeit der Welt, unsere Leidenschaft auszuleben.«

»Weißt du, dass ich unseren Plan wahnsinnig aufregend finde?«

»Und ich erst. Hoffentlich fühlt sich dein Vater nicht überrumpelt von deiner Forderung, nur bei ihm zu arbeiten, wenn auch ich einen Job in seiner Praxis bekomme.«

»Nein, nein, ich kenne Martin. Der kann sich überhaupt nicht verstellen. Seine Begeisterung war total echt!«, versicherte ihm Adrienne, die Ruben Martins Nachricht natürlich gleich vorgelesen hatte. Und dann fachsimpelten sie, wie sie den Kontakt zu den bedürftigen Kindern am besten herstellen könnten. Adrienne schlug vor, dass sie, wenn er aus dem Sudan zurück war, dem internationalen Friedensdorf einen Besuch abstatten sollten. Diese Organisation holte schon seit über dreißig Jahren verletzte und kranke Kinder aus Krisengebieten, nachdem ihnen in ihren Heimatländern nicht mehr geholfen werden konnte.

Erst am energischen Pochen an der Zimmertür merkten Adrienne und Ruben, dass es mittlerweile kurz vor zwölf Uhr war. Ruben öffnete dem Zimmermädchen und versprach, dass das Zimmer in fünfzehn Minuten geräumt sei.

»Wollen wir noch einen kleinen Spaziergang unternehmen?«, fragte Ruben mit rauer Stimme.

»Ich glaube, das Beste wäre, wir würden uns jetzt verab-

schieden. Ich merke nämlich, dass ich schon total traurig bin.
Und außerdem haben wir beide noch einen ziemlich langen
Weg vor uns«, entgegnete Adrienne halbherzig.

»Du hast völlig recht. Wir sollten das Abschiednehmen
nicht unnötig hinauszögern.« Ruben zog sie an sich und küsste
sie zärtlich. Zum Glück muss ich nicht losheulen, dachte Adrienne und atmete tief durch, bevor sie sich aus der Umarmung löste.

»Dann lass uns jetzt packen und dann …« Sie brach den
Satz ab, weil sie es nicht aussprechen wollte, aber Ruben verstand das auch so. Seufzend machte er sich daran, seine Sachen
zusammenzusuchen und im Rucksack zu verstauen. Adrienne
tat es ihm gleich. Warum bin ich eigentlich so deprimiert?,
fragte sie sich selbstkritisch. Sie war zu diesem Treffen mit der
Erwartung, Ruben nur noch einmal im Leben wiederzusehen,
gekommen, und nun plante sie gemeinsam mit ihm ihre
Zukunft. Was waren da drei Monate? Doch die positiven Gedanken drangen nicht wirklich bis zu ihrem Herzen durch. In
diesem Moment erschienen ihr drei Monate wie eine halbe
Ewigkeit, und sie wusste nicht so recht, wie sie die Zeit überstehen sollte. Außerdem hatte sie Angst um ihn. Der Sudan sei
für die Helfer das gefährlichste Land überhaupt, hatte man sie
damals gewarnt, bevor sie selbst zu einem Einsatz dorthin gegangen war. Vor Ort hatte sie am eigenen Leib erfahren, dass
diese Einschätzung nicht übertrieben war. Allein in der Zeit,
in der sie dort gearbeitet hatte, waren zwei Mitglieder anderer Hilfsorganisationen von irgendwelchen Banden entführt
worden. Man hatte die beiden zwar überraschend freigelas-
sen, ohne dass Lösegeld geflossen war, aber die beiden jungen
Frauen hatten schwere Traumata erlitten. Adrienne versuchte
diese Gedanken zu verscheuchen, weil es gerade ganz und gar
nicht der richtige Zeitpunkt war, um sich die Gefahren, die
ihre Arbeit mit sich brachte, bewusst zu machen. Im Gegenteil,

sie hätte jetzt gern etwas Aufmunterndes gesagt wie: *Was sind schon drei Monate gegen ein ganzes Leben?* Aber das brachte sie nicht über die Lippen. Im Gegenteil, sie spürte, wie sich ihre Gesichtsmuskeln verspannten und in ihrem Magen ein schwerer Klumpen zu wachsen schien.

»Ich schicke dir aus dem Sudan so oft wie möglich Nachrichten«, versprach er, als sie fertig waren. »Und bis ich Mittwoch im Flieger sitze, telefonieren wir regelmäßig, oder?«

»Ja, es wäre schön, wenn du nicht völlig aus der Welt wärst«, flüsterte Adrienne und musste nun doch mächtig gegen die Tränen ankämpfen.

»Komm her und lass dich noch einmal richtig küssen!«, verlangte Ruben, und sie hielten sich nach dem innigen Kuss eine ganze Weile verzweifelt umschlungen.

Als sie wenig später mit ihrem Gepäck die Rezeption passieren wollten, fiel Adrienne ein, dass sie noch bezahlen mussten. Sie steuerte auf den Tresen zu und verlangte die Rechnung, was der Dame dahinter nur ein geheimnisvolles Lächeln entlockte.

»Das ist alles schon erledigt.« Adrienne fuhr herum. »Aber das geht doch nicht!«, rief sie. »Lass mich wenigstens die Übernachtung bezahlen, nachdem du mich schon ins Restaurant eingeladen hast!«

»Zu spät«, bedauerte er.

»Dann nimm wenigstens …« Adrienne machte sich daran, ihr Portemonnaie aus der Handtasche zu kramen, aber Ruben hielt sie sanft am Arm fest. »Das nächste Mal zahlst du.«

Auf dem Parkplatz küssten sie sich noch einmal, doch dann löste sich Adrienne aus der innigen Umarmung. Ruben nahm ihre Hand und drückte sie zärtlich. »Sei nicht traurig! Wir haben eine Zukunft vor uns, was sind da drei lächerliche Monate?«

»Gar nichts!« Es hatte keinen Sinn, den Augenblick der

Trennung noch weiter hinauszuzögern. Das sah Ruben offenbar ähnlich, denn er ließ ihre Hand los, damit sie die Wagentür öffnen und einsteigen konnte. Als sie im Auto saß und den Motor startete, trat er einen Schritt zurück. Obwohl er sich zu einem Lächeln durchrang, war es nicht annähernd mit seinem magischen Strahlen zu vergleichen.

Kaum war Adrienne auf dem Weg nach Plage Saint Guirec, hielt sie am Straßenrand an, um ihren Tränen freien Lauf zu lassen.

## 33.

Eva schreckte hoch. Ein Wagen schien vorgefahren zu sein. Adrienne!, schoss es ihr durch den Kopf. Hastig ließ sie die leere Weinflasche, die sie sich statt eines Frühstücks genehmigt hatte, unter dem Tisch verschwinden. Der beste Bordeaux, den Martin in seinem Weinkeller gelagert hatte. Wenn ich schon untergehe, dann mit Stil, dachte sie, als ihr Blick auf den hässlichen Rotweinfleck auf ihrem hellen Kapuzenshirt fiel. Offenbar war beim letzten Glas etwas danebengegangen, denn da war sie schon so müde gewesen, dass ihr Kopf auf die Tischplatte gesunken und sie draußen auf der Terrasse eingeschlafen war. Kein Wunder, denn schließlich hatte sie in der vergangenen Nacht kein Auge zugetan. Eigentlich hatte sie seit Freitag nicht mehr richtig geschlafen. Dass sie das Abendessen mit Jules einigermaßen über die Bühne gebracht hatte, wunderte sie im Nachhinein selbst, denn schließlich hatte sie am Nachmittag die Diagnose von Docteur Lacombe in Lannion bekommen. Gedankenverloren strich sie über den Umschlag mit dem Befund, den er ihr mitgegeben hatte. Nun hatte sie den Beweis und würde nicht zögern, ihn Adrienne unter die Nase zu halten. Obwohl sie das Ergebnis eigentlich nicht überraschte, war es doch ein herber Schlag gewesen. Sie vermutete, dass sie am Freitag noch unter Schock gestanden hatte. Seit Samstag war sie jedenfalls nicht mehr vor die Tür gegangen und hatte sich mit Martins besten Rotweinen im Haus eingeigelt. Auch als Jules vor der Tür gestanden hatte, hatte sie sich anfangs tot gestellt. Aber die Bewahrung ihrer Contenance am

Freitagabend hatte auch seinen Vorteil. Auf diese Weise hatte sie den Mann an Adriennes Seite kennengelernt, und ihr erster Eindruck hätte nicht besser sein können. Wenn sie Adrienne etwas von Herzen gönnte, dann war es das Glück mit einem zuverlässigen Freund. Und obwohl Adrienne ihr gegenüber so bissig gewesen war, hatte sie nicht verbergen können, dass sie bis über beide Ohren verliebt war.

Als es draußen still blieb, schloss Eva daraus, dass es nicht Adrienne gewesen war. Sie spielte mit dem Gedanken, sich noch eine Flasche aufzumachen, aber das verschob sie lieber auf später. Stattdessen zog sie eine Jacke über das beschmutzte Shirt. Erst jetzt registrierte sie, dass ihr kalt war. Am frühen Morgen hatte noch die Sonne auf die Terrasse geschienen, doch nun hingen tiefe schwarze Wolken am Himmel.

Ihr Blick fiel erneut auf den Umschlag mit dem Befund, und sie steckte ihn hastig in die Handtasche, die über ihrem Stuhl hing. Den wollte sie Adrienne erst zum Abschied präsentieren, um … Sobald sie die Wahrheit schwarz auf weiß erführe, bliebe sie vielleicht noch ein wenig länger bei ihr. Womöglich würde sie sogar die Fahrt nach Freiburg mit dem Aufenthalt in Riquewihr canceln.

»Eva?«, hörte sie nun plötzlich Adriennes Stimme rufen.

»Ich bin hier auf der Terrasse«, antwortete sie mit leidender Stimme.

Als Adrienne die Terrasse betrat, winkte sie ihr schwach zu. »Schön, dass du es doch noch geschafft hast.«

»Wenn ich etwas verspreche, halte ich das auch. Aber was ist mit dir? Du siehst echt krank aus.«

»Na ja, es ist alles nicht so einfach … ich fühle mich schwach und …« In diesem Augenblick machte sie eine ungeschickte Bewegung mit dem Fuß und stieß die Flasche unter dem Tisch an. Die kullerte aus dem Versteck hervor und blieb dicht vor Adrienne liegen. Zu Evas großer Überraschung kommentierte

Adrienne das Missgeschick mit keinem Wort und verzog nicht einmal die Miene.

»Hör zu, ich habe wirklich nur ein paar Minuten«, sagte sie stattdessen. »Wie lange willst du denn noch in Ploumanac'h bleiben?«

»Am liebsten für immer«, erwiderte Eva und rang sich zu einem Lächeln durch. »Ist der nette junge Mann schon gefahren?«

Adrienne nickte. Eva bohrte daraufhin nicht weiter nach, denn ihrer Adoptivtochter war deutlich anzumerken, dass sie unter dem Abschied von ihrem Freund litt. Es waren vor allem die verquollenen Augen, die sie verrieten.

»Ich freue mich für dich, dass du so einen tollen Mann gefunden hast«, bemerkte Eva.

Ein Lächeln huschte über Adriennes Gesicht. Das war in Evas Augen ein leichter Hoffnungsschimmer, dass sich vielleicht doch noch ein vertrauliches Mutter-Tochter-Gespräch ergeben würde.

»Sag mal, Maman, ich hätte da eine Frage.« Adriennes Stimme klang so einschmeichelnd, dass sich Eva bereits am Ziel ihrer Träume wähnte.

»Du kannst mich doch alles fragen, meine Süße«, säuselte sie. »Aber wenn du wissen willst, ob du diesen Ruben mit nach Hause bringen kannst, dann antworte ich gleich: Er ist jederzeit willkommen.«

»Das ist lieb von dir, aber er arbeitet die nächsten drei Monate im Sudan. Danach ziehen wir nach Köln und …«

»Eine wunderbare Neuigkeit!«, rief Eva begeistert dazwischen. »Und was treibt dich in deine Heimat zurück?«

Zögernd teilte Adrienne ihr mit, dass Ruben und sie in Martins Praxis anfangen wollten.

»Ihr werdet also seine Nachfolger?«, fragte Eva listig.

Adrienne schüttelte den Kopf. »Nein, wir führen die Praxis zu dritt. Mit Martin.«

Eva musste sich förmlich auf die Zunge beißen, um nicht neugierig nachzuhaken, wo denn diese Beate abgeblieben war.

»Aber was ich fragen wollte, Eva, du warst doch die beste Freundin meiner Mutter ...« Dass Adrienne so ausdrücklich von ihrer Mutter sprach, versetzte Eva einen Stich. »Dann wusstest du sicher auch, wo sie sich damals versteckt hielt.«

»Ja, klar, aber worauf willst du hinaus?« Eva schwante, dass das Gespräch eine ungute Richtung nahm.

»Dann weißt du vielleicht auch, in welcher Straße das Haus in Riquewihr liegt, in dem meine Mutter erschossen wurde.«

Eine so direkte Frage hatte Eva allerdings nicht erwartet. Ihr schoss das Blut in die Wangen bei der Erinnerung, wie Caroline ihr den Ort auf der Karte gezeigt hatte. Die Adresse würde sie niemals vergessen ...

»Tut mir leid. Darüber haben Caroline und ich nicht gesprochen. Ich wusste ja gar nicht, dass sie sich überhaupt im Elsass aufhielt. Ich dachte, sie wäre in die Jagdhütte ihrer Familie gefahren.«

»Verstehe, war auch nur ein Versuch. Dann hätte ich mir das Recherchieren vor Ort sparen können.«

»Adrienne, ich bitte dich! Lass die Toten ruhen! Was versprichst du dir davon, das Haus zu finden?«, stieß Eva hervor.

»Ich muss einfach wissen, was damals geschehen ist.«

Eva spürte, wie ihr ganzer Körper plötzlich unangenehm kribbelte, als wären Ameisen am Werk. Sie wusste nicht, ob das der Krankheit geschuldet war oder aber der Erkenntnis, dass sie Adrienne endgültig verloren hatte. Dabei hatte sie doch alles nur getan, um dieses geliebte Kind zu behalten.

Unauffällig strich Eva mit der Hand über ihre Handtasche. Es wäre ein Leichtes gewesen, ihren letzten Trumpf auszuspielen. Aber was, wenn Adrienne dann trotzdem ging? Diese Niederlage hätte sie nicht ertragen. Entschlossen zog sie die Hand wieder zurück.

344

»Kind, du solltest jetzt wirklich starten, damit du heute noch ans Ziel kommst«, empfahl sie in mütterlichem Ton.

»Ja, du hast recht. Ich muss wirklich los.« Mit diesen Worten erhob sich Adrienne fast erleichtert und umarmte ihre Adoptivmutter zum Abschied. Eva genoss diese Berührung bis in die letzte Pore hinein. Sie sog den frischen Duft von Adriennes Haut ein und spürte die Wärme dieses Körperkontakts. Als sich ihre Blicke trafen, konnte Eva in Adriennes Augen echte Zuwendung erkennen.

»Fahr vorsichtig!«, sagte sie leise.

»Und du pass besser auf dich auf und lass den Scheiß!« Adrienne deutete auf die leere Flasche zu ihren Füßen.

»Und ich dachte schon, du merkst es nicht.«

Adrienne streichelte Eva zärtlich über die Wange. »Vielleicht kannst du nach Köln kommen, wenn ich umziehe. Ich könnte Hilfe gut gebrauchen.«

»Gern!«, log Eva immer noch mit einem Lächeln auf den Lippen, bevor sie Adrienne noch einmal fest an sich drückte.

Eva wartete, bis sie die Haustür von ferne zuklappen hörte. Dann erhob sie sich schwerfällig, schnappte sich die leere Flasche und stellte sie schließlich im Weinkeller zu all den anderen, die darauf warteten, eines Tages in den Glascontainer getragen zu werden. Mit geübtem Griff nahm sie sich eine neue Flasche aus dem Regal mit den guten Bordeauxweinen.

## 34.

Adrienne fühlte sich schlapp, als sie in dem fremden Bett aufwachte. Sie hatte sich bis tief in die Nacht hinein mit Ruben geschrieben. Wie die Teenies hatten sie einander Liebesbotschaften geschickt. Der Gedanke daran zauberte Adrienne ein Lächeln auf die Lippen, obwohl sie sich ansonsten fühlte, als wäre sie förmlich vom Trecker überfahren worden.

Erst kurz vor Mitternacht war sie im Hotel angekommen. Die Fahrt war teilweise sehr anstrengend gewesen, weil sie in Gedanken ständig zwischen ihrem Abschied von Ruben und dem von Eva hin- und hergeschweift war. Ruben fehlte ihr jetzt schon schmerzlich, und Evas Benehmen war ihr befremdlich vorgekommen: diese Mischung aus mütterlicher Sorge und einer für sie völlig untypischen Zurückhaltung. Adrienne schob das auf den Einfluss des Alkohols, aber trotzdem blieb ein fader Nachgeschmack zurück.

Entsprechend erschöpft war sie gewesen, als sie ihr Zimmer in dem verwinkelten Haus bezogen hatte, dessen spätmittelalterliche Bausubstanz bäuerlichen Charme aufwies.

Schlaftrunken griff sie nach ihrem Telefon, um zu sehen, ob ihr Ruben schon einen Morgengruß geschickt hatte. Chatten besitzt wirklich Suchtpotenzial, dachte sie belustigt, als sie erfreut seine Botschaft las.

> Konnte nicht richtig schlafen, weil ich immerzu an dich denken musste. Aber dann hatte ich schöne Träume. Bin leicht angeschlagen von der langen Fahrt und kann mir gar nicht

vorstellen, dass dies der erste Morgen ist, an dem ich ohne dich aufwache. Ich küsse dich!

Adrienne antwortete sofort. Bei der Gelegenheit sah sie, dass es schon acht Uhr morgens war. Also machte sie sich fertig und ging zum Frühstücken.

Während der Fahrt hierher hatte sie einen Plan geschmiedet, wie sie in Riquewihr am besten an Informationen über den Tod ihrer Mutter kommen konnte. Sie würde herausbekommen, ob es eine örtliche Zeitung gab, und sich dort als Journalistin ausgeben, die über den Vorfall im Jahr 1985 recherchierte. Zu diesem Zweck hatte sie ihren Laptop mit zum Frühstück genommen und suchte nach einer örtlichen Zeitung. Sie fand aber nur eine überregionale, die in Straßburg saß, die *Dernières Nouvelles d'Alsace*. Schließlich fragte sie den netten Kellner, ob er wisse, wo das Regionalbüro der Zeitung in Riquewihr sei, aber er hatte keine Ahnung und holte die Chefin. Die erklärte ihr bedauernd, das Büro befinde sich in Colmar, aber eigentlich könnte sie Anzeigen auch per Mail schalten.

Mit einem Umweg hatte Adrienne nicht gerechnet, aber es brachte ihre Planung nicht ernsthaft durcheinander, weil sie für die Fahrt von Riquewihr nach Freiburg eine knappe Stunde rechnete und erst am Abend mit ihrem Onkel verabredet war. Sie checkte aus und machte sich auf den Weg nach Colmar.

Als sie das Gebäude betrat und auf den Empfang der Geschäftsstelle zusteuerte, wurde ihr plötzlich mulmig zumute, denn die junge Frau, die hinter dem Empfangstresen saß, machte nicht den Eindruck, als sei sie Fremden gegenüber besonders hilfsbereit. Dieser Eindruck bewahrheitete sich, als sie der Dame erzählte, sie sei eine deutsche Journalistin und recherchiere zu einem Vorfall aus dem Jahr 1985 in Riquewihr.

Die junge Frau musterte Adrienne skeptisch über den Rand ihrer Brille hinweg. »Und wie sollen wir Ihnen helfen?«

»Vielleicht haben Sie ein Archiv, in dem die alten Artikel digitalisiert wurden.«

Die Frau schüttelte den Kopf. »Sicher gibt es ein Archiv, aber dazu haben Außenstehende keinen Zugang.«

»Könnte ich dann einen Termin bei einem Ihrer Redakteure bekommen?«

»Das glaube ich kaum«, erwiderte die junge Frau abweisend.

»Das gibt es doch nicht«, ereiferte sich Adrienne. »Es wird doch wohl möglich sein, mit einem Mitarbeiter Ihrer Zeitung zu sprechen, der etwas über den Tod von Caroline Manzinger weiß.«

Die Empfangsdame hatte schon den Mund geöffnet, um Adrienne endgültig in die Schranken zu weisen, als hinter ihr eine Stimme sagte: »Caroline Manzinger? Das war mein Fall.«

»Monsieur Sabatier, ich habe der Dame bereits gesagt, dass wir kein Auskunftsbüro sind«, erklärte die Empfangsdame schnippisch, doch der Redakteur winkte ab und wandte sich an Adrienne, die ihn interessiert musterte.

»Kommen Sie einfach mit in mein Büro. Ich habe gerade ein Stündchen Zeit.«

Adrienne folgte ihm einen Flur entlang bis zu einer Tür, auf dessen Schild unter dem Namen Sabatier auf Französisch *Redaktionsleitung* stand.

»Nehmen Sie doch Platz!«, bat er sie, nachdem sie eingetreten waren. »Verraten Sie mir, welches Interesse Sie an dem Fall Manzinger haben?«

Adrienne überlegte kurz. Sollte sie sich tatsächlich als Journalistin ausgeben oder lieber gleich die Wahrheit sagen? Der weißhaarige Herr in Martins Alter wirkte so vertrauenerweckend, dass er ihr sicher trotzdem Auskunft erteilte.

»Mein Name ist Adrienne Mertens. Caroline Manzinger war

meine leibliche Mutter, und ich möchte Näheres über ihren Tod erfahren.«

Der Redakteur stieß einen Überraschungslaut aus. »Also doch! Das Gerücht, dass Caroline Manzinger und Jean de la Baume ein Kind hatten, hielt sich damals hartnäckig, ließ sich aber nie beweisen. Ich habe damals eigene Recherchen angestellt, weil mich die Geschichte wirklich interessiert hat. Aber sowohl die Manzinger-Sippe als auch die Exfrau und die Schwester von Jean de la Baume haben die Auskunft verweigert. In den Geburtsregistern wurde ich auch nicht fündig …«

»Wahrscheinlich hat meine Mutter inkognito in einer Privatklinik entbunden, und ich wurde sofort nach der Geburt weggegeben«, unterbrach Adrienne den Journalisten und stellte eine Gegenfrage. »Was hat Sie an dem Fall gereizt?«

Er stieß einen tiefen Seufzer aus. »Ich war damals insgeheim ein Sympathisant der AD und sah meine Stunde gekommen, als ich die Schweinerei aufgedeckt habe.«

»Welche Schweinerei?« Adriennes Herzschlag beschleunigte sich.

»Sagen Sie, was wissen Sie überhaupt über die Sache?«, fragte er skeptisch. »Nicht dass Sie doch eine Kollegin sind, die meine Gesinnung aus jungen Jahren an die große Glocke hängt, bevor ich in Rente gehe.«

»Wollen Sie meinen Ausweis sehen?«

»Nein, nein! Ich verlasse mich auf meine Spürnase und vertraue Ihnen. Mich wundert nur, dass Sie gar nicht informiert zu sein scheinen.«

»Meine Adoptivmutter wollte mich schützen«, entgegnete Adrienne knapp. »Aber ich wüsste jetzt wirklich gern, von welcher Schweinerei Sie sprechen.«

»Nun ja, Ihre Mutter wurde abgeknallt, obwohl sie unbewaffnet war.«

Adrienne schluckte. Das war in der Tat schockierend. »Und warum hat man meine Mutter dann erschossen?«

»Eine Verkettung unglücklicher Umstände. Der unerfahrene Bulle merkte nicht, dass Ihre Mutter keine Feuerwaffe in der Hand hielt, sondern eine Kippe, die sie hochhielt. Damit wollte sie zeigen, dass sie unbewaffnet war.«

»Das heißt, es war ein Fehler der Polizei?«, fragte Adrienne fassungslos.

»Genau, aber das durfte ich damals nicht öffentlich machen. Ich hatte den Artikel bereits fix und fertig, als die Order kam, ihn in der Versenkung verschwinden zu lassen. Es gab zu dem Vorfall also nie einen Medienbericht, aber …« Monsieur Sabatier stand auf und trat an einen Schrank, aus dem er mit geheimnisvoller Miene einen Ordner hervorholte. »Das sind meine unveröffentlichten Babys. Es kam in jenen Jahren öfter vor, dass ich einen Skandal nicht noch befeuern durfte …« Er blätterte in dem Ordner, bis er ein Blatt herauszog und ihr reichte. Die Überschrift auf dem vergilbten Blatt lautete: *Mitläuferin starb wegen einer Zigarette.* Darunter entdeckte Adrienne ein Foto ihrer Mutter sowie einen eng in Maschinenschrift verfassten Artikel.

»Können Sie mir das vielleicht kopieren?«, fragte Adrienne. In dieser Situation sah sie sich außerstande, den Text zu lesen. Sie war viel zu geschockt über die Tatsache, dass ihre Mutter dem Irrtum eines unerfahrenen Beamten zum Opfer gefallen war. »Und wissen Sie, wer die Polizei in das Haus nach Riquewihr gelotst hat?«

»Nur das, was alle wussten. Dass ein Anrufer sich als Jean de la Baume ausgegeben und der Polizei mitgeteilt hat, dass sich im Waffenlager der AD eine Terroristin versteckt hielt.«

»Sie sagen das so kritisch. Zweifeln Sie daran, dass es mein Vater war?«

»Zumindest gab es einige Ungereimtheiten, denn kurz nach

dem Tod Ihrer Mutter tauchte de la Baume am Tatort auf. Statt zu fliehen, hockte er sich demonstrativ in den Garten und ließ sich widerstandslos festnehmen. Nach Aussage der Beamtin befand er sich in einem Schockzustand. Er gab ja auch nie irgendeine Erklärung ab. Böse Zungen behaupten, er habe …« Sabatier tippte sich gegen die Stirn. »… den Verstand verloren. Und ein Waffenlager war das Haus ganz gewiss nicht, sondern ein Versteck für Mitglieder der AD.« Mit diesen Worten stand der Journalist auf und bat Adrienne, ihm den Text zum Kopieren zu geben. Dann entschuldigte er sich kurz und verließ mit dem Artikel das Büro.

Adrienne war wie vor den Kopf geschlagen. Seit über zehn Jahren hatte sie das Bild einer gefährlichen Mutter gepflegt, und jetzt entpuppte sie sich als Opfer eines unfähigen Polizisten.

Kaum hatte Adrienne den kopierten Artikel erhalten, bedankte sie sich bei dem hilfsbereiten Journalisten. Doch bevor sie sein Büro verließ, trat er noch mit einer Bitte an sie heran. »Ich bemühe mich seit damals um ein Interview mit Ihrem Vater, aber der Mann scheint spurlos verschwunden zu sein. Könnten Sie vielleicht den Kontakt herstellen?«

»Ich habe keine Ahnung, wo mein Vater steckt, aber sollte er mir in diesem Leben je begegnen, dann frage ich ihn, ob er Ihnen Rede und Antwort stehen möchte«, entgegnete Adrienne augenzwinkernd, bevor sie auf dem Absatz kehrtmachte und ging.

Kaum war sie ins Freie getreten, atmete sie ein paarmal tief durch. Für den Bruchteil einer Sekunde zweifelte sie an dem Sinn ihrer Mission. Und zwar aus lauter Angst, was sie noch an Überraschendem in Erfahrung bringen würde. Doch dann stieg sie entschlossen in ihren Mietwagen und machte sich auf den Weg nach Freiburg. Ihr Wunsch, das Haus zu sehen, hatte sich in Luft aufgelöst, seit sie wusste, wie tragisch ihre Mutter dort wirklich ums Leben gekommen war.

## 35.

Freiburg zeigte sich von seiner besten Seite. Die Sonne strahlte vom blauen Himmel, als Adrienne vor dem Hotel parkte, in dem ihr Onkel Arthur ein Zimmer reserviert hatte. Ein bisschen schade fand sie es, dass das Gebäude von außen ein eher seelenloser Klotz war. Sie hatte sich eine ähnlich verwinkelte historische Unterkunft gewünscht wie in Riquewihr. Aber dass das in Freiburg nicht an jeder Ecke zu finden war, wurde ihr klar, als sie an der Rezeption warten musste. Um sich die Zeit zu vertreiben, griff sie sich eines der Prospekte über Stadtführungen, und ihr Blick fiel auf ein Foto von einer völlig zerstörten Innenstadt. Wie sie in dem Text lesen konnte, war die historische Innenstadt bei einem Bombenangriff im Jahre 1944 beinahe komplett zerstört worden, aber mittlerweile waren einige wichtige historische Bauten wiederaufgebaut worden.

Das Zimmer, das ihr Onkel für sie gebucht hatte, entpuppte sich als Suite und war bereits bezahlt, wie man ihr diskret versicherte. Es war genau der richtige Ort, an dem sie zur Ruhe kommen konnte.

Adrienne überlegte, ob sie sich erst im Wellnessbereich entspannen, ihren Schlaf nachholen oder einfach ganz beiläufig am Kaufhaus Manzinger vorbeibummeln sollte. Angesichts des schönen Wetters entschied sie sich für einen Gang in die Innenstadt. Sie schrieb Jannis, dass sie gut angekommen sei und sich auf ihn freue, bevor sie sich an der Rezeption nach der Adresse des Kaufhauses erkundigte.

Dort gab man ihr einen Stadtplan und zeichnete ihr ein, wie sie am schnellsten zu Fuß dorthin gelangte.

»Sie erkennen das Haus sofort. Das Gebäude ist bei dem großen Bombenangriff weitgehend verschont geblieben, jedenfalls die neohistorische Fassade«, erklärte ihr der Herr an der Rezeption sachkundig.

Adrienne empfand so etwas wie ein Urlaubsgefühl, als sie wenig später über den Platz vor dem Freiburger Münster schlenderte, denn die Vorstellung, dass Carolines Familie und damit auch sie selbst Wurzeln in dieser Stadt besaß, war ihr äußerst fremd. Auch als sie schließlich vor dem imposanten Kaufhausgebäude stand, kamen bei ihr nicht die geringsten persönlichen Emotionen auf. Im Gegenteil, sie betrachtete die Architektur mit einem sachlichen Blick und nahm wahr, dass auch das Innere sehr elegant und nobel ausgestattet war.

Als sie mit der Rolltreppe im oberen Stockwerk ankam, blieb ihr Blick an einer Messingtafel hängen, auf dem die Geschichte des Kaufhauses Manzinger beschrieben wurde. Sie las dort, wie der Gründer Friedrich Manzinger keine Mühe gescheut hatte, das seit Generationen im Familienbesitz befindliche Traditionshaus, das bei dem Bombenangriff vom siebenundzwanzigsten November 1944 nur leicht zerstört worden war, wiederaufzubauen. In dem Moment stiegen doch persönliche Gefühle in Adrienne auf. Sie meinte förmlich, den Zorn ihrer Mutter über diese unverschämte Lüge zu spüren. Denn mit keinem Wort wurde auf der Gedenktafel jene jüdische Familie erwähnt, die das Kaufhaus zuvor besessen hatte.

Sie hatte nur noch einen Wunsch – das Kaufhausgebäude auf schnellstem Weg wieder zu verlassen. Vor der Tür angekommen, fragte sie sich, ob sie wirklich die Leute kennenlernen wollte, die diese Wahrheit derart hartnäckig leugneten. Und vor allem, ob sie als Erbin Nutznießerin dieser Geschichte sein wollte.

Am Abend betrat Adrienne die holzgetäfelte Bauernstube, die laut Hotelprospekt ein Gourmetrestaurant beherbergte, mit gemischten Gefühlen. Körperlich fühlte sie sich allerdings wie neugeboren, nachdem sie ein paar Stunden im Spabereich verbracht hatte.

Ein Kellner führte sie zu einem Tisch am Fenster, an dem mit dem Rücken zu ihr ein stattlicher Mann saß, der sich in diesem Moment suchend umblickte. Als er Adrienne kommen sah, sprang er auf und drückte sie ohne Vorwarnung an seine breite Brust. Arthur Manzinger war übergewichtig und strahlte eine Warmherzigkeit aus, die Adrienne sofort für ihn einnahm. Er hatte ein rundes Gesicht und graue Locken, die nach allen Seiten wild abstanden. Man hätte ihn eher für einen Künstler als für einen Juristen halten können, ging es Adrienne durch den Kopf, während sie ihn genauer betrachtete.

»Entschuldige, wenn ich dir zu nahe treten sollte, aber du bist Caro wie aus dem Gesicht geschnitten. Das haut mich einfach um«, bemerkte er mit der sonoren Stimme, die ihr schon am Telefon gefallen hatte.

»Ist schon in Ordnung«, erwiderte sie lächelnd, denn dieser Bär von einem Mann war ihr auf Anhieb sehr sympathisch. Er strahlte etwas durch und durch Authentisches aus, und seine Herzlichkeit war ansteckend.

»Du bist ihr so was von ähnlich, aber wenn ich genauer hinsehe, doch mit einer ganz eigenen Note«, stellte er beinahe schwärmerisch fest.

»Ich habe keine Ahnung, denn ich weiß so gut wie gar nichts über meine Eltern.«

»Willst du das ändern, zumindest was deine Mutter betrifft?«, fragte er ganz direkt.

»Ehrliche Antwort?«

»Ich bitte darum.«

»Zwei Seelen sind in meiner Brust. Auf der einen Seite spüre ich zunehmend eine Verbindung, die mir zuvor völlig fremd war. Andererseits graut mir davor, in Abgründe blicken zu müssen.«

»Was weißt du überhaupt über meine Schwester Caroline?«

»Lass mich überlegen«, erwiderte Adrienne. Ihr gefiel die direkte Art ihres Onkels und dass er nicht lange um den heißen Brei herumredete. »Dass sie eure Familie als Jugendliche verlassen hat, weil ihr dem jüdischen Eigentümer das Kaufhaus geklaut habt. Dass sie im Internat meine Adoptivmutter kennengelernt und dass sie mich als Neugeborenes weggegeben hat. Ach ja, und dass sie meinen Vater sehr liebte und dass sie irrtümlich in einem Haus im Elsass erschossen wurde, weil ein unerfahrener Polizist ihre brennende Zigarette für eine Waffe hielt«, zählte sie nun auf.

»Woher weißt du das mit der Zigarette?« Arthur schien sichtlich geschockt zu sein.

»Heute Vormittag habe ich einen französischen Journalisten in Colmar getroffen, der damals an dem Fall dran war, seinen Artikel aber einstampfen musste, um keinen öffentlichen Skandal zu befeuern.«

Arthur fuhr sich nervös durch die Locken. »Habe ich es doch geahnt! Das konnte ich mir nie so recht vorstellen: Caro mit einer Knarre in der Hand. Dazu war sie viel zu feinsinnig. Aber man wollte uns weismachen, dass man sie in Notwehr erschossen habe.«

»Tja, ich hatte sie mir bislang auch eher als wild um sich schießende Person vorgestellt«, gab Adrienne zu.

»Auf den Schrecken brauche ich einen Aperitif.« Arthur winkte den Kellner herbei, der ihnen die Getränke- und Speisekarte reichte. Adrienne bestellte sich einen Crémant.

»Ich habe erst spät verstanden, dass Caroline keine trotzige Göre war, sondern mutiger als die ganze übrige Familie zusammen«, gestand Arthur, nachdem sie das Essen bestellt hatten.

»Ich war heute im Kaufhaus Manzinger. Die Tafel, auf der die Manzingers als Gründerväter des Hauses gefeiert werden, hat mich sehr befremdet«, hielt ihm Adrienne entgegen.

»O ja, diese verlogene Tafel. Die hat mein Vater dort anbringen lassen, und Carl hat sich geweigert, sie zu entfernen. Seiner Meinung nach seien die Weizmanns doch genug entschädigt worden.«

Auf Adriennes Nachfrage, wie man überhaupt von den Weizmanns erfahren habe, berichtete ihr Arthur, wie Caroline einen einsamen Herrn beobachtet hatte, der wochenlang vor dem Kaufhaus herumgeirrt war. Dass sie ihn angesprochen und so die traurige Wahrheit erfahren hatte. Arthur räumte auch ein, dass Carolines Vater dem ehemaligen Kaufhausbesitzer Weizmann unter der Hand eine Entschädigung gezahlt hatte. Damit hatte er sich das Schweigen des Mannes und ein gutes Gewissen erkauft.

»Caroline fand das ekelhaft und verlogen. Sie verlangte, dass unser Vater das Kaufhaus an den rechtmäßigen Eigentümer zurückgeben sollte. Ich habe sie damals für verrückt erklärt. Alle waren gegen sie, mein Großvater, mein Vater, meine Mutter, mein Bruder Carl und auch ich. Ich habe mein Möglichstes versucht, um sie zu besänftigen, aber sie wollte nur noch weg von zu Hause. Dabei war sie noch ein halbes Kind.«

Adrienne sah ihrem Onkel an, dass ihn die Erinnerung an Carolines Bruch mit der Familie noch immer schmerzte.

»Anfangs dachte ich, sie beruhigt sich wieder, aber sie war der konsequenteste Mensch, der mir je begegnet ist. Sie hat keinen Fuß mehr in unser Elternhaus gesetzt. Wahrscheinlich hätte mein Vater sie irgendwann gezwungen, nach Hause zurückzukehren, aber sie ist dann bei der Familie von Wörbeln untergekommen. Und das waren keine Leute, mit denen sich mein Vater gern angelegt hätte. Nein, er erteilte Carolines Wahlfamilie zähneknirschend seinen Segen. Wahrscheinlich haben von Wörbelns über Caroline die Sache mit dem Kaufhaus erfahren, aber die haben geschwiegen, im Gegenzug dafür, dass meine Schwester bei ihnen leben durfte.«

»Und deine Mutter? Wie stand die dazu?«

»Mutter litt unglaublich darunter, dass ihre Tochter bei *den Leuten* lebte, wie sie die Wörbelns nannte, wagte aber nie, selbst aktiv zu werden. Ich selbst befürchtete, mit dem Verzicht auf das Kaufhaus könne unser unbeschwertes Leben ein Ende nehmen. Das sahen wir eigentlich alle so, bis ich mich im Studium intensiv mit dem Thema beschäftigte. Da habe ich mich auf Entschädigungsansprüche von Naziopfern spezialisiert und wollte Weizmann vor Gericht sogar gegen meine Familie vertreten. Aber da starb er plötzlich, ohne eine eigene Familie zu hinterlassen. Mein Bruder und ich reden seitdem kein Wort mehr miteinander ...«

»Willst du mich morgen vielleicht nur mitnehmen, um deinem Bruder eins auszuwischen?«, unterbrach Adrienne ihn mit spitzem Unterton.

»Nein, Carl interessiert mich nicht. Aber meine Mutter und ich hatten bis zuletzt einen engen Kontakt. Im Alter teilte sie zunehmend meine Ansichten über das Unrecht dem jüdischen Kaufhausbesitzer gegenüber. Und deshalb möchte ich, dass du morgen anwesend bist. Wie oft hat sie von dir gesprochen, aber deine Adoptivmutter hat uns stets deine Adresse verweigert.«

»Wolltet ihr mich denn schon vor deinem Schreiben kontaktieren?«

»Nach Carolines Tod hätten wir gern das Sorgerecht für dich erwirkt, aber das hatte deine Mutter mit ihrer Freundin wasserdicht per Vertrag festgeklopft. Nachdem du volljährig geworden warst, wollten Mutter und ich dich kennenlernen. Wir baten deine Adoptivmutter, uns deinen Aufenthaltsort mitzuteilen, aber sie hat uns komplett an der Nase herumgeführt. Oder hast du tatsächlich nach dem Abitur in Australien gelebt?«

»Australien? Nein! Ich bin von Köln aus zum Studium nach Berlin gegangen und habe dann jahrelang für *Ärzte ohne Grenzen* gearbeitet.«

»Du bist Ärztin? Das hat uns diese Frau auch nicht verraten. Dann wurde meine Mutter auf jeden Fall dement, und ich habe nicht weiter nachgehakt. Das Testament hat sie allerdings noch rechtzeitig aufgesetzt. Nach ihrem Tod habe ich dann einfach versucht, dich über diese Eva von Wörbeln beziehungsweise Mertens zu kontaktieren. Dieses Mal mit Erfolg. Zum Glück. Ich bin so froh, dass ich dich kennenlernen darf!«

Vertraulich legte Arthur eine Hand auf Adriennes Arm. In diesem Augenblick kamen der Fisch und das Filet, und das Gespräch brach zunächst einmal ab, weil sich beide auf das Essen konzentrierten. Sie waren gerade damit fertig, als sich jemand eilig dem Tisch näherte. Als Adrienne Jannis erkannte, winkte sie ihm aufgeregt zu.

»Das ist mein Bruder Jannis«, erklärte sie Arthur, der Jannis verwundert musterte. »Und das ist mein Onkel Arthur.« Sie deutete auf ihren Onkel. »Wieso bist du denn schon heute gekommen?« Mit diesen Worten sprang sie auf und umarmte Jannis überschwänglich.

»Wollen Sie sich nicht setzen? Wir sind leider schon fertig. Aber den bretonischen Steinbutt kann ich wärmstens empfehlen.« Arthur wies auf einen der beiden freien Stühle an dem Vierertisch.

»Danke, ich habe während der Fahrt zwei Tankstellenbrötchen gegessen, aber ich trinke gern ein Glas Wein.«

Arthur winkte dem Kellner.

»Die Kinder sind noch immer bei Mirja. Sie kommen erst in vierzehn Tagen zu mir, dann aber gleich für eine ganze Woche. Und da dachte ich, ich fahre gleich nach der Arbeit los. Zu Hause ist es so trist«, erklärte Jannis sein verfrühtes Auftauchen in Freiburg.

Adrienne freute sich riesig, Jannis zu sehen, und spürte, was familiäre Verbundenheit wirklich bedeutete. Bevor sie noch wusste, wie sie den Onkel und den Bruder unter einen Hut bringen sollte, waren die beiden Männer bereits in ein angeregtes Gespräch über Autos vertieft.

Adrienne hing derweil ihren Gedanken nach und verspürte große Sehnsucht nach Ruben. Als könne er Gedanken lesen, kam in diesem Augenblick eine Nachricht von ihm. Sie entschuldigte sich und entfernte sich mit dem Telefon aus dem Restaurant. Zu ihrer großen Freude konnte sie sogar mit ihm sprechen. Voller Begeisterung erzählte er ihr von einer Hilfslieferung mit Medikamenten und Verbandszeug an sein Krankenhaus. Seine Stimme klang so stark und positiv. Das war der Ruben, den sie so liebte und der sowohl dem Team als auch den Patienten Mut machen konnte, doch leider endete das Gespräch abrupt.

Als Adrienne an den Tisch zurückkehrte, waren die beiden Männer so vertieft in ihr Gespräch, dass sie das gar nicht bemerkten, doch das störte Adrienne nicht. Im Gegenteil, sie schwelgte in der Erinnerung an jedes Wort ihres Telefonats.

»Ich glaube, sie ist gerade im Traumland unterwegs«, hörte sie Jannis nach einer Weile wie von ferne sagen.

## 36.

Adrienne hatte leichte Kopfschmerzen, als Arthur sie am nächsten Tag im Hotel abholte. Aus dem einen Glas waren mehrere Gin Tonics geworden, aber es war so ein netter Abend gewesen, dass sie die Drinks zu später Stunde nicht mehr gezählt hatte. Offenbar war es Jannis noch schlimmer ergangen, denn er war erst gar nicht zum Frühstück erschienen. Als sie ihn auf seinem Zimmertelefon angerufen hatte, hatte er nur in den Hörer genuschelt: »Will weiterschlafen …«

Auch Onkel Arthur sah nicht gerade jugendlich frisch aus und hatte die Augen hinter einer großen Sonnenbrille versteckt. Er fuhr einen alten Citroën, was im Nachhinein die gegenseitige Sympathie der beiden Männer erklärte. Auch Jannis liebte Oldtimer, obwohl er aus praktischen Gründen eine moderne Familienkutsche fuhr, wie er seinen Wagen selbst abfällig nannte.

»Ich hätte mich gestern nicht betrinken dürfen«, jammerte Arthur, nachdem er den Hotelparkplatz verlassen hatte. »Um mit meinem Bruder Carl an Mutters Testamentseröffnung teilzunehmen, sollte ich nämlich alle Sinne beisammenhaben.«

»Woran ist meine … äh … meine Großmutter denn gestorben?« Adrienne fiel es sichtlich schwer, Carolines Mutter als Großmutter zu bezeichnen.

»Ich habe dir doch erzählt, dass sie dement war. Und dann ist sie auch noch ganz unglücklich hingefallen. Von dem Sturz hat sie sich nicht mehr erholt.«

»Vielleicht können wir ja später ihr Grab besuchen«, schlug Adrienne eher halbherzig vor, aber Arthur nahm den Vorschlag begeistert auf. »Oh, das wäre schön, dass du wenigstens einmal an ihrem Grab stehst, nachdem du sie niemals kennenlernen durftest.«

Das klang leicht pathetisch, aber Arthurs Hang zur Sentimentalität hatte Adrienne ja bereits beim ersten Telefonat zu spüren bekommen.

»Du hast einen großartigen Bruder, und ihr beide seid ein so harmonisches Gespann. Eigentlich kaum zu glauben, dass ihr nur Adoptivgeschwister seid«, bemerkte er.

»Sind wir auch nicht, Onkel Arthur. Jannis ist nämlich auch Jeans Sohn«, verriet sie ihm ganz nebenbei.

Ihn schien diese Information allerdings schwer zu schockieren. »Dein Vater ist auch mit Carolines Freundin im Bett gewesen? So ein Drecksack! Hat meine Schwester in diesen Sumpf gezogen, dabei war er mit einer anderen verheiratet. Und über einen Bekannten bei der Polizei haben wir damals erfahren, dass *er* der Polizei ihr Versteck verraten hat. Wäre sie doch bloß in der Jagdhütte geblieben, dann wäre das alles nicht passiert!«, stieß er zornig hervor.

Adrienne wunderte sich über den emotionalen Ausbruch gegen ihren Vater. »Du als Anwalt solltest das doch eigentlich wissen. In dubio pro reo. Ob er sie wirklich verraten hat, das gilt es zu beweisen.«

»Moment, hast du etwa Kontakt zu dem Kerl?«, fragte er empört.

»Nein, mein Vater ist nach der Haftverbüßung spurlos verschwunden, aber Jannis und ich wollen ihn suchen. Dann werden wir hoffentlich endlich die Wahrheit erfahren. Und was Jannis' Zeugung angeht, die Geschichte war vor der Beziehung mit meiner Mutter«, verteidigte Adrienne einen Mann, für dessen Schuld doch einiges sprach.

»Wow, Mädchen, warum bist du nicht Anwältin geworden? Eine wie dich könnte ich gut in meiner Kanzlei gebrauchen.«

»Vielleicht ist die Suche nach Jean auch ein riesiger Fehler, denn sollte ich erfahren, dass er es wirklich war, ist er für mich natürlich gestorben. Aber sag mal, was ist das für eine Jagdhütte? Meine Adoptivmutter hat sie auch schon mal in einem Nebensatz erwähnt.«

»Ich habe Caroline in der Jagdhütte der Familie untergebracht. Sie hat mich kurz vor ihrem Tod angerufen und gefragt, wo sie sich vor der Polizei verstecken könne. Und da fiel mir die Jagdhütte ein, die wir nach dem Tod meines Vaters kaum mehr genutzt haben. So habe ich meine Schwester dann wiedergesehen, und auf der Fahrt in den Schwarzwald hat sie mir von dir erzählt und dass sie von einem ganz normalen Leben träumt, mit Jean und dir. Und dass sie dich bald wieder zu sich nehmen wird, wenn alles gut geht ...«

»Und was meinte sie damit?« Adrienne war wie elektrisiert.

»Das habe ich sie auch gefragt, aber sie hat gemeint, es sei besser, wenn ich so wenig wie möglich erführe, aber wenn alles gut gehe, werde sie mich schon bald mit dir besuchen.«

»Sie hat also damit gerechnet, dass sie heil aus der Sache rauskommt und ich bei ihr aufwachse?« Adrienne konnte kaum glauben, was sie da erfuhr. Das hätte ja bedeutet, dass ihre Mutter sie nicht einfach auf Nimmerwiedersehen weggegeben hatte, sondern sie so bald wie möglich wieder zu sich nehmen wollte. Warum in aller Welt hatte ihr Eva das nicht erzählt?

»Ja, sie hat von nichts anderem geredet als von dem Leben, das sie mit ihrer kleinen Familie führen wollte.«

»Ich muss meinen Vater finden, denn wenn einer weiß, was damals wirklich passiert ist, dann er! Irgendetwas stimmt nicht an der Geschichte des Verräters Jean. Das spüre ich ganz deutlich«, erklärte Adrienne in kämpferischem Ton.

»Bewahr dir diese Stimmung! Die brauchst du, wenn du gleich mit den Manzingers in den Ring steigst«, bemerkte Arthur spöttisch, als er auf dem Parkplatz neben einer imposanten Villa einbog.

Nachdem sie die prächtige Halle betreten hatten, wurden sie von einer Mitarbeiterin in einem strengen grauen Kostüm empfangen und zu dem Raum geführt, in dem die Testamentseröffnung stattfinden sollte. Dort saßen bereits drei Personen, alle stocksteif und mit staatstragenden Mienen. Nur der junge Mann blickte kurz auf, als Arthur in Begleitung der ihm unbekannten Frau auf den Konferenztisch zusteuerte.

»Guten Tag allerseits!« Zumindest Arthur bewahrte einen Rest von Anstand, indem er die Familie begrüßte. Doch nur der Sohn reagierte mit leichtem Nicken, während seine Eltern so taten, als seien Adrienne und Arthur Luft. Das hielt Arthur aber nicht davon ab, Adrienne die drei vorzustellen.

»Die Dame dort ist meine Schwägerin Sigrid.« Adrienne bemerkte, wie Sigrids Oberlippe leicht zuckte. Sie war eine stark geschminkte Frau in den Sechzigern, die mit teurem Schmuck behängt war. Ihr Haar schien mit Tonnen von Spray gefestigt zu sein, sodass sich die Frisur höchstwahrscheinlich nicht einmal bei einem Orkan bewegen würde.

»Das ist mein Bruder Carl, der älteste von uns drei Geschwistern …«

»Sagtest du drei?«, fragte Carl provozierend. »Ich kann mich nur an einen Bruder erinnern, und das auch höchst ungern.«

»Das hätten wir also geklärt«, sagte Arthur ungerührt und fügte hinzu: »Dies ist übrigens Carolines Tochter Adrienne.«

»Das ist ja ein Ding!«, stieß der gestriegelte Jungmanager erstaunt hervor, in dem Adrienne den Geschäftsführer des Kaufhauses von der Website wiedererkannte.

»Ein Unding wolltest du wohl sagen. Die Person ist hier unerwünscht«, giftete sein Vater.

Bevor das Ganze in einen Streit ausarten konnte, trat der Notar ein und nahm seinen Platz am Kopfende des Tisches ein. Er sah über den Rand seiner Brille in die Runde. »Ich glaube, es sind alle geladenen Personen anwesend, oder?«

»Es ist eher eine zu viel anwesend. Oder kann mir einer sagen, was diese Frau hier zu suchen hat?« Carl wies nun sehr unerzogen mit dem Zeigefinger auf Adrienne.

Das schien dem Notar höchst unangenehm zu sein. Er warf Carl Manzinger einen strafenden Blick zu. »Es sind die Personen anwesend, die Ihre verehrte Frau Mutter in ihrem Testament bedacht hat«, erklärte er gestelzt.

»Eben, und ich wage zu bezweifeln, dass meine Mutter diese Person bedacht hat«, knurrte Adriennes aufgebrachter Onkel.

»Carl, bitte, jetzt hör doch erst mal zu!«, fuhr der Notar ihn an. Damit war nun klar, dass die beiden Herren sich näher kannten und der Notar bemüht war, die Formalitäten einzuhalten.

»Dann darf ich um die Vorlage Ihrer Ausweise bitten, soweit Sie mir nicht von Person bekannt sind.«

Adrienne war die Einzige in der Runde, die ihm ihren Ausweis reichte.

Es folgte eine umständliche Aufnahme der Personalien aller Anwesenden. Nachdem der Notar mit schleppender Stimme alle Beteiligten namentlich genannt hatte, trafen sich Adriennes und der Blick von Clemens Manzinger, der sie interessiert beäugte, aufstand und ihr die Hand reichte. »Guten Tag, Adrienne, und herzlich willkommen im Kreis der Familie«, sagte er und erntete damit einen vernichtenden Blick seines Vaters. Adrienne war der Cousin auf den ersten Blick zwar nicht sonderlich sympathisch gewesen, aber diese Geste gegen den erklärten Willen seines Vaters änderte ihre vorgefasste Meinung.

»Freut mich, meinen Cousin kennenzulernen«, erwiderte

sie, während er auch seinen Onkel knapp, aber freundlich begrüßte. »Tag, Onkel Arthur!«

»Können wir jetzt fortfahren? Ich habe nicht ewig Zeit«, knurrte Carl. Seine Frau Sigrid starrte indessen leblos vor sich hin.

»Gut, dann komme ich zur Verlesung des Testaments von Ernestine Martha Manzinger, geborene Schneider, geboren am achten Juli 1928 in Freiburg, verstorben am …«

Adrienne hatte Mühe, der leiernden Stimme zuzuhören, und fragte sich, ob sie nicht einfach aufstehen und die öde Veranstaltung verlassen sollte, aber das konnte sie Onkel Arthur nicht antun, der über ihre Anwesenheit sichtlich froh war. Erst als er sie aufgeregt anstieß, horchte sie auf. Offenbar war der Notar beim eigentlichen Inhalt angelangt.

»Mein Vermögen, das ich aus dem Verkauf meiner Anteile am Kaufhaus Manzinger erlangt habe, möchte ich wie folgt an meine Nachkommen verteilen. Die Hälfte geht an die Stiftung zur Entschädigung von Naziopfern, die mein Sohn Arthur verwaltet …«

»Wie hast du dir das denn erschlichen, du Schleimer?«, brüllte Carl unbeherrscht los.

»Ich muss doch sehr bitten!«, maßregelte ihn der Notar und fuhr mit lauter Stimme fort: »Die andere Hälfte geht zu gleichen Teilen an meinen Sohn Carl, meinen Enkel Clemens, meinen Sohn Arthur und meine Enkelin Adrienne …«

»So, jetzt aber Schluss mit dem Schmierentheater! Ich fechte das Testament an. Unsere Mutter war doch schwer dement …«

»Papa, das Testament ist fünf Jahre alt, da war Oma noch voll fit!«, mischte sich Clemens erregt ein.

»Carl, es bleibt dir unbenommen, das Testament beim Nachlassgericht anzufechten. Dafür hast du ein Jahr Zeit, aber es wird dir nichts nutzen. Du hast nämlich keine Gründe vorzubringen, warum das Testament nicht dem Willen deiner

Frau Mutter entspricht. Aber jetzt lass mich bitte meine Arbeit machen und stör mich nicht weiter!«, verkündete der Notar in scharfem Ton. Carl machte Anstalten, von Neuem zu widersprechen. Als seine Frau ihm einen mahnenden Blick zuwarf, ließ er es bleiben.

Adrienne aber hatte keinen Nerv mehr, auch nur eine Sekunde länger in einem Raum zu bleiben, in dem es vor Hass gegen sie nur so waberte. »Entschuldigen Sie, ich warte vor der Tür. Oder gibt es noch weitere Einzelheiten, die mich betreffen?«

Der Notar überflog das Testament. »Ja, Sie erben auch ein Viertel der Summe, die der Verkauf der Familienvilla erbracht hat.«

»Unfassbar! Was hat die mit unserem Haus zu tun? Aber hauen Sie nur ab! Dann erben Sie nämlich gar nichts!«, ätzte Carl.

»Das ist unzutreffend. Sie können ruhig draußen warten. Es besteht keine Anwesenheitspflicht, und es berührt Ihre Erbberechtigung mitnichten, wenn Sie sich vor der Tür aufhalten. Vielleicht werden wir dann heute auch noch mal fertig«, sagte der Notar. »Ich bitte Sie nur, draußen zu warten, damit Sie mir später mitteilen können, ob Sie das Erbe annehmen.«

Eigentlich hatte Adrienne genau darüber noch einmal nachdenken wollen, aber das ungehobelte Benehmen ihres Onkels reizte sie dazu, dem Notar zu antworten. »Ja, ich nehme das Erbe an«, stimmte sie mit glockenheller Stimme zu. Wenn Blicke töten könnten, dachte sie, als sie im Hinausgehen Carls wutverzerrtes Gesicht sah. Arthur hingegen hob den Daumen zum Zeichen, dass er ihre Entscheidung guthieß.

Adrienne ließ sich auf der Ledergarnitur im Flur nieder und atmete tief durch. So entsetzlich dieses Erlebnis auch für sie war, es brachte sie auf merkwürdige Weise ihrer Mutter näher. Mit einem Kotzbrocken wie Carl Manzinger hätte sie auch nicht unter einem Dach leben mögen. Um sich abzulenken, griff sich Adrienne eine Zeitschrift, aber sie konnte keine Zeile lesen, ohne dass ihre Gedanken zu dem Erbe zurückschweiften. Ob das wohl im Sinne ihrer Mutter gewesen wäre, dass sie das Erbe angenommen hatte, ohne zu wissen, um welche Summe es sich eigentlich handelte? Jedenfalls hatte ihre Großmutter gewollt, dass sie erbte, und wohl tatsächlich versucht, das Unrecht ihres Mannes und ihres Schwiegervaters wiedergutzumachen. Vielleicht sollte ich meinen Anteil auch Onkel Arthurs Stiftung überlassen, dachte sie gerade, als eine Nachricht auf ihrem Telefon ankam. Sie hatte ganz vergessen, es für die Testamentseröffnung auszuschalten. Die Nachricht war von Ruben, und er schrieb ihr, er habe mit einem Mitarbeiter in der Genfer Zentrale telefoniert, der ihm gute Tipps zur Gründung einer privaten Hilfsorganisation gegeben hatte.

In dem Augenblick wusste Adrienne ganz sicher, dass es richtig war, das Geld anzunehmen. Und sie wusste auch schon, wofür sie es verwenden würde. Diese Aussicht, damit etwas Gutes zu tun, besserte ihre Laune.

Habe gerade geerbt. Kenne die Summe noch nicht, aber mit deiner Kohle, dem von meiner Mutter geerbten Geld und diesem Vermögen sollten wir eine gute Grundlage haben, um Kindern aus Kriegsgebieten eine Behandlung zu ermöglichen.

Kaum hatte sie die Nachricht abgeschickt, bekam sie schon die Antwort.

Ich wollte schon immer eine reiche Frau ;-)))))))))

Adrienne wollte gerade frech kontern, da flog die Tür zum Besprechungszimmer auf, und Arthur stürmte im Eilschritt heraus. »Lass uns bloß verschwinden, bevor Carl sich noch ganz vergisst! Er ist nämlich ein Choleriker.«

»Ach, das habe ich gar nicht gemerkt!«, scherzte Adrienne, als sie sah, dass Clemens auf sie zusteuerte. »Könnte ich deine Kontaktdaten haben? Ich würde mich gern mal melden.« Adrienne sah keinen Grund, ihm die Bitte abzuschlagen. Während er die Daten in sein Telefon tippte, fiel ihr die Messingtafel im Kaufhaus ein.

»Sag mal, ich war heute im Kaufhaus und bin über ein Erinnerungsschild gestolpert. Da gab es aber keinen Hinweis auf den eigentlichen Gründer …«

Clemens winkte ab, und Adrienne befürchtete schon, dass in dieser Hinsicht nicht mit ihm zu reden war. Das genaue Gegenteil war der Fall. Entschuldigend wies er darauf hin, dass es ein neues Schild gebe, das zumindest die Familie Weizmann als Gründer des Kaufhauses erwähne. Man wisse nur noch nicht genau, wie man es anbringen solle, ohne die Wand beschädigen zu müssen.

»Super, aber jetzt sollte ich schnell verschwinden.« Sie deutete in Richtung ihres fluchenden Onkels Carl, der offenbar nun mit seiner Frau stritt. Jedenfalls löste sie sich in diesem Augenblick von ihrem Mann und winkte Adrienne zum Zeichen, dass sie bitte warten möge, schüchtern zu.

Adrienne erwartete nichts Gutes von dieser überschminkten Mumie, wie sie die Frau ihres Onkels insgeheim nannte, aber Sigrid streckte ihr versöhnlich die Hand entgegen, und die Spur eines Lächelns huschte über ihr Gesicht. »Ich wollte dir nur sagen, dass du deiner Mutter sehr ähnlich siehst.«

»Sie kennen meine Mutter?«, fragte Adrienne überrascht. »Ich dachte, sie ist schon mit fünfzehn ins Internat gekommen.«

»Na ja, Carl war damals einundzwanzig und ich achtzehn, als ich das erste Mal ins Haus der Manzingers kam. Deine

Mutter öffnete mir damals die Tür und fragte gleich, ob ich auch aus einem Kapitalistenhaushalt stammen würde wie Carl und sie.«

Adrienne erwiderte Sigrid Manzingers Lächeln, aber sie brachte es nicht über sich, sie zu duzen.

»Schön, dass wir uns persönlich kennengelernt haben«, sagte sie stattdessen höflich, und da kam auch schon Carl angekeucht. Er rauschte mit einem schroffen »Ich warte im Wagen!« an ihnen vorbei. Seine Frau folgte ihm mit gesenktem Kopf.

Arthur legte schützend einen Arm um Adrienne und verabschiedete sich von seinem Neffen. »Vielleicht trinken wir beide mal einen Wein zusammen«, schlug er vor.

»Gern«, entgegnete Clemens und schien erleichtert, dass der Onkel ihn nicht mit seinem Vater in einen Topf warf.

»Und was machen wir zwei Schönen jetzt?«, fragte Arthur, als Clemens seiner Wege gegangen war.

»Ich hole Jannis im Hotel ab, und dann starten wir Richtung Paris. Vorher würde ich aber noch gern das Grab meiner Großmutter besuchen.«

Arthur blickte sie mit einer Mischung aus Erstaunen und Rührung an. »Ich hätte es gar nicht mehr erwähnt, aber du glaubst gar nicht, wie mich das freut, dass du darauf zurückkommst.«

Er war so glücklich, dass er ihr auf dem Weg zum Friedhof ohne Punkt und Komma Kindergeschichten von Caroline erzählte. Wie sie sich am liebsten als Piratin verkleidet hatte, ihre gesamten Ersparnisse einmal an das Hauspersonal verteilt hatte oder wie sie damals der Schwarm seiner sämtlichen Mitschüler gewesen war.

Am Friedhof angekommen, gingen sie schweigend zum Grab der Großmutter. Ein Familiengrab, dachte Adrienne, als sie vor dem großen Stein mit den vielen Namen standen.

Plötzlich stutzte sie. »Caroline?«, fragte sie fassungslos und vermutete erst, es handle sich um eine andere Caroline, aber die Daten stimmten mit denen ihrer Mutter überein.

»Wieso liegt meine Mutter hier begraben?«, fragte sie.

»O Gott, das wusstest du nicht? Ich habe mich schon gewundert, dass du gar nicht an ihr Grab wolltest.«

Adrienne durchrieselte ein eiskalter Schauer. »Nein, aber das verstehe ich nicht. Ich … ich meine …«, stammelte sie.

»Entschuldigung, aber ich verstehe nicht ganz, warum du so ahnungslos bist. Deine Adoptivmutter weiß doch Bescheid.«

»Ich … ich habe nie danach gefragt. Ich war doch auch …« Sie stockte. Nein, ihr war nicht danach, Arthur die Geschichte des Zerwürfnisses zwischen Eva und ihr zu erzählen.

»Gut, aber wäre es nicht das Normalste der Welt, wenn dir diese von Wörbeln das von sich aus mitgeteilt hätte? Es war ja schließlich ihr Vorschlag. Wir dachten, sie lässt Caroline in der Gruft ihrer Familie begraben, aber das wollte sie partout nicht. Sie behauptete, sie hätte einfach genug mit dir zu tun und könne sich nicht um die Beerdigung kümmern. Und Mutter war froh, dass sie ihre Tochter wenigstens bestatten lassen durfte. Diese Eva ist nicht mal zur Trauerfeier gekommen.«

Adrienne war so schwindelig, dass sie bei Arthur Halt suchen musste. Er war total erschrocken. »Kind, du bist ja bleich wie eine Wand! Wenn ich das geahnt hätte …«

»Du kannst doch nichts dafür«, entgegnete Adrienne mit schwacher Stimme. Der Schock, plötzlich am Grab ihrer Mutter zu stehen, ließ ihre Knie weich werden. Im gleichen Augenblick kam ihr plötzlich ein ganz anderer Verdacht: Was, wenn es einen simplen Grund gab, warum ihr Vater verschwunden war? Was, wenn auch er schon tot war?

Arthur schlug nun vor, den Friedhof wieder zu verlassen. Er hatte sie immer noch untergehakt, doch kurz vor dem Ausgang stutzte sie und blieb stehen. Hörte sie da ein leises Plätschern? Sofort kam ihr eine verwegene Idee.

»Gibt es hier vielleicht irgendwo einen Fluss oder einen Teich?«, fragte sie aufgeregt.

»Das nicht, aber dort ganz am Rand fließt ein Bach«, erwiderte er.

»Hast du zufällig ein Stück Papier dabei?«

Arthur stellte keine Fragen, sondern warf einen Blick in seine Aktentasche und reichte ihr einen beschriebenen Bogen.

»Ich brauche eigentlich ein unbeschriebenes Blatt, denn du bekommst es nicht zurück.«

»Ach, das kann weg. Das ist ein Brief an meinen Bruder, den ich ihm eigentlich heute geben wollte, aber ich glaube nicht, dass ich damit was erreiche.«

Ein Lächeln erhellte Adriennes Miene. »Dann ist es nahezu ideal. Du musst gleich nur daran denken, dass du deinen Bruder loslässt. Und am besten ohne Groll.«

»Wie soll das funktionieren? Ich kriege jedes Mal Bluthochdruck, wenn ich an diesen ungehobelten Choleriker denke«, schimpfte Arthur und bekam dabei einen hochroten Kopf.

»Dann lass ihn einfach los!«, erwiderte Adrienne nachdrücklich. »Hoffentlich kann ich es noch«, murmelte sie, während sie sich konzentriert daranmachte, aus dem Blatt Papier ein Schiffchen zu falten. Arthur sah ihr kopfschüttelnd zu und begleitete sie, nachdem sie ihr Werk vollendet hatte, zu dem bewachsenen Ufer des Bächleins. Dort ließ Adrienne ihr Boot zu Wasser und versetzte ihm noch einen kleinen Stoß. Dabei dachte sie intensiv an ihre Mutter. Als sie spürte, wie ihre Augen feucht wurden, hatte sie die Gewissheit, dass Camilles Methode tatsächlich bei der Trauerarbeit half, jedenfalls bei ihr!

## 37.

Adrienne und Jannis hatten sich von Paris aus für eine Nacht zwei Zimmer in einem alten Schlosshotel in Barfleur gebucht. Sie waren gerade erst angekommen und wollten sich nach einer halben Stunde an der Rezeption treffen. Die Reise war bisher zwar sehr unterhaltsam gewesen, aber in Sachen Recherche waren sie keinen Schritt weitergekommen. Zu ihrem Entsetzen war Marie, Jeans Exfrau, inzwischen überraschend gestorben, sodass sie keine weiteren Informationen über Jeans Prozess bekommen konnten. Dafür hatten sie ihren Besuch bei Camille in vollen Zügen genossen und jeden Abend, wenn Camille von ihrer Fortbildung zurückkehrte, etwas gemeinsam mit ihrer Tante unternommen. Tagsüber hatten sie wie ganz normale Touristen Paris erkundet.

Seit dem Telefongespräch in Freiburg hatte Adrienne nichts mehr von Ruben gehört. Das belastete sie, denn solange sie Kontakt hatten, schien ihr die Entfernung zwischen ihnen gar nicht so dramatisch zu sein. Aber nun trennten sie ganze Galaxien. Daran musste Adrienne denken, als sie sich nach der langen Fahrt frisch machte. Sie hatten für die Strecke von Paris in die Normandie gute vier Stunden gebraucht. In den vergangenen Tagen hatte sie immer wieder mit sich gekämpft, ob sie ihre Befürchtungen, dass Jean vielleicht längst tot war, nicht doch mit Jannis teilen sollte. Aber sie wollte ihn nicht unnötig beunruhigen und fragte sich kritischer denn je, wie sie ihren Vater in diesem zugegebenermaßen entzückenden Ort aufspüren sollten, falls er noch am Leben war.

Ruben fehlte ihr entsetzlich. Der einzige Lichtblick war die Aussicht, nach ihrer Rückkehr sofort den Umzug nach Köln anzugehen und dann wenigstens in Martins Nähe zu sein. Jannis seinerseits wollte dem Gezerre um die Kinder entgehen und sich in Köln als Kurator bewerben. Der Nachfolger seiner Mutter wechselte nämlich nach Berlin, und nun hatte man ihn gefragt.

Adriennes Gedanken schweiften wieder zur Frage zurück, wie sie ihre Recherche nach Monsieur Legrand taktisch sinnvoll gestalten sollten. Jannis schlug vor, zunächst nach einem Souvenirladen zu forschen, der die Postkarten verkaufte, die sie in Jeans Kiste gefunden hatten. Eine davon hatte Camille ihnen mitgegeben. Adrienne aber glaubte nicht, dass jemand die ollen Dinger noch anbot oder sich erinnerte, ob sie vor weit über zwanzig Jahren dort verkauft worden waren. Jannis aber klammerte sich an diesen Strohhalm und war bester Dinge, als sie sich an der Rezeption trafen. Er holte die Postkarte hervor und hielt sie der Dame hinter dem Tresen unter die Nase.

»Kennen Sie dieses Postkartenmotiv?«

Die junge Frau bedachte ihn mit einem Blick, als wäre er nicht ganz bei Trost. »Natürlich, das ist auf jeder zweiten Postkarte zu sehen. Das typische Motiv von Barfleur«, entgegnete sie ihm.

»Aber schauen Sie doch mal genau hin! Das Foto ist mindestens dreißig Jahre alt.«

»Tja, da hat sich nicht viel geändert.« Missmutig warf sie einen weiteren Blick auf die Karte. »Die Boote kommen mir irgendwie altmodischer vor.«

»Aber vielleicht können Sie uns einen Souvenirladen empfehlen, der damals solche Postkarten verkauft hat.«

»Das haben sie alle. Ach, fragen Sie doch einfach Maurice! Bei dem gibt es auch heute noch Souvenirs, die er schon vor fünfzig Jahren nicht losgeworden ist.«

»Das hört sich doch gut an!«, lachte Jannis so ansteckend, dass er damit sogar die junge Frau aus der Reserve lockte. »Verraten Sie mir noch, wer Maurice ist?«

»Maurice ist so was wie ein wandelndes Stadtarchiv. Er kennt jeden und weiß alles.«

»Das ist unser Mann!«, freute sich Jannis. »Denn wir suchen jemanden, der sich vor über dreißig Jahren in Barfleur vor der Polizei versteckt haben könnte …«

Adrienne missfiel Jannis' Offenherzigkeit, und sie versetzte ihm einen Stoß in die Rippen.

Er verstand die Botschaft sofort. »Also, wir suchen einen Mann, der mal in Barfleur gelebt hat«, korrigierte er sich, aber die junge Frau beugte sich bereits vertraulich über den Tresen.

»Maurice hatte immer Kontakt zu zwielichtigen Gestalten. Außerdem hat er den besten Calvados im Ausschank. Seine Bar gehört quasi zum Laden. Aber fragen Sie bloß nicht nach Karten von der Landung der Alliierten in der Normandie. Das ist sein Lieblingsthema. Und seine Verdienste um die Résistance. Dabei ist er Jahrgang zweiundvierzig.«

»Sie scheinen ihn ja gut zu kennen.«

»Lässt sich nicht vermeiden, er ist mein Großonkel. Grüßen Sie ihn schön von Claudette. Da freut er sich. Mein Opa spricht nämlich schon seit vierzig Jahren nicht mehr mit ihm. Aber Vorsicht! Wenn Sie seinen Calvados nicht angemessen würdigen, ist er verschlossen wie eine Auster. Falls Sie ihn zum Reden bringen, kann er Ihnen als Einziger weiterhelfen, wenn's um die Vergangenheit geht.«

»Und können Sie uns sagen, wo wir Maurice finden?«, mischte sich Adrienne ein, nachdem Jannis' Recherche in einen Flirt auszuarten drohte, zumal die junge Frau durchaus attraktiv war.

»Natürlich, der Ort ist übersichtlich. Gehen Sie in Richtung Hafen und dann links bis zum Ende. Dort finden Sie den Laden von Maurice. Sie sehen ihn schon von Weitem. An den Schwaden, die durch die Luft wabern, denn vor seinem Bistro treffen sich die Raucher von Barfleur. Nicht mal fünf Minuten von hier!« Sie lachte.

»Danke! Sie haben uns sehr geholfen. Vielleicht sieht man sich später noch. Wann haben Sie denn Feierabend?«, fragte Jannis.

»Ich habe leider schon was vor«, erwiderte sie lächelnd.

»Danke! Sie haben uns sehr geholfen«, äffte Adrienne ihren Bruder nach, als sie außer Hörweite waren.

»Ich finde, dieser Maurice hört sich recht vielversprechend an.«

»Genau, und beim D-Day können wir beiden dank Martin und unserer Ausflüge zum Utah-Beach auch mitreden«, spottete sie.

»Du bist ja bloß neidisch, weil du jetzt in festen Händen bist und nicht mehr flirten darfst«, lachte er.

Das Schöne war, dass Jannis' Gesellschaft Adrienne etwas von ihrer Sehnsucht nach Ruben ablenkte. Er schien ihr manchmal wie befreit nach der Trennung von Mirja.

»Hast du in München eigentlich diese Carla wiedergesehen?«

»O ja! Sie hat mir eine öffentliche Höllenszene gemacht, die alle Kollegen mitbekommen haben. Ich wäre schon froh, wenn das mit Köln klappen würde. Allein wegen der Nähe zu den Kindern und der Distanz zu Carla.«

Adrienne hörte ihm aber schon gar nicht mehr zu, denn Claudette hatte nicht zu viel versprochen. Vor ihnen tauchte der Laden von Maurice auf, vor dem an ein paar morschen Tischen dicht zusammengedrängt offenbar sämtliche Raucher von Barfleur saßen. Jannis stürzte sich sofort auf den wackeligen Kartenständer, um die Postkartenkollektion zu inspizieren. Adrienne aber betrat die winzige Bar, in der es nur einen

Tresen, ein paar Barhocker und einen einzigen Tisch gab. Hinter der Bar stand ein grauhaariger Mann mit einem zerfurchten Gesicht, der, wollte man dies an seinen Falten ablesen, offenbar ein bewegtes Leben hinter sich hatte. Oder waren es die Spuren von filterlosen Zigaretten, die er seit Jahrzehnten in der frischen Meeresluft vor seiner Bar genoss?, fragte sich Adrienne.

»Bonjour, sind Sie Maurice?«

»Wer will das wissen?«, brummte der Mann mit knarzender Stimme, bevor er von den Gläsern aufsah, die er gerade mit Calvados füllte.

»Schöne Grüße von Claudette.«

»Nett, dass die Kleine mir mal einen Gast schickt. Aber Sie sehen nicht wirklich so aus, als würden Sie Calvados trinken«, brummte er.

»Das werden wir ja sehen«, konterte Adrienne und bestellte einen, obwohl der alte Mann direkt ins Schwarze getroffen hatte. Das hier wäre dann ihr erster …

Maurice reichte ihr ein Glas und beobachtete kopfschüttelnd, wie sie daran nippte. Schon beim ersten Schluck zog sich alles in ihr zusammen. Adrienne bemerkte Maurice' kritischen Blick, trank den Rest auf ex aus und bestellte noch einen, den ihr Maurice grinsend servierte. Langsam schien er Spaß an seinem Gast zu haben.

Der Apfelbranntwein hatte eine angenehme Nebenwirkung. Adrienne fühlte sich so locker, dass sie ihn unvermittelt fragte, ob er sich an einen Monsieur Legrand erinnere, der vor ungefähr dreißig Jahren in Barfleur gewohnt habe.

»Legrand? Legrand? Nein, nie gehört«, entgegnete Maurice schroff. Jegliche Freundlichkeit war aus seinem Gesicht gewichen.

»Noch einen!«, orderte Adrienne, die spürte, dass sich der Mann beim Namen Legrand wie eine Auster verschlossen hatte. Das Herz klopfte ihr bis zum Hals bei der Vorstellung, dass Maurice womöglich tatsächlich ein Volltreffer war. Mit Todesverachtung kippte sie den zweiten Calvados hinunter. Das lockerte ihre Zunge noch mehr. Sie hoffte allerdings, dass Jannis ihr bald zu Hilfe eilte. Durch ein kleines Fenster sah sie ihn mit den Einheimischen draußen am Tisch angeregt plaudern.

»Vielleicht hilft Ihnen das auf die Sprünge.« Sie holte ein Foto von Jean in jungen Jahren aus der Handtasche und reichte es ihm.

»Kann nichts erkennen. Habe keine Brille dabei«, knurrte Maurice, ohne einen Blick auf das Bild zu werfen.

»Die haben Sie im Haar stecken.« Adrienne musste sich ein freches Grinsen verkneifen. Missmutig setzte er die Brille auf und warf einen flüchtigen Blick auf das Foto.

»Kenne ich nicht. Und wenn Sie nichts mehr trinken wollen, dann gehen Sie lieber. Geht aufs Haus.« Keine Frage, der Mann wollte sie loswerden. Verräterischer konnte man sich nicht verhalten.

»Noch einen!«, verlangte Adrienne und merkte, dass sie sich nicht mehr ganz klar artikulierte.

»Sie kippen mir doch gleich vom Hocker«, bemerkte er verächtlich, goss dann aber widerwillig ihr Glas wieder voll.

»Versuchen Sie gar nicht erst zu lügen! Ich sehe es Ihnen doch an der Nasenspitze an. Also, wann haben Sie Monsieur Legrand zum letzten Mal gesehen?« Adrienne schrieb ihre Forschheit allein der Wirkung des Calvados zu und leerte auch das dritte Glas in einem Zug.

In Maurice' Hirn schien es fieberhaft zu arbeiten. Demonstrativ betrachtete er das Foto noch einmal. »Das ist über dreißig Jahre her, aber dann ist er nach Bordeaux gezogen.«

»Nach Bordeaux?«

»Ja, Monsieur Legrand ist nach Bordeaux gegangen.«

»Ist das Ihr Sprüchlein, das Sie aufsagen sollen, wenn jemand nach ihm fragt?«

»Schluss mit dem Theater! Ich erkenne einen Bullen zehn Meilen gegen den Wind. Aber dass man jetzt auch schon kleine Mädchen vorschickt ... Glaubst du, ich sehe nicht, wie dein Kollege dort draußen meine Gäste aushorcht?«

In diesem Augenblick betrat Jannis sichtlich aufgeregt die Bar. »Stell dir vor, die Karten gibt es zwar nicht mehr, aber sie wurden früher hier verkauft, hat mir einer der Fischer erzählt ...«

Jannis hielt inne, als Adrienne sich auffällig räusperte. »Das ist Maurice, der glaubt, wir ... seien von der Polizei ... und der mir weismachen will, dass Monsieur Legrand ... in Bordeaux lebt ...«

Entgeistert deutete Jannis auf ihr leeres Glas. »Wie viele hattest du davon schon? Und jetzt noch mal schön langsam. Ich habe dich nämlich nur zur Hälfte verstanden.«

»So, ihr beiden, hier gibt es nichts zu schnüffeln. Monsieur Legrand lebt in Bordeaux.«

»Wahnsinn! Sie kennen ihn also wirklich?«, fragte Jannis überrascht.

»Ja, sage ich doch! Er denkt, wir sind von der Polizei, und will uns nach Bordeaux schicken.«

»Monsieur Legrand lebt in Bordeaux. Mehr weiß ich auch nicht«, bekräftigte Maurice und musterte Jannis unverwandt. Dabei entgleisten ihm die Gesichtszüge, als hätte er ein Gespenst gesehen.

Adrienne in ihrem Sausebrand begriff als Erste, was ihn so verblüffte: Es war die Ähnlichkeit zwischen Jannis und dem jungen Jean.

»Was sehen Sie?«, fragte Adrienne provozierend.

»Ich ... äh ... das ist doch ... nein ...«

»Doch!«, bekräftigte Adrienne. »Noch einen!«

»Ich trage dich nicht ins Hotel, Schwesterherz«, bemerkte Jannis belustigt.

Adrienne schüttete nun auch ihren vierten Calvados, ohne abzusetzen, hinunter und musterte Maurice durchdringend. »Und jetzt sagen Sie uns, wo unser Vater sich wirklich aufhält!«

Statt zu antworten, wischte sich der alte Brummbär eine Träne aus dem Augenwinkel. »Wenn er betrunken war, hat er nachts oft von seinen Kindern geredet«, murmelte Maurice gerührt.

»Wie bitte? Er sprach von seinen Kindern? In der Mehrzahl?« Jannis warf Adrienne einen fassungslosen Blick zu.

»Dann muss er das wohl gewusst haben … das mit dir.« Adrienne versuchte angestrengt, nicht zu lallen, was ihr allerdings nicht ganz gelang.

»Und wo finden wir ihn?«, fragte Jannis in scharfem Ton. »Und sagen Sie bitte nicht wieder Bordeaux!«

»Vor schätzungsweise zwanzig Jahren war er noch mal hier und hat mir eingeschärft: *Sollte jemals einer nach mir fragen, sag ihm, dass ich in Bordeaux lebe.*«

»Monsieur Maurice, wo ist er jetzt?«, insistierte Jannis.

Maurice schien mit sich zu kämpfen. »Ich sage nur Porte d'Amont.«

»Ist das ein Ort?«

»Das müsst ihr selbst rausfinden, denn ich habe schon viel zu viel gesagt. Jean wäre das sicher nicht recht.«

»Wir sind doch seine Kinder!«, widersprach Jannis empört.

»Das spielt keine Rolle. Jean ist als gebrochener Mann aus dem Gefängnis gekommen. Wisst ihr, was er gesagt hat? Solltest du je nach mir gefragt werden, sag, ich sei in Bordeaux. Oder besser noch, ich sei tot.« Erneut wischte sich Maurice eine Träne aus dem Augenwinkel.

Adrienne murmelte etwas, das sich entfernt wie »*So'n Scheiß!*«anhörte.

»Gut, dann zahlen wir jetzt«, seufzte Jannis.

»Nein, von Jeans Kindern nehme ich nichts. Und kein Wort davon, dass ich ihn verraten habe!«, bat Maurice inständig.

Jannis versprach es ihm, während Adrienne einigermaßen unbeschadet vom Barhocker zu klettern versuchte. Dabei fühlte sie sich blendend und sah die Zukunft in rosaroten Farben. Jannis aber hakte seine Schwester unter, als sie die Bar verließen.

»Jetzt müss'n wir nur noch dies Portamont oder ssso finden, dann haben wir ihn«, kicherte sie, während sie begeistert auf das Hafenpanorama deutete. »Is…ss so schön hier. Finste nich auch?«

Jannis nickte grinsend. In Gedanken war er allerdings intensiv mit einer ganz anderen Frage beschäftigt: Woher in aller Welt hatte Jean gewusst, dass er Vater zweier Kinder war?

## 38.

Adrienne und Jannis waren froh, in der Ferienzeit überhaupt noch eine Unterkunft in Étretat bekommen zu haben. Die Bucht, malerisch eingebettet zwischen den zwei Klippen, schien ihnen nach eingehender Recherche der gesuchte Ort zu sein, denn Porte d'Amont hieß eins der berühmten Felsentore.

Für die beiden war es ein Déjà-vu-Erlebnis, denn Martins Bildungsausflüge in Sachen D-Day hatten sie als Jugendliche schon einmal in diesen Ort geführt. Auch das urige Hotel von damals stand noch an der Promenade wie seinerzeit. Im *Le Corsaire* hatten sie damals schon gewohnt.

Adrienne hatte sich am gestrigen Abend nach ihrem intensiven Rendezvous mit dem Calvados gleich ins Bett gelegt und zu ihrem großen Bedauern nicht mehr viel vom donnernden Nachtleben Barfleurs mitbekommen. Ganz im Gegensatz zu Jannis, der wohl zu später Stunde mit Claudette bei Maurice Calvados um die Wette getrunken hatte. Jannis hatte den alten Mann allerdings nicht weiter über Jean ausgefragt, weil jener ihm deutlich signalisiert hatte, dass sein Mund nun versiegelt wäre.

Adrienne war froh, dass es in diesem Hotel keine hübschen jungen Damen an der Rezeption gab, sondern die Kellner aus dem Restaurant auch für die Hotelformalitäten zuständig waren. Weitere Eskapaden konnten sie sich nicht leisten, denn so reibungslos wie in Barfleur würde ihre Recherche hier sicher nicht verlaufen. Die vorrangige Frage war doch, wo sie mit der Suche anfangen sollten, einmal davon abgesehen, dass sie keine Garantie hatten, dass Étretat überhaupt der richtige Ort war. Was, wenn Maurice sie in die falsche Richtung geschickt hatte? Adriennes Calvados-Hochgefühl vom Vortag war einer durch und durch dunklen Stimmung gewichen.

Jannis hingegen sprühte Funken vor Optimismus, als sie sich zum verabredeten Zeitpunkt vor dem Hotel wiedersahen. »Wir erforschen jetzt erst mal den Ort, und dann sehen wir weiter«, verkündete er fröhlich.

»Können wir machen, aber ich glaube kaum, dass wir unterwegs rein zufällig unserem Vater begegnen«, murrte sie.

»Ich glaube, du brauchst erst mal einen Calvados. Gestern wolltest du auf dem Weg zum Hotel nämlich noch die ganze Welt umarmen. Und jetzt bist du eine richtige Spaßbremse.«

»So lustig finde ich es auch nicht, dass wir in der Normandie umherirren, um unseren Vater zu finden. Hast du schon mal daran gedacht, dass er sich, selbst wenn wir ihn wider Erwarten aufspüren sollten, als Totalausfall entpuppen könnte?«

»Mehr als einmal. Ich habe schon diverse Male von Monstern geträumt, die ich Papa nennen soll«, lachte er.

»Ach, du nimmst mich nicht ernst. Und was, wenn wir ihn gar nicht finden können, weil er längst tot ist?«, rutschte es Adrienne heraus, doch die erwartete entsetzte Reaktion seitens Jannis blieb aus.

»Adrienne, wir müssen mit allem rechnen, aber wenn wir die Sache nicht zu Ende bringen, werden wir uns ein Leben lang mit der Ungewissheit quälen«, erwiderte er mit ernster Miene.

Adrienne umarmte ihn spontan. »Pardon, dass du mit einer schlecht gelaunten Schwester gestraft bist.«

»Das verstehe ich doch. Ich möchte mir auch nicht vorstellen, dass ich mich derart verliebe und meine Liebste dann drei Monate nicht mehr sehe.«

»Du bist wirklich ein Schatz! Und was war das gestern mit Claudette?«

»Ihr Junggesellinnenabschied«, entgegnete er ungerührt.

»Bitte?«

»Ja, sie heiratet in zwei Wochen und wollte wenigstens einmal im Leben mit einem anderen Mann im Bett gewesen sein.«

»Und so einer will mein Bruder sein?«, stieß Adrienne mit gespielter Empörung hervor.

»Keine Sorge, sie hat es nicht über sich gebracht! Aber sie ist geblieben, und wir haben die ganze Nacht gekuschelt.«

»Mein Bruder, das unbekannte Wesen«, erwiderte Adrienne schmunzelnd und spürte, dass Jannis' Gegenwart ihr wirklich guttat.

»In ihren Armen konnte ich entspannt über alles nachdenken«, fügte er hinzu.

»Und worüber hast du dir den Kopf zerbrochen?«

»Vor allem darüber, wieso Jean von meiner Existenz wusste. Das bedeutet im Klartext, dass Eva Martin nicht nur einmalig betrogen, sondern ein Leben lang belogen hat. Sie muss Jean doch gesagt haben, dass sie von ihm schwanger war. Sonst hätte Jean es doch nicht gewusst.«

»Das habe ich so noch gar nicht betrachtet, aber du hast recht. Dann hat sie uns das ganz große Kino gegeben. Bin gespannt, was unser Vater dazu zu sagen hat. Wird Zeit, dass wir ihn finden.«

»Heißt das, du hast wieder Hoffnung, dass wir fündig werden?«

»Ja, wenn wir deinem Plan folgen und den Ort erkunden, könnte das was werden. Aber dass er uns hier vor dem Hotel wie eine gebratene Taube in den Mund fliegt, glaube ich weniger«, scherzte Adrienne.

Sie schlenderten die Promenade entlang, bis sie nach rechts in den Ort abbogen. Adrienne hatte den Eindruck, dass sich hier kaum etwas verändert hatte seit ihrem letzten Besuch vor vielen Jahren. Im Zentrum reihte sich noch immer ein bezauberndes Fachwerkhaus an das nächste.

»Kannst du dich noch erinnern, wie Dad uns erzählt hat, dass die Deutschen ganze Häuserreihen und sogar das Casino abgerissen hatten, um in Étretat ihre Wehranlagen zu errichten?«

»Ich erinnere mich dunkel«, erwiderte Jannis, während er fasziniert in das Fenster einer Bildergalerie sah. »Kommt dir das bekannt vor?«, fragte er plötzlich aufgeregt.

Sie warf einen Blick auf eine Kohlezeichnung, die dort ausgestellt war, und erstarrte, als sie das Gesicht ihrer Mutter erkannte. Es ähnelte dem Bild, das sie in Jeans Zimmer an der Wand hatte hängen sehen. Und schon hatte sie Jannis ins Innere der Galerie gezogen.

»Schauen Sie sich ruhig um«, sagte eine gepflegte Dame, die im Aussehen und im Habitus an Eva erinnerte.

»Danke, aber ich habe nur Interesse an der Zeichnung im Fenster«, erwiderte Jannis.

»Das Bild ist leider unverkäuflich, aber ich kann Ihnen weitere Werke des Künstlers zeigen. Wir haben in einem Nebenraum eine Dauerausstellung mit seinen Zeichnungen. Wenn Sie mir bitte folgen wollen.« Die Galeristin führte sie in einen kleinen Raum voller Kohlezeichnungen, auf denen Gesichter porträtiert waren. Und alle drückten nur eines aus: Schmerz! Adrienne fühlte sich wie in einem Horrorkabinett gefangen. Doch als sie Anstalten machte, aus der Galerie zu flüchten, hielt sie Jannis am Arm fest und deutete aufgeregt auf die Signatur auf einem der Bilder.

Adrienne näherte sich der Zeichnung, und als sie die Signatur entziffern konnte, lief es ihr eiskalt den Rücken hinunter. *Le Mort* stand dort, was sowohl *der Tod* als auch *der Tote* heißen konnte. Sie wandte sich an die Galeristin. »Kennen Sie den Künstler?«

»Kennen ist zu viel gesagt. Er ist, wie soll ich sagen, zwar ein hiesiger Künstler, aber ein ziemlicher Einsiedler, der auch nie zu Vernissagen kommt, aber seine Bilder verkaufen sich ganz gut. Wenn Sie eins haben wollen, dann entscheiden Sie sich schnell. Die Nachfrage ist wirklich groß.«

»Und wissen Sie, wo der Künstler wohnt?«, fragte Jannis in seiner gewohnt offenen Art. »Ich hätte so gern das Bild im Fenster.«

»Er wird es Ihnen nicht verkaufen. Und er empfängt keine Gäste«, erklärte die Galeristin entschieden.

»Wir würden ihn trotzdem gern kennenlernen, denn wir sind von der Presse und möchten ihn interviewen«, mischte sich Adrienne ein. Täuschte sie sich, oder wurde die Galeristin noch blasser, als sie ohnehin schon war?

»Nein, das müssen Sie gar nicht erst versuchen. Le Mort redet nicht mit der Presse«, erklärte die Dame in scharfem Ton.

»Davon würden wir uns gern selber überzeugen«, widersprach Adrienne der Galeristin. »Wo wohnt er denn nun?«

Adriennes nassforscher Versuch, die Frau zum Plaudern zu bringen, ging völlig daneben. Die Galeristin forderte sie freundlich, aber bestimmt auf, den Ausstellungsraum auf der Stelle zu verlassen.

»Und nun?«, fragte Adrienne, als sie wieder in der von Fachwerkhäusern umsäumten Fußgängerzone standen.

»Nun wissen wir, dass unser Vater noch lebt und sich unter dem Pseudonym Le Mort mit seinem Talent über Wasser hält. Und wir wissen, dass er als Einsiedler wahrscheinlich irgendwo in diesem Ort wohnt«, erwiderte Jannis nachdenklich.

»Willst du jetzt jeden nach dem mit dem Tod flirtenden Künstler fragen?«, erkundigte sich Adrienne skeptisch. Sie war unangenehm berührt von seinem Pseudonym. So unangenehm, dass sie es kaum ertragen konnte.

»Nein, nur den Wirt der schäbigsten Bar vor Ort«, lachte Jannis.

»Langsam machst du mir Angst.«

»Wird auch Zeit, dass du mehr Respekt vor deinem großen Bruder bekommst«, erwiderte er mit gespielt strengem Blick. Zur Bekräftigung, dass er das Kommando übernommen hatte, hakte er sie unter und sah sich suchend um. Schließlich fragte er eine junge Frau nach einer Bar vor Ort, in die sich kein Tourist verirren würde. Sie deutete die Straße entlang.

»Letztes Haus auf der rechten Seite, wo der Raucherpulk auf dem Trottoir hockt.«

Die Passantin hatte es zutreffend beschrieben. Nachdem sich Adrienne und Jannis einen Weg durch die Rauchergruppen gebahnt hatten, betraten sie die Bar. Alle Hocker waren besetzt, sodass sie sich nicht unauffällig an die Theke stellen konnten. Beim Bestellen fragte Jannis den Wirt, ob er einen Künstler namens Le Mort kenne. Der schüttelte den Kopf, doch in diesem Moment rutschte ein hagerer älterer Mann in einem langen schwarzen Staubmantel von seinem Hocker und verließ eilig die Bar.

Jannis zögerte nicht lange, sondern folgte ihm. Adrienne kam kaum hinterher, denn der Verfolgte war flink wie ein Wiesel. Er schaffte es trotzdem nicht, sie abzuhängen, bis er in einem kleinen Haus verschwand.

»Das ist er!«, keuchte Jannis, der vor der Pforte zum Vorgarten stehen geblieben war.

Adrienne war zwar skeptischer als er, aber sie schlug vor, bei dem Mann an der Tür zu läuten. Beherzt durchquerten sie den Vorgarten, doch einen Klingelknopf suchten sie neben der verwitterten Tür vergeblich. Überhaupt sah das ganze Haus etwas heruntergekommen aus. Adrienne zögerte, bevor sie kräftig gegen die Tür pochte. Doch es rührte sich nichts. Sie drückte daraufhin ganz vorsichtig die Klinke herunter und stellte fest, dass die Tür nicht abgeschlossen war.

Jetzt war Jannis der Bedenkenträger, der fand, sie dürften nicht einfach ein fremdes Haus betreten, aber Adrienne war sich plötzlich so sicher, dass der weghuschende Schatten der gesuchte Jean war, dass sie nicht so kurz vor dem Ziel aufgeben wollte.

Also betraten sie vorsichtig den düsteren Flur. Obwohl Jannis das Eindringen in sein Haus missbilligte, folgte er ihr leise.

»Monsieur Le Mort!«, rief Adrienne, als plötzlich eine Gestalt aus dem Dunkel trat. Der Mann war groß, schlank, trug immer noch den langen schwarzen dünnen Mantel, doch sein Gesicht lag halb im Schatten. Soviel sie erkennen konnte, trug er einen grauen Vollbart, und sein volles Haar stand wild nach allen Seiten ab.

»Verschwindet! Ich will keine Presse!«, knurrte er drohend. »Ich zähle bis drei, sonst hetze ich meinen Hund auf euch.«

Jannis wich vor Schreck ein paar Schritte zurück, während Adrienne mutig einen Schritt auf den Mann zutrat, obwohl er feindselig wirkte, aber seine Stimme, die faszinierte sie auf Anhieb.

»Wir sind nicht von der Presse. Mein Name ist Adrienne Mertens, ich bin auf der Suche nach meinem Vater. Zusammen mit meinem Bruder Jannis. Wir haben Grund zur Annahme, dass er sich hier in Étretat verkrochen hat. Ich lege Ihnen meine Karte auf den Flurschrank. Sie erreichen uns im *Corsaire*. Dort bleiben wir bis morgen. Wenn Sie sich nicht melden, fahren wir wieder und geben die Suche auf.« Sie legte ihre Visitenkarte auf das Garderobenschränkchen und wandte sich zum Ausgang.

Jannis folgte ihr widerwillig nach draußen. »Bist du wahnsinnig? Was, wenn er das wirklich war und sich nicht bei uns meldet, sondern erst mal auf Tauchstation geht, bis wir wieder verschwunden sind?«, fragte er entgeistert.

»Ich bin sicher, der Einsiedler ist unser Vater. Aber wenn er uns kennenlernen will, sollte er es freiwillig tun.«

»Nein, so einfach mache ich ihm das nicht! Wenn er nicht zum Hotel kommt, dann werde ich ihn morgen aufsuchen und zur Rede stellen, ihn fragen, woher er weiß, dass ich sein Sohn bin«, erklärte Jannis kämpferisch.

»Okay, aber erst mal lass uns zur Entspannung bis zum Denkmal auf die Klippen hinaufsteigen«, schlug Adrienne vor, die sich so gut wie sicher war, dass ihr Vater sie noch heute im Hotel kontaktieren würde. Sie wusste auch nicht, woher sie diese Sicherheit nahm. Das Bauchgefühl, hätte Camille gesagt. Das Bauchgefühl, dachte Adrienne.

Auf dem steilen Weg nach oben frischte sie Jannis' historisches Gedächtnis auf. Sie erinnerte sich nämlich im Gegensatz zu ihm an die Geschichte, die Martin ihnen damals erzählt hatte. Von dem Doppeldecker mit dem Namen *Weißer Vogel* und den beiden französischen Kriegsveteranen Nungesser und Coli an Bord, die vor ihrer geplanten Atlantiküberquerung über den Klippen von Étretat zum letzten Mal gesichtet worden waren, bevor das Flugzeug samt Besatzung spurlos verschwunden war. Hoffentlich ist das spurlose Verschwinden kein böses Omen, dachte Adrienne.

## 39.

Gegen Abend schwand Adriennes Optimismus, ihr Vater würde in Kontakt mit ihnen treten, von Minute zu Minute mehr. Entsprechend gedrückt war die Stimmung, als sie mit Jannis in der Abendsonne auf der Terrasse des Hotels Muscheln aß.

Sie waren gerade fertig, als der Kellner an ihren Tisch kam und ihnen mitteilte, dass er diese Nachricht eben für sie angenommen habe. Der Absender habe ihn gebeten, den Brief sofort auszuhändigen. Adriennes Herzschlag beschleunigte sich, als der Kellner ihr den Umschlag in die Hand drückte.

»Nun mach schon auf!«, forderte Jannis sie ungeduldig auf, doch sie reichte ihm das Schreiben weiter. »Mach du es bitte!« Das ließ sich Jannis nicht zweimal sagen. Begierig riss er den Umschlag auf, faltete den Briefbogen auseinander und vertiefte sich in den Text.

»Jannis! Vorlesen, bitte!«

»Er will uns sehen!«, stieß er fassungslos hervor.

»Den ganzen Text bitte!«

»Mehr schreibt er nicht. Und ganz ohne Anrede, was für ein ungehobelter Bursche. *Damit Sie nicht umsonst nach Étretat gekommen sind, werde ich mit Ihnen reden. Kommen Sie in einer halben Stunde zu meinem Haus.*«

»Das ist alles?«

Jannis nickte. »Hört sich doch richtig herzerwärmend an, oder?«, spottete er.

»Tja, kein Wunder, wenn sich jemand schon Le Mort nennt.«

Sie blickte ihren Bruder zweifelnd an. »Ich weiß nicht, ob wir uns das antun sollen.«

»Ich habe da auch meine Bedenken, aber jetzt können wir nicht mehr zurück. Schlimmstenfalls stellen wir fest, dass unser Erzeuger ein Psychopath ist. Aber dann haben wir wenigstens Klarheit. Und uns bleibt immer noch Martin.«

Dann machten sie sich unverzüglich zum Haus von Le Mort auf.

»Mir ist ganz schlecht«, gab Adrienne zu, als sie den Vorgarten durchquerten.

»Frag mich mal …«, raunte Jannis, als er sacht gegen die Tür klopfte. Diesmal wurde ihnen sofort geöffnet. Vor ihnen stand der hagere Mann, in dessen faltigem Gesicht sich seine ganze Lebensgeschichte widerzuspiegeln schien. Die große Nase, ging es Adrienne durch den Kopf. Jetzt weiß ich, wem ich meinen Zinken zu verdanken habe. Danke, Papa!

»Dann kommt mal rein!«, knurrte Le Mort, nachdem er die beiden wie Aliens angestarrt hatte. Er führte sie in ein dunkles Zimmer, in dem die Fensterläden geschlossen waren. Auf dem Tisch flackerte eine Kerze. An den Wänden standen wie in seinem Zimmer in Ploumanac'h Regale, die mit Büchern vollgestopft waren.

»Wollt ihr einen Kaffee?«, brummte er.

Er schlurfte aus dem Zimmer, ohne eine Antwort abzuwarten. Adrienne und Jannis sahen sich entgeistert an.

»Um Himmels willen, er nennt sich nicht nur Le Mort, er haust auch in einer Gruft«, flüsterte ihr Jannis zu. »Noch können wir flüchten«, fügte er grinsend hinzu.

Da kam Le Mort mit einem Tablett zurück, auf dem drei Milchkaffeeschalen standen, die überhaupt nicht zusammenpassten und überdies schon reichlich angeschlagen waren. Er forderte sie auf, sich an den Tisch zu setzen. Adrienne hatte arge Bedenken, seinen Kaffee zu probieren, aber der Inhalt der hellblauen Bol entpuppte sich zu ihrer großen Überraschung als wohlschmeckender Milchkaffee. Er hat sich also doch noch einen Rest an Lebensart bewahrt, dachte Adrienne, bevor sie ihn überschwänglich für den Kaffee lobte, um die angespannte Stimmung etwas aufzulockern.

»Was sucht ihr hier?«, brummte Le Mort nach einer Weile.

»Unseren leiblichen Vater, wie ich schon sagte. Und einiges deutet darauf hin, dass Sie das sind.«

»Aha, und wie kommt ihr zu dieser Annahme?«

»Das ist das Ergebnis intensiver Recherche«, erwiderte Jannis mit finsterer Miene. »Und jetzt hören Sie auf, uns zu verarschen! Wir haben keine Lust auf Spielchen. Sind Sie Jean de la Baume oder nicht?«

»Und was hättet ihr davon, wenn ich euch das bestätige?«

»Das frage ich mich auch gerade«, bellte Jannis.

»Jannis hat recht. Sagen Sie uns bitte die Wahrheit!«

»Die Wahrheit? Die Wahrheit? Was ist die Wahrheit?«, murmelte Le Mort.

»Lassen Sie mal den Philosophen stecken!«, fauchte Adrienne. »Sind Sie unser Vater oder nicht?« Sie hatte gar nicht bemerkt, dass sein Blick plötzlich ganz weich geworden war, während er sie intensiv betrachtete.

»Du siehst ihr ähnlich«, stöhnte er.

»Soll das jetzt ein Ja sein?«, fragte Jannis ungehalten.

»Und in dir erkenne ich mich als jungen Mann wieder. Nicht nur wegen des Aussehens. Du bist genauso ungeduldig, wie ich es einmal war.«

Trotz der damit erlangten Gewissheit, dass der Mann Jean de la Baume war, wollten bei Adrienne partout keine Tochtergefühle aufkommen. Sie fragte sich ernsthaft, ob es die Mühe wirklich wert gewesen war, diesen abgedrehten Typen kennenzulernen. Natürlich hatte sie sich unter ihrem Vater einen etwas völlig anderen Menschen vorgestellt. Das wurde ihr erst in diesem Augenblick klar. Ja, sie hatte eher an einen in die Jahre gekommenen Jannis gedacht, aber das hier war ein weltfremder Waldschrat.

Ganz spontan stand sie auf, trat ans Fenster, öffnete die Läden und ließ frische Luft in das muffige Zimmer. »So, jetzt können wir reden.«

»Was fällt dir denn ein?« Jean war außer sich. »Ich will das nicht«

»Was willst du nicht? Das Licht, das Leben?«, fragte sie provokant. »Findest du es eigentlich besonders kreativ, dich *Tod* oder *der Tote* zu nennen?«

Statt sich mit ihr auseinanderzusetzen, stierte Jean teilnahmslos vor sich hin.

»Ich glaube, wir sollten jetzt gehen«, zischte Jannis wütend. »Dieser Mann spielt nicht nur den Toten, der ist scheintot.«

In Jeans Augen spiegelte sich bei den Worten seines Sohns genau jener Schmerz, den auch seine Zeichnungen ausstrahlten. »Ich kann euch nichts geben. Versteht ihr? Gar nichts! Weil Jannis recht hat. Ich bin innerlich tot, seit mir das Liebste genommen wurde«, stöhnte er.

»Das Liebste? Wenn das nicht wir beide sind, von wem sprichst du dann?«, fragte Adrienne, obwohl sie genau wusste, wen ihr Vater meinte, aber sie wollte es aus seinem Mund hören.

»Ich habe deine Mutter geliebt und mir nichts sehnlicher gewünscht, als mit euch beiden eine Zukunft zu haben«, stieß Jean gequält hervor.

»Und warum hast du der Polizei ihr Versteck verraten?«, mischte sich Jannis ein.

Jeans Lider zuckten unkontrolliert. »Ich habe sie nicht verraten«, erklärte er nach einer gefühlten halben Ewigkeit.

»Aber wer hat dann bei der Polizei angerufen?«, hakte Jannis unbarmherzig nach.

Jean schien einen inneren Kampf mit sich auszufechten. »Ich ... nein ... also, nein, nein! Das kann ich nicht sagen, ich bringe es nicht über die Lippen ... obwohl sie mich treffen wollte ... ich kann nicht ...«, stammelte er und starrte Jannis verzweifelt an, als suche er Hilfe bei ihm.

Jannis war bei seinen Worten leichenblass geworden. »O Gott, wäre ich bloß nicht hergekommen! Ich brauche frische Luft!« Er sprang auf.

Adrienne wollte ihm folgen, aber Jannis sagte nur: »Ich möchte jetzt allein sein.«

»Um Gottes willen, was ist mit ihm?«, rief Adrienne erschrocken aus. So kannte sie ihren Bruder gar nicht. Vor allem konnte sie sich keinen Reim auf sein Verhalten machen.

»Setz dich! Ich werde dir jetzt die Wahrheit sagen«, stöhnte Jean. »Ich ahne, wer es war, weil sie es mir bei unserem letzten Telefonat selbst angedroht hat. Dass sie meine Zukunft mit Caroline genauso zerstören wird, so wie ich ihre Hoffnung auf ein Leben mit Jannis und mir zerstört habe ...« Er hielt erschöpft inne.

Langsam schwante Adrienne etwas, und sie vermutete, dass Jannis es auch ahnte. Deshalb war er nach draußen geflüchtet!

»Eva?«, fragte sie mit bebender Stimme.

»Sie hat es darauf angelegt, von mir schwanger zu werden, und mir die Pistole auf die Brust gesetzt. Ich sollte mich von Marie trennen und mit ihr und dem Baby neu anfangen, aber ich habe sie nicht geliebt. Ich war ein eitler Frauenheld und Eva eine Verführerin, eine Circe, eine Femme fatale, eine Eva eben. Ich habe es noch einmal getan, habe mit ihr gefickt, nicht ahnend, dass sie hoffte, wenn sie ein Kind von mir bekäme, würde ich mich von meiner Frau trennen. Und wir beide reiten dann in den Sonnenuntergang ...«

Adrienne registrierte erschrocken, dass Jannis in der Tür

stand und alles gehört hatte. Da Jean mit dem Rücken zur Tür saß, setzte er seine Beichte wie in Trance fort: »Ich habe mich ihretwegen nicht von Marie getrennt. Eva ist ausgerastet. Schließlich musste ich ihr schwören, dass ich mich niemals als sein Vater zu erkennen gebe. Daran habe ich mich gehalten, sogar Caroline gegenüber. Bildete mir ein, Eva gebe sich damit zufrieden, meinen Sohn ihrem Ehemann Martin unterzuschieben. Doch dann kamst du, Adrienne. Als Eva von Caroline erfuhr, dass ich meine Frau verlassen habe und wir uns beide stellen wollen, da drehte sie durch, drohte mir, dass sie unsere Pläne zu verhindern weiß …«

Als Jean ein verzweifeltes Schluchzen hörte, wandte er sich entsetzt um. »O Gott, Jannis, das solltest du niemals erfahren!«

»Was denn? Lügen, wieder Lügen und immer wieder Lügen? Warum hast du die Wahrheit nicht schon damals gesagt? Warum hast du dich zum Verräter abstempeln lassen?«

»Weil Eva ein Pfand in Händen hielt. Euch beide! Bei ihr und Martin hattet ihr ein Zuhause. Wem hätte es etwas gebracht, wenn ich ihren mörderischen Wahnsinn aufgedeckt hätte? Martin hätte sie verlassen, und ihr hättet keine Familie mehr gehabt. Ich habe für meine Taten gebüßt. Ich konnte euch kein Vater sein.«

»Und da hast du einfach geschwiegen?«, rief Adrienne fassungslos.

»Ohne Caroline wollte ich nicht mehr leben …« Stumme Tränen rannen Jean über das zerfurchte Gesicht. »Wir wollten uns in Riquewihr im Haus von Genossen treffen und uns dann gemeinsam der Polizei stellen. Aber als ich dort ankam, verwehrte mir ein Bulle den Zugang zum Haus. Sie hätten dort eine Terroristin in Notwehr erschossen. Ich wollte an ihm vorbei, aber er hat mich nicht gelassen. Da habe ich mich in den Garten gehockt und gehofft, dass sie mich auch töten, aber mich hat in dem Chaos überhaupt keiner beachtet … Und als sie mit dem Sarg aus dem Haus kamen, da wollte ich zu Eva und sie umbringen, aber dann bin ich zu den Bullen gegangen und habe verlangt, dass sie mich für den Rest meines Lebens einsperren …«

»Ich möchte es aus Evas Mund hören«, unterbrach Jannis seinen Vater in eiskaltem Ton.

»Sie wird es nicht zugeben, dass sie einen Kerl angeheuert hat, sich als Jean de la Baume auszugeben. Niemals!«, erwiderte Jean verzweifelt.

»DU wirst sie damit konfrontieren!« Das klang wie ein Befehl.

»Wie meinst du das?«, fragte Jean verunsichert.

»Dass du uns beide nach Ploumanac'h begleitest und wir unserer lieben Mutter einen Besuch abstatten. Und dann fragst du sie, ob sie es getan hat oder nicht. Ich weiß, sie ist eine Lügnerin vor dem Herrn, aber das wäre … das wäre dann …«

»Mord«, ergänzte Jean kaum hörbar.

»Gut, dann holen wir dich morgen früh um neun Uhr ab«, sagte Jannis in geschäftsmäßigem Ton.

»Aber ich … ich … ich bin überhaupt nicht in der Lage, unter Menschen zu gehen«, stammelte Jean. »Wo soll ich denn übernachten …«

»In eurem Haus in Ploumanac'h. Ich weiß, wo Camille den Zweitschlüssel deponiert hat«, erklärte Adrienne, die den Vorschlag ihres Bruders mit gemischten Gefühlen betrachtete.

»Camille? Ihr kennt Camille?«, fragte Jean entgeistert.

»Ja, und sie würde sich über ein Wiedersehen mit dir wahnsinnig freuen. Sie hat jahrelang nach dir gesucht.« In Jannis' Ton schwang ein gewisser Vorwurf mit.

»Aber … aber … ich … ich kann mich keinem Menschen zumuten. Ich bin innerlich tot.«

»Genau, Monsieur Le Mort. Danach kannst du gern wieder in deinem Selbstmitleid baden, aber jetzt wirst du dich uns zuliebe kurz dem Leben stellen!«, befahl Jannis, bevor er mit Adrienne ins Hotel zurückkehrte.

## 40.

Eva sah überirdisch schön aus in dem bodenlangen weißen Seidenkleid, das sie sich eigentlich zum Geburtstagsfest gekauft hatte. Aber auf den zweiten Blick hatte es sie zu sehr an ein Nachtgewand erinnert. Für das große Finale hätte sie allerdings kein besseres Outfit finden können. Es umschmeichelte ihren schlanken Körper und ließ nur erahnen, dass sie darunter nackt war.

Eine Stunde hatte sie allein für das Schminken gebraucht, aber nun war sie vollauf zufrieden, wie sie mit einem Blick in den Spiegel feststellte. Im Grunde genommen war jetzt alles bestens vorbereitet für den Showdown. Sogar das Bettzeug hatte sie gewaschen und im ganzen Zimmer üppige Hortensiensträuße aus dem Garten verteilt. Zum Glück haben sie keinen Geruch, dachte Eva, denn ein schwerer süßlicher Duft wie der von Lilien hätte ihr Bedürfnis nach Perfektion empfindlich gestört.

In Gedanken hatte sie diesen Abgang schon länger geplant, aber es war noch nicht der richtige Zeitpunkt gewesen. Es sollte ja nicht so profan sein wie manch anderer Selbstmord, bei dem man sich fragte, wen der Tote damit strafen wollte. Weder Rache noch Strafe waren Evas Motive. Neulich, nachdem Adrienne gegangen war, das hätte so ein perfekter Moment sein können, aber sie war zu betrunken gewesen. Nach Adriennes Nachricht vom gestrigen Abend, dass Jean, Jannis und sie ihr am Nachmittag einen Besuch abstatten wollten, hatte sie allerdings keine andere Wahl mehr gehabt, als zu handeln. Außerdem hatten sich die Lähmungserscheinungen in den vergangenen Tagen dramatisch verschlimmert. Ja, sie hatte hin und wieder auch schon Schluckbeschwerden, ein sicheres Zeichen für das Fortschreiten der Krankheit.

Das Gute daran war, dass Eva sofort mit den Vorbereitungen hatte anfangen können. An Schlaf war natürlich nicht mehr zu denken gewesen. Immer wieder war ihr der Gedanke gekommen, dass es die letzte Nacht in ihrem Leben war. Am liebsten hätte sie ihr Vorhaben schon an diesem Morgen umgesetzt, aber sie befürchtete, dass sie am Nachmittag dann nicht mehr so schön aussehen würde.

Sie blickte auf die Uhr, um sich zu vergewissern, dass sie nicht zu spät mit der Einnahme des Schlafmittels begann. Sie hatte sich, um auf Nummer sicher zu gehen, einen Leitfaden zum Suizid aus dem Internet heruntergeladen, der detailliert über die tödliche Menge informierte. Evas Albtraum wäre nämlich, in einer Klinik aufzuwachen und mit den möglichen Folgen des Selbstmordversuchs zu überleben. Nein, es musste klappen! Deshalb hatte sie bereits eine Flasche Weißwein geleert, weil die Kombination aus Tabletten und Alkohol ausdrücklich empfohlen wurde. Natürlich hatte sie sich akribisch an die Anweisungen der Broschüre gehalten, besonders wie sie ein Erbrechen verhindern konnte.

Noch blieb ihr ein wenig Zeit, die sie dringend zum Verfassen ihrer Abschiedsbriefe benötigte. Sie begann mit dem Brief an Jean. Da sie das Schreiben im Kopf bereits vorformuliert hatte, fiel es ihr leicht, die Zeilen mit einem teuren Füller auf das edle Büttenpapier zu bringen. Sie war sich ihrer außergewöhnlichen schönen Handschrift bewusst und hatte sich deshalb für handgeschriebene Abschiedsbriefe entschieden. Die Worte flossen ihr nur so aus der Feder. Befriedigt las sie ihre Nachricht noch einmal durch.

*Geliebter,*
*Du bist die Liebe meines Lebens. Dass Du dich damals nicht*
*für Jannis und mich entscheiden konntest, hat mir das Herz*
*gebrochen. Ich bedaure zutiefst, dass ich einen Bekannten*
*dazu angestiftet habe, bei der Polizei unter Deinem Namen*
*anzurufen. Ich schwöre Dir, ich habe weder geahnt noch*
*beabsichtigt, dass Caroline getötet würde. Ich wollte nur*
*vereiteln, dass Ihr Euch stellt. Ich hatte Angst um Dich und*
*wollte verhindern, dass Du womöglich nie mehr aus dem*
*Gefängnis kommst. Und glaub mir, ich wurde bestraft.*
*Die größte Strafe aber besteht darin, dass ich Dich niemals*
*wiedergesehen habe. Aber ich werde Dich lieben bis in*
*den Tod, und das kannst Du mir nicht verwehren.*
*Bitte, verzeih mir. In ewiger Liebe Eva*

Bevor Eva den Brief in den Umschlag steckte, presste sie ihre bemalten Lippen unter die Botschaft auf das Papier und fand, dass der Kussmund ein gelungener Abschiedsgruß war. Zum Schluss verschloss sie das Kuvert und beschriftete es mit seinem Namen.

Schwerer fiel ihr der Brief an Jannis, aber auch den Text hatte sie bereits im Kopf vorformuliert. Auch diese Botschaft las sie noch einmal durch und war durchaus zufrieden mit ihren Worten.

*Mein geliebter Sohn,*
*nun kennst Du die Wahrheit. Du bist ein Kind der Liebe,*
*aber ich konnte Martin doch nicht verlassen. Er wollte so*
*gern ein Kind. Deshalb habe ich schweren Herzens auf*
*meine große Liebe verzichtet und es Dir verheimlicht, weil*
*ich wollte, dass Du ganz und gar Martins Sohn bist.*
*Bitte, verzeih mir. Deine Maman*

Der Brief an Adrienne gestaltete sich etwas schwieriger. Als sie ihre Zeilen schließlich zu Papier gebracht hatte, war sie überzeugt, den Ton gefunden zu haben, der geeignet war, Adriennes Herz zu berühren.

*Meine geliebte Tochter,*
*den größten Fehler habe ich begangen, dass ich Dir*
*nicht schon damals die Wahrheit gesagt habe. Damit*
*hätte ich mir den Schmerz einer qualvollen Trennung von*
*Dir erspart. Ich kann mir vorstellen, dass Du mich*
*für eine kaltblütige Person hältst, weil ich damals einen*
*Freund gebeten habe, diesen Anruf bei der Polizei zu*
*tätigen. Aber glaub mir, ich tat es aus nackter Angst,*
*Caroline und Jean könnten Dich mir wegnehmen,*
*wenn sie milde Urteile kassiert hätten. Ich wollte sie*
*nicht umbringen, nein, ganz gewiss nicht, aber ich dachte,*
*wenn die Polizei sie erwischt, muss sie für längere Zeit*
*ins Gefängnis und wird es nicht wagen, Dich nach*
*Verbüßung der Haft aus unserer Familie zu reißen.*
*Ich liebe Dich über alles.*
*Deine Mutter Eva*

Eva stellte den fertigen Umschlag neben die anderen. Natürlich fragte sie sich, was die drei wohl denken würden, wenn sie ihre Briefe verglichen, aber Eva konnte sich kaum vorstellen, dass man anderen so etwas Intimes zu lesen gab. Und wenn, dann erfuhren sie die ganze Wahrheit, denn tatsächlich hatte das alles eine Rolle gespielt bei dem Irrsinn, Jules bei der Polizei anrufen zu lassen. Sie hatte fast ein ganzes Jahr danach noch unter Schlafstörungen gelitten, weil sie sich wie eine Mörderin gefühlt hatte. Dabei hatte sie den Tod Carolines wirklich nicht gewollt – trotz ihrer zermürbenden Eifersucht auf die Freundin, seit Jean und Caroline sich begegnet waren. Es war kaum zum Aushalten gewesen, wie er Caro angeschmachtet hatte, während er mit ihr nur ein paar heiße Nächte verbracht hatte, in denen es von seiner Seite allein um Sex gegangen war.

Beinahe hätte Eva die Zeit vergessen, aber der Brief an Martin würde ohnehin kurz und bündig ausfallen. Sie wollte den Füller zur Hand nehmen, schaffte es aber nicht, ihn zu greifen. Was, wenn sie nicht mal mehr in der Lage war, die Tablettenberge zu schlucken, die neben einem Glas Wasser auf ihrem Nachttisch auf den Schlussakt warteten? Panisch stopfte sie sich eine Handvoll Tabletten in den Mund. Und tatsächlich, das Schlucken fiel ihr schwer. Es war eine Qual, doch dank ihrer preußischen Disziplin gelangte sie schließlich ans Ziel. Mit prüfendem Blick vergewisserte sie sich, dass ihre am Computer getippten und ausgedruckten Anweisungen, wo und wie ihre Beerdigung ablaufen sollte, auf dem Nachttisch bereitlagen. Bei ihrer Abschiedsshow wollte sie jedenfalls nichts dem Zufall überlassen. Sie hoffte, dass Martin diese Instruktionen als ihre persönliche Botschaft an ihn verstand, nachdem sie ihm nun keine handschriftlichen Zeilen mehr hinterlassen konnte.

Leicht benommen legte sie sich aufs Bett und schloss die Augen. Sie hoffte, dass sie schnell einschlafen und friedlich hinüberdämmern würde. Da spürte sie bereits eine angenehme Schläfrigkeit, doch plötzlich schreckte sie auf. Ihr fiel der Befund ein, den sie in der Nachttischschublade aufbewahrte. Der sollte auf keinen Fall nach ihrem Tod gefunden werden! Dann nämlich hätten alle Mitleid mit der armen kranken Frau, aber sie wollte kein Mitleid, sie wollte Liebe. Ich muss ihn verschwinden lassen, ging es ihr durch den Kopf, doch dazu fehlte ihr die Kraft. Schließlich hatte sie alles perfekt vorbereitet und die todsichere Dosis gewählt. Ihr letzter Gedanke galt der Hoffnung, dass Jean ihr alles verzieh, wenn er sie später in ihrer ganzen ätherischen Schönheit leblos auf dem Bett liegen sah.

## 41.

Adrienne hatte über Martins Beziehungen eine halbwegs bezahlbare Dreizimmerwohnung im Belgischen Viertel bekommen, in der sie nach Rubens Rückkehr aus dem Sudan gemeinsam wohnen würden. Sie hatten einander nicht oft schreiben können, weil Ruben jedes Mal auf das Dach einer maroden Hütte steigen musste, um Empfang zu haben, aber auch der brach alle paar Sekunden zusammen. Ein paarmal hatte er über das Satellitentelefon bei ihr angerufen. Das waren die absoluten Highlights ihrer Kommunikation gewesen. Bei einem der Gespräche hatte er sie beiläufig gebeten, doch gleich eine Wohnung zu suchen, die für sie beide geeignet war. Noch vor Monaten wäre Adrienne wohl vor Schreck in Ohnmacht gefallen, wenn ihr ein Mann so ein Angebot gemacht hätte, aber aus Rubens Mund klang das wie eine süße Verheißung. Sie hatte ihm sogar schon ein Foto von der Wohnung geschickt, das Ruben auf dem Dach seiner Hütte empfangen hatte und das für begeisterte Zustimmung gesorgt hatte.

Martin war mittlerweile aus dem Gutshof ausgezogen und hatte sich ebenfalls in der Südstadt und ganz in der Nähe seiner Praxis eine Wohnung genommen. Er hoffte, dass Jannis, der demnächst eine neue Stelle in Köln annehmen würde, auf dem Gutshof wohnen würde, aber der war gar nicht begeistert, in sein Elternhaus zu ziehen. Es erinnerte ihn dort viel zu viel an die Kindheit und Jugend, an die er nach Evas Tod eigentlich gar nicht mehr so recht zurückdenken mochte. So tendierte er dazu, sich ebenfalls um eine Wohnung in der Stadt zu bemühen.

Adrienne war glücklich, Martin und Jannis in ihrer Nähe zu wissen. Sie waren ein perfektes Team und hatten die Schrecken der vergangenen Wochen gemeinsam gemeistert. Wenn sie da nur an Evas pompöse Beerdigung dachte … Martin hatte sich strikt an die Anweisungen gehalten, die Eva hinterlassen hatte. Es hatte ihn viel Überwindung gekostet, als ihr Vollstrecker zu fungieren, zumal sie ihm kein persönliches Wort hinterlassen hatte. Außerdem hätte er sie viel lieber in Perros-Guirec bestatten lassen.

Den feierlichen Trauerakt inklusive Beethovens Mondscheinsonate hatten alle in Würde über sich ergehen lassen. Widerwillig hatten sie auch am anschließenden großen Festmahl teilgenommen, das Eva angeordnet hatte, und zwar samt Menü und Gästeliste. Beinahe hätte Adrienne an der feierlich gedeckten Tafel einen Lachkrampf bekommen, als Jannis ihr zugeflüstert hatte, ob Eva wohl auch das Geschirr lieber selbst ausgesucht hätte.

Wirklich berührend war nur ein einziger Moment an jenem Tag gewesen. Als sie nämlich mit Martin und Jannis abends zum Rhein gegangen war, dort drei Schiffchen gebastelt und diese gemeinsam aufs Wasser gesetzt hatten.

Mit Schaudern erinnerte sich Adrienne hingegen an den grausamen Moment, als sie Eva leblos auf ihrem Bett vorgefunden hatte. Dabei hatten sie Ploumanac'h in bester Stimmung erreicht. Je näher sie ihrem Ziel gekommen waren, desto gesprächiger war der Einsiedler auf dem Rücksitz geworden. Als könne er erst nach und nach fassen, dass die zwei jungen Menschen nicht seine Feinde, sondern seine Kinder waren.

Als auf ihr Klingeln hin niemand reagiert hatte, waren Jannis und Adrienne ins Haus gegangen, Jean hatte lieber vor der Tür gewartet. Sie hatten vergeblich nach ihrer Mutter gerufen.

Den Anblick, der sie hinter der Schlafzimmertür erwartet hatte, würde sie im Leben nicht vergessen: Eva in ihrem weißen Gewand wie eine Filmdiva hindrapiert auf der weißen Bettdecke. Sie sah zwar aus, als schliefe sie, aber es war so still in diesem Raum, zu still. Trotz der Gewissheit, dass die weiße Göttin tot war, beugte sie sich über sie und gab ihr einen Kuss auf die kalte Stirn. Aus ärztlicher Sicht konnte Adrienne nur feststellen, dass Eva alles richtig gemacht hatte, um vom Schlaf in den Tod hinüberzudämmern, ohne dass sich der Körper gegen die Vergiftung gewehrt und mit Erbrechen reagiert hatte.

Adrienne versuchte, die Gedanken an jenen Tag abzuschütteln, und griff in eine kleine Kiste. Darin hatte sie persönliche Dinge wie Dokumente und Fotos verstaut. Als Erstes zog sie einen selbst gebastelten Bilderrahmen mit Muschelverzierung hervor. Ein Weihnachtsgeschenk für Eva. Jannis und sie hatten sich extra in einem Fotoatelier ablichten lassen. Vom Taschengeld bezahlt, denn Adrienne war auf dem Foto noch keine zehn Jahre alt. Eva hatte das Bild niemals aufgestellt, und so hatte sie es eines Tages heimlich an sich genommen. Wahrscheinlich hatte das dilettantische Kunstwerk Evas ästhetisches Empfinden beleidigt.

Der Ton ihres Telefons signalisierte ihr, dass sie eine Nachricht bekommen hatte. Ihr Herz machte förmlich einen Sprung vor Freude. Seit Tagen wartete sie auf eine Nachricht von Ruben. Er wollte sich nämlich vom Flughafen al-Faschir oder spätestens aus Karthoum melden. Und sie platzte vor Ungeduld, was er wohl zu dem verräterischen Bildchen sagen würde, das sie ihm vor einigen Tagen geschickt hatte.

Aber es war eine Nachricht von Martin, der ihr schrieb, dass er eine halbe Stunde später als verabredet zum Helfen vorbeikomme. Im Moment vergingen die Tage im Schneckentempo, und die Stunden zogen sich endlos hin. Und daran war nur das kleine Ultraschallbild schuld. Bislang hatte sie außer Ruben lediglich einen einzigen anderen Menschen ins Vertrauen gezogen: Martin! Und zwar vor lauter Panik, das Grauen könne sich noch einmal wiederholen. Er war sogar mit ihr bei der Kollegin gewesen, die ihnen versichert hatte, alles sei in bester in Ordnung.

Adriennes Herzschlag beschleunigte sich, als erneut eine Nachricht auf ihrem Telefon eintraf. Jetzt aber!, dachte sie. »Yeah!«, rief sie laut aus, als sie sah, dass es endlich die heiß ersehnte Botschaft war.

Liebste, wir sind bereits seit Stunden unterwegs zum Flughafen al-Faschir. Das dauert seine Zeit, weil wir einige Gebiete meiden. Aber ich eile, ich fliege, habe Himmel und Hölle in Bewegung gesetzt, um dir zu schreiben, dass ich der glücklichste Mann der Welt bin und bald bei euch bin, um euch zu beschützen. Dabei war es dann ganz einfach. Ich musste nur auf das Dach unseres Jeeps klettern. Ich liebe dich, ich meine natürlich euch. Tausend Küsse vom angehenden Papa an Lieke oder Lucas. Das ist hier die Frage. Oder hast du etwa andere Vorschläge ;) ???

Adrienne sprang auf, drückte das Handy an die Brust und vollführte auf dem schönen neuen Holzfußboden wahre Freudentänze. Sie war so überdreht, dass sie ihr Glücksgefühl unbedingt mit jemandem teilen musste. Sie wollte nicht einmal abwarten, bis Martin vorbeikam. Jannis! Er wusste ja noch gar nichts, denn Ruben war vor ihm dran gewesen. Nun war Ruben im wahrsten Sinn des Wortes im Bilde, und sie durfte ihr süßes Geheimnis endlich auch mit Jannis teilen. Also wählte sie seine Nummer und hinterließ ihm eine Sprachnachricht mit der Bitte um dringenden Rückruf.

Beglückt machte sich Adrienne ans Auspacken der restlichen Umzugskisten. Dabei fiel ihr ein kleines Fotobuch in die

Hand, das ihr Martin einmal geschenkt hatte. Versonnen blätterte sie das Büchlein durch und betrachtete ihre Baby- und Kinderfotos: Adrienne in ihrer neuen Kinderkarre, Adrienne auf der Schaukel, Adrienne nackt am Strand von Saint Guirec, Adrienne mit Jannis unter dem Weihnachtsbaum ...

Das Telefon klingelte. Sie war davon überzeugt, dass es nur Jannis sein konnte.

»Hallo, Bruderherz, stell dir vor ...«

»Spreche ich mit Madame Adrienne Mertens?«, fragte eine fremde weibliche Stimme auf Französisch.

Ein eiskalter Schauer durchrieselte ihren Körper. »Ja, das bin ich«, erwiderte Adrienne heiser.

In der Leitung war nun ein nervöses Räuspern zu hören. In ihrer Wahrnehmung dauerte es eine Ewigkeit, bis die Frau weiterredete. »Ich rufe von der Zentrale *Ärzte ohne Grenzen* in Genf an und habe eine schlechte Nachricht für Sie«, fuhr sie fort. Adrienne kam ins Schwanken und musste sich an einem Regal abstützen. Sie ahnte nicht, was die Frau wollte, aber sie spürte die Bedrohung in jeder Pore.

»Hören Sie?«

»Ja.« Mehr brachte sie nicht heraus. »Ja«, wiederholte sie.

»Es gab heute Morgen einen Zwischenfall. Eine Autostunde südlich unseres Camps. Ein Wagen auf dem Weg zum Flughafen mit vier Kollegen ... Es war ein Entführungsversuch. Ruben Van den Linden war einer von ihnen ...«

»Das muss sich um einen Irrtum handeln. Ich habe gerade eine Nachricht von ihm erhalten. Es geht ihm gut«, widersprach Adrienne heftig.

»Madame Mertens. Er konnte einen der Angreifer überwältigen und die Entführer in die Flucht schlagen. Aber bei dem Handgemenge ... wurde er tödlich verletzt. Die Kollegen vor Ort sagten, dass er Sie zuvor als Kontaktperson angegeben ...«

Adrienne hörte schon gar nicht mehr zu, als ihr das Handy aus der Hand glitt und auf den Boden fiel. Sie sah auch nicht die Scherben des zersplitterten Displays. Sie hörte nur noch das Rauschen in ihren Ohren, das sich anhörte, als würden die Wellen bei Sturm an der bretonischen Küste tosen. Von ferne vernahm sie ein Klingelgeräusch. Die Tür, ich muss sie aufmachen, dachte sie, als sie ein Ziehen im Unterleib verspürte und vor Schmerz laut aufschrie. Mit letzter Kraft schaffte sie es, die Tür zu öffnen.

»Um Gottes willen, Adrienne!« Martins Augen waren vor Panik geweitet, als Adrienne wie in Zeitlupe in sich zusammensank. Er fing ihren schlaffen Körper noch rechtzeitig auf, bevor sie auf die Fliesen fallen konnte.

## 42.

Dank des Golfstroms war der Frühling in Ploumanac'h ein Fest der Pflanzen. Ginster, Kamelien und Rhododendren, alles stand in voller Blüte. Adrienne war mit der Familie früher oft in den Osterferien in der Betragne gewesen, aber Ende April eigentlich nie. In der Luft lagen bereits die Vorboten des Sommers. Die Terrassentür stand weit offen, weil die Kinder ständig zwischen Strand und der im Salon gedeckten Kaffeetafel hin- und herrannten. Sie spielten gerade Ball mit Jannis und Papi Jean, wie er von den Enkelkindern genannt wurde. Liekes Geschenk zu ihrem ersten Geburtstag. Nur dass sie den Ball selten fing und gerade einen ihrer legendären Wutanfälle bekam.

Adrienne, die alles aus sicherer Entfernung beobachtete, mischte sich nicht ein, denn Jean war ein hinreißender Enkelinnentröster. Wie er es geschafft hatte, binnen nicht einmal eines Jahrs so gut Deutsch zu lernen, blieb ihr allerdings ein Rätsel. Jedenfalls strahlte Lieke wieder über beide Backen, als Papi Jean sie jetzt auf seine Schultern nahm und das Pferd für sie spielte. Lieke war ein propperes Mädchen mit blonden Locken und roten Wangen. Immer wenn Adrienne ihre Tochter betrachtete, suchte sie vergeblich nach Ähnlichkeiten mit sich selbst. In ihren Augen war Lieke das Ebenbild ihres Vaters. Bestimmt hat er als Kleinkind auch so ausgesehen, dachte sie versonnen und wischte sich hastig eine Träne aus dem Augenwinkel bei dem Gedanken, dass es Ruben nicht vergönnt war, den ersten Geburtstag seiner Tochter zu erleben. Ruben war nicht mehr bei ihnen, dafür war der Rest der Familie fast vollständig angereist: Jannis mit seinen Kindern, Martin und Camille. Und voller Spannung erwartete sie noch einen weiteren Gast, Joris, Rubens Bruder. Er hatte bereits kurz nach Rubens Tod den Kontakt zu ihr aufgenommen. Seitdem schrieben sie sich und versicherten einander, dass sie sich endlich persönlich kennenlernen wollten. Für dieses Treffen gab es sogar schon einen Termin, den neunzigsten Geburtstag von Rubens Großvater. Der hatte es sich nicht nehmen lassen, ihr eine Einladung in deutscher Sprache zu schicken. Joris vermutete, das hätte ihm seine Mutter übersetzt. Adrienne fühlte sich jedenfalls herzlich eingeladen und hatte zugesagt, mit Lieke zu dem Sommerfest zu kommen.

Nun aber war Joris auf einem Kongress in Poitiers gewesen und hatte seine Ungeduld nicht länger zügeln können. Zum Geburtstag seiner Nichte wollte er auf der Heimfahrt einen kleinen Umweg über die Bretagne machen. Adrienne erwartete ihn in Kürze. Da klingelte es an der Tür.

»Soll ich aufmachen?«, fragte Camille.

»Sei so lieb.«

Wenig später kam Camille in Begleitung von Martin zurück, der ein Riesenpaket unter dem Arm trug.

»Möchten Sie einen Milchkaffee?«, fragte Camille.

»Das wäre bezaubernd.« Mit zusammengekniffenen Augen beobachtete Martin, wie Jean mit den Kindern tobte. »Der alte Zausel hält sich wohl für einen Jungspund«, stieß er verächtlich hervor. »Bei dem Kerl ist der Lack so was von ab. Meine Güte, ist der alt geworden!«

»Dad, ich finde es großartig, dass du deinen Groll überwunden hast, weil ich nicht im Maison Granit Rose feiern wollte. Aber bitte sei friedlich! Schau, er hat doch auch kein Problem mit dir …« In diesem Augenblick sah Jean die beiden an der Terrassentür stehen, und seine Miene verfinsterte sich.

»Du hast zwei große Fehler gemacht, meine Süße«, knurrte Martin. »Du hast mich genötigt, das Haus dieses Mistkerls zu betreten, und …« Er senkte die Stimme und änderte den Ton. »Und du hast mir verschwiegen, dass er eine so attraktive und überaus charmante Schwester hat …«

»Martin, du hast Camille schon einmal gesehen. Auf der Promenade in Saint Guirec.«

»Ich bin ja nicht blöd, aber ich meine, du hättest sie doch gestern Abend zu dem Muschelessen in das Maison Granit Rose mitbringen können. Und vor allem hättest du mir ruhig verraten dürfen, dass eine derart bezaubernde …«

Er unterbrach sich und schenkte Camille, die mit der Kaffeetasse zurückkam, ein charmantes Lächeln. »Das ist lieb von Ihnen. Ob Sie mir Gesellschaft leisten?«

»Gern, aber wollen Sie nicht erst das Geschenk loswerden?«

»Natürlich, das habe ich ja völlig vergessen«, murmelte er verlegen und zögerte immer noch, nach draußen zu gehen.

»Dad, er beißt nicht!«, flüsterte Adrienne ihm aufmunternd zu. »Komm, Camille und ich begleiten dich«, fügte sie amüsiert hinzu. Mit diesen Worten schob sie ihn aus der Tür.

Als Leonie und Bruno Opa Martin entdeckten, stürzten sie sich mit Indianergeheul auf ihn. Auch Lieke, die seit vier Wochen erste Gehversuche unternahm, wankte ihm auf ihren dicken Beinchen entgegen. Sie fiel mindestens zweimal in den Sand, aber das störte sie nicht, sondern sie rappelte sich jedes Mal wieder tapfer auf und lief weiter.

Martin ließ das Paket fallen, nahm erst einmal das Geburtstagskind auf den Arm und wirbelte seine Enkelin durch die Luft.

»Darf ich das aufmachen?«, fragte Leonie ungeduldig.

»Nein, das ist für Lieke«, erklärte ihr Bruno im Ton, als wäre er ein Großer.

Schließlich rissen dann doch alle drei Kinder an dem großen Paket herum. Auch Jean hatte sich ihnen genähert und betrachtete die Auspackorgie mit kritischer Miene.

»Bonjour, Martin«, murmelte Jean, ohne dabei aufzusehen.

»Tag, Jean!«, gab Martin ebenso lakonisch zurück.

»Was ist das denn?« Jean deutete auf den bunten Karton, der nun zum Vorschein kam.

»Liekes Geschenk«, brummte Martin.

»Imbécile!«, giftete Jean und hatte nicht daran gedacht, dass Martin perfekt Französisch sprach. »Selber Dummkopf!«, zischte dieser.

Als ein Laufrad zum Vorschein kam, reagierte Jean mit verständnislosem Kopfschütteln. »Was soll ma petite denn damit?«

»Das wirst du gleich sehen, Blödmann«, gab Martin ungerührt zurück und trug das Laufrad auf die Terrasse. Leonie drängte sich vor und setzte sich auf das Geschenk, was Lieke mit lautem Protest quittierte. Minuten später waren die beiden Großväter friedlich vereint damit beschäftigt, Lieke mit dem Laufrad vertraut zu machen.

»Schau dir die beiden Gockel an!«, raunte Camille Adrienne amüsiert zu. »Kaum ist Technik im Spiel, werden aus Feinden beste Freunde.«

Es klingelte erneut an der Tür.

Als Camille sich in Richtung Haus bewegen wollte, hielt Adrienne sie zurück. »Lass mal! Diesmal gehe ich.« Innerlich vibrierte sie vor Anspannung, wie er wohl aussah, der Bruder ihrer großen Liebe.

Als sie die Tür öffnete, stutzte sie. Unterschiedlicher konnten Brüder gar nicht sein. Joris war ein schlaksiger großer Mann mit kurzem dunklem Haar, braunen Augen und einer Brille.

»Diesen Blick kenne ich schon. So war es früher immer, wenn Ruben mich für die Freundin der Freundin mitgenommen und vorher angekündigt hat: *Ich habe da noch einen Bruder!*«

Bei diesen Worten lachte Joris über das ganze Gesicht.

Mein Gott, dachte Adrienne, das ist *sein* Strahlen! *Sein* Humor! Sie spürte eine Mischung aus Trauer und einem Anflug von winzigen Schmetterlingen im Bauch.

# Willkommen im glamourösen Hotel Hohenstein!

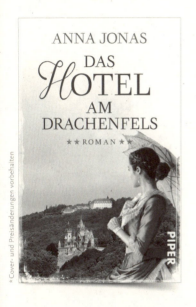

Anna Jonas
**Das Hotel am Drachenfels**
Roman

Piper Taschenbuch, 544 Seiten
€ 10,00 [D], € 10,30 [A]*
ISBN 978-3-492-30790-1

Silvester 1904: Majestätisch thront das Luxushotel Hohenstein im sagenumwobenen Siebengebirge. Bekannt für seine rauschenden Feste, lädt es auch an diesem Abend zu einer glanzvollen Neujahrsfeier. Nur mit einem Gast hat Hotelier Maximilian Hohenstein nicht gerechnet: Konrad Alsberg, sein unehelicher Halbbruder, ist gekommen, um Anspruch auf die Hälfte des Hotels zu erheben. Noch ahnt niemand, dass dies nur der Auftakt eines dramatischen Jahres voller Enthüllungen und Intrigen sein wird...

Leseproben, E-Books und mehr unter **www.piper.de**